अत्यन्त सम्मोहक, जटिल, घोर यथार्थवाद—कभी-कभी भावात्मक रूप से तोड़ती, मगर साथ ही राहत भी देती यह किताब तीक्ष्ण है और यादों में बस जाती है।

—बुकर प्राइज निर्णायक मंडल 2020

अवनी दोशी सटीक सूक्ष्मता और पैनी प्रज्ञा वाली लेखिका हैं। मां-बेटी की नाराज़गी और परिवार के पुराने इतिहास के गहरे, अंदरूनी घाव किसी नश्तर की तरह चमकते हैं—दोनों ही ख़तरनाक और ख़ूबसूरत हैं। मुझे यह पसंद आई।

—एलिज़ाबेथ गिल्बर्ट, *ईट, प्रे, लव* की बेस्टसेलिंग लेखिका

कसा हुआ और बेचैन कर देने वाला, स्याह, उग्र उपन्यास।

—फ़ातिमा भुट्टो, द *रनअवेज़* की लेखिका

थोड़े से, दमकते वाक्यों में लिखा गया दुस्साहसपूर्वक बांध लेने वाला उपन्यास। इसे पढ़ते हुए मेरी सांसें थम सी गईं और मुझे उन्हें फिर से संभालना पड़ा।

—तिशानी दोशी, *स्मॉल डेज़ एंड नाइट्स* की लेखिका

संक्षिप्त, सारगर्भित गद्य में वर्णित पीढ़ीगत क्षति का हैरतअंगेज़ ब्योरा। यह अद्भुत नवप्रयास है।

—प्रयाग अकबर, *लैला* के लेखक

यह एक उपन्यास का घाव है— चाकू की नाज़ुक धार सा—बेहद पैना, निर्दोष ढंग से अंतर्दृष्टि से भरा, प्यार, रोष, और दुख की मुचड़ी सी जगह से उकेरा हुआ, पीड़ा को आगे थमाते रहने का स्थान, पीढ़ी दर पीढ़ी। इसमें, सभी अलंकरण हटा दिए गए हैं—मातृत्व, परिवार, स्मृति, भाषा से—सभी फ़रेब नोच दिए हैं, और हमारे अपने और हमारे क़रीबी जनों के साथ रिश्तों को लेकर कुछ ऐसा उजागर किया गया है जिसमें कहीं गहरा, कहीं विनाशकारी सच निहित है। अवनी दोशी की *सफ़ेद लिबास वाली लड़की* ख़ामोशी से, सफ़ाई से दिल चीर देती है।

—जेनिस पैरियट, द *नाइन-चैंबर्ड हार्ट* की लेखिका

सफ़ेद लिबास वाली लड़की हैरान कर देती है। यह दिलकश ढंग से विचित्र, विशद, अप्रत्याशित है। दोशी अपने पात्रों को इतना नज़दीकी से जानती हैं कि मुझे लगा जैसे मैं हाथ बढ़ाकर उन्हें छू सकती हूं। मैं बेताब हूं कि दुनिया इस उपन्यास को पढ़े।

—दीक्षा बसु, द *विंडफ़ॉल* की लेखिका

तीक्ष्ण, विवेकपूर्ण और बुद्धिमता से भरी—हर वाक्य एक दबी हुई स्प्रिंग जैसा है और हरेक मनोवैज्ञानिक ख़ाका मस्तिष्क में जैसे चस्पां हो जाता है। मैं इसे रख ही नहीं पाई।

—ओलीविया सजिक, *एक्सपोज़र* और *सिंपैथी* की लेखिका

निर्मल, सुस्पष्ट, बाध्यकारी रूप से पठनीय। विषाक्त रिश्तों और उन बंधनों की जांच-पड़ताल जो हमें बांधते हैं।

—शर्लिन टियो, *पौंटी* की लेखिका

दुस्साहसी और सुरुचिपूर्ण ढंग से स्याह।

—ज़ेबा तल्खानी, *माई पास्ट इज़ ए फ़ॉरेन कंट्री* की लेखिका

प्यार और क्रूरता, शादी और मातृत्व, कला और बीमारी पर संवेदनशील, बौद्धिक और तीक्ष्ण हास्य, और अपने स्व के लिए एक स्त्री का संघर्ष।

—रोवान हिसायो बुकानैन, *स्टार्लिंग डेज़* की लेखिका

अवनी दोशी निर्भीकता से, एक क्रूर, लगभग डरावनी बौद्धिकता के साथ लिखती हैं। मैं इससे असहज और उत्साहित थी।

—मेंग जिन, *लिटिल गॉड्स* की लेखिका

उल्लेखनीय, अशांत कर देने वाली, सम्मोहक। (अवनी दोशी) आत्मा की गहराइयों तक उतर जाती हैं, यह दिखाने के लिए कि हम किस चीज़ के बने हैं।

—हिंदुस्तान टाइम्स

स्मृति और विस्मृति के छलावों के बारे में बारीकी से लिखा पहला उपन्यास।

—मिंट

एक बेचैन कर देने वाला, सशक्त पहला (उपन्यास), पहले ही वाक्य से अपनी विषाक्तता से चौंका देने और अपने हास्य से मोह लेने वाला।

—गार्जियन

उत्कृष्ट। स्त्रियों को प्राप्त सीमित शक्ति और अपने हित में काम करने की जो क़ीमत वे चुकाती हैं, उस पर एक दिलकश और अशांत कर देने वाला उपन्यास... यह असहज भी करता है और हमेशा सच भी लगता है।

—इंडिया टुडे

पारिवारिक बंधनों और कैसे वो हमें हताश करते हैं और हमें सुलझाते हैं, पर एक निर्भीक नज़र।

—इंडियन एक्सप्रेस

मां-बेटी के एक अपारंपरिक रिश्ते पर एक प्रभावशाली पहला उपन्यास।

—द हिंदू

मार्मिक और सटीक, यह मातृत्व और स्मृति, पीड़ा और सत्य की खोज, प्रेम और उसकी भाषा की बात करता है।

—वोग इंडिया

अवनी दोशी का विवश कर देने वाला पहला उपन्यास जो मध्यवर्गीय भारत में मां-बेटी के मुश्किलों भरे रिश्ते को खंगालता है।

—हार्पर'स बाज़ार यूके

मां-बेटी के एक ख़राब रिश्ते का एक कोमल, मगर फिर भी सशक्त रूप से उकेरा गया रेखाचित्र।

—द न्यू इंडियन एक्सप्रेस

सटीक पहले वाक्यों की तरह, दोशी जानती हैं कि कैसे सटीक आख़री वाक्य लिखा जाता है। *सफ़ेद लिबास वाली लड़की* पहले पन्ने से लेकर आख़री पन्ने तक बांधे रखता है।

—स्क्रॉल.इन

सफ़ेद लिबास वाली लड़की

एक उपन्यास

अवनी दोशी

अनुवाद
शुचिता मीतल

हार्पर
हिन्दी

हार्पर हिन्दी
(हार्परकॉलिंस पब्लिशर्स इंडिया) द्वारा 2022 में प्रकाशित
बिल्डिंग नं. 10, टावर A, 4th फ्लोर, डीएलएफ साइबर सिटी, फेज II, गुरुग्राम 122002, भारत www.harpercollins.co.in

P-ISBN: 9789356290174
E-ISBN: 9789356290259

कवर डिजाइन © : हार्पर कॉलिन्स पब्लिशर्स इंडिया
टाइपसेटिंग : निओ साफ़्टवेयर कन्सलटैंट्स, प्रयागराज (इलाहाबाद)
मुद्रक : थॉम्सन प्रेस (इंडिया) लि.

निशी, नरेन और बहादुर पुष्पा को समर्पित

बेटी का घाव अगर खुला छोड़ दिया जाए तो क्या वह कुछ और बन जाता है?

—लिडिया युक्नाविच

अगर मैं यह कहूँ कि अपनी माँ को तकलीफ़ में देखकर मुझे कभी ख़ुशी नहीं हुई तो यह झूठ होगा।

बचपन में मैंने उनके हाथों बहुत कुछ झेला था, और बाद में जब भी उन्हें कोई दुख-तकलीफ़ होती तो मुझे लगता कि यह किसी क़िस्म का बदला-सा है—मानो ब्रह्मांड ख़ुद को फिर से संतुलित कर रहा हो, जैसे उसमें कारण और प्रभाव का तार्किक क्रम फिर से तालमेल में आ रहा हो।

मगर अब, मैं हमारे बीच हिसाब नहीं रख पाती।

वजह सीधी सी है: मेरी माँ भूलने लगी हैं, और मैं इस मामले में कुछ नहीं कर सकती। उन्हें उन चीज़ों के बारे में याद दिला पाने का कोई तरीक़ा नहीं है जो उन्होंने बीते वक़्त में की थीं, उन्हें अपराधबोध से भरने का कोई ज़रिया नहीं है। मैं चाय के दौरान ऐसे ही कभी उनकी क्रूरता के क़िस्से निकाल लिया करती थी, और उनके चेहरे पर बल पड़ते देखती थी। अब वो अक्सर तो याद ही नहीं कर पाती हैं कि मैं कह क्या रही हूँ; निरन्तर आनन्द में मग्न उनकी आँखें कहीं दूर तकती रहती हैं। अगर कोई यह देखे, तो मेरे हाथ को छूकर हौले से कहे: *बस अब बहुत हुआ। इन बेचारी को अब कुछ याद नहीं है।*

उन्हें देखकर दूसरों में जो हमदर्दी जागती है, वो मेरे अंदर एक कड़वाहट सी भर देती है।

साल भर पहले जब वो रात को घर में भटकने लगीं, तो मुझे कुछ अंदेशा-सा हुआ था। उनकी मेड काश्ता ने घबराकर मुझे फ़ोन किया था।

'आपकी माँ प्लास्टिक का बिछौना ढूँढ़ रही हैं,' काश्ता ने एक बार कहा था। 'कि कहीं आप बिस्तर गीला न कर दें।'

मैंने फ़ोन को कान से हटाया और नाइटस्टैंड पर अपना चश्मा ढूँढ़ने लगी। पास ही मेरे पति अभी भी सोए हुए थे, और उनके नियोन ईयरप्लग अंधेरे में चमक रहे थे।

'वो सपना देख रही होंगी,' मैंने कहा।

मुझे लगा कि काश्ता को यक़ीन नहीं हुआ है। 'मुझे पता नहीं था कि आप बिस्तर गीला करती थीं।'

मैंने फ़ोन रख दिया और बाक़ी रात सो नहीं पाई। अपने पागलपन में भी मेरी माँ ने मेरी इज़्ज़त की धज्जियाँ उड़ा दी थीं।

एक दिन, सफ़ाई करने वाली लड़की ने घर की घंटी बजाई और माँ पहचान ही नहीं पाईं कि वो कौन है। ऐसी और भी कई घटनाएं हुईं—जब वो भूल गईं कि बिजली का बिल कैसे भरते हैं, और जब अपने फ़्लैट के नीचे पार्किंग में कहीं कार लगाकर भूल गईं। यह छह महीने पहले की बात थी।

कभी-कभी लगता है जैसे मुझे अंत दिख रहा है, जब वो सड़ी सब्ज़ी से ज़्यादा नहीं रह जाएंगी। भूल जाएंगी कि कैसे बोलते हैं, कैसे अपने ब्लैडर पर कंट्रोल करते हैं, और आख़िरकार यह भी कि सांस कैसे लेते हैं। इंसान का क्षय थम जाता है, रुकने लगता है, मगर वापस नहीं पलटता है।

मेरे पति दिलीप ने राय दी कि उनकी याददाश्त को बार-बार ताज़ा किए जाने की ज़रूरत है। तो मैं छोटे-छोटे काग़ज़ों पर माँ के बीते दिनों के क़िस्से लिखकर उन्हें उनके फ़्लैट के कोनों में लगा देती हूँ। वक़्त-वक़्त पर उन्हें वो मिलते हैं और वो हँसते हुए मुझे फ़ोन करती हैं।

'यक़ीन नहीं होता मेरे किसी बच्चे की लिखाई इतनी गंदी भी हो सकती थी।'

जिस दिन माँ उस सड़क का नाम भी भूल गईं जिस पर वो दो दशकों से रह रही थीं, उस दिन उन्होंने मुझे यह कहने के लिए फ़ोन किया कि उन्होंने रेज़र का एक पैकेट ख़रीदा है और अगर हालात और बिगड़े तो वो उनका इस्तेमाल करने से कतराएंगी नहीं। फिर वो रोने लगीं। फ़ोन पर मुझे हॉर्न बजने और लोगों के चिल्लाने की आवाज़ें आ रही थीं। पुणे की सड़कों की आवाज़ें। वो खाँसने लगीं और उनकी सोच की दिशा भटक गई। मुझे तो उस ऑटो रिक्शा के धुएं

की गंध और उससे निकलता काला धुआं भी महसूस होने लगा था जिसमें फ़ोन करने के दौरान वो बैठी हुई थीं, जैसे मैं उनके एकदम पास खड़ी होऊँ। पल भर को मुझे दुख हुआ। यह पीड़ा कितनी भयंकर होती होगी—अपने पतन का अहसास, चीज़ों को अपने हाथ से फिसलते देखने की व्यथा। दूसरी ओर, मुझे पता था कि यह झूठ है। मेरी माँ कभी इतना ख़र्चा नहीं करेंगी। रेज़र का पूरा पैकेट, जबकि बस एक रेज़र से काम बन सकता हो? उन्हें हमेशा से सबके बीच अपनी भावनाओं के प्रदर्शन की आदत रही है। मैंने फ़ैसला किया कि इस स्थिति से निपटने का सबसे अच्छा रास्ता है एक क़िस्म का समझौता करना: मैंने माँ से कहा कि नाटक न करें, मगर मैंने इस घटना को लिख लिया ताकि बाद में किसी दिन मैं रेज़रों को ढूँढ़कर उन्हें फेंक दूँ।

अपनी माँ के बारे में मैंने कई चीज़ें लिख रखी हैं: रात में वो किस वक़्त सोती हैं, कब उनकी नाक की चिकनी ढलान से उनका चश्मा खिसक जाता है, या वो नाश्ते में कितने मैज़ॉरिन फ़ाइलो खाती हैं—मैं इन सारे ब्योरों का ट्रैक रख रही हूँ। मैं जानती हूँ कब ज़िम्मेदारियों से मुकरा गया और कब कहानी की सलवटों को समेटकर उसे सीधा-सपाट बना दिया गया।

कभी-कभी जब मैं उनसे मिलने जाती हूँ तो वो मुझसे उन दोस्तों को फ़ोन करने को कहती हैं जो कब की सिधार चुकी हैं।

मेरी माँ ऐसी औरत थीं जो एक बार पढ़कर ही रेसिपी याद कर लिया करती थीं। वो दूसरों के घरों में बनने वाली चाय के भिन्न तरीक़ों को याद रखती थीं। जब वो खाना पकाती थीं, तो बिना नज़र उठाए शीशियाँ और मसाले उठा लेती थीं।

माँ को वो तरीक़ा याद था जैसे पड़ोसी मेमन बकरीद पर उनके माता-पिता के पुराने घर की टैरेस पर बकरों को काटते थे, जिससे जैन मकानमालिक दहल जाते थे, और कैसे घुंघराले बालों वाले मुस्लिम दर्ज़ी ने एक बार ख़ून भरने के लिए उन्हें ज़ंग लगा बर्तन दिया था। उन्होंने उसके लोहांध भरे स्वाद के बारे में मुझे बताया था, और कि कैसे उन्होंने अपनी लाल उँगलियों को चाटा था।

'नॉन वेज का मेरा पहला स्वाद,' उन्होंने कहा था। हम आलंदी में नदी किनारे बैठे थे। तीर्थयात्री स्नान कर रहे थे और शोकाकुल अस्थियाँ विसर्जित कर रहे थे। धुँधलाई सी नदी अनदेखी बह रही थी, गैंगरीन के रंग की। माँ घर से, मेरी नानी से, और मेरे पिता की बातों से दूर भागना चाहती थीं। यह बात हमारे आश्रम छोड़ने के बाद और उनके मुझे बोर्डिंग स्कूल में भेजने से

पहले की है। उस वक़्त जब मैं यक़ीन कर सकती थी कि हमारा सबसे बुरा दौर पीछे रह गया है, हमारे बीच पल भर के लिए सुलह हो गई थी। उन्होंने मुझे बताया नहीं था कि हम अंधेरे में कहाँ जा रहे हैं, और जिस बस में हम चढ़े, उस पर आगे टेप से चिपके काग़ज़ का साइन मैं पढ़ नहीं पाई थी। डर के मारे मेरे पेट में हौल उठ रहा था कि माँ की एक और सनक की वजह से हम फिर से गुम हो जाएंगे, लेकिन हम नदी के पास ही रहे जहाँ बस ने हमें उतारा था, और जब सूरज निकला, तो पानी की सतह पर जमा हो गए पेट्रोल के घेरों पर इंद्रधनुष बनने लगे थे। जब दिन गर्माने लगा तो हम घर वापस आ गए। नानी-नाना आगबबूला हो रहे थे, मगर माँ ने कहा कि हम जिस कंपाउंड में रहते थे उसके दायरे से बाहर नहीं निकले थे। उन्होंने माँ पर विश्वास कर लिया क्योंकि वो करना चाहते थे, हालांकि उनकी कहानी में झोल था क्योंकि जिस कंपाउंड में उनकी बिल्डिंग बनी थी, वो इतना बड़ा नहीं था कि कोई खो जाए। माँ कहते हुए मुस्कुरा रही थीं—वो बहुत आसानी से झूठ बोल लेती थीं।

मैं बहुत प्रभावित थी कि वो इतनी कमाल की झूठी हैं। एकबारगी तो, मैं इस ख़ासियत को अपना लेना चाहती थी; लगता था जैसे उनमें यही एक काम का गुण है। मेरे नाना-नानी ने चौकीदार से पूछताछ की, मगर वो कुछ नहीं बता पाया—वो अक्सर ड्यूटी पर सोता रहता था। और इस तरह हम इस गतिरोध में ठहर गए, जैसा कि अक्सर आगे भी ठहरते, हर कोई अपने-अपने झूठ पर अड़ा रहता है, इस यक़ीन के साथ कि उनका हित ही हावी होगा। बाद में जब मुझसे फिर से पूछा गया, तो मैंने माँ की कहानी दोहरा दी। तब तक मैंने जाना नहीं था कि विद्रोह क्या होता है। उस वक़्त तक मैं किसी कुत्ते की तरह पालतू थी।

कभी-कभी मैं माँ के लिए भूतकाल में बात करती हूँ हालांकि वो अभी भी ज़िंदा हैं। इससे वो आहत होतीं बशर्ते वो इतनी देर तक याद रख पातीं। इस वक़्त दिलीप उनके पसंदीदा शख़्स हैं। वो आदर्श दामाद हैं। जब वो मिलते हैं तो अपेक्षाएं उनके गिर्द मंडराती नहीं रहतीं। दिलीप यह याद नहीं करते कि वो कैसी थीं—वो उन्हें वैसे ही स्वीकार करते हैं जैसी वो हैं, और अगर वो उनका नाम भूल जाती हैं तो ख़ुशी-ख़ुशी फिर से अपना परिचय दे देते हैं।

काश मैं भी ऐसी हो पाती, मगर वो माँ जो मुझे याद हैं मेरे सामने आती और ग़ायब होती रहती हैं, बैटरी से चलने वाली गुड़िया की तरह जिसकी

मशीनरी ख़राब होने लगी हो। गुड़िया बेजान हो जाती है। तिलिस्म टूट जाता है। बच्ची समझ नहीं पाती कि हक़ीक़त क्या है या किस पर भरोसा किया जा सकता है। शायद उसे कभी पता ही नहीं था। बच्ची रोने लगती है।

काश नीदरलैंड्स की तरह भारत में भी इच्छामृत्यु की इजाज़त होती। केवल मरीज़ की गरिमा के लिए ही नहीं, उससे जुड़े सभी लोगों के लिए भी।

ग़ुस्सा होने की जगह मुझे दुखी होना चाहिए।

कभी-कभी जब आसपास कोई नहीं होता तो मैं रो लेती हूँ—मैं शोक मना रही हूँ, लेकिन लाश को जलाने में अभी देर है।

डॉक्टर के ऑफ़िस की दीवारघड़ी मेरा ध्यान खींचती है। घंटे की सुई एक पर है। मिनट की सुई आठ और नौ के बीच है। आधा घंटा यही स्थिति रहती है। घड़ी किसी और वक़्त का धुँधलाता हुआ अवशेष है, ख़राब, कभी न बदली गई।

सबसे शैतानी हिस्सा सैकंड की सुई है, जो, चुड़ैलों की जादुई छड़ी की तरह, घड़ी का इकलौता हिस्सा है जो चल रहा है। केवल आगे ही नहीं, पीछे भी, बेतरतीब समय में आगे-पीछे।

मेरा पेट गुड़गुड़ा रहा है।

सैकंड की सुई जब चलना बिल्कुल बंद कर देती है तो प्रतीक्षा कर रहे दूसरे लोगों के मुँह से आह निकल जाती है, मगर वो बस एक पल के लिए ही बेजान हुई है और फिर चल पड़ी है। मैंने तय किया है कि उसकी तरफ़ नहीं देखूँगी, मगर टिक-टिक की आवाज़ कमरे में गूँज रही है।

मैं अपनी माँ को देखती हूँ। वो अपनी कुर्सी पर बैठी ऊँघ रही हैं।

मुझे लगता है जैसे मेरे दिल की धड़कनों को बदलते हुए घड़ी की आवाज़ मेरे शरीर में फैल गई है। ये टिक-टॉक नहीं है। टिक-टॉक सर्वव्यापी है, नब्ज़ है, सांस है, शब्द है। टिक-टॉक में जैविक गूँज है, एक ऐसी चीज़ जिसे मैं आत्मसात कर सकती हूँ, नज़रअंदाज़ कर सकती हूँ। ये टिक-टिक-टिक है, जिसके बाद एक लंबी ख़ामोशी, और फिर एक टॉक-टिक-टॉक।

माँ का मुँह खुल गया है, काग़ज़ के थैले की तरह आकारहीन-सा।

खिड़की के लहरदार कांच के पार मुझे एक पतली सी डेस्क के पास जमा कुछ चपरासी टैस्ट मैच की कमेंट्री सुनते नज़र आ रहे हैं। वक्ता द्वारा कही जा रही शानदार बातों को सराहते हुए वो अपनी ख़ुशी जता रहे हैं। टिकटिकी फिर से बदल जाती है।

डॉक्टर के जांच-कक्ष में हमें एक दूसरी तरह की घड़ी दिखती है। इसे वो एक सफ़ेद काग़ज़ पर बनाते हैं, अंक लिखे बिना।

'इसे भरें, मिसेज़ लाम्बा,' वो मेरी माँ से कहते हैं।

वो उनके हाथ से मैकेनिकल पैंसिल लेती हैं और एक से शुरू करती हैं। जब वो पंद्रह पर पहुँचती हैं, तो वो उन्हें रोक देते हैं।

'आप बता सकती हैं आज क्या तारीख़ है?'

माँ पहले मुझे और फिर वापस डॉक्टर को देखती हैं। जवाब में वो अपने कंधे उचकाती हैं, और एक कंधा दूसरे से ऊँचा उठता है, कंधे उचकाने और झटकने के बीच कहीं। उनके शारीरिक क्षय का हर संकेत घिनौना लगता है। मैं क्रीमी रंग की दीवारों को देखती हूँ। डॉक्टर के प्रमाणपत्र बेतरतीबी से लटके हुए हैं।

'या साल?'

माँ धीरे से सिर हिलाती हैं।

'साल से पहले सदी लिखें,' वो कहते हैं।

वो अपना मुँह खोलती हैं और उनके होंठों के कोने मछली की तरह नीचे झुक जाते हैं। 'उन्नीस...' वो शुरू करती हैं और दूर कहीं देखने लगती हैं।

डॉक्टर अपना सिर एक ओर को झुकाते हैं। 'आपका मतलब शायद बीस है।'

वो सहमत हो जाती हैं, और डॉक्टर को देखकर ऐसे मुस्कुराती हैं मानो उन्हें किसी उपलब्धि पर गर्व हो रहा हो। डॉक्टर और मैं जवाब पाने के लिए एक-दूसरे को तकते हैं।

वो आगे कहते हैं कि कुछ ख़ास केसेज़ में वो रीढ़ की हड्डी से द्रव लेते हैं, मगर वो अब तक यह तय नहीं कर पाए हैं कि माँ ख़ास केस हैं या नहीं। इसके बजाय वो स्कैन करते हैं, ख़ून निकालते हैं, दहानों और ग्रंथियों की जांच करते हैं, और उनके मस्तिष्क का नक़्शा रोशनी की एक प्लेट पर फैला देते

हैं। वो छायाओं और पैटर्नों का विश्लेषण करते हैं और काले धब्बे तलाशते हैं। इनका दिमाग़ किसी जवान औरत के जैसा है, वो कहते हैं, ऐसा दिमाग़ जो वो करता है जो उसे करना चाहिए।

मैं पूछती हूँ कि किसी दिमाग़ को क्या करना होता है। न्यूरॉन छोड़ना और विद्युतीय प्रवाहों के साथ टूटना?

उन्होंने अपनी आँखें सिकोड़ीं मगर कुछ कहा नहीं। उनके जबड़े की मांसपेशियाँ उनके चेहरे को चौकोर और ऊपरी दांतों को थोड़ा बाहर निकला बना देती हैं।

'लेकिन मेरी माँ भूलने लगी हैं,' मैं कहती हूँ।

'हाँ, यह सच है,' वो कहते हैं, और मैं तुतलाहट महसूस करने लगती हूँ। डॉक्टर नए काग़ज़ पर एक तस्वीर बनाते हैं, एक फूला हुआ-सा बादल जिसे दिमाग़ माना जाना था। वो कुछ ज़्यादा जल्दी काग़ज़ से पैन हटा लेते हैं, और घुमावदार रेखा अंत में जुड़ नहीं पाती, मानो बादल में रिसाव हो रहा हो। 'हमें संज्ञानात्मक क्षय की उम्मीद करनी चाहिए जिससे याददाश्त में कमी और व्यक्तित्व में बदलाव आने लगेगा। ये उससे बहुत अलग नहीं होगा जो हम पहले से देख रहे हैं।'

'जो *आप* पहले से देख रही हैं,' वो स्पष्ट करते हैं। 'यह साफ़ नहीं है कि आपकी माँ कितना नोटिस कर रही हैं।'

एक पेंसिल लेकर वो उन हिस्सों को हाईलाइट करते हैं जहाँ सिनैप्टिक क्रियाएं कम हो रही हैं, जहाँ न्यूरॉन मर रहे हैं। बेदाग़ सफ़ेद बादल भीड़ भरा-सा दिखने लगता है। अब वो खुला हिस्सा जहाँ उन्होंने आकृति को पूरा नहीं किया था वरदान-सा लगने लगता है, थोड़ी सी हवा आने का ज़रिया। नियोकॉर्टेक्स, लिम्बिक सिस्टम और सबकॉर्टिकल क्षेत्रों को बेतरतीब रेखाओं से दर्शाया गया है। मैं हाथ पर हाथ धरे बैठी थी।

हिप्पोकैंपस याददाश्त का पिटारा होता है और इस बीमारी में उसका ख़ज़ाना ख़ाली हो जाता है। लंबी अवधि की यादों को बनाया नहीं जा सकता, छोटी अवधि की यादें हवा में गुल हो जाती हैं। वर्तमान एक नाज़ुक चीज़ बन जाता है जो कुछ ही पल बाद ऐसा लगता है जैसे कभी घटा ही नहीं था। जैसे-जैसे हिप्पोकैंपस कमज़ोर होता जाता है, यह जगह भिन्न, बदरूप सी दिख सकती है।

'क्या आपकी जानकारी में इनके सिर में कभी कोई बड़ी चोट लगी थी? क्या आपको कुछ पता है कि कभी ये बहुत समय किसी विष के प्रभाव में रही हों? शायद कुछ भारी धातुओं के? क्या परिवार में पहले कभी किसी की याददाश्त जाने की घटना हुई है? और इम्युनिटी की कोई परेशानियाँ? माफ़ी चाहूँगा, लेकिन हमें एचआईवी और एड्स के बारे में पूछना होगा।'

मैं जवाब दूँ, इससे पहले ही उनके मुँह से दनादन सवाल निकलते गए, और मैं समझ गई कि मैं जो भी कहूँ, वो बेमानी ही होगा। इस ऑफ़िस में हम जो भी बात करेंगे उससे कर्मठता में कोई अंतर नहीं आएगा, और माँ के अतीत का उनकी डायग्नोसिस पर कोई असर नहीं होगा।

बादल की गोलाई के अंदर उन्होंने एक सितारा बनाया। उसके पास उन्होंने एमिलॉइड प्लाक लिखा। प्लाक प्रोटीन संरचनाएं होती हैं जो आमतौर पर अल्ज़ाइमर के मरीज़ों के दिमाग़ में बनती हैं।

'आपने स्कैन में इन्हें देखा था?' मैं पूछती हूँ।

'नहीं,' वो कहते हैं। 'अभी नहीं, कम से कम। लेकिन आपकी माँ भूल तो रही हैं।'

मैंने उनसे कहा कि मैं समझ नहीं पा रही कि ऐसा कैसे हो सकता है, और जवाब में वो बाज़ार में मिलने वाली कुछ दवाओं की लिस्ट बना देते हैं। डोनेपेज़िल सबसे ज़्यादा लोकप्रिय है। वो उस पर तीन बार घेरा बनाते हैं।

'साइड इफ़ेक्ट क्या हैं?'

'हाई ब्लड प्रेशर, सिरदर्द, पेट की परेशानियाँ, डिप्रेशन।' वो छत की ओर देखते हैं और आँखें सिकोड़कर और याद करने की कोशिश करते हैं।

ड्रॉइंग में एमिलॉइड प्लाक इतना बुरा नहीं दिख रहा है। ये लगभग जादुई, ऊन का एकाकी गुच्छा-सा है। मैं यह कह देती हूँ और अगले ही पल मुझे पछतावा होता है।

'क्या ये बुनाई करती हैं?' उन्होंने पूछा।

'नहीं। इन्हें हर वो चीज़ नापसंद है जो घरेलू हो। अलावा कुकिंग के। ये बेहतरीन खाना बनाती हैं।'

'हम्म, उससे बात नहीं बनेगी। रेसिपी को सीधा-सपाट रखना बहुत मुश्किल होता है। बुनाई जब मांसपेशीय स्मृति बन जाती है, तो वो दिमाग़ के हिस्सों को बाइपास कर सकती है।'

मैंने कंधे उचकाए। 'शायद मैं कोशिश कर सकती हूँ। इन्हें ये आइडिया रास नहीं आएगा।'

'अब इनके बारे में कुछ भी निश्चित नहीं है,' वो कहते हैं। 'कल ये बिल्कुल ही भिन्न इंसान हो सकती हैं।'

बाहर निकलते वक़्त डॉक्टर ने मुझसे पूछा क्या हम डॉ. विनय लांबा के संबंधी हैं, जो बॉम्बे के एक बड़े अस्पताल में सीनियर डॉक्टर हैं। मैंने मना किया तो वो निराश, हमारे लिए दुखी से दिखे। मुझे समझ नहीं आया कि कोई रिश्ता खोज निकालने से क्या कुछ मदद मिलती।

'क्या आपकी माँ किसी के, पति या बेटे के, साथ रहती हैं?' वो पूछते हैं।

'नहीं,' मैं कहती हूँ। 'ये अकेली रहती हैं। फ़िलहाल तो।'

'नाख़ून मत खाओ,' घर वापसी के रास्ते में माँ कहती हैं।

मैंने अपना दाहिना हाथ वापस स्टीयरिंग व्हील पर रख दिया और कोशिश की कि उसे कसकर न पकड़ूँ, मगर मेरा बायां हाथ आप ही आप मुँह की ओर चला जाता है।

'मैं नाख़ून नहीं काट रही हूँ, यह तो स्किन है।'

माँ कहती हैं कि उन्हें इस फ़र्क़ से मतलब नहीं है और उन्हें लगता है कि यह शर्म की बात है कि मेरी उँगलियाँ ऐसी दिखती हैं जबकि मैं अपने हाथों से हमेशा कुछ न कुछ करती रहती हूँ। मैं ख़ामोश रहती हूँ जबकि बाक़ी रास्ते वो बोलती रहती हैं, और मैं जो वो कह रही हैं उसे कम, लेकिन उसे कैसे कह रही हैं, यह ज़्यादा सुनती हूँ, उनकी आवाज़ का उतार-चढ़ाव और हिचकिचाहट, जब वो वो नहीं कहतीं जो उनका मतलब होता है, तब वो ग़लत बोलती हैं, अपनी ख़ुद की अनिश्चितता को छिपाने के लिए झिड़की घुसा देती हैं। वो माफ़ी मांगती हैं, कहती हैं कि अपनी ग़लतियों के लिए मैं ज़िम्मेदार हूँ, मुझे धन्यवाद देती हैं और अपनी कनपटियों की मालिश करते हुए गहरी सांस

भरती हैं। उनके मुँह की उस साइड पर जहाँ दो दांत ग़ायब हैं उनके होंठ अंदर को धंस जाते हैं जिससे ऐसा लगता है जैसे उन्होंने कुछ कड़वा खा लिया हो।

मैंने माँ से पूछा कि वो किससे बात कर रही हैं, मगर वो जवाब नहीं देतीं। मैंने ऐसे ही पीछे की सीट पर निगाह डाली।

उनके फ़्लैट पर हमने चाय के साथ डाइजेस्टिव बिस्किट खाए क्योंकि वो माँ के फ़ेवरीट हैं और आज का दिन काफ़ी मुश्किल रहा था। मैंने काश्ता से कहा कि मेरे गले की ख़रांश के लिए शहद और अदरक का पेस्ट बना दे। जब मैं यह निर्देश दे रही थी तो माँ चुप रहीं।

'इसमें थोड़ी सी ताज़ा हल्दी भी डाल लेना,' एक पल बाद वो बोलीं। 'बच्चे की फ़ोरस्किन के बराबर का टुकड़ा काफ़ी होगा।'

यह कहते हुए उन्होंने ठीक मात्रा नापते हुए अपने अंगूठे का नाख़ून अपनी बीच की उँगली के पोर पर दबाया। फिर उन्होंने अपने चाय के कप में झांका, उसके अर्धचंद्राकार को हिलाते हुए।

'प्लीज़ फ़ोरस्किन के बारे में न बोलें,' बिस्कुटों को तोड़ते हुए मैंने कहा।

'छोटी सी फ़ोरस्किन में ऐसा क्या है? इतनी पाखंडी मत बनो।'

इन्हें बहुत अच्छे से याद है कि मेरी बेइज़्ज़ती कैसे करनी है।

उनका अपार्टमेंट बेतरतीब पड़ा है। मैंने तीन नमकदानियों को एक में किया। चार सीट वाली डाइनिंग टेबल पर अनछुए अख़बारों का ढेर रखा है। माँ उन्हें रखने पर अड़ी रहती हैं, कहती हैं किसी दिन उन्हें पढ़ेंगी।

मैंने बाज़ार से लाई मूँग की दाल के छोटे से थैले को एक स्टील की थाली में पलटा और कंकड़ बीनने लगी। काश्ता मुझसे प्लेट खींचने की कोशिश करती है लेकिन मैंने उसे हटा दिया। जब मैं कंकड़ बीन चुकी, तो मूँग को रंगों के हिसाब से अलग करने लगी—मिलिट्री ग्रीन, स्लेटी-भूरा, बेज। माँ ने अलग-अलग बनी ढेरियों को देखा और सिर हिलाने लगीं। मैंने अपनी उँगलियों के पोरों को चटकाया और उन्हें अलग-अलग करती रही। मैं जानती हूँ कि एक बार जब वो सब कुकर में पहुँचेंगे तो इससे कोई फ़र्क़ नहीं पड़ेगा, मगर अब तो मैं शुरू कर चुकी हूँ और रोक नहीं सकती, भिन्नताओं को तलाशना रोक नहीं सकती, जब तक कि सब वहाँ न पहुँच जाएं जहाँ उन्हें होना चाहिए, रंगों के मुताबिक़, अपने-अपने परिवारों से घिरे।

माँ सोफ़े पर ऊँघने लगती हैं, और एक पल के लिए मैं कल्पना करने लगी कि जब वो मरेंगी तो कैसी दिखेंगी, जब उनका चेहरा शिथिल हो जाएगा और हवा उनके फेफड़ों को छोड़ देगी। उनके आसपास चीज़ें हैं, उन चेहरों से भरे फ़ोटो फ्रेम जिन्हें सालों से उन्होंने नहीं देखा है। इन चीज़ों के बीच उनका शरीर बेजान और एकाकी-सा दिखता है, और मैं सोचने लगती हूँ कि दुनिया के लिए परफ़ॉर्म करना क्या किसी अहम चीज़ को संचारित करता है, क्या दर्शकों का दबाव ही रक्त को प्रवाहित होने पर मजबूर करता है। जब कोई न देख रहा हो तो सहज होना आसान होता है।

मेरा पुराना कमरा बाक़ी फ़्लैट से अलग-थलग दिखता है जैसे शरीर पर किसी दूसरे की खाल लगाई गई हो। उसमें एक तरतीबी, एक संतुलन है जो मैं छोड़कर गई थी—जिसे वो मिटा नहीं पाई थीं। दीवार पर एक जैसे फ्रेमों में चेहरों के ब्लैक एंड व्हाइट स्कैच हैं जिन्हें मैंने पांच-पांच सेंटीमीटर की दूरी पर टांगा था। बिस्तर लगा हुआ था, और मैं सलवटें निकालने के लिए चादर पर हाथ दौड़ाती हूँ, मगर इस्त्री की वजह से वो कपड़े में ही चस्पां हैं।

पिछले चुनावों के बाद से जब भी नए प्रधानमंत्री टेलीविज़न पर आते हैं तो माँ चीख़ने लगती हैं। वो किसी हिन्दू देवता के समान अपना केसरिया चोग़ा पहनते हैं—जिसकी करीने से बंधी चुन्नटें हमेशा एक ही जगह पर मुचड़ी होती हैं। वो कहती हैं कि उनकी वजह से ही वो कभी असली प्यार को नहीं जान पाईं।

मेरी आँख खुली तो अंधेरा हो गया था। मेरा फ़ोन दिलीप की दर्जन भर मिस्ड कॉल से अटा पड़ा था। लिविंग रूम से रोशनी की गमक आ रही थी। माँ आवाज़ बंद करके मगर चलते मुँहों के साथ टीवी देख रही होंगी।

आसमान में अंधेरा है, मगर दस मील दूर स्थित औद्योगिक भवन से गुलाबी रोशनी आ रही है, जैसे सूरज के निकलने से पहले की लालिमा हो। मैं बाहर आई तो माँ सोफ़े पर नहीं थीं, और मैं एकदम से देख ही नहीं पाई कि वो पारदर्शी पर्दों के पीछे खिड़की से सटकर खड़ी हैं। धूसर और सफ़ेद पैस्ले बूटों वाले बुने हुए पर्दे आंशिक रूप से उन्हें ढके हुए हैं, और उनके शरीर पर छायाएं बना रहे हैं। पर्दे के पार मुझे उनका स्याह जन्मचिह्न, उनकी पीठ का बुल्सआई दिख रहा है, एक लंबोतरा-सा चक्र जो उनके कंधे की हड्डी को काट रहा है। उनका सीना स्थिर है, जैसे वो सांस ही न ले रही हों।

वो नग्न हैं, और पीछे हटकर आईने में अपना अक़्स देखती हैं। वो अपने पास ही बने मेरे अक़्स को देखती हैं, फिर आगे-पीछे होती हैं मानो फ़र्क़ ही न बता पा रही हों। विपरीत अक्सर एक-दूसरे से मेल खाते हैं।

मैंने माँ की कोहनी छुई और वो सिकुड़ जाती हैं। फिर वो टीवी की स्क्रीन की ओर इशारा करती हैं, उस आदमी की ओर जिसे उन्होंने रिमोट कंट्रोल से चुप कर दिया है।

'तुम भी इसमें शामिल हो,' वो फुसफुसाकर कहती हैं।

'माँ।' मैं उन्हें शीशे से खींचते हुए शांत करने की कोशिश करती हूँ, मगर वो फिर से वहीं घुस जाती हैं, उनकी आँखों में जंगली सी चमक हैं, और मैं यक़ीन से नहीं कह सकती कि वो मेरा चेहरा पहचान पा रही हैं या नहीं। वो जल्दी ही संभल जाती हैं, मगर वो भाव ही मेरी हवा उड़ाने के लिए काफ़ी है। पल भर को वो नहीं पहचानी थीं कि मैं कौन हूँ और उस पल मैं कोई नहीं रह गई।

मैं मान-मनुहार करके उन्हें बिस्तर पर वापस लाई और डॉक्टर को फ़ोन किया। उनकी आवाज़ रूखी है। मुझे यह नंबर कैसे मिला, वो जानना चाहते हैं। हमारी कॉल अचानक अंतरंग सी लगने लगी मानो मैंने हद पार कर दी हो। उनकी पत्नी यक़ीनन उनके पास होंगी, उनकी नींद में ख़लल पड़ा होगा। मैं कल्पना करने लगी कि वो लोग क्या पहनकर सोते होंगे, रात में उनके कपड़े कैसे खिसक जाते होंगे। मुझे अपनी टांगों के बीच गीलापन-सा महसूस हुआ।

'एक सैकंड के लिए मेरी माँ ने मुझे पहचाना नहीं,' मैं कहती हूँ।

'ऐसा हो सकता है। आपको यह जानना होगा कि यह कैसे बढ़ेगा।' वो कुछ चिढ़े से लगे, उनकी आवाज़ तल्ख़ी को छिपा नहीं पाई और मुझे इम्तेहान में फ़ेल हो जाने जैसा अहसास हुआ।

मैं अपने दिमाग़ में विचारों को उलटते-पलटते हुए दिन बिताती हूँ। विज्ञान ने कभी मेरी दिलचस्पी नहीं जगाई, मगर शब्दजाल का सैलाब मुझे हमेशा लुभाता है।

मैंने उनकी गोली के कैमिकल कंपोज़िशन को देखा, ख़ूबसूरत षट्कोणों की एक श्रृंखला, और पूँछ की तरह लटका हुआ हाइड्रोजन क्लोराइड का एक मॉलीक्युल। मैंने पशुओं पर हुए अध्ययनों, और चूहे के दिमाग़ों के चित्रों को खोजा जो क्रॉनिकल गतिविधि के लिए सुग्राही थे। ये जो नन्ही सी गोली

उन्हें लेनी होती है, उसमें कोलिनेस्ट्रेस एंज़ाइम होता है जो न्यूरोट्रांसमीटर एसिटल्कोलिन को तोड़ता है। ये उस गतिविधि को बढ़ावा देता है जिसे बीमारी बढ़ने के लक्षणों में सुधार लाना चाहिए।

शरीर में एसिटल्कोलिन का बनना ख़तरनाक हो सकता है।

एसिटल्कोलिन ऑर्गेनोफ़ॉस्फ़ेट्स और कार्बामेट्स जैसे पैस्टीसाइड, और रासायनिक अस्त्रों में पाया जाता है, जिसे आम ज़बान में नर्व गैस कहते हैं।

किसी भी चीज़ की कम मात्रा संजीवनी हो सकती है। ज़्यादा मात्रा जानलेवा हो सकती है।

मैं एक और विंडो खोलती हूँ। हेलीकोबैक्टर पायलोरी अगर बेक़ाबू होकर बढ़ता है, तो इससे पेट में अल्सर और कैंसर हो जाता है, लेकिन जब बच्चों के शरीर से यह पूरी तरह नदारद हो जाता है तो अस्थमा की दर बढ़ जाती है।

काश, संतुलन आरामदेह स्थिति होती।

अगर अतिशय मात्रा को क्रिया की दूसरी ओर पलट दिया जाए तो पता नहीं ओवरडोज़ कैसी दिखेगी। अगर मस्तिष्क एंज़ाइम बनाना बिल्कुल ही बंद कर दे, तो क्या वो ख़ुद को जला लेगा?

दुष्परिणामों की फ़हरिस्त उनसे लंबी है जो डॉक्टर ने बताए थे। मैं उसे फिर से फ़ोन करना चाहती हूँ लेकिन डरती हूँ। उसके साथ मेरा रिश्ता ज़रा तनाव भरा है। क्या उसे रिश्ता कहा जा सकता है? मैं अपनी लगाम कसकर ख़ुद को इस बारे में ज़्यादा सोचने से रोकती हूँ।

डोनेपेज़िल के अंत को समर्पित कई चैट ग्रुप हैं, जो दूसरी परेशानियों के साथ-साथ प्रभावहीनता की बात भी कहते हैं। दिमाग़ी सेहत के लिए सभी क्रिल ऑयल की सिफ़ारिश करते हैं। इस नन्हे से सख़्त ख़ोल वाले जीव की बनावट में कुछ पूर्ण-सा है, ये जीव जो ऐसी टांगों से अपने शरीर को चलाता है जो रेशों से बड़ी नहीं होतीं। क्रिल मछली से बेहतर होता है, और डायग्राम इसका कारण समझाता है: मस्तिष्क उस फ़ॉस्फ़ोलिपिड रूप को तरजीह देता है जो क्रिल ऑयल लेता है।

मैं एक राइटिंग पैड पर तेल की संरचनाएं और कैमिकल फ़ॉर्मूले लिख लेती हूँ, मगर मेरे चित्र ओरिजनल से भिन्न हो जाते हैं, और अणुओं की जगह क्रिल जैसे ज़्यादा दिखते हैं। बाहरी परत नाज़ुक एथाइल एस्टर है, और तीन फ़ैटी एसिड तीन कमज़ोर से अंग बनाते हैं।

जब मैं तेल ख़रीदने लगती हूँ, तो एक चेतावनी मिलती है कि भारतीय कस्टम पर होने वाली देरियों के लिए कंपनी ज़िम्मेदार नहीं है। वो मुझे याद दिलाती है कि तेल फ़ोटोसेंसिटिव है और ज़्यादा तापमान पर ख़राब हो जाएगा।

मेरे पति दिलीप की परवरिश अमेरिका में हुई थी और वो रोटी के निवाले दोनों हाथ से तोड़ते हैं। कुछ साल पहले जब वो काम के सिलसिले में पुणे शिफ़्ट हुए थे, तब मेरी उनसे मुलाक़ात हुई थी। यह पदावनति थी, लेकिन जब नॉर्थ मेन रोड की जर्मन बेकरी पर उन्होंने मुझसे बात करनी शुरू की, तब इसके बारे में नहीं बताया था। मुझे वहाँ किसी और शख़्स के मिलने की उम्मीद नहीं थी, क्योंकि कैफ़े में बम फटने के बाद से वहाँ ज़्यादा कोई नहीं जाता है।

मैं अपना लैपटॉप लेकर प्लास्टिक की लाल कुर्सी पर जमी ही थी कि वो मेरे पास आ बैठे। वो मुस्कुराए। उनके सफ़ेद दांत सीधे, सपाट थे। उन्होंने मुझसे पूछा क्या मुझे वाई-फ़ाई का पासवर्ड पता है और क्या वो मेरे लिए कॉफ़ी मंगवा सकते हैं। मैंने कहा कि कॉफ़ी से मुझे बेचैनी होती है, कभी-कभी गैस भी बनने लगती है।

उन्होंने पूछा मैं क्या काम कर रही हूँ, और हालांकि मैं उन्हें अपनी ड्रॉइंग के बारे में बताना नहीं चाहती थी, मगर फिर सोचा कि अजनबियों के साथ राज़ बांटने में कलाकारों को क्या डर हो सकता है।

सुनते हुए उन्होंने लंबी सांस छोड़ी और आगे को झुक गए। प्लास्टिक की लाल कुर्सी उनके वज़न से चरमरा गई और उनका घुटना एक तीखे कोण पर मुड़ गया। कुछ पल हम एक दूसरे को तकते रहे और उन्होंने मुझसे पूछा क्या उस वीकएंड मैं खाने के लिए बाहर जाना चाहूँगी। खाना शब्द सुनकर मैं चकरा गई, फिर समझ आया कि उनका मतलब डिनर से था। (तब से मैं उनकी बोली के कई पेंचों को पहचान चुकी हूँ।)

उन्होंने पूछा क्या मुझे आश्रम लेन में किसी रेस्तरां के बारे में पता है।

'हाँ, मेरा थोड़ा-सा बचपन आश्रम में बीता है। उस इलाक़े से मैं बख़ूबी वाक़िफ़ हूँ,' मैंने कहा।

डेट अच्छी रही। हमने छोटे-छोटे घोंसलों में पकाई और परोसी स्पैगेटी खाई। बेसिल की हरी पत्तियाँ किनारों में खोंसी हुई थी, और बीच में रोस्टेड

लाल-पीले छोटे टमाटर अंडों की तरह रखे हुए थे। रोशनी से नहाए अहाते में लंबे बरगद के पेड़ों की छायाएं बिखरी हुई थीं, और वहाँ बैठे लोगों के चेहरे धुँधलाए से थे। हम एक कोने में छिपी सी टेबल पर थे, जो किसी प्रेमी जोड़े के लिए परफ़ेक्ट रही होती, इतनी परफ़ेक्ट कि वो एक दूसरे से एक अक्षर का संवाद कर सकते थे—समय बताने के लिए एक अंक—क्योंकि लोकेशन वैसी ही रहती।

मैंने इस बात को बिना किसी क़तर-ब्योंत के बोल दिया और उन्हें यह दिलचस्प, यहाँ तक कि रचनात्मक भी लगा, और उन्होंने मुझसे पूछा क्या मुझे कहानियाँ गढ़ना पसंद है।

'भरपूर कौशल से बात करने में मेरी हमेशा से दिलचस्पी रही है,' मैंने कहा। मैं पूछना चाहती थी कि क्या हम डेट पर हैं। मैं आमतौर पर ऐसे पुरुषों के साथ सोई थी जो दोस्त थे या जिनसे मैं दोस्तों के ज़रिए मिली थी, और हम दोस्तों और प्रेमियों के बीच कहीं रहते थे, मगर कभी खाने की पूरी प्लेट या बिल का भुगतान शामिल नहीं रहा था।

दिलीप भिन्न तरीक़े से कहानी सुनाते हैं। या शायद घुमावदार स्वरों और चबाए गए शब्दों के साथ उनकी आवाज़ में कहानी भिन्न सुनाई देती है। वो उस अहसास के बारे में बताते हैं जो मुझे देखकर उन्हें हुआ था, कहते हैं कि मैं बोहेमियन कलाकार जैसी दिख रही थी, और वो याद करते हैं कि जो शर्ट मैं पहने थी उस पर पेंट लगा था। यह मनगढ़ंत है—अपने काम करने के कपड़ों को मैं स्टूडियो के बाहर कभी नहीं पहनती हूँ। और मैं पेंटर नहीं हूँ।

दिलीप को बढ़ा-चढ़ाकर बोलने की आदत है। वो कहते हैं कि उनकी बहन ख़ूबसूरत है, जबकि वो कहीं से ख़ूबसूरत नहीं है। वो बहुत से लोगों को अच्छा कहते हैं जो अच्छा कहलाने के हक़दार नहीं हैं। इसकी वजह मुझे यह लगती है कि वो ख़ूबसूरत भी हैं और अच्छे भी। दिलीप अपने शहर में अपने हज़ारों दोस्त होने की बातें करते हैं, मगर हमारी शादी में बस चार ही पुणे आए थे। ऐसा नहीं कि मुझे एतराज़ हुआ था। मेरी ज़िद पर ही हमारी शादी बस दो दिन चली थी, जिसे उनकी माँ ने कहा कि इतनी लंबी नहीं है कि उसके लिए सफ़र करके आया जाए। स्टेट्स से उनके माता-पिता और बहन अपने आधा दर्जन दूसरे रिश्तेदारों के साथ आए थे। मेरी नानी कहती थीं कि अमेरिका से आए गुजराती बड़ी बेकार बारात बनते हैं।

शादी से पहले दिलीप की माँ ने यह पक्का करने के लिए अपने पंडित को मेरे जन्म की तारीख़ और समय दिया था कि मेरे ग्रह उनके बेटे के ग्रहों से मेल खाते हैं या नहीं। सच तो यह है कि बरसों पहले जब हम बेघर थे तब मेरी माँ ने मेरा जन्म-प्रमाणपत्र खो दिया था, और आधिकारिक जन्म रिकॉर्ड निकलवाना सरदर्दी होती, इसलिए हमने कुछ ऐसा गढ़ लिया जो ठीकठाक अनुमान-सा लगता था।

'मुझे पता है उस समय अंधेरा था,' माँ ने कहा।

'इसका मतलब हुआ अलस्सुबह या देर रात गए,' मैंने जवाब दिया।

हमने दिलीप की माँ से कहा कि मैं रात को 8:23, मिलिट्री टाइम से 2023 पर जन्मी थी, 23 इसलिए तय किया क्योंकि जीरो या पांच पर ख़त्म होने वाला समय गढ़ा-सा लगता। शादी से चार महीने पहले दिलीप की माँ ने मुझे घर पर फ़ोन किया।

'पंडित जी ने मुझसे बात की थी,' उन्होंने कहा। 'वो बहुत चिंतित हैं।'

मेरी जन्मकुँडली बनाई गई थी। पता लगा कि मंगल ख़तरनाक स्थान में है, शादी के घर में जमकर विराजमान है।

'तुम मांगलिक हो, इसीलिए लोग तुम्हें पसंद करते हैं,' उन्होंने कहा। यह लाइन थोड़ी अस्पष्ट सी थी, और बाक़ी के इल्ज़ाम मैं सुन नहीं पाई।

उन्होंने मुझे बताया अगर मैं उनके बेटे से शादी करूँगी, तो मेरी आग्नेय शक्तियाँ उसकी जान ले सकती हैं। मैं एक पल ख़ामोश रही, मैं सोच रही थी क्या यह उनका बचने का तरीक़ा है: क्या दिलीप ने अपनी माँ से कहा होगा कि फ़ोन करके हमारी सगाई तोड़ दें? मैं उन्हें सांस लेते, रिसीवर से सटे उनके नम होंठों को खुलते और बंद होते सुन पा रही थी। शायद उन्हें उम्मीद थी कि मैं माफ़ी मांगूँगी। मैंने नहीं मांगी।

'चिंता मत करो,' जब ख़ामोशी असहज हो गई तो उन्होंने कहा। 'पंडितजी के पास एक तोड़ है।'

अगले दिन हमारे दरवाज़े पर एक पंडित आ पहुँचे। वो मेरी सास के पंडित नहीं, बल्कि एक लोकल दूत थे जिन्हें सब कुछ सही करने के लिए चुना गया था।

'यह क्या है?' माँ ने कहा, हम उन्हें फ़्लैट के फ़र्श पर एक आसन बिछाते देख रहे थे।

'मंगल बहुत भारी है,' पंडित ने कहा। 'यह इनके पति के लिए अशुभ है।'

'अंधविश्वासी पागलपन।' माँ ने उनके हाथ से एक अगरबत्ती खींच ली और उनके सिर के चारों ओर उसे घुमाने लगीं।

वो बंदा बिना परेशान हुए अपना काम करता रहा। उन्होंने स्टील की प्लेटों में फल लगाए। फिर फूल। दूध। साड़ियाँ थीं, और कढ़ा हुआ लाल कपड़ा था। वो एक मिट्टी के बर्तन के सामने बैठ गए और घी, लकड़ियों और अख़बार से आग जला ली।

गर्मियों की सुस्ती हम पर हावी थी, और फ़्लैट प्रैशर कुकर-सा बना हुआ था। मुझे छींक आ गई, और काली रेंट का गोला मेरी हथेली पर आ गिरा, किसी ट्यूमर की तरह मोटा और ख़ून भरा। मुझे यक़ीन था कि यह अपशकुन है, और मैंने उसे अपने ट्युनिक के नीचे त्वचा पर पोंछ दिया। पंडित ने लकड़ी के कई टुकड़ों के ऊपर लाल और नारंगी कपड़ों की परत बिछाईं। कच्चे चावलों से स्वास्तिक बनाते, अंतरिक्ष के नक्षत्रों का प्रतिनिधित्व करने के लिए यहाँ-वहाँ साबुत सुपारी रखते और कुछ मंत्रोच्चारों से, जो मैं सुन नहीं पाई, उन्हें अभिषिक्त करते हुए वो तेज़ी से हाथ चला रहे थे।

मैं पीतल की चार प्रतिमाओं के सामने बैठ गई। कपड़ों और मालाओं में लिपटी वो छह इंच से बड़ी नहीं रही होंगी।

'आज, ये तुम्हारे पति हैं,' पंडित ने कहा।

मैंने देवताओं को देखा। उनके चेहरे ज़्यादातर एक से ही थे, अलावा गणेश के जिनकी सूँड़ मुस्कान में मुड़ी हुई थी।

'क्या? सारे?'

'नहीं, बस ये। विष्णु।' पंडित मुस्कुराए। 'ये तुमसे पहले विवाह करके तुम्हारी सारी अशुभ ऊर्जाओं को आत्मसात कर लेंगे, ताकि तुम्हारे अगले पति को कष्ट न हो।'

मुड़ी हुई नाक और छोटी सी ठोड़ी वाले विष्णु कोमल दिखे।

'क्या मुझे यह करना ही होगा?' मैंने उस सात्विक व्यक्ति से पूछा। 'क्या हम सबसे कह नहीं सकते कि मैंने यह कर लिया?'

पंडित ने जवाब नहीं दिया।

अनुष्ठान लंबा, कुछ महीने बाद दिलीप के साथ हुई मेरी शादी से भी लंबा, और मंत्रों से भरा था। मैंने छोटे से देवता को अपनी बांहों में लेकर, और उनके भावहीन चेहरे को देखते हुए आग के चारों ओर फेरे लिए। यह चिह्नित करने के लिए कि मैं विवाहिता स्त्री थी, मेरे गले में एक सादा-सा मंगलसूत्र पहनाया गया और मांग में सिंदूर भरा गया। अनुष्ठान के बाद नेकलेस को खींचकर तोड़ दिया गया और मेरे माथे पर लाल लेप मल दिया गया।

'विवाहिता और तलाक़शुदा,' पंडित ने कहा। मैंने शीशे में देखा। एक निशान पड़ गया था जो नेकलेस के हुक ने मेरी त्वचा पर छोड़ा था। मेरा चेहरा लाल हो रहा था। यह हिंसक काम था। पंडित ने मुझसे हाथ मिलाया। फिर उन्होंने दक्षिणा और एक कप चाय की मांग की।

हमारी शादी से एक महीने पहले, मैं दिलीप के साथ चार घंटे ड्राइव करके बॉम्बे एयरपोर्ट पर उसकी माँ को लेने गई। उन्होंने उनके सारे सामान को रखने के लिए एक बड़ी एयर कंडीशंड इनोवा और ड्राइवर ले लिया था। जब तक हम पहुँचे, वो एक ब्रोशर से हवा करती और टैक्सी ड्राइवरों को दुत्कारती एक पोर्टर के साथ बाहर खड़ी थीं। वो लंबी नहीं थीं, लेकिन जहाँ वो खड़ी थीं वहाँ आसपास से गुज़रने वालों को कोहनियाँ मारते और अपनी फैली हुई मुद्रा से रास्ता रोकते हुए उन्होंने अच्छी-ख़ासी जगह ले रखी थी। उनका बुना हुआ सनहैट, सैंडल, ट्राउज़र्स और टीशर्ट सब एक से गुलाबी रंग के थे। मुझे लगा मैंने उनके चेहरे पर त्योरियाँ चढ़ी देखी थीं, जब तक कि उनकी निगाह अपने बेटे पर नहीं पड़ी। हमारी ओर ज़ोरों से हाथ हिलाने में सनहैट थोड़ा-सा खिसक गया था।

'मैं दस साल से यहाँ नहीं आई!' उन्होंने अभिवादन में कहा।

जब हम ख़ूबसूरत पश्चिमी घाटों से होकर गुज़रे तो वो एकदम चुस्त-चौकस थीं, और हाइवे पर पड़े कचरे के हरेक ढेर को दिखाती और अपना सिर हिलाती रहीं। मैंने उनसे कहा कि मानसून में धूसर और बारिशों से भीगी पहाड़ियाँ बहुत सुन्दर लगती हैं, हालांकि फ़िलहाल गर्मियों का आसमान सफ़ेद अनाकर्षक चमकीली चादर जैसा था। हर टोल बूथ पर उनका अविश्वास आसमान छूने लगता था जिन्हें, उनका कहना था, वाहनों की औसत ऊँचाई या

इंसानी बांह की लंबाई का ध्यान रखे बग़ैर बनाया गया था, और टोल अफ़सर तक पैसा पहुँचाने के लिए बीच में दो आदमी दरकार थे।

'यह देश भी,' उन्होंने गहरी सांस भरी। 'मेरे ख़्याल से यह सबको काम देने का तरीक़ा है। जहाँ बस एक बंदे की ज़रूरत है, वहाँ तीन को रखो।'

जब हम पुणे पहुँचे, तो जगमगाते रंगीन होर्डिंगों से सजे हाइवे की जगह छोटे-छोटे कारोबारों से भरी संकरी सड़कों ने ले ली—सड़क पर लाइन से मोटेल, रेस्तरां और बाइक की दुकानें थीं। जब हम एक ट्रैफ़िक लाइट का इंतज़ार कर रहे थे, तो दो छोटे बच्चे पास की एक अस्थायी झोपड़पट्टी से बाहर आए। आँखें मलते और जम्हाई लेते दोनों उकड़ूँ बैठ गए।

'हे भगवान,' दिलीप की माँ बोलीं, 'देखो तो इन लोगों को। ये लोग अपने घर के पीछे नहीं जा सकते थे? वहाँ टॉयलेट का साइन भी है।'

मैंने कल्पना की कि टॉयलेट काम लायक़ भी नहीं होंगे मगर कुछ कहा नहीं, इसके बजाय उम्मीद करती रही कि हमारे सामने वाली कार आगे बढ़ जाए। मगर वो नहीं बढ़ी, और उन दोनों लड़कों के साथ एक तीसरा दोस्त आ बैठा जो मोड़ के ज़्यादा क़रीब था।

'यह वाहियात है,' वो ज़ोर से बोलीं।

'उन्हें छोड़िए भी,' दिलीप ने हँसते हुए कहा।

'बेशर्म,' उन्होंने कहा। अपने बैग से फ़ोन निकालकर वो उन्हें रिकॉर्ड करने लगीं। मैं अपनी बांहें बांधकर बैठ गई और उम्मीद करने लगी कि उन बच्चों का ध्यान न जाए, मगर जब वो तीनों हमारी कार का रुख़ करके खड़े हो गए तो पता लगा कि उन्होंने देख लिया है।

ख़ुशक़िस्मती से, लाइट बदल गई। जब हम आगे बढ़े तो दिलीप की माँ हँसने लगीं, और बाक़ी के रास्ते बार-बार उस वीडियो को देखती रहीं। मैंने सेना के बेस के बड़े से हरे-भरे मैदान, और कुछ पुराने बरगद के पेड़ों के नीचे से गुज़रते हुए अपने ऊपर छाई गहन छाया को दिखाकर उनका ध्यान बंटाने की कोशिश की—वो पहली बार पुणे आई थीं। पुणे अंत:स्थल था और सर्दियों में हवा सूखी, ठंडी और गर्मियों में धूल भरी होती थी, लेकिन कभी भी नम और बदबूदार नहीं होती जैसी बॉम्बे में लगती है। मैंने कुछ जगहों के नाम सुझाए जिन्हें हम देखने जा सकते थे—ऐतिहासिक शनिवार वाड़ा क़िला जो स्थानीय पेशवा वंश का गढ़ रहा था, एक छोटा मगर ख़ूबसूरत-सा शिव मंदिर, और

अगर उनका खाने का मन करे तो मेन स्ट्रीट पर मेरी पसंदीदा मिठाई की दुकान। हम पुणे क्लब के आगे से निकले जहाँ हमारी शादी और रिसेप्शन होना था, और मैंने उन्हें जताने की कोशिश की कि मेरे लिए वहाँ शादी करना कितना स्पेशल था, कि मेरे नाना-नानी चालीस साल से ज़्यादा समय वहाँ के सदस्य रहे थे, और हालांकि मेरी माँ ने कभी दिलचस्पी नहीं दिखाई थी, मगर दिलीप और मुझे जल्दी ही सदस्यता मिल जाएगी। यही वो पहली जगह थी जहाँ एक इतवार को देर गए स्विमिंग करने के बाद दिलीप और मैंने शादी की बात की थी, बीयर पर। मैंने वहाँ की कुछ दूसरी यादों का, उस शानदार गेट के पार भिखारी की तरह बैठे रहने का ज़िक्र नहीं किया। कुछ चीज़ों को शादी के बाद के लिए बचाए रखना बेहतर होता है।

दिलीप की माँ ने अंदर झांका, सिर हिलाया, और एक पतली सी मुस्कान उनके मुँह पर फैल गई। 'अंग्रेज़ों ने कुछ ख़ूबसूरत इमारतें बनाई थीं।'

शादी से पहले वाले हफ़्ते भीषण गर्मी के थे। बस मज़बूत कलेजे वाले ही बाहर निकलते थे। सड़कों पर गाय, कुत्ते और इंसान मर रहे थे। कॉक्रोच श्रृद्धांजलि देने आ रहे थे। वो दिन कुछ ख़ास ही गर्म था जब दिलीप और मेरी सास लंच के लिए हमारे फ़्लैट पर आए थे। इतना बुरा प्रभाव छोड़ने के लिए मैं पुणे को लानत दे रही थी। इससे जुड़ी जो भी घिनौनी बातें थीं, और जिन पर मैंने पहले कभी ध्यान नहीं दिया था, उनके लिए मैं ख़ुद को ज़िम्मेदार मान रही थी। गर्मी महज़ गर्मी नहीं थी, वो बर्दाश्त के बाहर थी। हवा महज़ भारी नहीं थी, वो सांस लेने लायक़ ही नहीं थी। मुझे यक़ीन था कि दिलीप के स्टैंडर्ड और पसंदों के ज़रिए मैं अपनी ज़िंदगी की रोज़मर्रा की कमियों और दोषों की ओर से बेपरवाह हो गई थी, मगर उनकी माँ के आने के बाद मुझे अहसास हुआ था कि समय के साथ वो कुछ असुविधाओं की ओर से उदासीन हो गए थे। मैं हर दोष को लेकर परेशान हो रही थी जबकि इस बात को लेकर बेहद सजग थी कि कुछ दोष शहर की ख़ूबसूरती को बढ़ा भी सकते हैं। मैं कहाँ रहती हूँ—और मैं कौन हूँ—इसे मैं कितना ग़लत दर्शाना चाहती थी, और क्या मैं समझ भी रही थी कि क्या वांछनीय कवर-अप है और क्या नहीं?

दिलीप और उनकी माँ ने नारियल पानी और खट्टा नीबू पानी पिया, इस बात से बेख़बर कि पिछला हफ़्ता मैंने उस घरनुमा कबाड़ख़ाने को दुरुस्त

करते बिताया था जहाँ मैं अपनी माँ के साथ रहती थी, फूले प्लास्टर वाली दीवारों पर फिर से पेंट किया, टूटे आईनों को हटाया और फटे सोफ़े के कवर की मरम्मत की।

हमने पाया कि मेरी सास को अजीबोग़रीब रंग पहनने का शौक़ था। जब वो लोग अंदर आए तो माँ ने अपनी मुस्कुराहट दबा ली थी, और मैं भी उस महिला के पहनावे के बेतुकेपन को नज़रअंदाज़ नहीं कर पाई। मैं जानती थी कि वो बेहतरीन पसंद या नज़रिए वाली महिला नहीं हैं, मगर फिर भी उनका पुणे को नापसंद करना मुझे अखर गया था।

लंच के बाद हम हमारी छोटी सी टैरेस पर बैठ गए और शादी के कामकाज की लिस्ट पर बात करने लगे। यह दिन का वो वक़्त था जब पड़ोसी अपनी बालकनियों में जमा होने लगते थे, जो एक के ऊपर एक रखे छोटे-छोटे डिब्बों जैसी दिखती थीं। वो अपनी बांहें हिला-हिलाकर कौओं और कबूतरों को भगा रहे थे, और दोपहर की धूप में सूखने के लिए डाले कपड़ों को छू-छूकर देख रहे थे।

हमारे चेहरों पर पसीना झिलमिलाने लगा। तीन मंज़िल नीचे मुझे एक खोपड़ी दिख रही थी, एक औरत की खोपड़ी, कम बालों वाली, और खिचड़ी बालों की एक मोटी चोटी जो जूड़ी में लिपटी थी। मुझे फ़र्श को झाड़ती उसकी सींकों की झाड़ू की आवाज़ सुनाई दे रही थी, जबकि पत्ते और मिट्टी सरसरा रहे थे और गिर रहे थे, सरसराते और अपनी पूर्व व्यवस्था के किसी रूप में गिर जाते थे। हवा में धुआं घुला हुआ था, जिसमें ईंधन और कचरे के जलने की गंध भरी थी, मगर हम अंदर जाने के लिए नहीं उठे। कंपाउंड के अंदर की आवाज़ें पास की रेलवे लाइन से सीटी बजाती जाती रेलगाडियों की बनिस्बत कहीं ज़्यादा शांत थीं।

मैंने धुँधलाए आसमान को देखा और संतुष्ट महसूस करने की कोशिश की, इस जानकारी के साथ संतुष्ट कि हालांकि मैंने इतने साल यहाँ बिताए, मगर आख़िरकार मैं इसे छोड़ दूँगी। मैंने दिलीप को देखा। वो इस अंदाज़ में ख़ूबसूरत और लंबे थे जो सबको जता देता था कि वो बाहर पले-बढ़े हैं। बेसबॉल कैप, सुशिष्ट अंदाज़ और बरसों का अमेरिकन डेयरी उत्पादों का सेवन। वो मुझे बचा रहे थे, हालांकि वो यह नहीं जानते थे। मेरी माँ की किसी बात पर उनके मुँह पर मुस्कान फैल गई, और मुझे किशोरावस्था में सालों ब्रेसेज़ से साधे उनके बत्तीसों दांत दिखने लगे।

बाद में, कटोरी भर मीठी और दूध भरी रबड़ी खाते हुए मेरी सास माँ की ओर मुड़ीं। 'तारा जी,' वो बोलीं, 'पंडित जी शादी की रस्मों पर बात करना चाहते थे। वो पूछ रहे थे क्या आपके कोई रिश्तेदार हैं, कोई दंपती, जो मंडप में बैठ सकें और आपकी जगह कन्यादान कर सकें।'

'रिश्तेदार तो नहीं हैं,' माँ ने कहा। 'शायद कज़िन्स हों। मगर यह तो मैं ख़ुद ही कर सकती हूँ।'

दिलीप की माँ ने दोबारा बोलने से पहले कई बार हवा खींचते और छोड़ते हुए अपना मुँह खोला और बंद किया। यह उनकी आदत थी, मानो मुँह से बाहर निकालने से पहले उनके शब्दों को फिर से जिलाने की ज़रूरत हो। 'आमतौर पर अगर माँ विधवा होती है, तो कोई और संबंधी इस रस्म को करते हैं।'

'मगर मैं विधवा नहीं हूँ,' माँ ने कहा।

दिलीप की माँ ने चम्मच नीचे रख दिया। उनका मुँह खुला और फिर बंद हो गया। फिर वो ज़ोर-ज़ोर से फूँक भरने-छोड़ने लगीं, मानो उनके सामने रखी किसी चीज़ ने आग पकड़ ली हो। हम सबने दिलीप को देखा, जो और मीठा लेते हुए टेबल पर क्रीम की बूँदें टपका रहे थे।

'इससे बखेड़ा कम होता,' बाद में जब हम अकेले थे तब उन्होंने कहा। 'अमेरिका में रहने वाले भारतीय कभी-कभी दक़ियानूसी होते हैं। मैं उन्हें यह नहीं बताना चाहता था कि तुम्हारे माता-पिता तलाक़शुदा हैं।'

जब मैं स्कूल से घर आती थी तो माँ के फ़्लैट की बालकनी से सड़क के कुत्तों को देखा करती थी। वो आमतौर पर सुस्त थे, टूटे-फूटे पंजों और चबे हुए कान लिए अपने झुंड के साथ पसरे रहते, और बस कारों और ऑटोरिक्शा से बचने या अपनी माँ-बहनों पर चढ़ने के लिए हिलते थे। मेरे ख़्याल से वो दूसरी दफ़ा मैंने सेक्स देखा था, अपनी नेवी ब्लू यूनिफ़ॉर्म में बैठे हुए, नीचे का नज़ारा देखते हुए, मगर कुत्तों की लड़ाई और सेक्स में फ़र्क़ कर पाना मुश्किल था। कभी-कभी जब दूसरे दबंग कुत्ते उनके इलाक़े में आ जाते तो लड़ाइयाँ होती थीं। तेज़ गुर्राहट या पांव के नीचे कोई डाल टूट जाने से वो शुरू हो जाते और, देर रात गए, जब मुझे अपनी मच्छरदानी में सोया होना होता था, तो मुझे उनकी आवाज़ें और युद्धघोष सुनाई देते। मुझे याद है, एक सुबह स्कूल जाते हुए मैंने गेट के पास बैठे एक पिल्ले को देखा था, उसका पेट कीड़ों से थरथरा

रहा था और मक्खियाँ उसकी नाक पर भिनभिना रही थीं। उसकी पूँछ की जगह ख़ून से भरा छेद था।

दिलीप से शादी करने के बाद मैंने उसके परिवार, उसके फ़र्नीचर, और सड़क के जानवरों के नए सैट को अपना लिया। उनके घर के पास वाले कुत्ते ज़्यादा शांत, ख़ूब खाए-पिए और पुणे की गृहिणियों के एक ग्रुप द्वारा पाले-पोसे हुए थे। वो हवा में सूँघते थे और उनकी जीभें उनके दांतों पर लटकी रहती थीं। कभी-कभार वो एक दूसरे के जननांगों को काटते और खाने के लिए कुनमुनाते।

मैं जून में दिलीप के घर आई थी, मानसून के इंतज़ार के दिनों में। बारिशें लेट हो गई थीं। अशुभ संकेत। यह साल ख़राब रहने वाला था। अख़बारों में ख़बरें आती थीं कि देवताओं को प्रसन्न न करने के लिए किसान पुरोहितों को दोषी ठहरा रहे हैं, और पुरोहित किसानों पर दोष धर रहे थे कि उनमें आस्था की कमी है। शहर में इस क़िस्म की बातें कम, और पर्यावरण में बदलाव की चर्चा ज़्यादा होती थी। समीप ही बहने वाली नदी नियमितता के साथ चढ़ती-उतरती रहती है, लेकिन मानसून अपने साथ हरहराते गंदले पानी की बाढ़ लाता है।

जब दिलीप मेरे बदन पर नीचे उतरते हैं, तो मेरी योनि पर अपनी नाक रगड़ते हैं और सांस भरते हैं।

'कोई गंध नहीं है,' वो कहते हैं। इस बात पर उन्हें गर्व है, वो कहते हैं यह असाधारण है और शायद उन वजहों में से भी है जिनके कारण वो हमारे साथ होने की कल्पना कर सकते थे। उनकी ज़िंदगी में अब तेज़ गंध भरी हुई हैं, ऑफ़िस में और यहाँ तक कि एलिवेटर लेने में भी, और उनके लिए यह राहत की बात है कि मैं वर्कआउट के बाद और बेहद तनावपूर्ण स्थितियों में भी गंधहीन रहती हूँ। वो मिलवॉकी में बड़े हुए थे जहाँ उनके कान बस नर्म ईयरबड्स और सबर्बन ख़ामोशी से ही दो-चार हुए थे। वो कहते हैं कि पुणे में बहुत शोरगुल, बहुत तीखी गंध हैं, मगर उनकी इंद्रियाँ इस हमले को झेल सकती हैं बशर्ते हमारा घर उन्हें वापस तटस्थ कर सके। वो सबसे कहते हैं कि जब मैं उनके फ़्लैट में आई तो कोई भारी बदलाव नहीं आए, कि मेरी ज़िंदगी सहजता से उनकी ज़िंदगी में घुलमिल गई थी।

भारी उथलपुथल को लेकर उनके डर को समझते हुए मैंने बहुत सावधानी से बदलाव किए थे, सबसे पहले उन सारी बेड शीट या तौलियों को हटाया

जिन्हें दूसरी औरतों ने इस्तेमाल किया हो सकता था। फिर उन किताबों या कपड़ों को जो उन्होंने दिलीप को गिफ़्ट किए हो सकते थे। किताबें आमतौर पर प्रेम में पगी कविताओं का रूप धर लेती थीं और पहले पन्ने पर लिखे नोट से उन्हें पहचाना जा सकता था। धीरे-धीरे मैंने उनके वजूद की हर निशानी को मिटा दिया: पुराने फ़ोटोग्राफ़, ख़त, मग, होटल के कमरों से जमा किए गए पैन, उन शहरों के नाम लिखी टीशर्ट जहाँ वो साथ गए थे, स्मारकों के आकार की चुम्बकें, काग़ज़ों में सहेजे पत्ते, जारों में रखी बीच हॉलीडे से जमा की पीली कौड़ियाँ। ये क़दम बहुत कठोर थे, मगर मैं धूसर, धूमिल किनारों से आज़ाद घर और शादी चाहती थी।

माँ ने चूल्हे पर एक बैंगन भूनने रख दिया है, और हम लपटों को इसकी बैंगनी खाल निगलते देख रहे हैं। अंदर का भूरा गूदा धुआं छोड़ रहा है। वो बीजों को निकालती हैं और उन्हें कचरे में फेंक देती हैं। कमाल की बात है कि उनकी उँगलियाँ जलती नहीं हैं। प्लास्टिक के एक सफ़ेद बोर्ड पर वो मिर्चें और नन्हे हरे प्याज़ काटती हैं। बोर्ड पर हल्दी के धब्बे पड़े हैं, और प्याज़ की गांठों की गोलाई पर अभी भी थोड़ी सी मिट्टी लगी हुई है, मगर वो मुझसे कहती हैं कि मीनमेख़ न निकाला करूँ। वो तेल में ज़ीरा भूनती हैं और उसे धुआं छोड़ते बैंगन पर पलट देती हैं, उसके बाद धनिए की कटी पत्तियाँ डालती हैं। तेल चूल्हे के किनारों पर छितर जाता है। मैं बाउल की चीज़ों को मिलाते हुए खाँसने लगती हूँ। मेरी कामवाली बाई इला अपनी साड़ी ठीक करती है और गहरी सांस भरती है। वो हमारी फैलाई गंदगी को साफ़ करने का काम शुरू करती है और हम डिशेज़ डाइनिंग टेबल पर ले आते हैं जहाँ दिलीप बैठे हैं।

माँ हमारे घर बहुत नहीं आतीं। वो कहती हैं कि मेन हॉल उन्हें डिस्टर्ब करता है, ख़ासकर आईने जो हर दीवार पर लगे हैं, और सब चीज़ों को अनेक दिशाओं से प्रतिबिंबित करते हैं। दिलीप के लिए, घर की तलाश करते वक़्त आईने आकर्षण बिंदु थे, इस बात का संकेत कि उन्होंने एक मुक़ाम हासिल कर लिया है, और उनकी हर उस फ़ैंटेसी की परिणति था जो आईनों और पोर्नोग्राफ़िक फ़िल्मों को लेकर उनके मन में थीं। मेरी माँ के लिए, कमरा कुछ ज़्यादा ही जीवंत है, जहाँ हर वस्तु और शरीर की चार प्रतिकृति बनती हैं, और हर प्रतिकृति फिर से प्रतिबिंबों में दोहराई जाती है। वो मेज़ पर बैठ जाती हैं और उनके पांव घबराए से फुदकते हैं, एक-दूसरे पर चढ़ते हैं जैसे चूहे दोपहर की गर्मी से बच रहे हों। जहाँ तक मेरी बात है, तो मैं आईनों की आदी हो चुकी हूँ, बल्कि जब दिलीप और मैं झगड़ते हैं तो मैं उन पर भरोसा भी करने लगी हूँ क्योंकि किसी प्रतिबिंब को चीख़ते देखना टेलीविज़न देखने जैसा लगता है।

'तो मॉम,' दिलीप कहते हैं, 'कैसी तबीयत है आपकी?'

वो मेरी माँ को *मॉम* कहते हैं जैसे वो अपनी माँ को कहते हैं। मुझे शुरू में दिक़्क़त हुई थी लेकिन उनके लिए दो औरतों को मॉम बुलाना और दो जगहों को घर कहना आसान था।

दिलीप के आसपास होने पर माँ अमेरिकी लहजे में बात करने की कोशिश करती हैं। उन्हें लगता है इसके बिना वो उनकी बात समझ नहीं पाएंगे, और अगर वो हिन्दी बोलने की कोशिश करते, तो वो इंग्लिश में जवाब देतीं। माँ दिलीप के मिडवैस्टर्न स्वरों और आत्मविश्वास से भरे विरामों को अपनाने की कोशिश करती हैं जो यह मानते हैं कि बाक़ी दुनिया उनके वाक्य पूरा करने के इंतज़ार में रुकी रहेगी।

'सच कहूँ, बेटा, जब डॉक्टर ने मुझे बताया तो मैं बुरी तरह डर गई थी। मैं तो अपनी जान लेने की योजनाएं भी बनाने लगी थी—पूछो इससे, यह सच है ना? सॉरी, मैं तुम्हारा डिनर बर्बाद करने की कोशिश नहीं कर रही हूँ, पहले खा लो, पहले खा लो, हम बाद में बात करेंगे। आमटी कैसा है? ज़्यादा तीखा तो नहीं है ना? हाँ, तुम्हारे सवाल पर आते हैं, पहले तो मैं डर गई थी मगर अब मुझे नहीं लगता कि मैं वाक़ई बीमार हूँ। मैं काफ़ी ठीक महसूस करती हूँ।'

दिलीप हामी भरते हैं और अपने सामने वाले आईने में देखने लगते हैं। 'यह सुनकर मुझे बहुत ख़ुशी हुई।'

'माँ, डॉक्टर कहते हैं आप भूलने लगी हैं।'

'मेरे स्कैन तो नॉर्मल थे।'

'हाँ, स्कैन नॉर्मल हो सकते हैं भले ही—'

'तुम यह जताने पर क्यों तुली हो कि मैं बीमार हूँ?' वो अपने हाथ में कच्चे प्याज़ का एक टुकड़ा पकड़े हुए हैं। बोलते-बोलते वो उनकी प्लेट में वापस गिर जाता है।

'आप चीज़ों को भूलने लगी हैं। आप भूलने लगी हैं कि काम कैसे करने हैं, बेसिक काम, जैसे अपने मोबाइल फ़ोन का इस्तेमाल करना और बिजली का बिल भरना।'

'ओह, बिल भरना तो असल में मुझे कभी आता ही नहीं था। ये ऑनलाइन चीज़ें बहुत परेशानी भरी होती हैं।'

मैं भी अड़ जाती हूँ। उन्होंने डॉक्टर से तो यह कहा नहीं था।

'और काली माता को फ़ोन करवाना? आपने मुझसे उस शख़्स को फ़ोन करने को कहा था जो दस साल पहले गुज़र चुकी हैं।'

'सात साल,' माँ कहती हैं और दिलीप की ओर मुड़ जाती हैं। 'देखा कैसे झूठ बोलती है यह?'

दिलीप हमारे बीच देखते रहते हैं। जब उन्हें ग़ुस्सा आता है तो उनकी कनपटी पर पुरानी लैक्रोस चोट का ज़ख़्म चमकने लगता है।

'मैं झूठ नहीं बोल रही हूँ।'

'तुम बोल रही हो। तुम यही करती हो। तुम तो पेशेवर झूठी हो।'

डिनर के बाद हम माँ को उनके घर छोड़ते हैं और दिलीप ख़ामोशी से गुनगुनाने लगते हैं। मुझे धुन समझ नहीं आती, तो मैं उन्हें बीच में रोक देती हूँ।

'जो वो कह रही थीं, तुम उस पर यक़ीन कर सकते हो?'

वो ज़रा ठहरते हैं और फिर जवाब देते हैं। 'हो सकता है वो यह न मानती हों कि वो बीमार हैं।'

'उन्हें यह मानना होगा।'

'तुम कोई अथॉरिटी तो हो नहीं।'

यह चुभता है कि मेरी कमी इतनी नुमायां है। 'मैंने यह नहीं कहा कि मैं अथॉरिटी हूँ। डॉक्टर ने कहा था कि वो बीमार हैं।'

'मेरा ख़्याल है डॉक्टर ने कहा था कि उनका दिमाग़ किसी जवान लड़की का-सा है।'

'मगर वो चीज़ें भूलने लगी हैं—अहम चीज़ें।'

'किसके लिए अहम? हो सकता है वो भूलना चाहती हों—शायद वो याद न रखना चाहती हों कि उनकी दोस्त गुज़र चुकी हैं।'

'जो भी हो, वो भूल तो रही हैं।' मुझे अपना लहजा तीखा होता सुनाई देता है।

'जानबूझकर भूल जाना और डिमेंशिया एक बात नहीं होती, अंतरा।'

'ये तो कोई तुक नहीं हुई। वो मुझे क्यों भूल जाना चाहेंगी?'

दिलीप गहरी सांस भरते हैं और अपना सिर हिलाते हैं। 'तुम तो कलाकार हो, संभावनाओं के प्रति खुला रवैया रखो। मगर तुम तो लगता है उन्हें अंदर बंद कर देना चाहती हो।'

'उन्होंने मुझे झूठी कहा।'

'तो, क्या इसी बारे में तुम आर्ट नहीं बनाती हो? कि कैसे लोगों पर भरोसा नहीं किया जा सकता है?'

उनका चेहरा लटक गया है। वो निराश दिखाई देते हैं। मैं उनके भावों से मेल बिठाने की कोशिश करती हूँ मगर मुझे ऐसा महसूस नहीं होता तो मैं अपनी बीच की उँगली का नाख़ून, या, सही कहूँ तो नाख़ून के पास की त्वचा काटने लगती हूँ। दिलीप अपना हाथ बढ़ाते हैं और मेरी बांह नीचे कर देते हैं।

मेरी आर्ट झूठ बोलने के बारे में नहीं है। यह डाटा, जानकारी जमा करने, अनियमितताएं ढूँढ़ने के बारे में है। मेरी आर्ट उस जगह देखने की है जहाँ पैटर्न मौजूद होना छोड़ देते हैं।

मेरी शादी होने से पहले नानी मुझे अपने घर के एक कमरे को स्टूडियो की तरह इस्तेमाल करने देती थीं। वो आरामदेह, सही अनुपात में अंधेरे और उजाले से भरा कमरा था, ऐसी जगह जहाँ जब मैं छोटी थी तो उन चीज़ों को, जिन्हें उस बंगले के मृत निवासी छोड़ गए थे जहाँ नाना-नानी रहते थे, संग्रह करने का मेरा शौक़ शुरू हुआ था। टंगस्टेन बल्ब, बैटरी, बिजली के तार, पैन, स्टैंप, सिक्के। मैंने इन चीज़ों की तारीख़ों और डिज़ाइनों को देखने से शुरू किया था, मैं लाइब्रेरी में एनर्जी और पेटेंटों के एंसाइक्लोपीडियाओं में खो जाती, और हमेशा उस जगह से कहीं दूर जाकर ख़त्म करती जहाँ से मैंने शुरू किया था।

इन घुमावदार पेंचों से बचने के लिए, मैं जैसे चीज़ों को देखती थी वैसे ही ख़ुद उनका रेखाचित्र बनाने लगी, और जितना मुमकिन होता उतनी बारीकी से नक़ल करती थी। मेरी लिखावट ख़राब, बहुत यांत्रिक हो सकती है, उसमें ख़ूबसूरती की कमी हो सकती है, मगर मेरा हाथ सधा हुआ और सटीक है। मैंने मरे हुए कीड़ों को जमा करना शुरू कर दिया, जिन्हें पूरा और सही-सलामत खोज पाना आश्चर्यजनक रूप से मुश्किल है। मेरे अनमोल संग्रह में मोम में जीवाश्मित कई पतंगे हैं जिन्हें मैं कांच के जार में रखती हूँ।

संग्रहालय महत्वपूर्ण वस्तुएं संग्रहीत करते हैं, पहला सेल्युलर फ़ोन, पहला कंप्यूटर, शायद भविष्य में किसी दिन दर्शाने के लिए (यह मानते हुए कि भविष्य में संग्रहालयों के लिए स्थान होगा)। मैं लैंडलाइन और स्वाच घड़ियों के दौर में बड़ी हुई थी और मेरे अपने संग्रह भी हैं: कांच की बोतलें जिन पर थम्स अप और गोल्ड स्पॉट लिखा है, उस दौर के लिए जब ये ब्रांड वजूद में नहीं रहेंगे, मगर साथ ही एंटीक टंग क्लीनर, और पेस्टल ऑटोग्राफ़ बुक जिन पर बचपन में मैं सड़क पर चलने वाले अजनबियों से साइन करवाती थी।

दिलीप कहते हैं अगर सारी पृथ्वी के ज्वालामुखी फट जाएं और वो पृथ्वी की सतह को मीलों तक मलबे से ढांप दें, और फिर भविष्य में कभी केवल हमारे फ़्लैट को ही खोदा गया, तो पुरातत्ववेत्ता अपने पूर्वजों के अजीबोग़रीब कामकाज को लेकर हैरान रह जाएंगे। मैं उन्हें बताती हूँ कि चीज़ें जमा करने की खोज अमेरीकियों ने की थी और उसे आर्ट बना डाला।

एक बार दिलीप ने मुझे बताया था कि अमेरिका में कोई टंग क्लीनर इस्तेमाल नहीं करता है क्योंकि वो जीभ पर जमी सफ़ेदी साफ़ करने के लिए अपने टूथब्रश का इस्तेमाल करते हैं। वो कहते हैं कि मैं ऐसा करके देखूँ, कि अपने मुँह में दो-दो चीज़ों की जगह एक चीज़ डालना आसान रहता है। ये आइडिया मुझे कुछ जमा नहीं और मैंने उनसे पर-संदूषण के बारे में पूछा। उन्होंने कंधे उचका दिए। मुँह एक छेद, एक कमरा, एक शहर है। जो कुछ भी एक ओर हो रहा है, वो दूसरी ओर दिखेगा। मैं उनसे कहती हूँ कि अगर ऐसा है, तो उन्हें एतराज़ नहीं होना चाहिए अगर मैं अपने गिलास का पानी उनकी गोद में डाल दूं।

जब मैं इस घर में आई तो दिलीप ने कहा कि मैं गैस्ट रूम को स्टूडियो बना लूँ। उनके यहाँ वैसे भी मेहमान बहुत कम ही आते थे। 'इसके अलावा, मुझे तुम्हारे दिन भर घर में होने का सोचकर अच्छा लगता है,' उन्होंने कहा।

कमरा ख़ाली, धूपदार है, ऐसी जगह नहीं जहाँ किसी को कलाकृति रचने की अपेक्षा हो। क्लोज़ेट को ठीकठाक करवाकर मेरी अनोखी चीज़ों की कैबिनेट बना दी गई है, जिसमें मेरी चीज़ें, कुछ को डिब्बों में, कुछ को प्लास्टिक के साफ़ डिब्बों में, भरकर ताला लगा दिया गया है। विषय, वर्ग और संग्रह की तिथि से विभाजित चित्र बाइंडर्स में भरे हैं। कमरे में बस लकड़ी की एक मेज़

और एक कुर्सी है जो दिलीप अपने ऑफ़िस से घर ले आए थे। दीवार पर एक कलैंडर है जिस पर मैं दिन का काम पूरा होने पर निशान लगा देती हूँ।

पिछले तीन साल से मैं एक प्रोजेक्ट पर काम कर रही हूँ, और मुझे कोई आइडिया नहीं है कि वो कब तक जारी रहेगा। ये इत्तफ़ाक़न शुरू हुआ था। मैंने उस फ़ोटो से एक आदमी का चेहरा बनाया था जो मुझे मिली थी, लेकिन अगले दिन, जब मैं ओरिजनल से अपने काम का मिलान करने गई तो वो फ़ोटो कहीं नहीं दिखी। मैं दिन भर तलाशती रही मगर कामयाबी नहीं मिली। शाम तक मैंने हथियार डाल दिए। मैंने एक और काग़ज़ लिया—वो इकलौता काग़ज़ जिस पर मैं काम करती हूँ, कोई बहुत शानदार नहीं, बस चीन में बना, मगर वो रेखाओं को अच्छी तरह पकड़ता है—और अपनी ड्रॉइंग से यथासंभव वफ़ादारी से अपने काम की नक़ल करते हुए, सावधानी से की गई शेडिंग, रेखाओं की समान मोटाई के साथ चेहरे को फिर से बनाया। यह रोज़ाना का काम बन गया है। मैं पिछले दिन की ड्रॉइंग लेती हूँ और अपनी पूरी योग्यता से उसकी नक़ल बनाती हूँ, उस पर तारीख़ डालती हूँ, दोनों को दराज़ में रख देती हूँ और कलैंडर पर एक चौख़टे को क्रॉस कर देती हूँ। ऐसे भी दिन होते हैं जब इसमें मुझे बस एक घंटा लगता है, और किसी दिन कई घंटे लग जाते हैं।

इस प्रोजेक्ट के एक साल बाद मुझे बॉम्बे की एक छोटी सी गैलरी में अपने काम का प्रदर्शन करने के लिए आमंत्रित किया गया। क्यूरेटर ने, जो एक दोस्त भी है, मेरे काम में समय और अवधि की गतिशीलता की तुलना ओन कवारा से की, और कहा कि यह एक कलाकार की डायरी है, इसी को उसने टाइटिल भी बनाया। मुझे ओन कवारा से जोड़ना ग़लत लगा। उसका काम मशीनी है, जिसमें मानव हाथ का कोई जुड़ाव नहीं है। मेरा काम मनुष्य की कमियों को सराहता है। अगर ओन कवारा गणना करता है, तो मैं गणना भुला देती हूँ। क्यूरेटर इसमें नहीं पड़ना चाहती थी—कैटेलॉग के आलेख की ग़लतियाँ ठीक की जा चुकी थीं, और उसने कहा कि इस माहौल में मुद्दे को जटिल बनाने से इन्हें बेचने में आसानी नहीं होगी। शो शुरू होने से पहले एक संग्रहकर्ता ने दिलचस्पी ज़ाहिर की थी—इस तरह का धीरे-धीरे निर्मित काम वर्तमान में बहुत अहम है, उसने कहा।

शृंखला नहीं बिकी।

मैंने शीर्षक को दोष दिया। उसका मतलब आख़िर क्या है? डायरी कितना बकवास सुनाई देता है, वाहियात ढंग से बचकाना। किसी डायरी पर कौन पैसा

ख़र्च करना चाहता है? मैंने कभी अपने काम को डायरी की तरह देखा भी नहीं था। मैं मानती हूँ कि मैं बस ये सोच रही थी कि इंसान के हाथ और आँख के लिए किसी भी तरह की निष्पक्षता बनाए रखना कितना मुश्किल होता है। लेकिन क्या हमेशा से ऐसा ही नहीं रहा है? उद्‌देश्य और स्वीकृति लगभग कभी एक दूसरे को नहीं पाते हैं।

उद्‌घाटन के लिए मैं बहुत सावधानी से तैयार हुई थी, त्वचा दिखाए बिना मैंने लुभावना दिखने की कोशिश की थी, और मुझे लगा कि मैं बिल्कुल भी तैयार नहीं थी जबकि जानती थी कि यह मेरे वयस्क जीवन का सबसे अहम दिन है। शो के बारे में मैंने किसी को नहीं बताया था, मगर माँ को पता लग गया। वो उद्‌घाटन पर आ पहुँचीं, हर कमरे में गईं, और सभी 365 चेहरों के सामने खड़ी हुईं। पहला और आख़री चित्र गैलरी के शुरू में रूबरू थे, दरवाज़े के दोनों तरफ़ लटके हुए जैसे अंतर का संवाद पैदा कर रहे हों। वो विभिन्न कलाकारों के हाथों से बनाए दो भिन्न आदमियों, दो भिन्न चेहरों के चित्र हो सकते थे। एकदम सटीक प्रतिकृति बनाने का मेरा प्रोजेक्ट नाकाम रहा था, और क्योंकि यह नाकाम था, तो इसे नाकाम होना ही था, स्थानीय कला के परिदृश्य ने इसे भारी कामयाबी माना। कुछेक अख़बारों ने छोटी सी समीक्षाएं भी छापीं, मेरे काम को रोमांचक और बाध्यकारी कहा, टिप्पणी की कि यह जितना आकर्षक था उतना ही बेचैन करने वाला भी था, और हैरानी जताई कि मैं कब तक यह जारी रख पाऊँगी।

माँ ने इसे चाइनीज़ व्हिस्पर्स का मेरा गेम कहा।

जब क़रीब एक हफ़्ते बाद मैं पुणे वापस आई, तो माँ रोने लगीं और बेलन लेकर मेरी ओर लपकीं। रोते हुए उन्होंने कहा कि मैं धोखेबाज़ और झूठी हूँ। वो जानना चाहती थीं कि मैंने ऐसा शो क्योंकर लगाया था।

बेलन को पकड़कर मैं ज़बर्दस्ती उनसे दूर हटी, डाइनिंग टेबल से लगकर मैंने अपनी सांसें दुरुस्त कीं। क्या परेशानी है, मैंने उनसे पूछा। मैं जो आर्ट चाहूँ वो क्यों नहीं बना सकती?

उस दिन उन्होंने मुझसे अपने घर से चले जाने को कहा, और जब तक एक दोपहर मैं दिलीप को लेकर उन्हें ये बताने नहीं आई कि मैंने सगाई कर ली है, तब तक वो मुझसे नहीं मिलीं।

मैं फ़ैसला करती हूँ कि अपने पिता से मिलूँगी, उन्हें माँ की बीमारी के बारे में बताऊँगी। पुणे के दूसरे छोर पर स्थित उनका बंगला पेड़ो और परेशान कर डालने वाली गिलहरियों से घिरा है, और आसमान में एयर फ़ोर्स की ड्रिल की आवाज़ें खिड़कियों को खड़खड़ाती रहती हैं। सिटिंग रूम में, पेंडुलम वाली बड़ी सी अलमारीनुमा घड़ी से हर घंटे पर एक चिड़िया फुदकती आती है और एक जर्मन नर्सरी राइम बजती है।

मेरे पिता की मोटी-मोटी भौंहें उनके माथे पर गुथी हुई हैं। 'कल मैंने पांच-छह बार फ़ोन किया था।'

मैंने सिर हिलाया। मैं उनसे इस तरह की झिड़की खाने की आदी हूँ, और पांच-छह किसी भी संख्या के लिए अनुमानीकरण है। वो जो भी कहते हैं, उसके ब्योरे को मैं ध्यान से नहीं सुनती। मैं इन छोटी-छोटी मुलाक़ातों पर उन्हें ख़ानों में बांटने, और उनके चेहरे को अपने मन के किसी कोने में धकेल देने की आदी हो चुकी हूँ।

साफ़-साफ़ कोई सवाल नहीं पूछा गया है। मैं उनकी आवाज़ के उलाहने का जवाब देती हूँ: 'मैं माँ के साथ डॉक्टर के यहाँ गई थी।'

हॉल में सोफ़े रेलवे के वेटिंग रूम की तरह लगाए गए हैं, और हम एक-दूसरे के सामने बैठे हैं। वो अपने हाथों को पटपटा रहे हैं, इस इंतज़ार में कि मैं कुछ और कहूँ, और मैं आगे झुकती हूँ और उन्हें डॉक्टर की रिपोर्ट थमा देती हूँ। वो धीरे-धीरे उसे खोलते हैं, प्लास्टिक की बाहरी फ़ाइल पर बेज़रूरत ज़्यादा वक़्त लगाते हैं, सावधानी से लिफ़ाफ़े के गोंद लगे हिस्सों को अलग करते हैं। जब लिफ़ाफ़ा हल्का-सा फट जाता है, तो वो थोड़ा धक से रह जाते हैं मानो उन्होंने अपना हाथ काट लिया हो और तकलीफ़ के साथ फटे हिस्से की जांच करते हैं।

फिर वो काग़ज़ को ख़ुद से दूर रखकर शब्दों को बोलते हुए अंदर के पन्ने पढ़ते हैं।

'दुख की बात है, बहुत दुख की,' पूरा पढ़कर वो कहते हैं। 'मैं कुछ कर सकता हूँ, या मुझसे कोई फ़ोन करवाने हों, तो बता देना।'

वो काग़ज़ों को अपने पास रखी मेज़ पर डाल देते हैं और मुझसे पूछते हैं कि मैं और चाय लूँगी क्या। मैं सिर हिला देती हूँ और चम्मच से अपने कप में जम गई कैरेमल रंग की पपड़ी को हटा देती हूँ।

'यह शर्म की बात है,' वो आगे कहते हैं। 'मैं साथ जुड़ना चाहूँगा। लेकिन इसमें कुछ भी मेरा आइडिया नहीं था।'

यह हमेशा की बात है, और हमेशा उनकी झिड़की साथ होती है—हम कोई भी बात कर रहे हों, वो उसके शुरू में ही ख़ुद को अतीत, वर्तमान या भविष्य के हालात से जुड़ी सभी ज़िम्मेदारियों या फ़ैसलों से अलग कर लेते हैं। वो ऐसे किसी भी इल्ज़ाम से ख़ुद को बरी कर लेते हैं जो मैं लगाने के लिए तैयार हो सकती हूँ। वो यह नहीं जानते कि उनके घर की देहरी पार करने से पहले ही मैं अपनी जेबों-झोलों से ऐसी कोई भी बात निकाल बाहर करती हूँ, कि एक बार अंदर क़दम रखने के बाद मैं जानती हूँ कि एक अलग क़िस्म का दरवाज़ा मेरे सामने बंद रहता है।

मुझे हैरानी होती है कि क्या उन्हें वाक़ई अपनी दायित्वहीनता की स्थिति पर विश्वास है, कि उनकी ज़िंदगी में कोई ऐसा फ़ैसला है जिसके लिए वो ज़िम्मेदारी लेंगे। इकतरफ़ा बयान मेरे लिए हमेशा तकलीफ़देह और दिलचस्प रहा है, उस आवाज़ की एकभाषिता जिसमें वो मुझसे बात करते हैं। मुझे हैरानी होती है कि उनके मन में कौन सी आवाज़ बोलती है।

इसी पल कमरे में मेरे पिता की पत्नी आ जाती हैं, और वो बोलना बंद कर देते हैं। वो मुझे गले से लगाती हैं और मेरी पीठ थपथपाती हैं। उनका बेटा भी आ गया है, और मेरे सामने बैठ गया है।

उस महिला की बांहें बेलनों की तरह साइड में पड़ी हैं। ये लड़का अब वैसा बच्चा नहीं रहा है जैसा मैं उसे हमेशा सोचती हूँ, बल्कि उस उम्र का किशोर हो गया है जब यह समझ पाना मुश्किल हो जाता है कि वो कितना बड़ा होगा। हम एक दूसरे से बिल्कुल नहीं मिलते, अलावा शायद हमारी रंगत के। मुझे हमेशा ऐसा लगता है कि मेरे पिता और उनकी नई पत्नी एक से दिखते हैं, पतले और रोएंदार जैसे बारीक बुने स्वेटर हों। मैं आपस में मिलते-जुलते इन तीनों चेहरों को देखकर मुस्कुराती हूँ।

मैं अपने भाई से कॉलेज के बारे में पूछती हूँ, और जब वो जवाब देता है तो मैं देखती हूँ कि उसकी ठोड़ी पर हल्के बाल आने लगे हैं। मैं उस पर कम ही ध्यान देती हूँ, आमतौर पर अपने पिता पर ही फ़ोकस रखती हूँ। और पत्नी पर। उनके मोटे चश्मे के भीतर उनकी आँखें मुझे मुश्किल से ही दिखाई देती हैं।

जब मैं चलने लगती हूँ, तो मेरे पिता एक बार फिर मेरी माँ की दुखद समस्या पर अफ़सोस करते हैं और मुझसे कहते हैं कि मैं उनसे जल्दी-जल्दी मिला करूँ। हमारे अलग होते वक़्त वो हमेशा यह कहते हैं, हालांकि हमारी अगली मुलाक़ात में अनिवार्यत: छह महीने तो बीत ही जाते हैं।

घर वापस आते हुए मैं बोट क्लब रोड पर रुकती हूँ। दरवाज़े की घंटी की आवाज़ चिड़ियों के चहचहाने जैसी है और मुझे दरवाज़े की ओर आती बूढ़ी चंदा बाई के बाटा के जूतों की चूँ-चूँ सुनाई दे रही है, रबड़ की बत्तख़ की चूँ-चूँ की तरह। वो कपकपाते जबड़े से मुस्कुराती हैं और मेरे गाल पर हाथ रख देती हैं।

'तुम बहुत थकी दिख रही हो,' वो कहती हैं।

मैं बाथरूम जाती हूँ और छोटे से सिंक में अपना चेहरा धोती हूँ। वो एक बेतरतीब से पाइप पर टेढ़ा लगा है—बाद में लगाने का सोचा गया छोटा-सा पोर्सेलीन का सिंक। नल पूरी तेज़ी से खुलता है और मेरे पांव भिगो देता है। फूलदार टाइल का पैनल अब धुँधला, गंदा और नम हो गया है। मटमैला पानी घेरा बनाते हुए नाली में चला जाता है।

नानी एक चारपाई पर आलती-पालथी मारकर बैठी हुई हैं, उनके सामने तीन कॉर्डलैस फ़ोन रखे हैं। वो मुझे देखती हैं और आशीर्वाद में हाथ उठा देती हैं। वक़्त की खींची लकीरों के अलावा हम एक से दिखते हैं, हम तीनों, मेरी माँ, नानी और मैं। दूसरे फ़र्क़ बहुत बारीक हैं। मेरी नानी के टख़ने भारी हैं, और उनके बाल सिर पर पीछे की ओर रहते हैं, और मांग किसी तेल की नदी जैसी चमकती है। मेरी माँ गोरी हैं और उनकी पिंडलियों के पीछे सरसों के दानों की तरह काले इनग्रोन बाल हैं। मैं सांवली हूँ, और मेरे बालों के घूँघर केवल गीले होने पर ही खुलते हैं।

मैं बैठ जाती हूँ तो नानी शिकायत करती हैं कि बिजली की लाइन डालने के लिए बाहर गली को खोदा जा रहा है। वो कहती हैं ये म्युनिसिपल कॉरपोरेशन

की धांधली है। जब मैं उनसे खुलकर बताने को कहती हूँ कि लोकल प्रशासन किस धांधली का दोषी है, तो वो सिर हिलाते हुए दूसरी तरफ़ देखने लगती हैं।

'मैं गांधीवादी हवा में सांस लेकर बड़ी हुई हूँ,' वो कहती हैं। 'मैं गुंडों के दिमाग़ों की कल्पना भी नहीं कर सकती।' उनकी अंग्रेज़ी लहकती सी है, जैसी किताबों की जगह टेलीविज़न से सीखी हुई होती है।

उनकी निगाहों के पीछे-पीछे मैं भी खिड़की से बाहर देखती हूँ। गली जीर्ण-क्षीण दोमंज़िला बंगलों और फूलों से लदे गुलमोहर के पेड़ों से भरी है। धूप अंदर आ रही है, जैसे इन दिनों में अक्सर आती है, सेरेमिक के नीले फ़र्श के रंग को जज़्ब करती।

उन्होंने और मेरे नाना ने बीस साल पहले मार्शमैलो जैसी बांहों वाली एक पारसी अविवाहित महिला से यह घर ख़रीदा था। वो महिला हिन्दुओं को अपना घर नहीं बेचना चाहती थी, लेकिन और कोई प्रस्ताव आ ही नहीं रहा था। मेरे नाना-नानी अपना पुराना फ़र्नीचर साथ लेकर आए थे: मेरी नानी की मुल्तानी लकड़ी की बनी कुर्सियाँ, और क़ब्रों की तरह मज़बूत गोदरेज की बड़ी-बड़ी अल्मारियाँ (वो अभी भी एक डोरी से चाबियों को कमर में बांधकर रखती हैं)।

नाना और नानी यहाँ आने के लिए आतुर थे; उनके पुराने फ़्लैट में अभी तक भी नाना के प्रेम-प्रसंगों और नानी के अनेक मृत जन्मे बच्चों के भूत बसे थे, और लोड-शेडिंग तो रोज़ का रोना था। मज़े की बात यह थी कि वो एक ऐसे घर में रहने आए थे जो पिछली मालकिन के मृत पुरखों के भूतों से त्रस्त लगता था—माँ ने कहा था कि वो अपनी बुरी यादों का सौदा एक अजनबी की यादों से कर रहे थे।

वो गर्मी के दिन थे। मैं बारह साल की हुई थी और नानी ने मुझे कैरम बोर्ड दिलाने का वादा किया था। मुझे कैरम का शौक़ नहीं था, मुझे लगता था वो बच्चों और गांववालों का गेम है, लेकिन यही एक तोहफ़ा था जिसे ख़रीदने के लिए वो राज़ी हुई थीं, और मुझे तोहफ़ों का बहुत लालच था। अंबार—बस यही मायने रखता था। यह वो दौर था जब खाने के वक़्त मैं अपनी प्लेट दो बार भरती थी, भले ही बाद में मुझे उल्टी करनी पड़े। मेरी ठोड़ी डबल होने लगी थी और मेरे पेट पर टायरों के ढेर बन गए थे।

जिस दिन उन्होंने घर का पज़ेशन लिया, मैं मूवर्स को—कोई आधा दर्जन आदमी डब्बों को ले जाने के लिए एक टैंपो ट्रैवलर लेकर आए थे—लेस के

मेज़पोशों के गोले बनाकर पैक करते देखती रही। खुली अलमारियों ने कई पीढ़ियों की चीज़ें उजागर कर दीं: बिजली के पुराने बल्ब जो अब बेकार हो गए थे, बिना पॉलिश वाले चांदी के गहने, अपने ओरिजनल डिब्बे में रखे पोर्सेलीन के टी सैट। कांच के फ़ानूस मकड़ी के जालों से भरे थे। आदमियों ने दबे हुए गद्दे वाली छींटदार कपड़े की सैटी उठाई तो उसे देखकर मुझे अपनी ग्रे सूती शमीज़ की याद आ गई थी जिसे मैं अपनी स्कूल यूनिफ़ॉर्म के नीचे पहना करती थी। उन लोगों ने पुराने कंबलों में फ़र्नीचर को लपेटा, और अपने शरीर की गंध और अपनी नर्स के इंतज़ार में खिड़की के पास व्हीलचेयर में बैठी भूली-बिसरी पारसी महिला को पीछे छोड़ गए थे।

यह बहुत साल पहले की बात थी, मगर एक अपरिचित सी मर्दाना गंध और धूल की परत के साथ घर वैसा ही लगता है।

'मुझे माँ के बारे में आपसे बात करनी है,' मैं कहती हूँ।

'उसे क्या हुआ?' नानी पूछती हैं।

'हम डॉक्टर के यहाँ गए थे। वो चीज़ें भूलने लगी हैं।'

'वो इसलिए कि वो शादीशुदा नहीं है। औरतें जब शादीशुदा नहीं होतीं तो चीज़ें भूलने लगती हैं।' फिर वो आगे कहती हैं, 'वैसे, भुलक्कड़पन तो ख़ानदानी है। उसके पिता भी भुलक्कड़ थे।'

मैं सहमत हुए बिना कंधे झटक देती हूँ, हालांकि मुझे याद है कि नाना जी कभी-कभार बेध्यानी में नानी के आगे अपना अख़बार बढ़ा देते थे, यह भूलकर कि वो पढ़ना नहीं जानतीं, और जवाब में वो, हमेशा यह मानते हुए कि नाना जी उनका मज़ाक़ उड़ा रहे हैं, उनका हाथ झटक देतीं और दनदनाती हुई कमरे से चली जातीं।

'यह अलग है,' मैं कहती हूँ। 'उस दिन वो यही भूल गईं कि मैं कौन हूँ।'

वो सिर हिलाती हैं और जवाब में मैं भी सिर हिलाती हूँ, और साथ में जैसे हम जान गए थे कि कुछ समझ लिया गया है, हालांकि मैं पक्का नहीं कह सकती कि क्या। ग़लत निश्चितता से ग़लतफ़हमी पनपती है। मैं सोचती हूँ क्या मैंने पूरा सच बताया है या कुछ ऐसा अर्थ दिया है जिसका कभी वजूद ही नहीं था—क्या मैंने कुछेक शब्दों और अपना सिर हिलाने से अपनी माँ को उससे ज़्यादा बीमार बना दिया है जितनी वो वास्तव में हैं। शायद यह बुरी बात न हो। शायद हम सबको सावधान, सजग रहने की ज़रूरत हो।

मैं विचार करती हूँ कि वो बातें बताऊँ या नहीं जो डॉक्टर के ऑफ़िस में हुई थीं, बादल और मस्तिष्क के एमलॉयड प्लाक की तस्वीर बनाऊँ या नहीं।

नानी गाल पर हाथ रख लेती हैं। 'वो, तुम्हारी माँ, बहुत मोटी हो गई है। उसकी उँगलियाँ तो पहले से डबल हो गई हैं। जब वो मरेगी तो हम उसके हाथों से ज़ेवर कैसे उतारेंगे?'

सुबह का समय गहरी सांसें लेने और अपने शरीर में ख़ुद को नए सिरे से खोजने का होता है।

जब माँ पार्लर में अपने सफ़ेद बालों को काला करवा रही थीं तब मैंने एक मैगज़ीन में यह पढ़ा था। जहाँ भी मुमकिन होता है मैं उनके साथ जाने लगी हूँ। उनके पैसे देने से पहले मैं बिलों को दोबारा चैक करती हूँ, और देखती हूँ कि वो अपनी सीट बैल्ट लगा लें। कभी-कभी जब दूसरे लोग सुनने लायक़ दूरी के अंदर होते हैं, तो वो चिल्लाती हैं कि मैं उन्हें टॉर्चर कर रही हूँ, कि वो चाहती हैं उन्हें अकेला छोड़ दिया जाए।

कुछ दंपतियों के मामले में, अच्छी नींद बीती रात के टकराव को मिटा देती है, मैगज़ीन में आगे लिखा है। क्या इसका मतलब यह है कि अनिद्रा रोगियों या अनियमित जैविक प्रक्रिया वाले लोगों से वैवाहिक आनंद दूर रहता है?

सुबह को, मैं स्ट्रैच करती हूँ और मुझे लगता है जैसे मेरी बाहें और टांगें विपरीत दिशाओं में खिंच रही हैं और मेरा धड़ मेरे भारी अंगों के बीच एक ख़ाली जगह है। मेरे शरीर के बीच का छेद कचोट रहा है। मैं हमेशा भूखी उठती हूँ और मेरा मुँह जैसे मेरे सारे चेहरे पर हावी हो जाता है, सूखा, और गर्म, रेत के अंधेरे गड्ढे की तरह। दिलीप मेरे पास हैं और उनके शरीर के नीचे चादर नम और ठंडी है। उन्हें रात को बहुत पसीना आता है लेकिन अपने सपनों की कोई बात उन्हें याद नहीं रहती।

उनके काम के लिए निकलने के बाद मैं रोज़ाना चादरें धोती हूँ और बिल्डिंग के बाहरी गलियारे में सूखने डाल देती हूँ जहाँ दोपहर की धूप आती है। पड़ोसियों ने इला से कहा है कि लिफ़्ट के लिए इंतज़ार करते वक़्त उन्हें हमारे बिस्तरे देखना अच्छा नहीं लगता। उनके दरवाज़े के बाहर गहरे नीले रंग की टाइल पर सफ़ेद पेंट से लिखे प्लाक पर द *गवर्नर्स* लिखा है। वो दोनों ही रिटायर्ड हैं, एक भूतपूर्व स्कूल टीचर, एक भूतपूर्व नेवी वाले, और जब वो अपनी बहन से मिलने बॉम्बे जाती हैं, तो दिलीप और मैंने देखा है कि मि. गवर्नर अपनी बालकनी में बैठे सिगरेटें फूँकते और रोते रहते हैं।

'ये उन्हें मिस कर रहे होंगे,' दिलीप कहते हैं।

'हो सकता है इन ट्रिप्स पर वो असल में अपनी बहन से मिलने जाती ही न हों। शायद ये इस बारे में जानते हों।'

दिलीप हैरानी से मुझे देखते हैं, मानो वो ऐसा कभी सोच ही न सकते हों, और फिर अर्थपूर्ण ढंग से मुझे देखते हैं मानो इसका मतलब कुछ ऐसा है जो मैंने किया है। एक वक़्त था जब यह बात पर उन्हें मज़ेदार लग सकती थी।

'मुझे नहीं लगता तुम उदार या दयावान हो रहे हो,' मैं कहती हूँ। पार्लर में रखी पत्रिका में लिखा था कि ये गुण किसी भी अच्छे रिश्ते के लिए अहम हैं। जब मैं बोलती हूँ तो वो दूर कहीं देखने लगते हैं, जो कुछ भी देख रहे हों उस पर मंत्रमुग्ध से, मानो दूर कहीं देखकर वो मुझे ज़्यादा अच्छी तरह समझ सकते हैं।

'मैंने तो कुछ नहीं कहा,' वो उत्तर देते हैं।

शाम को, हम बिल्डिंग के जिम में जाते हैं। उन्होंने पॉलिएस्टर की स्लीवलेस शर्ट पहनी है जिसे हर वर्कआउट के बाद दो बार धोना पड़ता है। वो आईने से तीन फ़ुट दूर फ़्री वेट उठाते हैं और हर बार ज़ोर से सांस छोड़ते हैं। मुझे उनकी शोर भरी सांसें शर्मनाक लगती हैं, गैस छोड़ने या अंदरूनी हिस्सों को उघाड़ने की तरह। मुझे यह विचार कभी पसंद नहीं आता है कि कोई मुझे ख़र्राटे लेते सुने।

मैं स्टेयर-क्लाइंबर इस्तेमाल करती हूँ और अपने हैडफ़ोन को ऊपर लगे टेलीविज़नों पर चल रहे एक म्युज़िक चैनल पर लगा लेती हूँ। ऑफ़िस के बाद भीड़ रहती है और मुझे कभी-कभी मशीन के लिए इंतज़ार करना पड़ता है। जब मैं छोटी थी तो कभी वर्क आउट नहीं करती थी, मगर तीस की होने के बाद से मेरा शरीर ख़ूब पकी नाशपाती जैसा दिखने लगा है।

दिलीप कहते हैं कि वर्कआउट से फ़र्क़ पड़ रहा है, मगर मुझे तो नही दिखता और मैं उनसे कहती हूँ कि मुझे उनके साथ वर्कआउट करना पसंद नहीं है।

वो समझ नहीं पाते कि मुझे बुरा क्यों लगा, कि जब भी वो मेरी तारीफ़ करते हैं तो मैं असुरक्षित क्यों महसूस करती हूँ, और क्यों मैं उन पर कभी भी भरोसा नहीं कर पाती हूँ। कभी-कभी मुझे उनके मन की पगडंडियों पर, उस तरीक़े पर हैरानी होती है जैसे उनके विचार चलते हैं, एकदम अनुशासित

और एक सीध में। उनकी दुनिया नियंत्रित, सीमित है। मैं जो कहती हूँ उसे वो शब्दश: समझते हैं—एक शब्द का एक अर्थ होता है और एक अर्थ का एक शब्द होता है। लेकिन मैं दूसरी संभावनाओं की भी कल्पना करती हूँ और बोलों के भारीपन को देखती हूँ। अगर मैं पॉइंट एक्स से इसके दूसरे सभी संपर्कों तक लाइन खींचूँ, तो मैं ख़ुद को किसी ऐसी चीज़ के केंद्र में पाऊँगी जिससे मैं बाहर नहीं निकल सकती। ग़लत समझने के लिए बहुत कुछ है।

दिलीप मानते हैं कि एक अकेला विचार दिमाग़ के पूरे फ़लक का अक्स होता है। वो कहते हैं यह मेरे लिए थकाऊ होता होगा।

'तुम्हारी माँ यहाँ से औंधी हैं,' नानी अपने सिर की एक साइड को ठोंकते हुए कहती हैं। वो अपनी चारपाई पर आलती-पालथी लगाए बैठी हैं और मैं पुरानी तस्वीरों को देख रही हूँ। कभी-कभी वो अपने कॉर्डलेस फ़ोनों पर डॉयल टोन चैक कर लेती हैं।

माँ के तब के फ़ोटो हैं जब वो लंबे, मुश्किल बालों वाली लड़की थीं। वो हर हफ़्ते आइरनिंग बोर्ड पर लेट अपने बालों को अख़बार के पन्नों के बीच रखकर घंटों सीधा करवाने में लगाती थीं। अफ़वाहें बताती हैं कि चौदह-पंद्रह साल की उम्र में वो कैसी थीं, हर दोपहर स्कूल से ग़ायब होकर पुराने बॉम्बे-पुणे हाईवे के एक ढाबे पर पहुँच जातीं। ढाबे पर पंजाबी रसोई का बोर्ड लगा था। वहाँ वो एक लार्ज बीयर ऑर्डर करतीं और सीधे बोतल से पीतीं। अपने स्कूल बैग से वो गोल्ड फ़्लेक सिगरेट का पैकेट निकालतीं और एक के बाद एक सिगरेट पीतीं। टैक्सियों और स्कूटरों पर आने वाले मुसाफ़िर पेशाब जाने या खाना खाने को ढाबे पर रुकते—ख़ासकर आश्रम की ओर जाने वाले विदेशी जिनके पास मामूली-सा सामान और लगभग न के बराबर पैसे होते थे। माँ अपना परिचय देतीं, उनसे जान-पहचान करतीं, कभी-कभी शहर वापस आने के लिए लिफ़्ट भी ले लेतीं। नानी का मानना है कि इन बेलगाम दिनों ने ही माँ के अंदर आश्रम के प्रति दिलचस्पी जगाई थी, मगर मैं सोचती हूँ क्या उनकी आत्मनाशी प्रवृत्ति शुरू से ही मौजूद रही किसी और चीज़ का लक्षण थी।

लगभग उन्हीं दिनों मेरी माँ ने सफ़ेद कपड़े पहनना शुरू किया था। पूरे सफ़ेद, हर वक़्त, आश्रम के अनुयायियों की तरह। हमेशा सूती कपड़े। पतले,

लगभग पारदर्शी, हालांकि इन धुँधली तस्वीरों में कपड़े की बुनावट बता पाना मुश्किल है।

'अजीब बात है, वो सफ़ेद रंग पहनना चाहती थी जबकि वो ऐसे किसी भी शख़्स को नहीं जानती थी जिसकी मृत्यु हुई हो,' नानी कहती हैं। 'दूसरी लड़कियाँ मिनीस्कर्ट, बैलबॉटम पहनती थीं। तारा नहीं। वो पुराने ज़माने की आंटी जैसी लगती थी। बस, उसने दुपट्टा कभी नहीं पहना।'

ढेर में नानी की शादी के दिन की कुछ तस्वीरें भी हैं, जिनमें वो हैरान आँखों वाली छोटी सी, बमुश्किल पंद्रह साल की दिख रही हैं। वो लाल जोड़ा पहनी दुल्हन हैं, या उस ब्लैक एंड व्हाइट तस्वीर से मैंने यही अंदाज़ा लगाया, और उनकी साड़ी पर कढ़ाई की बस एक लाइन है। इतनी सूनी, आजकल तो शादी में जाने वाली मेहमान तक न पहनें। उनकी नथ कैमरे पर चमक रही है। उनके पीछे उनके पिता हैं, उनका पेट उनकी बुश्शर्ट से निकला पड़ रहा है। उनके चारों ओर दूसरे रिश्तेदार हैं, कुछ ऐसे लोग जिन्हें मैं जानती हूँ, उनकी बहनें-भाई, भतीजियाँ-भतीजे।

'वैसे भी दुपट्टे से होता क्या है,' मैं कहती हूँ। दुपट्टा हमेशा मुझे फ़ालतू चीज़ लगता था, कपड़े का अतिरिक्त टुकड़ा, न टॉप न बॉटम, जो पहले से ढका हो, उसे फिर से ढकने के अलावा यह और कोई मक़सद हल नहीं करता।

'दुपट्टा तुम्हारी इज़्ज़त होता है,' नानी कहती हैं। वो मेरे हाथ से तस्वीर खींच लेती हैं, और मैं उस इज़्ज़त की कल्पना करने की कोशिश करती हूँ जिसे आसानी से घर पर छोड़ा जा सकता है।

दूसरी तस्वीरें भी हैं जिन्हें नानी इनके साथ नहीं रखतीं, जिन्हें छिपाकर रख दिया गया है, जिनमें माँ क़रीब अठारह साल की हैं। उनके बाल छोटे, संभालने लायक़ हैं, और वो नीली आई शैडो और गुलाबी लिपस्टिक लगाए हुए हैं। उनका ब्लाउज़ सिल्क का है, जिस पर कोई हाइब्रिड ट्रॉपिकल चिड़िया बनी है और वो हाई-वेस्ट जींस में उड़सा हुआ है। शोल्डर पैड उनके कानों की लौ तक आ रहे हैं। उनका मुँह खुला है, और मैं कह नहीं सकती कि वो मुस्कुरा रही हैं या चिल्ला रही हैं।

मैं उन्हें इस रूप में कभी नहीं जानती थी, मगर मेरे पिता के साथ वो ऐसी ही थीं।

उन्हें लगता था कि उन्होंने माँ को बदल दिया है, उनकी बेचैनी को दूर कर दिया है और उन्हें वो बना दिया है जो उन्हें होना चाहिए था। मेरे पिता के परिवार को यह मानने में चार साल लगे कि वो ग़लत थे।

'तुम इन सबसे क्या करोगी?' मैं फ़ोटोग्राफ़ों को एक लिफ़ाफ़े में रखने लगी तो नानी पूछती हैं।

'इन्हें माँ को दिखाऊँगी,' मैं कहती हूँ। 'हमें उन्हें याद दिलाना होगा।'

वो सुनहरा दौर था, वो वक़्त जब अतीत की सारी ग़लतियाँ सही की जा रही थीं और भविष्य संभावनाओं से भरा था—नानी उस वक़्त के बारे में इसी तरह बताती हैं जब माँ मेरे पिता से मिली थीं।

रिश्ता तब तय हुआ था जब मेरे पिता और उनकी माँ को नानी के यहाँ शाम की चाय पर आमंत्रित किया गया था, और माँ बहुत देर से, पसीने में भीगी आई थीं, उनकी शमीज़ से उनके भूरे निपल दिख रहे थे।

मेरे पिता पतले-दुबले, सूखे से, अभी भी अपने नए-नवेले शरीर से तालमेल बिठाना सीख रहे थे। उनके ऊपरी होंठ पर काले पाउडर की परत सी जमी लगती थी और उनकी भौंहें बीच में जुड़ने से पहले बिखर सी गई थीं। यहाँ तक कि उनके जोड़ भी जैसे किसी चुम्बकीय शक्ति से एक दूसरे की ओर खिंचे से दिखते थे, कोहनी से कोहनी, घुटने से घुटना, उनका धड़ भी जैसे अपने आप में घुसा जा रहा था। उनकी माँ को बार-बार टोककर उन्हें सीधा करवाना पड़ रहा था। वो ज़मीन को तकते रहे जबकि माँ ज़ोर-ज़ोर से बोलती रहीं, बोलते हुए अपना वज़न अपने पैरों पर डाले हुए।

कुछ वक़्त के लिए ऐसा लगा कि माँ जो चाहती थीं, उसे उन्होंने बदल दिया है, कि किशोरावस्था का उनका विद्रोह शांत हो गया है और वो उस रास्ते पर आ गई हैं जिसे उनके माता-पिता अच्छा भविष्य कहते थे।

उन्होंने अपने बाल काट लिए, रंगीन कपड़े ख़रीदे, और क्लब में वक़्त बिताने लगीं। उन्होंने आगे पढ़ने की इच्छा जताई, और यह तक ऐलान कर दिया कि वो होटल मैनेजमेंट या कैटरिंग लेंगी जबकि मेरे पिता अपनी इंजीनियरिंग की डिग्री पूरी कर रहे थे।

शादी के एक साल बाद मैं पैदा हो गई।

उसके पांच साल बाद मेरे पिता ने तलाक़ की अर्ज़ी दाख़िल कर दी। इसके लिए मेरी माँ मौजूद नहीं थीं।

कुछ समय बाद, वो एक नई पत्नी के साथ अमेरिका के रास्ते पर थे।

'हम उनके साथ ज़्यादा वक़्त क्यों नहीं बिताते?' दिलीप कहते हैं।

वो मेरे पिता के बारे में कह रहे हैं। मैं उनकी ओर नहीं देखती।

हम क्लब में हैं, अपने दोस्तों के आने का इंतज़ार कर रहे हैं। वो बीयर पी रहे हैं और मैं डाइट कोक के साथ ओल्ड मौंक पी रही हूँ। हम डोसे और चिली चीज़ टोस्ट का ऑर्डर करते हैं।

भारत में बसने तक दिलीप कभी नहीं समझ पाए थे कि क्लब की सदस्यता की क्या अहमियत है। उससे पहले तक वो हमेशा कुछ-कुछ वक़्त के लिए आते थे, दोस्तों और परिवार के साथ रहते, और उन्हें एयरकंडीशंड कारों में यहाँ-वहाँ ले जाया जाता था। लेकिन हममें से ज़्यादातर के लिए जो यहीं बड़े हुए थे, हमारी ज़िंदगी हमेशा क्लब के आसपास घूमती रही है। शहर के बीचोबीच आपको इतनी हरी-भरी जगह और कहाँ मिलेगी? बिल्डिंग एक लैंडमार्क है, जिसका रास्ता हर टैक्सी ड्राइवर जानता है। नाना जी हमेशा मज़ाक़ करते थे कि उनका मानना है कि केवल रेलवे ही इकलौती काम की चीज़ नहीं है जो ब्रिटिश अपने पीछे छोड़ गए हैं—बल्कि क्लब हैं, जहाँ हम स्कूल के बाद खेलने आते थे, जहाँ हमारे माता-पिता और दादा-दादी/नाना-नानी सामाजिक मेलजोल बढ़ाते थे, जहाँ हम तैरना सीखते थे। यही जगह थी जहाँ हममें से ज़्यादातर ने इसकी बाउंड्री की दीवार पर बेलौस फैली बोगनवेलिया के पीछे पहली बार किस किया था, जहाँ हम अपने पहले कंसर्ट, या नए साल की पार्टियों में गए थे।

बहुत साल तक क्लब में मेरी दिलचस्पी नहीं रही थी, उसकी जगह मैं नई बारों, कैफ़े और रेस्तराओं में जाना पसंद करती थी जो सारे शहर में खुलते जा रहे थे। क्लब नीरस और पुराने ज़माने का लगता था। ऐसी जगह जहाँ मेरे नाना-नानी जाते थे। लेकिन पिछले कुछ सालों में मैं इसकी ओर लौट आई हूँ, साल-दर-साल उन्हीं लोगों से सलाम-दुआ करने, उन्हीं टूटी सीढ़ियों को, दीवारों की उन्हीं दरारों को देखने में सुकून पाते हुए जिनकी कभी मरम्मत नहीं करवाई

गई थी। मेरे लिए यह शाश्वत रहा है जबकि ज़िंदगी इसका उलट है। दिलीप को भी यह पसंद आने लगा है।

उन्हें यह मज़ाक़ करना पसंद है कि क्लब की सदस्यता मुझसे शादी करने में मिला दहेज है।

मेज़ों पर सर्विस के लिए घंटियाँ हैं। शराब शहर में सबसे सस्ती है। बृहस्पतिवार की रातों को परिवार लॉन में तंबोला खेलने को जुड़ते हैं, और कार्ड रूम में केवल रमी के लिए ही आठ मेज़ें हैं।

'हम तुम्हारे डैड को यहाँ भी बुला सकते हैं,' दिलीप कहते हैं। 'क्लब में मिलने के लिए। ताकि सब सहज रह सकें।'

'मुझे डर लगता है,' मैं अपने पति के लिए मामले को सरल करती हूँ। दिलीप बस कुछ अप्रत्यक्ष परिणामों को ही समझ सकते हैं जो आज भी डॉमिनोज़ की कड़ी की तरह गिरते रहते हैं—जैसे जब उनकी माँ ने आग्रह किया था कि हम शादी के लिए इस नाटक को जारी रखें कि मेरे पिता मर चुके हैं क्योंकि सच समझाना पेचीदा हो सकता है। और फिर, बेशक, दिलीप सब चीज़ें दुरुस्त करना चाहते हैं। वो मानते हैं कि हर समस्या का हल होता है। वो खोजेंगे, खोदेंगे, खंगालेंगे जब तक कि उसे पा नहीं लेंगे।

'तुम्हें डरने की ज़रूरत नहीं है,' वो कहते हैं।

मुझे अहसास होता है कि वो मेरे प्रति उदार होने की कोशिश कर रहे हैं, तो मैं उदार होती हूँ। मैं इन शब्दों पर मुस्कुराती हूँ और हामी भरती हूँ, और बदले में दिलीप भी इस विश्वास के साथ मुस्कुराते हैं कि उन्होंने अपना काम कर दिया है लेकिन मैं बस अपने दोस्तों के आने से पहले आगे बढ़ने, बात बदलने और किसी और मुक़ाम पर ठहरने की कोशिश कर रही हूँ, क्योंकि छत्तीस साल से मन की यह शांति मुझसे दूर रही है, और इस सुहानी रात की कुछ हमदर्दी भरी बातें उस रोग को शांत नहीं कर सकतीं जो हम दोनों से पहले का है और जिसका कोई इलाज नहीं है।

मेरे पिता सैनिकों के बिगड़े बच्चे के रूप में बड़े हुए थे, हर साल स्कूल बदलते, और क्लास के बच्चों को दोस्त बनाने के लिए उन्हें रिश्वत का सहारा लेना पड़ता था। सबसे आम तोहफ़ा अपने माता-पिता के स्टॉक की आयातित

शराब होती थी। उनके पिता लेफ़्टिनेंट जनरल थे, और मौसम के साथ उनके घर बदल जाते थे, मगर वो हमेशा विदेशों की ख़ूबसूरत चीज़ों से भरे रहते थे। लकड़ी के जूते, बुनी हुई टेपेस्ट्री, और इतने महंगे क्रिस्टल कि उन्हें धोने का काम उनकी माँ ख़ुद करती थीं। वो किचन में जाना पसंद नहीं करती थीं, और एक बार उन्होंने गर्व से नानी से कहा था कि उन्होंने कभी पूरा खाना अपने हाथ से नहीं बनाया है। उन्होंने ख़ुद को किसी राजसी मारवाड़ी वंश का ढूँढ़ निकाला था, और इसका ज़िक्र वो अक्सर निकाल लेती थीं। वो सही लोगों को जानती थीं, और उन्होंने अपनी दोनों बेटियों की शादी ऐसे परिवारों में की थी जिन्हें वो अच्छा ख़ानदान मानती थीं, लेकिन तब उन्हें बहुत बड़ा सदमा लगा जब एक दोपहर किसी आधिकारिक काम से दिल्ली जाते वक़्त बिना किसी चेतावनी के उनके पति गुज़र गए।

अपनी शादी की तस्वीरों में मेरे पिता एक सजी-धजी घोड़ी पर सवार नौजवान दूल्हा हैं। उनके आगे एक छोटा लड़का, कोई भांजा, सहमा-सा बैठा है क्योंकि हर बार हॉर्न गूँजने पर घोड़ी आगे को झटका खा जाती है। सिर पर बंधे मैचिंग साफ़े और सुनहरी धागे में गुथे कड़क कॉलरों के साथ लड़के और दूल्हे ने एक से कपड़े भी पहने हैं। बारात के आगे चल रहे बैंड ने लाल-हरी शेरवानी पहन रखी हैं और उन्हें आसानी से मेहमान समझा जा सकता है। आदमियों ने बैंड वालों के चारों ओर घेरा बना लिया है, और वो ढोलक की हर थाप के साथ शोर कर रहे हैं, और सीटियाँ बजा रहे हैं। औरतें अपनी साड़ियों को संभालते और एक बांह हवा में उठाए कुछ पीछे नाच रही हैं, वो नौजवानों को देख रही हैं मगर उनके खेल में शामिल नहीं होतीं। एक तस्वीर बारात के एक गेट के बाहर रुकने की है, जो शायद वैडिंग हॉल है जहाँ मेरी माँ और उनका परिवार बारातियों का स्वागत करने का इंतज़ार कर रहे हैं। जब-तब सड़क पर चलने वाले सामान्य कपड़ों वाले लोग भी दिखते रहते हैं। वो घेरों में हँसते-नाचते तमाशे में शामिल हो गए हैं। फ़ोटोग्राफ़र के असिस्टेंट द्वारा पकड़ी तेज़ पीली रोशनी की स्पॉटलाइट दूल्हे पर पड़ती है। तेज़ रोशनी युवक की आँखों में भर जाती है। हर फ्रेम में उसकी आँखें चौंधिया जाती हैं। जब उसकी आँखें खुली होती हैं, तो उसकी निगाह घोड़े पर होती है।

मैं उनके बारातियों की कल्पना करती हूँ, जो दूर-दराज़ के रिश्तेदारों के साथ बैंक्वेट हॉल की ख़ाली कुर्सियों को भर रहे हैं—हर कोई, दहेज और बेटी को लाने के असली काम के लिए मुस्तैद है।

मैं अपनी माँ की एक दुल्हन के रूप में, उनकी माँ और आंटियों, और उन औरतों की तस्वीर बनाती हूँ जो एक ऐसे डर के साथ जमा हैं जिसे बस वही समझ सकती हैं। आदमी लटके चेहरों के साथ फिर रहे हैं।

मैं हैरान हूँ कि वो असल में कैसी लग रही होंगी, जब रोशनियाँ उनकी रंगत को उभार नहीं रही होंगी, उन्होंने अपने नए परिवार के अपरिचित चेहरों को क्या प्रतिक्रिया दी होगी। दूल्हा, मेरे पिता, भौंचक्का-सा दिखता रहा होगा, वो इतने कमउम्र थे कि यह भी नहीं समझ पाए होंगे कि उन्होंने कैसे एक स्वीकृत अपहरण को अंजाम दे दिया है।

सुबह तक, लड़की रूपांतरित हो जाएगी। नया पति, नया जीवन। और जब वो ख़ुद को अकेला पाएगी, तो शायद अभी भी अतीत को सोचकर वो रोएगी, उस अंत का मातम मनाएगी जिसकी परिणति मौत में नहीं हुई थी।

नानी कहती हैं उन्हें हमेशा फ़िक्र रहती थी कि माँ अपने नए माहौल से कैसे तालमेल बिठाएंगी। 'तुम्हारी माँ विचित्र लड़की थी। किसी को पता नहीं था कि वो ज़िंदगी में क्या चाहती है। मुझे लगता है कुछ नहीं बदला है। लेकिन तुम्हारे बाप की माँ भी बहुत अजीबो-ग़रीब थी। उनके एक ही घर में रहने से कुछ भला नहीं हुआ।'

मेरी माँ ने कई मौक़ों पर मुझे अपनी शादी के शुरुआती दिनों के अजीबो-ग़रीब हालात के बारे में बताया था। दिल के दौरे से अपने पति की मौत होने के बाद से उनकी सास रोज़ाना कश्मीरी लहसुन का अचार खाती थीं। सारे घर में लहसुन के हाज़मे की ख़ास महक भरी हुई थी।

अपने नए घर में पहले दिन उनकी सास ने उन्हें नहाने के लिए सफ़ेद रंग के साबुन की रूखी सी टिकिया और एक हैंड टॉवेल दी। उन्होंने माँ को पुरानी साड़ियों का एक ढेर भी दिया जो उनकी सास की थीं। तब से माँ को वही पहननी थीं। माँ ने कपड़ों को सूँघा, उनसे बरसों की धूल और नेप्थलीन की महक आई। वो सिहर गईं।

दूसरे दिन, जब मेरे पिता की माँ ने अपनी नई बहू को घर में इधर-उधर घूमते देखा, तो उन्हें हॉल में बुला लिया जहाँ तेज़ आवाज़ में रेडियो चल रहा था, और पूछा कि वो क्या कर रही हैं।

'कुछ नहीं,' माँ ने जवाब दिया। यह सच भी था। करने को कुछ था भी नहीं।

'मेरे साथ बैठो, कुछ संगीत सुनो।'

माँ सोफ़े पर बैठ गईं जब तक कि वो क्लासिकल आवाज़ों से उकता नहीं गईं। उन्हें तो डोर्स, या फ्रेडी मर्करी पसंद था। लेकिन जब माँ ने खड़े होने की कोशिश की, तो उनकी सास ने उनकी बांह थाम ली। 'यहीं रुको। मुझे कंपनी पसंद है।'

रेडियो के पास सोफ़े पर साथ में बिताया उनका समय छह घंटे बाद ख़त्म हुआ। नौकर खाना और चाय ले आए थे। मेरे पिता की माँ अपने हाथ में एक चिमटी रखती थीं। वो अपनी ठोड़ी पर सख़्त बाल महसूस करतीं और उन्हें खींच निकालती थीं। और ऐसा वो आईने में देखे बग़ैर करती थीं, और माँ तो देखकर सहम गईं कि इस कोशिश में अक्सर वो अपनी खाल ही नोच लेती थीं। उनके सारे जबड़े पर खुरंट और घाव भरे पड़े थे।

'तुम जानती हो अच्छा क्या होगा?' बुज़ुर्ग महिला ने कहा। 'जब मेरे बेटे के घर आने का वक़्त हो तो तुम दरवाज़े के पास इंतज़ार करना। जब हमारी नई-नई शादी हुई थी तो मैं अपने पति के लिए ऐसा ही करती थी।'

उन्होंने दीवार पर टंगे एक व्यक्ति के बड़े से फ़ोटोग्राफ़ की ओर इशारा किया। उनकी भौंहों ने पूरे माथे पर एक गहरी रेखा बनाई हुई थी और वो भृकुटि चढ़ाए एक तरफ़ को देख रहे थे। तस्वीर पर सूखे फूलों की माला चढ़ी हुई थी।

'क्या तुम ऐसा करना चाहती हो?' उनकी सास ने पूछा।

माँ ने बाहरी दरवाज़े की तली की मोटी दरार को तका, जहाँ से रोशनी की अबाधित किरण अंदर आ रही थी। देखते, इंतज़ार करते हुए कि कोई चीज़ उस रेखा को बीच से तोड़ दे। एक जोड़ा पांव। किसी आते हुए व्यक्ति की छाया।

वो चाहती थीं कि उन्होंने ना कह दिया होता और इस काम से बचने का कोई तरीक़ा निकाल लिया होता। वो, इस नए परिवार के लोग पिछड़े हैं। माँ लिविंग रूम में बैठना ज़्यादा पसंद करतीं।

क्यों न तुम यह करके देखो, शायद तुम्हें अच्छा लगे?

जैसे क्या? कुत्ते की तरह दरवाज़े के पास खड़े रहने में अच्छा लगने को क्या था?

छह बजने में पांच मिनट पर, उन्होंने दरवाज़े के पास मोर्चा संभाल लिया, कोई तीस मिनट एक पहलू से दूसरे पहलू पर झूलती रहीं, ट्रैफ़िक और इस पर निर्भर रहते हुए कि उनके पति को घर आने में कितनी देर लगी।

सास ने लाउंज का दरवाज़ा खुला रखा था ताकि वो बाहर देख सकें और निश्चित हो सकें कि माँ मुस्तैद थीं। चार ही दिन में बुज़ुर्ग महिला ने मान लिया कि इतनी देर तक खड़े रहना थकाऊ था, और एक लंबा-चौड़ा प्लान बनाया गया कि एक नौकर किचन की खिड़की के पास खड़ा रहेगा और जब वो छोटे साहब को आते देखेगा तो आवाज़ देकर बता देगा। उस पल सास जोशो-ख़रोश से अपनी बांहों को हिलाते हुए माँ को दरवाज़े की ओर भागने का इशारा करतीं।

तो होता यह था कि छह बजने में पांच मिनट पर सास संगीत बंद कर देती थीं और नौकर को आवाज़ देकर चौकीदारी पर लगा देती थीं, हालांकि आने का वक़्त औसतन साढ़े छह बजे के आसपास रहता था। माँ को ख़ामोशी अच्छी लगती थी, लेकिन उन्हें अपना सिर पीछे टिकाने या आँखें बंद करने की इजाज़त नहीं थी, उनके पति की माँ टिकटिका देती थीं।

'मैं अब और यह नहीं करना चाहती,' एक दिन माँ ने कहा।

माँ उठकर अपने कमरे में चली गईं, सास ने कुछ नहीं कहा। किशोर कुमार की आवाज़ जैसे हवा में हमेशा के लिए ठहर गई थी।

कमरा दड़बेनुमा था, मगर वही इकलौती जगह थी जहाँ माँ राहत महसूस करती थीं। कभी-कभी वो दीवार पर अपने शरीर को टकरातीं और ख़ामोशी से मन ही मन चीख़ उठतीं। और कभी वो बेड पर लेट जातीं, आँखें बंद करतीं और अपनी बांह को पीली, अदरक़ के रंग जैसी साइड टेबलों से टकराते हुए चलतीं। गद्दे उससे पतले थे जिसकी उन्हें आदत थी। बेडकवर ग्रे सिंथेटिक कपड़े का था, और उन्हें हैरानी होती थी कि नौकर उसे कैसे धोते होंगे। फ़र्श सुर्ख़ लाल मार्बल का था जो कुछ रोशनी में अंतहीन गड्ढे जैसा दिखता था। ड्रेसिंग टेबल पर एक कप था जिसमें उनका हेयरब्रश और कंघा था। वो उसे गिरातीं और धीरे से गिरने की आवाज़ सुनते हुए उसे फिर से उठा लेतीं। वो ब्रश में फँसे अपने सारे बालों को निकालतीं, और लंबे-लंबे बालों को उसके दांतों में लपेट

देतीं। कभी-कभी काले तार को वो अपनी उँगलियों पर लपेट लेतीं, और उसे अपनी त्वचा को काटते देखतीं। जब इससे उकता जातीं, तो अपने पांव पलंग के सिरहाने पर टिकाकर अपने पतले-पतले टख़नों को देखतीं, अपने पति से जुड़े दिवास्वप्नों में डूबती-उतरातीं, कल्पना करतीं कि वो उस पल में क्या कर रहे होंगे, फिर उनका मन भटककर अपने बिस्तर पर, और उन दूसरे मर्दों की ओर चला जाता जिन्हें वो जानती थीं या जिन्हें बस चलती-फिरती मुलाक़ात में जाना था, मगर उन्होंने उनके ऊपर ऐसी गहरी छाप छोड़ी थी कि वो अभी भी उनकी हसरत कर बैठतीं। मेरी माँ जानती थीं कि शादियाँ आमतौर पर नाख़ुशगवार होती हैं, मगर वो बहुत छोटी थीं और इस विचार को पूरी तरह जज़्ब नहीं कर पाई थीं कि उनकी हक़ीक़त भी यही होनी थी। वो अभी भी यही विश्वास करती थीं कि वो ख़ास हैं, असाधारण हैं, और उनके विचार ऐसे हैं जैसे और किसी के नहीं थे।

दरवाज़े के बाहर की आवाज़ों को, गलियारे से गुज़रते क़दमों को सुनते दिन बीतने का इंतज़ार करते हुए वो छोटी सी सीको अलार्म घड़ी की सुईयों को घूमते देखतीं।

समय के साथ, माँ ने मेरे पिता की अल्मारी खोलने की हिम्मत जुटा ली। उसमें ऐसा बहुत कुछ था जो उन्होंने उन्हें कभी पहने नहीं देखा था, ऐसे कपड़े जो शायद अब उन्हें फ़िट नहीं आते होंगे। उन्होंने एक भी कपड़े को अपनी जगह से हटाए बिना मन ही मन मार्क कर लिया कि किस कपड़े को निकाल देना होगा। माँ ने हर शर्ट की आस्तीनों को छुआ। उन्होंने देखा कि मेरे पिता के जूते के तल्ले किस तरह घिसे थे, और बनियानें किन जगहों से घिसी थीं। फ़ुर्सत से देखने में कोई बात थी जो उन्हें बहुत पसंद थी, यह कुछ ऐसा काम था जो वो तब नहीं कर सकतीं थीं जब वो व्यक्ति ख़ुद वहाँ मौजूद होता। कभी-कभी माँ को समझ नहीं आता था कि वो आख़िर दिखते कैसे हैं।

जब दिन भर की पढ़ाई के बाद मेरे पिता घर आते, तो नहाने-धोने और अपनी किताबें पढ़ने जाने से पहले अपनी माँ का अभिवादन करते। डिनर के बाद वो अक्सर लिविंग रूम में अपनी माँ के पास बैठते और उनकी गोद में सिर रख लेते थे। वो उनका माथा दबातीं, नन्हे-मुन्ने से बालों को थपथपाती, उनके विपरीत

दिशा में बढ़ने की इच्छा करतीं। अपनी माँ की गोद से मेरे पिता मेरी माँ को देखते। उनकी माँ उन दोनों को देखतीं। कुछ ही महीनों में सीमाएं खिंच गईं।

दिन बीत जाते और पति-पत्नी एक दूसरे से कुछ न बोलते। माँ सोचतीं कि वो अजीब, मूडी और अलग-थलग से हैं। उनकी माँ दृढ़ थीं कि वो अपनी पढ़ाई में उत्कृष्ट रहें, और वो उन्हें ख़ुश करने के लिए तत्पर थे। उनके प्रयासों का पुरस्कार अमेरिका होता, जहाँ वो बर्फ़ीले इलाक़े में मास्टर्स डिग्री हासिल करते, रोज़ाना बर्गर खाते, और एसिड-वाश्ड जींस ख़रीदते। माँ ने भी इस सपने को जीना सीख लिया था। कुछ वक़्त के लिए वो चाहने लगी थीं कि मेरे पिता उन पर नाज़ करें, उनकी बांह में बांह डालकर क्लब जाएं, तो उन्होंने अपने लंबे बाल कटवा लिए और जब इतवारों को वो लंच पर जाते तो वो फूलदार सिल्क पहनतीं। वो गुपचुप योजनाएं बनातीं और उस वक़्त की कल्पना करतीं जब वो अमेरिका में होंगे, एक साथ और प्यार में डूबे, और वो उनके सामने अपना रोमांटिक पहलू उजागर करेंगे, वो पहलू जो मैथ्मेटिक्स और अपनी माँ से भरा नहीं था।

माँ ने लगभग उसी समय यह जाना था कि वो प्रेग्नेंट हैं जब उन्हें पता लगा था कि उनके विदेश जाने पर उनकी सास भी साथ चलने की योजना बनाए बैठी हैं।

'मुझे तो आना ही होगा,' बुज़ुर्ग महिला ने अपनी चिमटी उठाते हुए कहा। 'अकेले तो तुम कभी घर नहीं चला पाओगी।'

माँ की उदासी और अपने ख़ुद के परिवार से दूरी—नानी ने कोई भी शिकायत सुनने से इंकार कर दिया था—ने उन्हें तन्हा और हताश कर दिया था। या शायद वजह मैं थी, प्रसवपूर्व हार्मोन्स का प्रवाह, और एक नई ज़िंदगी का डर था जो मुँह बाए खड़ी थी, मगर वो अपने पूर्व रूप में वापस लौटने लगीं।

उन्होंने अपने बाल बढ़ने दिए, मेकअप करना और शोल्डर पैड पहनना बंद कर दिया।

उन्होंने अपनी सास की विरासत में मिली साड़ियाँ दे-दिला दीं, और एक बूढ़ी नौकरानी पर उन्हें चुराने का इल्ज़ाम लगा दिया।

वो छिप-छिपकर सिगरेट पीती थीं हालांकि उन्हें पता था कि यह उनके गर्भस्थ शिशु के लिए ख़तरनाक है।

माँ अपने पुराने सूती आरामदेह कपड़ों पर वापस लौट गईं, उन ब्रा को भी भूल गईं जिन्हें उन्होंने बहुत शौक़ से ख़रीदा था, और ऐलान कर दिया कि वो एक गुरु को सुनने के लिए उनके सत्संग में जाना शुरू करना चाहती हैं।

उस लड़की के तौर पर यह अजीब सी मांग थी जिसने कभी धर्म में कोई दिलचस्पी नहीं दिखाई थी, उनकी सास ने उन्हें रोकने की कोशिश की, लेकिन माँ ने तो ठान ली थी। वो उस राह पर चल पड़ी थीं जहाँ उन्हें यह परवाह नहीं रह गई थी कि लोग क्या सोचते हैं। मेरे पैदा होने के बाद भी वो रोज़ाना बहते दूध के साथ, मुझे भूखा छोड़ ग़ायब हो जाती थीं।

'इसे भी साथ ले जाया करो,' जब मैं थोड़ी बड़ी हो गई तो दादी मां ने कहा। उनके रिश्ते में खटास आ गई थी, और मेरे पिता की माँ के मन में मेरे, एक और लड़की, एक और मुसीबत के लिए कोई ख़ास प्यार नहीं था।

और इसलिए मैं माँ के साथ जाती, हम सुबह निकलते और देर रात गए लौटते। वो रोज़ाना पसीने और आनन्द से गमकते हुए घर लौटती थीं—और एक दिन उन लोगों ने जाना कि वो घर आईं ही नहीं।

धूल से भरा और पुराने फ़ोटोग्राफ़ों के संग्रह से कहीं बड़ा एक और आर्काइव माँ के फ़्लैट में लोहे के अलमारी के अंदर है। वो कभी दरवाज़े पर ताला नहीं लगातीं—शायद इसलिए कि वो अंदर रखी किसी भी चीज़ को मोल नहीं देतीं, या शायद इसलिए कि उन्हें उम्मीद है कि एक दिन अंदर रखी चीज़ें ग़ायब हो जाएंगी। मगर फिर भी, अलमारी को खोलना मुश्किल काम है। पुणे में इतनी नमी तो नहीं है कि ज़ंग लगे, मगर उसके क़ब्ज़े लगभग ठोस और ब्राउन हो गए हैं, और दरवाज़े के अंदर की ओर सड़न का हल्का-सा धुँधलापन छा गया है। ऐसी अलमारी जिसे देखकर लगता है मानो उसे समुद्र की तली से निकाला गया हो।

अंदर साड़ियों का ढेर है, कपड़े की हर तह के बीच में सावधानी से काग़ज़ लगाया गया है, ये किसी और ज़माने के कपड़े हैं—चमकीले धागे से बुनी बनारसी साड़ियाँ। एक तो ख़ासतौर से बहुत ख़ूबसूरत, बहुत भारी है—जिसे माँ ने अपनी शादी पर पहना था, जब इसे सधी और कड़क प्लेटों के साथ बांधा गया था। कपड़ा कड़क है, लगभग कुरकुरा सा, और उसमें नेप्थलीन और आयोडीन की गंध भरी है, मगर सोना कभी काला या फीका नहीं पड़ता,

जो कि इस बात की निशानी है कि यह असली, अनमोल है, कि मेरे नाना-नानी ने अपनी इकलौती बच्ची के लिए अच्छा-ख़ासा पैसा ख़र्च किया था। लाल रंग इसे और क़ीमती, लगभग दमनकारी, बना रहा है, दुल्हन वाला असली लाल। इसके नीचे उनके दहेज की बाक़ी चीज़ें हैं—मनोयोग से चुनी साड़ियाँ और रंगीन सिल्क और सलमे-सितारे लगे ब्रोकेड के कपड़े—शादीशुदा औरत के रूप में उन्हें अपनी नई ज़िंदगी में ले जाने वाले कपड़े, ज़िंदगी की वो सबसे अहम भूमिका जो वो निभाएंगी, इतना कपड़ा जो एक पूरे साल चल जाए जिससे कि उनके पति अपनी नई पत्नी का बोझ महसूस न करें, कम से कम तुरंत तो नहीं। रत्नों के रंगों की टसर सिल्क हैं, फ़्रेंच नॉट्स से भरा एक कढ़ाईदार दुपट्टा है, पेस्टल रंगों में कांजीवरम हैं, यहाँ तक कि तोतई रंग की पटोला भी ढेरों में से झांक रही है।

और फिर, नीचे वाली शेल्फ़ में दूसरे कपड़े हैं। ये ज़्यादा जाने-पहचाने हैं। घिसे हुए सूती कपड़े पर कुछ धुँधले ब्लॉक प्रिंट हैं, मगर ज़्यादातर सब सफ़ेद हैं। अगर मैं उन्हें अपने चेहरे से लगाऊँ तो अभी भी उनके बदन की महक सूँघ सकती हूँ, मानो उन्होंने कल ही इन्हें पहना हो। मैं उस उपेक्षा, नमी, दुर्गति को सूँघती हूँ जो धूप के अभाव में पनपती है। ये सूती कपड़े मोटे हैं, जैसे काम करने के लिए पहने जाते हैं। सफ़ेद अभी भी चमकदार हैं, कुछ दमक रहे हैं, और कुछ लगभग नीले हैं, विधवाओं, शोकाकुलों और त्यागियों, संतों और साध्वियों, भिक्षुओं और ननों का सफ़ेद, उन लोगों का सफ़ेद जो अब संसार के नहीं रहे हैं, जो एक पांव किसी और फ़लक पर रख चुके हैं। गुरु और उनके अनुयायियों का सफ़ेद। शायद माँ ने इस सफ़ेद सूती कपड़े को अपने सच के साधन के तौर पर देखा हो, एक ख़ाली स्लेट जिस पर वो ख़ुद को फिर से गढ़ सकती थीं और आज़ादी की राह पा सकती थीं। मेरे लिए यह कुछ भिन्न था, एक कफ़न जो हमें ज़िंदा मुर्दों की तरह ढके हुए था, ऐसा सफ़ेद जो इतना कोरा था कि उसे सभ्य समाज में कभी स्वीकृति नहीं मिल पाएगी। ऐसा सफ़ेद जो हमें बाहरी शख़्स बना देता है—विचित्र, ख़तरनाक, यहाँ तक कि अशुभ भी। माँ के लिए यह उनके समुदाय का रंग था, मगर मैं जानती थी: सफ़ेद कपड़े ही थे जो हमें हमारे परिवार से, हमारे दोस्तों और बाक़ी सबसे अलग करते थे, जो उनमें मेरी ज़िंदगी को हमेशा एक क़िस्म की क़ैद जैसा बना देते थे।

मैं अगर छोटा रास्ता लूँ और बत्ती हरी होने पर मेन रोड को दौड़कर पार कर लूँ तो अपने फ़्लैट से पैदल पैंतालीस मिनट में माँ के फ़्लैट पर पहुँच सकती हूँ। रास्ते में मैं तीन शॉपिंग मॉल को पार करती हूँ जो एक त्रिकोण में स्थित हैं। एक में मल्टीप्लेक्स है, और बड़ी फ़िल्मों के शुरुआती वीकएंड पर बाहर की गोलाकार सड़क पर जाम लग जाता है।

दिलीप को हिन्दी में फ़िल्में देखना पसंद नहीं है जब तक कि सब्टाइटल न हों। मुझे लगता था यह शायद समझ न पाने की वजह से है, मगर फिर मैंने देखा कि वो इंग्लिश फ़िल्में भी सब्टाइटल के साथ देखते हैं। इन दिनों हम फ़िल्में देखने ज़्यादा नहीं जाते हैं क्योंकि उन्होंने हाई-स्पीड इंटरनेट के साथ बेडरूम में ही प्रोजेक्टर लगा लिया है। रात में हम दीवार को तकते हुए कस्टम-मेड कैलिफ़ोर्निया किंग बेड पर एक-दूसरे के पास लेटते हैं, और मैं पेंट के धब्बों को नज़रअंदाज़ करने की कोशिश करती रहती हूँ जो साफ़, हाई-डेफ़िनिशन पिक्चर की जान निकाल देते हैं।

संकरी सी नदी पर दो लेन का पुल बना है जिसमें मानसून में बाढ़ आती है और गर्मियों में वो सूख जाती है। कभी-कभी ठहरे हुए पानी की गंध माँ के फ़्लैट तक आने लगती है। किनारे पर इमारतें खड़ी होती जा रही हैं, विलासितापूर्ण कॉन्डोमीनियम और पांच सितारा होटलों का मिश्रण जो अपनी वेबसाइटों पर वॉटर-व्यू की शेख़ी बघारते हैं। हिन्दी सोप ओपेराओं और फ़ेयरनेस क्रीमों के विशाल होर्डिंग निर्माण स्थलों के बीच डिवाइडर का काम करते हैं।

हर नुक्कड़ पर सुबह का ट्रैफ़िक जमा हो जाता है, और पुणे एक लंबी संकरी सड़क जैसा महसूस होता है। पैदल का रास्ता लंबा नहीं है, मगर अंत तक मुझे लगने लगता है जैसे मैं बर्दाश्त नहीं कर पाऊँगी, जैसे सड़क पर बजता हर हॉर्न गोलियों की बौछार हो। माँ के फ़्लैट पर पहुँचने तक मैं छलनी हो जाती हूँ।

जल्दी ही सर्दियाँ आ जाएंगी और तापमान अचानक गिर जाएगा। इंसानों को धीरे-धीरे ख़ुद को ढालना होता है। अचानक होने वाली हरकतों से स्कीत्ज़ोफ्रेनिया और गला ख़राब हो जाता है।

माँ की लेन में मुड़कर मैं फलवाली हिना को पार करती हूँ जिसके पास कभी एक छोटी सी ठेली थी लेकिन अब अच्छी-ख़ासी दुकान है। दिलीप कहते हैं कि वो आधुनिक भारत की कामयाबी की कहानी है और इसके बारे में लिखा जाना चाहिए। मैं उसकी ओर हाथ हिलाती हूँ, लेकिन डिटैच्ड रैटिना के कारण वो मुझे नहीं देख पाती जिसका ऑपरेशन करवाने को वो तैयार नहीं है। उसके पास ही एक सैलून है जिसका नाम मुनीरा'ज़ हेयर गार्डन है। दिलीप ने एक बार इंगित किया था कि उनके लोगो क़ैंची को इस तरह बनाया गया है कि *हेयर* शब्द *हेयरी* लगता है। और फिर एक फ़ार्मेसी है जो बिजली की चीज़ें बेचती है और सड़क पार एक बिजली की दुकान है जो ग़ैरक़ानूनी तरीक़े से दवाएं बेचती है।

गेट पर दरबान मुझे सलाम करता है। मैं लिफ़्ट का इंतज़ार करती हूँ और मिसेज़ राव को हैलो कहती हूँ जो मुझे देखकर त्योरियाँ चढ़ा लेती हैं जबकि उनका पोमेरेनियन एक गमले के पास पॉटी कर रहा है। प्रवेश के पास टाइल्स के बीच में जमी गंदगी स्थायी चीज़ हो गई है। गंदगी और बरसों की जीर्णता ने फ़र्श को ढीला कर दिया है। यह बिल्डिंग हार गई है, बहुत सी दूसरी बिल्डिंगों की तरह। मैं अपने लिए बनवाई चाबी से माँ के फ़्लैट में दाख़िल हो जाती हूँ।

दरवाज़े पर सात अगरबत्तियाँ जल रही हैं। मैं खाँसती हूँ और माँ किचन से सिर निकालकर झांकती हैं। मैं सूँघ लेती हूँ कि माँ तेल में ज़ीरे के साथ मूँगफली तल रही हैं। मैं अपने स्निकर उतारती हूँ, जिनका मुँह फैल गया है क्योंकि उनके फ़ीते कभी नहीं खोले जाते। फ़र्श ठंडा है और उससे लैमनग्रास के दूध जैसी महक आ रही है। किचन की पूर्व दिशा की ओर की खिड़की से रोशनी आ रही है, और माँ छाया सी दिख रही हैं। वो कटोरा भर भीगे साबूदाने को भगोने में डालकर स्टीम देने के लिए ढक देती हैं।

'तुमने नाश्ता कर लिया?' वो पूछती हैं, और मैं कहती हूँ नहीं किया हालांकि मैं कर चुकी हूँ।

मैं वैसे ही मेज़ लगाती हूँ जैसे हम लगाया करते थे, पानी और छाछ के लिए गिलासों के साथ, माँ के लिए चम्मच के बग़ैर क्योंकि वो हाथ से खाना पसंद करती हैं। वो मिर्च लाती हैं, लाल पिसी हुई, और हरी कटी हुई। भगोने को सीधे मेज़ पर रख दिया जाता है, और जब वो ढक्कन उठाती हैं, तो अंदर के खाने को छिपाने वाला बादल भाप बनकर उड़ गया।

मैं एक बड़ा चमचा भरकर लेती हूँ। साबूदाने की गोलियाँ चमकती लकीर पीछे छोड़ते हुए मेरी प्लेट में उछल जाती हैं।

मेरा मुँह पहले निवाले से भरता है। 'कुछ कमी है।'

'क्या?'

'नमक। आलू। नीबू।'

वो एक निवाला लेती हैं और धीरे-धीरे चबाते हुए अपनी कुर्सी पर पीछे होकर बैठ जाती हैं। मैं उनके ग़ुस्सा होने का इंतज़ार करती हूँ, मगर वो उठती हैं और किचन में चली जाती हैं। मैं फ्रिज का दरवाज़ा खुलने और बंद होने की आवाज़ और बरतनों की खड़खड़ाहट सुनती हूँ। वो एक छोटी सी ट्रे लेकर आती हैं और उसे टेबल पर रख देती हैं। उसमें नीबू का रस और नमकदानी है।

'और आलू?'

'साबूदाने की खिचड़ी में आलू नहीं पड़ते।'

'आप हमेशा आलू डालकर बनाती हैं।'

वो रुकती हैं। 'इस बार बिना आलू की है।'

मैं अपनी प्लेट में खिचड़ी घुमाती रहती हूँ और उन्हें देखने लगती हूँ।

'मुझे इस तरह मत देखती रहो।'

'आप इसे गंभीरता से नहीं ले रही हैं।'

वो अपना सिर पीछे करके हँसने लगती हैं, और मैं उनके मुँह में पीछे की ओर की काली फ़िलिंग पर लगे सफ़ेद साबूदाने को देखती हूँ। 'क्या गंभीरता से लूँ?'

'आपने दिलीप से क्यों कहा कि मैं झूठी हूँ?'

'मैंने ऐसा कभी नहीं कहा।'

अब मुझे ऐसा लगता है कि यह भुलक्कड़पन बहुत सुविधाजनक है, कि वो उन चीज़ों का याद नहीं रखना चाहतीं जो उन्होंने कही या की हैं। यह तो ग़लत है कि वो अपने दिमाग़ से अतीत को दूर कर सकती हैं जबकि मैं हर वक़्त उससे लबालब भरी हुई हूँ। मैं काग़ज़, दराज़ें, सारे कमरों को रिकॉर्डों, नोट्स, विचारों से भरती हूँ जबकि वो हर गुज़रते दिन के साथ धुँधलाती जा रही हैं।

वो एक और निवाला लेती हैं। 'लोग कहते हैं जब याददाश्त जाने लगती है तो दूसरी शक्तियाँ ज़्यादा ताक़तवर हो जाती हैं।'

'कैसी शक्तियाँ?'

'कुछ औरतें हैं जो पूर्व जीवन को देख सकती हैं, जो फ़रिश्तों से बात कर सकती हैं। कुछ औरतें भविष्यदृष्टा हो जाती हैं।'

'आप पागल हैं।' अपने थैले की ओर हाथ बढ़ाकर मैं अपनी स्कैचबुक निकालती हूँ। मैं आख़री पन्ना खोलती हूँ, और उस लिस्ट में आज की तारीख़ डालती हूँ जिसमें क़रीब चालीस प्रविष्टियाँ हैं। तारीख़ के आगे मैं *आलू* लिख देती हूँ।

माँ किताब को देखकर आँखें सिकोड़ती हैं और अपना सिर हिलाती हैं। 'तुम्हारा पति तुम्हें कैसे बर्दाश्त करता है?'

'आप तो शादीशुदा भी नहीं हैं, आप क्या जानें?'

मैं कहती हूँ तो उनका मुँह खुल जाता है, और एक पल के लिए मुझे लगता है मेरे बोलने के दौरान वो मेरे शब्दों को बोल रही हैं। क्या हम पहले भी एक दूसरे से ठीक यही वाक्य बोल चुके हैं? मैं जवाब का इंतज़ार करती हूँ मगर पल गुज़र जाते हैं। मेरी बग़लें नम हो गई हैं और मुझे अपने अंदर कुछ फनफनाता-सा महसूस होता है।

वो मुस्कुराती हैं। धूप में उनके दांत पैने दिखते हैं, और मैं सोच में पड़ जाती हूँ कि क्या वो इन पलों का मज़ा लेती हैं, इनकी अपेक्षा करती हैं। मेरे दिल की धड़कन तेज़ और सांसें उथली हो जाती हैं। मुझे भी यह पसंद है।

वो मेरे हाथ को थपथपाती हैं और नोटबुक की ओर इशारा करती हैं। 'तुम्हें मेरे नहीं, अपने पागलपन की चिंता करनी चाहिए।'

मैं बुक को बेआवाज़ बंद करने से पहले लिस्ट को, ध्यान से खींची लाइनों को देखती हूँ जो सारे कॉलम बनाती हैं। मेरी प्लेट में साबूदाना सख़्त पड़ने लगा है। हमारे बीच की गर्मी ठंडी हो जाती है। कुछ ही मिनटों में हम वो सख़्त बातें भूल जाते हैं जो हमारे बीच हुई थीं।

हम गर्म पानी के कपों में कुछ बूँद नीबू मिलाते हैं और बालकनी में आ जाते हैं। माँ ने अलगनी पर कोई आधा दर्जन हाथ से धुली ब्रा लटका रखी हैं। कुछ में पैबंद लगे हैं और मरम्मत की हुई है।

'आपको नई चाहिए।' मैंने एक फटी-पुरानी गंदली सी लेस की ओर इशारा करते हुए कहा।

'क्यों? इन्हें कौन देख रहा है?'

हमारे नीचे, बिल्डिंग के मैदान में, एक बच्ची अपनी आया की गोद में रो रही है। औरत चौकीदार से बात करते हुए बुरी तरह से बच्चे को हिला रही है। रोना ऐसा है जैसे कोई जानवर तकलीफ़ में हो। हम बच्ची के थकने का, उसके गले के हार मान लेने का इंतज़ार करते हुए ख़ामोश बैठे हैं, मगर चीख़ें बिना अंतराल के जारी रहती हैं। आया बच्ची को झुलाती रहती है, हाँफती-घबराती, शायद उसे डर होगा कि बिल्डिंग में ऊपर कहीं मौजूद उसके मालिक सुन न लें।

'मेरी समझ में नहीं आता कि आप नई ब्रा क्यों नहीं ख़रीदतीं,' मैं कहती हूँ। मैंने तय नहीं किया था कि इस विषय पर लौटूँगी, मगर पता नहीं क्यों मैं इसी पर आ गई थी। बच्ची अभी भी रो रही है। पता नहीं बच्ची को क्या चाहिए होगा, और ऐसा क्यों लगता है जैसे यही एक बात मायने रखती है।

'मुझे एक मिसाल बनना है।'

'किसके लिए मिसाल?'

'तुम्हारे लिए। तुम्हें हर वक़्त इस बात की परवाह करने की ज़रूरत नहीं है कि दूसरे क्या कहेंगे। सब कुछ दुनिया को दिखाने के लिए नहीं है। कभी-कभी हम कुछ काम इसलिए भी करते हैं क्योंकि हम करना चाहते हैं।'

अगर हमारी बातचीत की कोई यात्रा सूची होती, तो वो हमें दिखाती कि हम हमेशा लौटकर इसी ख़ाली अंधी गली में आ जाते हैं, वो जिससे हम बच नहीं सकते।

मैं चारा ले लेती हूँ: 'मैंने ऐसा क्या किया है जो मैं नहीं करना चाहती हूँ?'

उन्होंने दरियादिली से टालने का बहाना किया: 'छोड़ो, इस सब में नहीं पड़ते।'

मामले को छोड़ने से इंकार: 'तो आपने यह बात उठाई ही क्यों?'

और टालमटोल और इंकार: 'जाने दो, यह मायने नहीं रखता।'

फ़ौरी ग़ुस्सा: 'मेरे लिए यह मायने रखता है।'

बाक़ी दृश्य हमेशा की तरह सामने आता है। वो मुझसे पूछती हैं कि मैं हमेशा उनके पीछे क्यों पड़ी रहती हूँ, पागल कुत्ते की तरह दांत निकाले उनका पीछा करती रहती हूँ। अपनी माँ पर धौंस जमाने के अलावा क्या मुझे और कोई काम नहीं है, वो पूछती हैं।

मैं एक पल के लिए भी नहीं हिचकिचाती और उनसे कह देती हूँ कि बस वही जानती हैं कि अपने बारे में कैसे सोचें। उनके चेहरे के भाव आहत दिखने की ओर जाते हैं लेकिन वापस हो जाते हैं, और वो कहती हैं, 'अपने बारे में सोचने में कोई बुराई नहीं है।'

मैं इस सामान्य गतिरोध पर ठहरती हूँ। यहाँ से हम किधर जाते हैं?

मैं उन्हें उन सब चीज़ों के बारे में बताना चाहती हूँ जो इसमें ग़लत हैं, लेकिन कभी शब्द नहीं मिल पाते। मैं उनसे पूछना चाहती हूँ कि वो करने में जो दूसरे लोग चाहते हैं, किसी दूसरे शख़्स को ख़ुश करने में इतना ग़लत क्या है। माँ हमेशा ही ऐसी किसी भी चीज़ से दूर भागती रहीं जो दमनकारी महसूस हुई। शादी, डाइट, मेडिकल डायग्नोसिस। और जब उन्होंने यह किया तो वो कम कर लिया जिसे वो *अतिरिक्त फ़ैट* कहती हैं। पतले-दुबले रहने में उन्हें कोई दिलचस्पी नहीं है—लेकिन उन्हें अपने आसपास दमित अज्ञानी नहीं चाहिए, वो कहती हैं। यह भावना दोतरफ़ा हो गई है। क्लब में कुछ ऐसे समकालीन हैं जो माँ को पहचानने को तैयार नहीं होते। वो बुज़ुर्ग रिश्तेदार अशक्त हो गए हैं या परलोक निकल चुके हैं जिनके मन में उस बच्ची के लिए प्यार रहा हो सकता था जो उन्हें याद थी। हाँ, माँ के आसपास लोग हैं, वो लोग जो उन्हें प्यार करते हैं, मगर मुझे वो न के बराबर लगते हैं। मेरे लिए तो हम हमेशा अकेले ही रहे हैं।

उस ज़िंदगी को जीने के अपने नतीजे हैं जो उन्होंने चुनी है। मैं समझ नहीं पाती कि यह नुकसान इसके लायक़ है या नहीं, और क्या उन्हें यक़ीन है कि यह इसके लायक़ है। मैं सोचती हूँ कि जब मैं दिलीप के पास वापस चली जाती हूँ और वो अपने घर में इधर-उधर देखती होंगी तो उन्हें कैसा लगता होगा। शायद यह उनका चुनाव हो ही नहीं, बल्कि कोई दूसरी राह हो जिसे उन्होंने बार-बार मापा हो, जिसे वो भुला नहीं सकतीं। मैं उनसे पूछना चाहती हूँ, उन सब सालों में जब वो भागती रही हैं, तो क्या उनका कोई हिस्सा चीख़ता है *मेरे पीछे आओ?* क्या वो पकड़े जाना, वापस लाए जाना और यक़ीन दिलवाना चाहती हैं कि वो अहम हैं, कि वो ज़रूरी हैं?

लेकिन जब मैं उन्हें अपनी कुर्सी पर टेक लगाए, आँखें बंद किए, और रोती हुई बच्ची से सुर मिलाकर गुनगुनाते और अपना खट्टा पानी पीते हुए देखती हूँ तो ये सारे सवाल कहीं विलीन हो जाते हैं।

दिलीप शाकाहारी बनना चाहते हैं क्योंकि कल अमेरिका में एक शेर ने एक शेरनी को मार डाला था।

दोनों शेर एक ही ज़ू में, सारी ज़िंदगी क़ैद में रहते हुए बड़े हुए थे। उन्होंने कई बार संसर्ग किया, शावक पैदा किए जिन्हें कमउम्र में ही उनसे छीन लिया गया। वीकएंड की एक व्यस्त दोपहर को वो हमेशा की तरह अपने बाड़े में बैठे हुए थे, और कुछ बच्चे इधर-उधर दौड़ रहे थे, जानवरों की ओर इशारा करते, अपने माता-पिता से पूछते हुए कि ये शेर क्या वैसे ही असली हैं जैसे उन्होंने टेलीविज़न पर *नेशनल ज्योग्राफ़िक* के प्रोग्रामों में देखा है। अख़बार ने ये आख़री टुकड़ा जोड़ा था, मानो शेरों ने इसे सुना, एक दूसरे की ओर मुड़े और कहा, *वो बच्चे जानना चाहते हैं कि हम असली हैं या नहीं। क्या हम उन्हें दिखा दें कि हम कितने असली हैं?*

और फिर नर ने मादा का सिर काट लिया।

बिल्कुल ऐसे तो नहीं, लेकिन उसने शेरनी के चेहरे को मुँह में भरा और उसे रोके रखा, अक्षम कर दिया, और चीख़ते-चिल्लाते इंसानों के सामने शेर के मुँह के अंदर ही उसका दम घुट गया।

लेख ने पाठक के लिए ढेरों सवाल छोड़ दिए थे: क्या शेर डिप्रेशन में थे? क्या यह एक बड़े कवर-अप का हिस्सा है, सीवर्ल्ड की तरह? क्या इस घटना को अपने क़िस्म की अनूठी कहकर वो एक सामान्यत: होने वाली घटना को छिपाने की कोशिश कर रहे हैं? क्या क़ैद कभी भी सामान्य चीज़ हो सकती है—और क्या इसे हमारी संस्कृति का इतना बड़ा हिस्सा या कोई ऐसी चीज़ होना चाहिए जिसे हम बचपन के आनन्द के लिए बढ़ावा दें? क्या पब्लिक को सच जानने का हक़ नहीं है?

दिलीप कहते हैं कि उन्हें ज़ू जाना नापसंद था, बचपन में भी। किसी प्राणी को दड़बे में बंद देखने से बुरा कुछ भी नहीं हो सकता। यही अहसास उन्हें तब हुआ था जब उन्होंने औपनिवेशिक इतिहास पढ़ा था और उनकी टैक्स्टबुक में

गर्दन में बेड़ी पड़ी और सिगरेट पीती हॉटेनटॉट वीनस की पूरे पेज की तस्वीर थी। प्रविष्टी में विवरण था किस तरह उसकी मृत्यु के बाद उसकी चीरफाड़ की गई और उसके अंगों का प्रदर्शन किया गया। वो मुझे बताते हैं कि जब वो किशोर थे तो परिवार के साथ बॉम्बे आने पर जुहू बीच जाने से बचा करते थे क्योंकि एक कज़िन ने उन्हें बताया था कि नम हवा में वहाँ के ऊँटों का दम घुटता है, उनके बड़े-बड़े फेफड़े गीले तकियों की तरह पिचकने लगे हैं।

कुछ चीज़ें मेरे पति को भावुक कर देती हैं, लेकिन मैं कभी बता नहीं सकती कि कौन सी चीज़ें। केल के फ़ैशन में आने से पहले से वो उसे खाते थे और एक बार तो उन्होंने अपना ख़ुद का साबुन बनाने की कोशिश भी की थी। वो खिड़कियों की कगार पर पानी के कटोरे रख देते हैं कि गर्मी के दिनों में पक्षी प्यासे हो सकते हैं। नस्लवाद, लिंगवाद और पशुओं के साथ क्रूरता, सब उनके हिसाब से एक ही स्रोत से आते हैं, और वो इनके बारे में एक ही रौ में बात करते हैं।

शाम को जब उनकी माँ का फ़ोन आता है तो मैं उन्हें शेरों के बारे में बताती हूँ—और वो अपने बेटे पर हँसती हैं, कहती हैं उन्हें नहीं पता कि ये विचार उन्हें कहाँ से मिले हैं, अलावा इसके कि एक बार गर्मियों में वो सूरत उनके ससुराल में रहने गए थे क्योंकि उन्हें पता है कि वो शाकाहार के हिमायती हैं। वो हैरान हैं कि उन्होंने मिलवॉकी में शेर की घटना के बारे में क्यों नहीं सुना, और क्या भारत के अख़बारों के पास अमेरिका के चिड़ियाघरों की रिपोर्ट देने से बेहतर और कोई काम नहीं है।

मैं दिलीप को बताती हूँ कि उनकी माँ ने क्या कहा, और वो कंधे उचका देते हैं। 'सबको अपनी राय बनाने का हक़ है।'

वो अपने दांत निकाले बिना मुस्कुराते हैं, और मेरे मन में अचानक ही कुछ क़ुबूल करने की हुड़क उठती है। 'बचपन में मुझे घोंघे मारने में मज़ा आता था।' मुझे अहसास होता है कि मुझे पसीना आ रहा है, मानो मेरे भीतर से कोई ज़हर निकल रहा हो। 'आश्रम में।'

वो मुझे देखते हैं मगर उनका चेहरा अबूझ है। 'ओके।'

'मैं उन पर नमक डालती थी, और वो थरथराते और चीख़ते थे। काली माता ने सिखाया था मुझे।'

वो जवाब देते हुए आईने में देखते हैं। 'मुझे नहीं लगता वो चीख़ते हैं।'

'चीख़ते हैं ना। मुझे याद है चीख़ें आती थीं।'

'यह कोई बड़ी बात नहीं है। तुम महज़ एक बच्ची थीं।'

'आज मैं माँ से लड़ी।'

'किस बात पर।'

'हमारी हमेशा वाली लड़ाई।'

'तुम लोगों को एक दूसरे को भड़काना आता है।'

उस रात डिनर में वो दाल और दो सब्ज़ियाँ खाते हैं और कहते हैं कि उन्हें अभी से बेहतर, हल्का लगने लगा है, बस तीन खानों के बाद ही।

दो दिन बाद, किनॉए और पालक का सूप पीते हुए वो मुझे बताते हैं कि वास्तव में उनकी माँ सही थीं कि ढेर सारी गर्मियों पहले जब वो सूरत गए थे तो कुछ हुआ था। उन्होंने अपनी आंटी, दरअसल अपने पिता की कमला नाम की आंटी से जुड़ी एक कहानी सुनी थी। उनका जन्म 1923 में हुआ था और उनके पिता भावनगर के पहले व्यक्ति थे जिन्होंने एक ऑटोमोबील ख़रीदी थी। अपने बेटों के साथ बेटियों को शिक्षा दिलाने वाले भी वो पहले व्यक्ति थे। लेकिन जब कमला के यूनिवर्सिटी जाने की बारी आई, तो उन्होंने अपने पिता से इल्तेजा की कि उन्हें जैन भिक्षुणी बनने और एक छोटे से शहर पालीताना में मंदिरों के पास रहने, और रोज़ाना दूसरे तीर्थयात्रियों के साथ हज़ारों सीढ़ियाँ चढ़कर शत्रुँजय पहाड़ियों के शिखर पर जाने की अनुमति दें। कमला ने उन्हें बताया कि उन्हें बार-बार एक सपना आता है, जैन तीर्थंकर आदिनाथ की उस मूर्ति के चेहरे का जो पालीताना के मंदिर में स्थित है। मगर जब वो नज़दीक जाती हैं तो वो चेहरा अँधेरे में ग़ायब हो जाता है।

जैन धर्म के बारे में मुझे इतनी जानकारी है कि मैं जानती हूँ कि जैन सबसे कट्टर शाकाहारियों में से हैं, वो न केवल मीट और अंडे नहीं खाते बल्कि ऐसे शाक भी नहीं खाते जिन्हें खाने के लिए जड़ से खोदना होता है। जैन खाना सामान्यत: बिना प्याज़-लहसुन का बनता था। मैं सारी रेसिपी देख डालती हूँ जिन्हें, अगर वो इसे और आगे ले जाते हैं, तो मुझे बदलना होगा। भिक्षुणी अक्सर अपने मुँह पर सफ़ेद कपड़ा बांधती हैं और आगे क़दम रखने से पहले ज़मीन को झाड़ती चलती हैं ताकि वो धोखे से भी किसी जीवित प्राणी

को सांस में न खींच लें, और न किसी पर पांव रख दें। मगर जिन जैनों को मैं जानती थी वो लैदर जैकेट पहनते थे और इस पर ध्यान देते नहीं लगते थे कि पूरे भारत भर में औद्योगिक डेरी फ़ार्मिंग का गायों के लिए क्या मतलब है।

मुझे लगता है जैसे मेरे साथ धोखा हुआ हो, मानो कोई स्याह रहस्य उजागर हुआ हो। 'तुमने मुझे कभी नहीं बताया कि तुम जैन हो।'

'बस चौथाई। अपने डैड की साइड से।'

'कमला को यह कैसे पता था कि वो कौन-सा मंदिर है?'

दिलीप मेज़ पर उँगलियाँ बजाते हैं। 'मुझे नहीं पता। शायद वो वहाँ गई हों।'

मैं हामी भरती हूँ, और वो आगे जारी रखते हैं, लेकिन मैं भांप लेती हूँ कि अब उतना उत्साह नहीं रहा है जितना शुरू में था।

कमला की इल्तेजा अस्वीकार कर दी गई, और उन्हें मार-पीट कर कमरे में बंद कर दिया गया। उसके सात दिन बाद, उनकी माँ ने खाने की थाली लेकर दरवाज़े पर दस्तक दी, मगर एक दाना भी नहीं खाया गया। आठवें दिन, कमला के पिता ने दरवाज़ा खोला और देखा कि उनकी बच्ची जैन भिक्षुणियों वाला पतला सफ़ेद वस्त्र पहन चुकी है। ग़ुस्से में उन्होंने उनके सिर पर ओढ़े सफ़ेद सूती कपड़े को खींच दिया। उन्होंने जो देखा, उसने उनका हाथ रोक दिया। कमला के सारे बाल जा चुके थे। उनकी खोपड़ी लाल और सूजी हुई थी।

जब पिता ने उनसे पूछा कि उन्होंने क्या किया, तो उन्होंने बताया कि जैन धर्म के आत्ममंथन और संयम के पवित्र दिन पर्यूषण शुरू हो चुके हैं, और यही वो समय होता है जब जैन भिक्षुणियाँ प्रायश्चित स्वरूप अपने सिर के एक-एक बाल को उखाड़ती हैं।

'एक औसत सिर पर कितने बाल होते हैं?' मैं बीच में टोकती हूँ।

वो कंधे उचका देते हैं।

'पालीताना की चोटी तक कितने हज़ार सीढ़ियाँ हैं?' मैं पूछती हूँ।

'मुझे पक्का नहीं पता,' दिलीप कहते हैं। 'बहुत सारी हैं।'

'इस कहानी का ज़्यादातर हिस्सा अतिशयोक्ति है।'

'हम यह नहीं जानते हैं।'

‘हाँ, जानते हैं। एक पीढ़ी बाद, वो पानी पर चली होंगी।’

‘मैं बस यह कह रहा हूँ, मेरे परिवार के लोगों का आह्वान हुआ है।’

‘किस बात के लिए आह्वान?’

‘घोर अहिंसापूर्ण जीवन के लिए।’

‘लेकिन इसके उलट के लिए भी उनका आह्वान हुआ है,’ मैं कहती हूँ। मैं डिनर टेबल पर बड़े पक्षियों वाले अमेरिकी त्योहारों और उन फ़र के प्रति उनकी माँ के प्रेम की बात उठाती हूँ जिन्हें वो मिडवैस्टर्न सर्दियों से बचने के लिए पहनती हैं। मैं पत्नी-पीड़क उनके अंकल का ज़िक्र करती हूँ।

मैं समझ नहीं पाती कि अपने सिर से बाल खींचकर उखाड़ने में, या रोज़ाना हज़ारों सीढ़ियाँ चढ़ने-उतरने में क्या अहिंसक है। मैं पूछना चाहती हूँ क्या जैन भिक्षुओं से भी अपने शरीर के साथ इसी तरह का अन्याय करने की अपेक्षा की जाती है, मगर दिलीप के भावों ने मुझे रोक दिया।

‘इस बारे में कोई बात तुम्हें असहज कर रही है,’ वो कहते हैं। ‘फ़िक्र मत करो, अगर तुम्हें लगता है कि यह तुम्हारे बस का नहीं है तो तुम्हें मीट छोड़ने की ज़रूरत नहीं है।’

जब पूर्णमासी होती है, तो मेरी माँ खिड़कियाँ बंद करके सारे घर में चंदन की अगरबत्तियाँ जलाती हैं। काली माता ने उन्हें बताया था कि ऐसा करने से बुरी आत्माएं और मच्छर भाग जाते हैं। एक साल हमने ऐसा करना बंद कर दिया था जब डॉक्टर ने कहा था कि इससे मुझे अस्थमा हो रहा है। माँ को विश्वास है कि उसी साल से सब कुछ ग़लत होने लगा था।

आज काश्ता यह छोटी सी रस्म पूरी कर रही है तो धुआं भारी है, और मैं उड़ते धुएं में आकृतियाँ और चेहरे देख रही हूँ। नानी सीधी कुर्सी में धुंध से घिरी बैठी हैं जबकि मैं खाँस रही हूँ। मैं बता नहीं सकती कि वो सो गई हैं या नहीं। उनके पास ही माँ हैं, अचंभित सी दिखती। आज वो बहुत चुस्त नहीं रहीं।

मैं खिड़की के पास खड़ी हो जाती हूँ। आसमान में चाँद सफ़ेद है, और मैं कल्पना करती हूँ कि ज्वार की ऊँची-ऊँची लहरें उठ रही होंगी और चांदनी में नहाए समुद्र तटों पर पछाड़ें खा रही होंगी। कॉफ़ी टेबल पर मैगज़ीनों के ढेरों और अनखुली डाक के पास मुड़ा पड़ा अख़बार इसे सुपरमून कह रहा है। मैं फिर से खिड़की से इसकी सतह को देखती हूँ, चमकती मगर चोट खाई सी, मानो इसने बार-बार टक्कर खाई हो। मैं अख़बार का आर्टिकल वाला पेज निकालती हूँ, और उस पर पेंसिल से इन क्रूरताओं के साथ चाँद की त्वचा का स्कैच बनाती हूँ।

लेख कहता है कि चाँद सामान्य से बड़ा दिखेगा, कि 1948 के बाद यह पृथ्वी के सबसे निकट है।

'नानी,' मैं कहती हूँ, और वो पलकें झपकाती मुझे देखती हैं। 'पिछली बार चाँद पृथ्वी के इतना क़रीब 1948 में था।'

नानी मुस्कुराती हैं और अपनी नाक खुजाती हैं।

'जिस साल आपका जन्म हुआ था,' मैं जोड़ती हूँ।

'हाँ,' वो कहती हैं, 'मुझे वो साल याद है।'

नानी कब पैदा हुई थीं इसका कोई रिकॉर्ड नहीं है क्योंकि शरणार्थी शिविरों में ज़्यादातर बच्चे अपने मुँडन से पहले ही मर जाते थे। यह तो उनके पति ने पासपोर्ट के लिए एक जन्मतिथि गढ़ ली थी। मगर जब नानी अपनी रामकहानी सुनाती हैं, तो वो एकदम शुरू से शुरू करती हैं: दाइयाँ मुल्तानी में चिल्ला रही हैं और उनके शरीर को पोंछने के लिए एक गंदा-सा कपड़ा इस्तेमाल करती हैं। वो भूखी हैं और रो रही हैं, और बेचैनी से अपनी माँ की छाती तलाश कर रही हैं, वो इतनी एनिमिक हैं कि वो लोग उनका नाम गौरी रख देते हैं।

मैं उनसे पूछती हूँ कि उन्हें इतना यक़ीन कैसे है कि उन्हें यह याद है जबकि हम बाक़ी लोग तो अपने बचपन की कोई भी बात मुश्किल से ही याद कर पाते हैं।

नानी हँस देती हैं। वो कहती हैं कि मैं तब तक यह नहीं समझ सकती जब तक कि मैं वहाँ होती नहीं। विभाजन एक अलग ही युग था। तब ऐसी-ऐसी चीज़ें हुई थीं जो फिर कभी नहीं हुईं।

मेरी सबसे पहली याद एक पिरामिड में बैठे विशालकाय देव की है। वो देव बीच में बैठा है, और वो बाक़ी सबसे बड़ा और लंबा भी है, क्योंकि उसका लंबा शरीर एक चबूतरे पर है जो उसे ऊपर उठाता है। वो उस ढांचे की नक़ल बनाता है जिसमें वो बैठा है, और एक बड़ा-सा सफ़ेद पिरामिड बनाता है, जो सफ़ेद कपड़ों, ग्रे बालों और भारी दाढ़ी से बना है। उसके आसपास छोटे पिरामिड हैं, वो भी सफ़ेद हैं, और माँ भी उनमें हैं—पिरामिडों के समंदर में एक—और जब मैं ऊपर देखती हूँ, तो कमरे की छत मेरे सिर के ऊपर शीर्ष बिंदु पर मिल रही है, जो बाहर आकाश में ऊपर की ओर इशारा कर रहा है।

मेरी माँ जैसे छोटे पिरामिड उतने छोटे नहीं हैं जितनी छोटी मैं हूँ मगर आकार में मीडियम ज़्यादा हैं। वो सफ़ेद कपड़ों में आलती-पालथी लगाए बैठे देव व्यक्ति की नक़ल कर रहे हैं। समूह का मक़सद उस देव व्यक्ति की नक़ल करना ही लगता है। कमरे में मैं सबसे छोटी हूँ और मैं नहीं जानती कि मैं और बड़ी होकर क्या करूँगी। अगर मैं कुछ ज़्यादा क़रीब आ जाती हूँ, तो कुछ मीडियम पिरामिड घबरा जाते हैं; उनके बाल और मुँहासे हैं और नाकों पर बड़े-बड़े छेद हैं।

मेरे साइज़ की एक और है, जो उस देव और इस सफ़ेद समंदर के इससे निबटने के बाद कमरे में झाड़ू लगाती है। वो खिड़कियों को भी पोंछती है, ट्रे में खाना ले जाती है, पौधों में पानी डालती है, और आश्रम के कुत्तों की पॉटी उठाती है। वो बोलती नहीं है, और कभी-कभी जब मैं उसे देखती हूँ, तो वो चेहरे पर ग़ुस्सा लिए एक गंदा कपड़ा उठाए होती है। लंच के बाद, वो एक पैबंद लगी चटाई पर आराम करती है, और कोहनियों की दरारों में से उसकी आँखें चमकती हैं।

देव अपनी आँखें खोलता है, उसकी निचली पलकें ऊपरी पलकों से दूर हो जाती हैं। उसके सारे चेहरे पर बाल हैं, मगर पता नहीं कैसे मैं समझ लेती हूँ कि वो कोई दानव नहीं, आदमी है, और माँ को डर नहीं लग रहा है इसलिए मैं भी न डरने की कोशिश करती हूँ। उसके गले में मोतियों की तीन लड़ियाँ—भूरी, गुलाबी और हरी—उलझट्टा-सा बनाए पड़ी हैं। मैं उन्हें उसके गले से खींचकर ख़ुद पहनना चाहती हूँ क्योंकि मेरे पास कोई माला नहीं है, मगर मैं उसके पास जाने की हिम्मत नहीं करती। उसका मुँह खुलता है और जीभ बाहर आती है, और मैं उसके गले के पीछे का कालापन, कालेपन से घिरे दांत, एक अंतहीन रसातल देखती हूँ।

मैं अपनी माँ के पास खिसक जाती हूँ। वो उसे देख रही हैं, सारे कमरे के साथ पसीने में भीगी, लेकिन मैं उनकी ख़ास गंध सूँघ सकती हूँ, और मैं उनसे प्यार करती हूँ क्योंकि वो किसी तरह से मेरी परिचित हैं जिसे मैं बता नहीं सकती।

वो मुझे अपने पास खींचती हैं और मुँह पर चूम लेती हैं। फिर वो मुझे अपनी बग़ल में भींच लेती हैं और मेरी गर्दन सहराती हैं। मैं शर्मिंदा हूँ, और उनके प्यार से घबरा रही हूँ क्योंकि अक्सर इसके बाद कुछ अप्रिय होता है।

वो देव अपनी जीभ वापस अंदर करता है और फिर से बाहर निकालने की तैयारी करते हुए थूक गटकता है। उसके कुछ फ़ुट आगे एक मीडियम आकार के पिरामिड, पीले बालों वाले एक आदमी, पर लार जाकर गिरती है, मगर पीले बालों वाला हिलता नहीं है—वो सम्मोहित है और देव की नक़ल करते हुए अपनी जीभ बाहर निकालता है, और उसकी छाया से परे थूक की हल्की बौछार गिरती है। मैं चारों ओर देखती हूँ और मेरी माँ और बाक़ी सारे पिरामिड भी यही कर रहे हैं। देव हँसता है या खाँसता है, मैं यक़ीन से नहीं कह सकती क्या करता है, फिर और हँसता या खाँसता है, एक अनवरत कड़ी

में, और उसका पेट जो उससे थोड़ा आगे को बैठा है, हिल रहा है और उसके बाल लटों में बंधे हैं। बाक़ी समूह भी यही करता है, खाँसना, हँसना। मुझे तो एक डकार भी सुनाई देती है। मेरे पास बैठी एक औरत रोने लगती है, लेकिन जब मैं उसे देखती हूँ तो उसके चेहरे पर एक आँसू नहीं बह रहा है।

कमरे में गर्म सी महक है, मेरी उँगली की तरह जब मैं उसे अपनी नाभि पर रगड़ती हूँ।

मेरे पास वाली औरत रोने के बीच में चीख़ें मार रही है, और कुछ दूसरे पिरामिड भी जवाब में चीख़ रहे हैं। मैं माँ को देखती हूँ, खाँसने से उनका चेहरा लाल हो गया है। मैं उनका हाथ पकड़ लेती हूँ लेकिन वो उसे खींच लेती हैं और खड़ी होने लगती हैं, और मैं देखती हूँ कि देव आदमी भी खड़ा हो रहा है और सारे मीडियम साइज़ के पिरामिड ख़ुद को सफ़ेद खंभों में बदल रहे हैं।

मैं खड़ी हो जाती हूँ और माँ के कुर्ते का किनारा पकड़ लेती हूँ, अपनी उँगलियों को सफ़ेद कपड़े में घुमाते हुए उसे अपने हाथ में मरोड़ लेती हूँ।

देव आदमी ने अपनी बांहें उठा ली हैं और उन्हें हिला रहा है, और वो लहराती हैं और उसके शरीर से दूर उड़ने लगती हैं मानो वो ढीला पड़ रहा हो, मानो वो अपने अंगों को जाने देने और उन्हें सफ़ेद समंदर को दे देने वाला हो, जैसे उसने अपनी सांस और अपनी लार दी थी।

ज़मीन हिल रही है क्योंकि वो हिल रहे हैं—सारे पिरामिड कूद रहे हैं, पांव पटक रहे हैं, डांस कर रहे हैं, एक दूसरे को पकड़े हुए हैं। कोई मेरे माथे को थपथपाता है, और कोई मुझे अपनी बांहों में ले लेती है। मैं माँ के लिए रोती हूँ लेकिन पल भर को वो मुझे दिखाई नहीं देतीं, फिर मैं उन्हें अपने पीछे पाती हूँ। सफ़ेद कुर्ते के नीचे उनकी छातियाँ उछल रही हैं, और लोगों का समंदर उन्हें लपेट लेता है, उनके शरीर के हिस्सों को प्यार करता है और एक बार फिर उन्हें छोड़ देता है।

देव आदमी टरटरा रहा है, उसकी आँखें बाहर को आ जाती हैं, और उसका चेहरा मेंढक की तरह हो रहा है। वो बार-बार टरटराता है, और कुछ लोग टर्र-टर्र को बढ़ाते हुए उसकी नक़ल करते हैं, लेकिन दूसरे लोग अपने शरीरों को विभिन्न जानवरों की तरह उठाते हैं, हिनहिनाते हैं, मिमियाते हैं, अपने अंदर से ऐसी आवाज़ें निकालते हैं जो मेरे लिए अनजानी हैं। वो मेरे चारों ओर हैं, पास आते हैं और दूर हट जाते हैं, और मैं ज़मीन पर बैठी हूँ और सब जैसे

भूल गए हैं कि मैं वहाँ हूँ, मगर मैं टाइलों वाले फ़र्श पर रगड़ते उनके पैरों की त्वचा को सूँघ सकती हूँ।

माँ, उन्हें देखते हुए मैं मन ही मन सोचती हूँ। मैं चाहती हूँ वो मुझे देखें मगर वो तो कहीं और हैं। मैं इसे उनके चेहरे पर देख सकती हूँ, वो चेहरा जो वो तब ओढ़ती हैं जब वो मुझे नहीं देख पातीं। मुझे नहीं पता मैंने ऐसा चेहरा पहले कहाँ देखा है क्योंकि मैं याद नहीं कर पाती कि इसके पहले क्या आया था, मगर ये पहचाना-सा है और कुछ ऐसा है जिससे मैं जानती हूँ कि डरना है।

माँ की बांहें हवा में हैं और वो गोल-गोल घूम रही हैं। उनके दोनों ओर दो आदमी हैं और डांस करते हुए वो उनके बीच ग़ायब हो जाती हैं। वो मुड़ना बंद कर देती हैं और इधर-उधर झूमने लगती हैं, और उन दोनों आदमियों में से एक हँसते हुए उन्हें सीधा रखता है, मगर उनके बाल उनके सिर पर चिपक गए हैं और अभी भी संतुलन पाने की कोशिश में उनका मुँह एक ओर को गिर गया है। दूसरे लोग चीख़ रहे हैं, उल्टी कर रहे हैं, फेफड़ों की पूरी ताक़त से चिल्ला रहे हैं, बेमानी आवाज़ों से हवा को भर रहे हैं।

'माँ,' मैं कहती हूँ।

अपने सिर को ऊपर की ओर उठाना शुरू करते हुए उनका मुँह फिर से दुरुस्त हो रहा है, बशर्ते वो किसी को देखकर मुस्कुरा न रही हों। मैं उनकी निगाहों का पीछा करती हूँ और वहाँ वो देव आदमी है।

वो देव आदमी माँ की मुस्कुराहट का जवाब दे रहा है, या शायद वो उसकी मुस्कुराहट का जवाब दे रही हैं, मगर यह मैं कभी नहीं जान पाऊँगी क्योंकि मैंने यह नहीं देखा था कि किसका मुँह पहले फैला था। वो अपने हाथों और घुटनों पर है, ख़ुद को ऊपर उठा रहा है। उसके लंबे बाल उसके चेहरे पर गिर आते हैं। उसके होंठों पर लार के बुलबुले बन जाते हैं, और उसकी दाढ़ी के बालों के बीच जमा हो जाते हैं।

मैं माँ की टांग पर हाथ मारती हूँ, वो नीचे मुझे देखती हैं और दूर धकेल देती हैं।

'मत करो यह,' वो कहती हैं।

मैं महसूस करती हूँ कि मेरी बांहें साइड में गिर गई हैं। वो मुझे फिर से धक्का देती हैं और मैं पीछे को लड़खड़ा जाती हूँ। उनका सीना इस तरह से हिल रहा है जिससे वो बदसूरत लग रही हैं।

'तुम्हारी दिक़्क़त क्या है?' वो कहती हैं। 'डांस करो! दिक़्क़त क्या है तुम्हें?'

मेरे और माँ के बीच में और शरीर आ जाते हैं, सफ़ेद रंग में दूसरे शरीर जो कमरे के पीछे के हिस्से से आगे की ओर जा रहे हैं, उस देव आदमी के और क़रीब पहुँचने की आशा लिए। उनके चेहरे तने हुए हैं, उनके जबड़े ख़ून के प्रवाह से थरथरा रहे हैं। वो बहुत नज़दीक जाने से डर रहे हैं।

मैं फिर से खड़ी होती हूँ। 'माँ,' मैं कहती हूँ। शोर, हँसी और आंसुओं के बीच वो मेरी आवाज़ नहीं सुन पातीं।

'माँ,' मैं चीख़ती हूँ और मुझे अपने पेट में कुछ तेज़ सुगबुगाहट महसूस होती है, कुछ ऐसा जो एक पल पहले मैंने महसूस नहीं किया था मगर अब जैसे वो फटने को तैयार है।

'माँ!' मैं चिल्ला रही हूँ, मगर मेरी आवाज़ गुम हो जा रही है।

'माँ! माँ! माँ!' मैं अपने पंख फड़फड़ा रही हूँ, मगर वो ध्यान नहीं देतीं।

'क्या बात है, प्यारी बच्ची?' आवाज़ मेरे कान के क़रीब है, और जब मैं चेहरा देखती हूँ तो पीछे हट जाती हूँ। चॉक से रंगी और काले कपड़ों वाली एक औरत मेरे पास बैठ गई हैं। सफ़ेद समंदर में एकमात्र काली। 'क्या हुआ?'

'माँ,' मैं कहती हूँ।

'माँ? तुम्हें अपनी माँ से क्या कहना है?'

मैं इशारा करती हूँ, मगर उनके चारों ओर बहुत सारे लोग हैं।

'ठीक है, ठीक है, मैं तुम्हारी मदद करूँगी। क्या कुछ ऐसा है जो मैं कर सकती हूँ?'

मैं अपने पेट और वापस माँ की ओर इशारा करती हूँ। मेरे गले में बुलबुले से महसूस हो रहे हैं, जो मेरे पेट से उठे हैं, साबुन से बनने वाले नर्म बुलबुले नहीं, सख़्त प्लास्टिक के बुलबुले, जगह पर रखे और बढ़ते जा रहे बुलबुले। मेरे मुँह से कोई आवाज़ नहीं निकलती।

वो औरत मेरे पेट से मेरे चेहरे को देखती हैं, और जब वो अपनी चमकती भौंहें उठाती हैं तो उनकी नीली आँखों के चारों ओर लगा काला काजल फैल जाता है। 'पेट में दर्द है?' उनकी आवाज़ अजीब सी है, उसमें एक ऐसी लचक है जो मैंने पहले कभी नहीं सुनी, जैसे वो गाना गा रही हों।

'सूसू,' मैं बुदबुदाती हूँ।

'ठीक है। मैं तुम्हें ले जाऊँगी। मैं तुम्हें दिखा देती हूँ कि पॉटी कहाँ है।'

वो मेरा हाथ पकड़ती हैं और हम सफ़ेदी के बीच से रेंगते हुए निकलते हैं। उनकी त्वचा रूखी है, और जब मैं अपनी उँगलियों को उनकी पकड़ में घुमाती हूँ, तो मैं उनके पंजे के किनारों को महसूस करती हूँ। पल भर के लिए मैं पलटकर देखती हूँ, मगर माँ सफ़ेद समंदर में गुम हो गई हैं।

टॉयलेट में ख़ामोशी है, और जब मैं छेद के ऊपर बैठती हूँ तो काले कपड़ों वाली वो महिला मेरी बांहों के नीचे से मुझे पकड़े रहती हैं। हम बोल की तली में मेरे पेशाब के गिरने की आवाज़ सुनते हुए एक दूसरे को देखते हैं, और जब वो रुक जाती है तो मैं उनकी ओर सिर हिलाती हूँ। वो मेरी पैंट ठीक करती हैं और कमर पर नाड़े में गांठ लगा देती हैं, और मैं देखती हूँ कि उनके नाख़ून धारीदार और ग्रे हैं, और उनके हाथ भूरे धब्बों से भरे हुए हैं।

'प्यारी बच्ची, क्या तुम बाहर मेरा इंतज़ार करोगी?'

मैं सिर हिलाती हूँ, और दरवाज़े के बाहर खड़ी होकर अंदर से आने वाली आवाज़ को सुनती हूँ। काले कपड़ों वाली महिला सतर धार छोड़ती हैं, मुझसे कहीं ज़्यादा ज़ोर और तेज़ी से। और मैं देखती हूँ कि बाथरूम का दरवाज़ा अनेक दरवाज़ों में से एक है, कि वो दरवाज़ों का एक विशाल गलियारा है और उनमें से ज़्यादातर बंद हैं। मैं एक-एक करके सारे तालों को हिलाती हूँ। उनकी छुअन भारी, धातुई और ठंडी है। सिर के ऊपर लगे नंगे बल्ब भनभना रहे हैं, और मुझे रेडियो पर एक आवाज़ भी सुनाई दे रही है। हॉल के आख़िर में एक जालीदार रेलिंग है जो नीचे खुले अहाते की ओर लगी है, और मोटी मक्खियों के आकार की बारिश की बूँदें हवा को धुँधला रही हैं।

हाँफने की आवाज़ सुनकर मैं मुड़ती हूँ, और देखती हूँ कि एक दरवाज़ा खुला हुआ है, और उससे जानवरों, रेडियो और दूसरी चीज़ों की आवाज़ें आ रही हैं जिनका नाम मुझे नहीं पता है। किसी कटे अंग की तरह ताला अपने क़ब्ज़े पर झूल रहा है। मैं दरवाज़े को धक्का देती हूँ तो वो पूरा खुल जाता है।

दूसरी छोटी लड़की उस कमरे के अंदर है, अपने पोंछे के बिना, और वो किसी सलीब की तरह पट पड़ी है। वो एक मेज़ पर बांहें फैलाए लेटी है, और एक आदमी ने उसकी टांगों को खोल रखा है। वो उस सफ़ेद समंदर में से एक है। वो वही पीले बालों वाला पिरामिड है। उसकी पैंट उसके टख़नों

के पास ढेर हुई पड़ी है और जब वो अपने बदन को उस लड़की के ऊपर हिलाता है तो घुरघुराता है।

'प्यारी बच्ची, प्यारी बच्ची।' मैं काले कपड़ों वाली महिला को मुझे पुकारते सुनती हूँ। मैं खुले दरवाज़े से पलटती हूँ और दौड़ जाती हूँ। वो टॉयलेट के बाहर खड़ी हैं। जब वो चलती हैं तो एक कूल्हे से दूसरे कूल्हे पर वज़न डालती हैं, और उनके कपड़ों का लंबा दामन फ़र्श की धूल साफ़ करता चलता है।

'तुम कुछ खाओगी?' वो पूछती हैं। वो ग्लूकोज़ बिस्किट का एक पैकेट निकालती हैं। मैं उनसे मुँह भर लेती हूँ, घुलने से पहले उनकी सतह मेरे मुँह की लार को जज़्ब कर लेती है। मुझे मतली उठती है मगर मैं खाना रोक नहीं पाती। उन महिला से कपड़ों की सी महक आ रही है, और उनके कपड़ों में कई दिनों का धुआं बसा हुआ है।

वो मुझसे पूछती हैं कि माँ का इंतज़ार करते हुए क्या मैं आराम करना चाहूँगी।

'हाँ,' मैं जवाब देती हूँ।

हम अहाते में एक गीली चटाई पर एक साथ लेट जाते हैं। उस पर धब्बे पड़े हैं और वो धुँधली है, और उन भूरी टाइलों में घुल-मिल गई है जिन पर वो बिछी है। अब बारिश रुक चुकी है। मैं पिरामिड से आती चीख़ों को सुन सकती हूँ, मगर वो हल्की हैं और कहीं भी, किसी भी शख़्स के गले से निकली हो सकती हैं। मैं ख़ुद को इससे दूर करते हुए, स्रोत से अलग होते हुए, इसे किसी ऐसे व्यक्ति के ऊपर डालते हुए महसूस करती हूँ जिसे मैं नहीं जानती, कोई जो उससे पूरी तरह से असंबद्ध है जो मैं हूँ।

शोर और मेरे बीच अंतराल बढ़ जाता है, आवाज़ें पीछे छूटती हैं तो मैं अपने कानों को खोखला होता महसूस करती हूँ, और मेरे बाक़ी चेहरे पर कोमलता फैल जाती है। मेरी आँखों के आसपास की मांसपेशियाँ शिथिल हो जाती हैं, और माहौल पहले से ज़्यादा सफ़ेद हो गया है। मुझे नहीं पता कि ऐसा करना मैंने कहाँ से सीखा है मगर मैं इसमें माहिर हूँ, और यह वो तरकीब है जिसे अपनी शेष ज़िंदगी में मैं अक्सर दोहराती हूँ।

काले कपड़ों वाली महिला पूछती हैं कि मैंने कभी तारे देखे हैं या नहीं। मैं उन्हें बताती हूँ कि मैंने देखे हैं, और हम बादलों भरे आकाश को देखते हैं। मैं तारों के बारे में कुछ और कहना चाहती हूँ, मगर याद नहीं कर पाती कि

वो कैसे दिखते हैं, कुल मिलाकर वो कितने हैं, और क्या वो कोई पहचाने जाने लायक़ समूह बनाते हैं। वो स्थिर हैं या चलायमान हैं, वो टिमटिमाते हैं या बल्बों की तरह चमकते हैं, और मुझे शक होने लगता है कि मैंने कभी सितारे देखे भी हैं—या कि मुझे उनके वजूद के बारे में बस अप्रत्यक्ष रूप से, अपनी माँ या पिता, या और किसी के ज़रिए पता है जिन्होंने मुझे वो सब सिखाने का ज़िम्मा अपने ऊपर ले लिया हो जो मुझे याद नहीं है, क्योंकि उस समय की एकमात्र वास्तविकता जो बची रही है, वो बस अहसास और विचार हैं, और मैंने उन्हें रचा है या वो मेरे अंदर बिठाए गए हैं, यह जान पाना नामुमकिन है।

‘तुम्हारा क्या नाम है?’ काले कपड़ों वाली महिला पूछती हैं।

‘अंतरा,’ मैं कहती हूँ।

‘हाइ अंतरा। मैं काली माता हूँ।’

मेरे कंप्यूटर पर एमिलॉयड प्लाक की संरचना के विवरण पर पेज खुलते हैं, जैसे वैल्क्रो की एक साइड अपने विपरीत समायोजक को चूक जाती है। और इसके नतीजे में उपजा जंजाल उस ग्रिड में फँसे चीथड़ों का ढेर है जो उनकी जगह नहीं है।

एलॉयस अल्ज़ाइमर ने जब 1906 में अपनी मरीज़ ऑगस्टा की मृत्यु के बाद उसके मस्तिष्क की जांच की थी तो उन्हें यही पता लगा था। बेचारी ऑगस्टा कुछ भी याद नहीं रख पाती थी।

वैज्ञानिक नहीं जानते कि प्लाक कहाँ से आते हैं, या प्रोटीन क्यों ग़लत ढंग से विभाजित होते हैं। इससे मुझे बहुत कुछ वो याद आता है जो मैंने कैंसर के बारे में पढ़ा है, लेकिन मैं इस डर से यह किसी से नहीं कहती कि कहीं शब्दों को लेकर बेपरवाह सुनाई न दूँ।

एमिलॉयड प्लाक केवल एक लक्षण हो सकता है। कारण क्या है? टेलेमियर की लंबाई, जो क्रोमोसोमों के आख़िर में होते हैं, कूदने वाली रस्सी के छोर पर लगे हैंडलों की तरह। समय के साथ वो छोटे हो जाते हैं, जो जैविक आयुर्वृद्धि का एक संकेत है।

यह कोई कारण है या एक और लक्षण?

आयुर्वृद्धि, ऐसा प्रतीत होता है, सबकी नियति नहीं है। न ही संज्ञानात्मक गिरावट।

मैं सोचती हूँ क्या चिरयुवावस्था का कोई उदाहरण है।

मैं सोचती हूँ क्या कोई अमर है।

नानी की सेहत अच्छी दिखती है, उस वक़्त से भी तेज़-तर्रार जब उनके पति ज़िंदा थे। मगर चिरयुवा? वो बूढ़ी दिखती हैं। उनके जोड़ों और दिमाग़ में जकड़न है।

मैं एक्स और वाई अक्षरेखाएं बनाती हूँ, और उन पर उम्र और पतन चिह्नित करती हूँ। मैं अपनी माँ और नानी को ग्राफ़ पर रखती हूँ। उनके बीच में क्रिल मछलियों का छोटा-सा परिवार है।

मुझे हमेशा लगता था कि काली माता इस ग्राफ़ की हदों को धता बताती हैं, वो एक अनंतस्पर्शी रेखा हैं, जब तक कि एक सुबह वो अपने घर में मर नहीं गईं।

इस मिशन में माँ को याद दिलाने के लिए कितने क्रिल को मरना होगा? पन्ने के ऊपरी कोने पर मैं चाँद की सपाट तस्वीर बनाने लगती हूँ।

'तुम्हारे पीरियड चल रहे हैं।'

मैं अपनी ड्रॉइंग से सिर उठाकर देखती हूँ। मैंने चाँद को काली मिर्च पड़े ऑमलेट में तब्दील कर दिया है। मेरी माँ बाथरूम की लाइट बंद करके सोफ़े पर बैठ जाती हैं। धुआं छंट रहा है। नानी का सिर उनके कंधे पर लटक गया है।

'हाँ,' मैं कहती हूँ। 'आपको कैसे पता?'

'तुम हमेशा एक गंध छोड़ती हो। अनन्नास की सी।'

पहले कभी तो मुझसे गंध नहीं आती थी, इतनी ख़ासतौर से पहचानी गई तो नहीं। दिलीप ने कभी इसका ज़िक्र नहीं किया है। पता नहीं वो जानते भी हैं या नहीं कि अनन्नास की गंध कैसी होती है। एक बार उन्हें कीवी से एलर्जी हो गई थी और उनके होंठों पर अल्सर हो गए थे।

मैंने एक पल और चाँद को तका। जब दिलीप घर आएंगे, तो उनसे कहूँगी कि मेरे साथ चाँद को देखें।

माँ जम्हाई लेती हैं। 'आज ही शुरू हुए हैं?'

मुझे सोचने में एक पल लगता है। 'हाँ। आज सुबह।'

माँ सिर हिलाती हैं। वो कुशन पर टेक लगा लेती हैं। 'चाँद के साथ, हमेशा की तरह। काली माता, तुमसे हमेशा अनन्नास की गंध आती है।'

काली माता बनने से पहले उनका नाम ईव था और वो अपने पति एंड्रयु, बेटी मिली, और एंड्रयु की माँ जून के साथ पेनसिल्वेनिया के लेन्सबोरो में दो एकड़ में रहती थीं। मैं उन लोगों को अपनी जीभ बाहर निकाले, प्रोफ़ाइल में, और काली माता द्वारा पीछे छोड़ी तस्वीरों से जानती हूँ। जब दादी जून ज़िंदा थीं तब परिवार हर खाने पर प्रार्थना करता था—काली माता कहती थीं कि जून इस तरह की चीज़ की पाबंद थीं, इसलिए नहीं कि उन्हें बहुत विश्वास था, बल्कि इसलिए कि यह बच्चों को सिखाने के लिए सही चीज़ थी। ईव दादी जून की सलाह की बहुत परवाह नहीं करती थीं, मगर बुढ़िया के (इतनी प्रार्थनाओं के बाद भी बस पचपन की उम्र में) क़ब्र में पहुँचने के बाद भी ईव ने इस परंपरा को जारी रखने का फ़ैसला किया। दादी जून पहली थीं जिन्हें उन्होंने जीवन से रहित देखा था, एक पल वो इतना जोश में थीं जैसे शैतान के हाथों की कठपुतली हों, और दूसरे ही पल फ़र्श पर पड़ी छाया मात्र थीं, उनके अंग टूटे से पड़े थे। इमर्जेंसी सेवाओं ने कहा किसी धमनी में कुछ फट गया था, मगर ईव को इस पर यक़ीन नहीं हुआ। दादी जून उस क़िस्म की आतिशबाज़ी के साथ नहीं गुज़री थीं; उनकी मौत तो शांत, अचानक, परिवार को अविश्वास में छोड़ते हुए हुई थी।

ईव ने अपने ख़ुद के माता-पिता को मरते नहीं देखा था, और हालांकि उन्हें दादी जून के लंबे-लंबे लेक्चर पसंद नहीं थे, मगर मौत के नज़ारे ने उन्हें सचेत कर दिया था। एंड्रयु ने पाया कि वो नन्हीं मिली से ज़्यादा ईव को मृत्यु की नियमितता के बारे में समझा रहे हैं। मिली अपने पिता का हाथ थामती, कहती कि वो समझ गई है, और उनसे कहती कि उसे उम्मीद है कि वो भी ठीक रहेंगे। मगर ईव, तीस के दशक में चल रही एक माँ, हफ़्तों दीवार को घूरती रही। 'वो वाक़ई क़रीब थीं,' शोकसभा में लोग फुसफुसा रहे थे, 'वो बहुत क़रीब थीं और ये वृद्धा से अपनी माँ की तरह ही प्रेम करती थीं।' ईव ने लोगों को सुधारा नहीं, उन्हें उन मौक़ों के बारे में नहीं बताया जब उन्होंने मन

ही मन कामना की थी कि बुढ़िया मर जाएं, लेकिन उन्हें मानना पड़ा था कि जब मृत्यु उनके रूबरू आई, तो वो बेहद अटल लगी।

ईव ने हर रात प्रार्थना करने पर बल दिया और एंड्रयु ने बख़ुशी साथ दिया, मगर जब सब अपने हाथ नीचे करते और ईश्वर को अपने नित्य के भोजन के लिए धन्यवाद देते, तो ईव परमेश्वर से अपनी निजी सौदेबाज़ी करने लगतीं: अगर ईश्वर उनकी मेज़ से खाना और सिर से छत हटाना चाहें, तो वो जी लेंगी। लेकिन, अगर वो सुन रहे हैं, और अगर धूल भरे खलिहान में बाइबिल स्टडी में बिताए वो सारे इतवार पर्याप्त प्रायश्चित हैं, तो वो अब बस एक चीज़ मांगेंगी, एक चीज़ जो अगर ईश्वर सही समझें तो उन्हें प्रदान करें, क्योंकि वो असल में कुछ भी नहीं है। वो बस ये मांगतीं कि उनके सामने मेज़ पर बैठे किसी भी शख़्स से पहले ईश्वर उन्हें ले लें, कि वो अपने राज्य में उन्हें बुला लें। वो कहतीं कि अगर उन्हें अपने धरती पर जीवित रहते हुए इन प्रियजनों में से किसी को भी दफ़्नाना पड़ा तो वो जी नहीं पाएंगी। उन शोकसभाओं में शामिल होने की उनकी कोई मंशा नहीं है। और इसलिए, अगर ऐसा कोई भी तरीक़ा हो जिससे यह छोटी सी प्रार्थना पूरी हो सकती हो, तो उन्हें परिवार से मेज़ पर प्रार्थना करवाते रहने में बहुत ख़ुशी होगी।

ईव की नज़र में उन्होंने शर्त का अपना हिस्सा पूरा किया था मगर ईश्वर अपने पर क़ायम नहीं रहे, और जब कार हादसे की ख़बर उनके पास पहुँची, तो अगले पांच दिन तक तो ईव को संभाल पाना मुश्किल हो गया था। फिर उन्होंने अपने बैग पैक किए और शहर छोड़ दिया। उन्होंने जो कहा था, उस पर क़ायम रहीं—न कोई शोकसभा, न लाशों को पहचानना। वो उन्हें उस रूप में कभी नहीं देखेंगी जैसे वो अपनी अंतिम आरामगाह में दिखते। ईव कुछ समय अपनी बहन के साथ फ़िलाडेल्फ़िया में रहीं, दुल्हन के सामान के एक स्टोर में सेल्स गर्ल की नौकरी कर ली जब तक कि वो एक आदमी से नहीं मिलीं जो ख़ुद को गोविंदा कहता था। वो ख़ूबसूरत था, हल्के भूरे बाल थे और चश्मा लगाता था, उसके अंदर भी एक ऐसी उदासी थी जो उन्हें महसूस होती थी, और वो गांजा बेचकर पैसा कमाता था। वो उन्हें हरे कृष्णा मिशन में ले गया जहाँ वो गाने गाते थे, और फिर अपने घर जहाँ उसने कहा कि वो पुष्कर में ब्रह्मा मंदिर देखने और दुख के चक्र से मुक्ति पाने के लिए भारत जाने को पैसे बचा रहा है। उसने उनसे पूछा क्या वो भी चलना चाहेंगी।

पुष्कर में, वो कढ़ाईदार काला कपड़ा पहनने लगीं। वो भारी था, और उसमें वो धीमे चल पाती थीं। वो गोरे रंग की थीं, और उनकी बांहों पर नारंगी झाइयाँ थीं, लेकिन वो साल उन्होंने रेगिस्तान में रहकर बिताया जिससे उनका रंग गहरा गया था और उनकी त्वचा सिकुड़ गई थी। उनके बालों की जटाएं बन गई थीं। आई शैडो नीले पाउडर की तरह, झुर्रियों में जमकर, पैटर्न बनाते हुए उनकी भिंची हुई पलकों पर टंग गया था, और काले काजल ने उनकी आँखों के पूरे हिस्से को घेर लिया था। उनके होंठ काली किशमिशों जैसे थे। अपने बालों में वो उन आभूषणों को सजाए रखती थीं जो वो रास्ते में लेती थीं, धागों में पिरोए पंख और छोटे-छोटे आभूषण।

वो रेगिस्तान में घूमते, गांवों की सीमाओं पर रहते, उन ज़िंदगियों को भूलकर जो वो पहले जीते थे।

किसी को पता नहीं था कि वो कहाँ से आई हैं। कोई कहता कि वो चिरयौवना हैं और तब से थार रेगिस्तान में तप कर रही हैं जब से उन्हें याद पड़ता है। गांववाले उन्हें प्रणाम करते, कुछ तो उनके पांव भी छूते, और बच्चे उन्हें ऊँटनी बाई कहते थे, क्योंकि वो बिना पानी के जी सकती थीं।

वहीं पर वो सफ़ेद कपड़े पहने एक देव से मिलीं जिसने उनसे कहा कि उसकी यात्रा में उसके साथ चलें। हम यह कभी नहीं जान पाए कि उन्होंने काले कपड़े ही क्यों पहने, बस यह कि उसने उन्हें इसी रूप में पाया था, और कि वो एकदम परफ़ेक्ट थीं, जैसी थीं उस रूप में एकदम पूर्ण। शायद वो अभी भी किसी तरह के शोक में थीं, और उनके लिए शोक का रंग हमेशा काला रहा।

उन्हें गुणे के आश्रम में रहते हुए एक दशक से ज़्यादा हो चुका था, जब एक कमज़ोर, हैरान-परेशान गर्भवती औरत ध्यान कक्ष में पहुँची थी। काली माता अब उस विशाल आदमी की सहचरी नहीं रही थीं बल्कि वो ख़ुद को उसकी संतानों की माँ, उसके अनेक अनुयायियों की पोषिका मानती थीं।

उन्होंने नई भक्तिन से बैठने को कहा, मगर माँ ने सिर हिला दिया, उनकी आँखें कमरे में चारों तरफ़ घूम रही थीं। उन्होंने कहा कि वो निश्चित नहीं हैं कि रुकना चाहेंगी या नहीं। मगर जब वो देव आदमी दाख़िल हुआ, तो माँ भागती हुई आगे पहुँच गईं और उन्होंने उसके पैरों में एक जगह पा ली। वो चार घंटे से ज़्यादा तक वहाँ ध्यान करती रहीं, फ़र्नीचर की तरह निश्चल। जब माँ ने अपनी आँखें खोलीं, उन्होंने अपने गुरु को देखा और कहा कि वो अपना जीवन उन्हें अर्पित कर देंगी। फिर उन्होंने अपना सिर उनकी गोद में रखा और रोने लगीं।

मैं तीन साल से ज़्यादा की नहीं रही होऊँगी जब काली माता ने पहली बार मुझे अमेरिका, और उस आश्रम के बारे में बताया था, जहाँ मैंने ख़ुद को रहते पाया था। उन्होंने मुझे बताया कि हम अभी भी पुणे में ही थे, मगर जब मैं आसपास देखती तो मुझे इस पर यक़ीन नहीं होता था। आश्रम बाक़ी पुणे जैसा क़तई नहीं था।

उन्होंने मुझे सिखाया कि उस देव आदमी को बाबा कहते हैं, कि उनके दूसरे नाम भी हैं, बहुत सारे, मगर हमें उन्हें ऐसे ही बुलाना चाहिए। वो हमारे लिए पिता, लीडर, भगवान होंगे। मगर कई मायनों में वो एक विनम्र सेवक भी थे, क्योंकि उन्होंने हमें हमारे अज्ञान से मुक्ति दिलाने के लिए एक बार फिर मानवरूप लिया था। शिक्षकों और गुरुओं के उनके वंश में अनेक मशहूर महर्षि और आचार्य थे, और कुछ ऋषियों का उल्लेख तो प्राचीन ग्रंथों में भी हुआ था। उनका उल्लेख उनकी आत्मकथा में है।

बाबा मर्सिडीज़ बेन्ज़ में चलते थे और ब्रिजिट बारडोट की फ़िल्मों के वीएचएस टेप संग्रहीत करते थे। वो आठ फ़ुट से ज़्यादा लंबे थे, यह लंबाई अब बहुत असाधारण नहीं लगती है। उनकी आवाज़ भली और कोमल थी, उन सारे स्पीकरों से आने के बाद भी जिन्हें वो हज़ारों की भीड़ को संबोधित करने के लिए इस्तेमाल करते थे। और उनकी शिक्षाएं सबको छू लेती थीं, बहुत सावधानी से गढ़ा गया आख्यान जिसमें बुद्ध, क्राइस्ट, कृष्ण और ज़ोरबा से ली गई बातें होती थीं। बाबा को विज्ञान पसंद था और कंप्यूटरों में भी दिलचस्पी थी। वो भारत को टैस्ट मैच खेलते देखते थे और जापानी खाना शौक़ से खाते थे। वहां सभी के लिए कुछ न कुछ जाना-पहचाना-सा था।

एक टीनएजर के तौर पर माँ बाहर से आश्रम को, उस आज़ादी को सराहती थीं, जो इसके भक्तों को मिली हुई थी, मगर वो ख़ुद सालों बाद यहाँ आई थीं, जब उन्होंने अपने पति के घर को अकेलेपन और नीरसता से भरा पाया था। माँ बचाव का कोई रास्ता तलाश रही थीं।

आश्रम का मार्केटिंग विवरण इसकी शुरुआत को दर्शाता है जब वो टिन की छतों और हल्की रोशनी वाले अस्थायी निर्माणों में रहते थे। आश्रम एक बरगद के पेड़ के पास विकसित हुआ था जो कोई बीस मीटर लंबा, फैला हुआ, सर्पिल था, उसकी शाख़ाएं ऊपर-नीचे, पृथ्वी पर दावा ठोकती हुई बढ़ रही थीं। संन्यासियों ने नीबू और आम के पौधे लगाए थे, जो किसी दिन फल देते। धीरे-धीरे, उन्हें पानी की पाइपलाइन और बिजली का परमिट मिल गया। उन्होंने

एक कुँए की संभावना को खंगाला। सैप्टिक टैंकों की ज़रूरत थी। कंक्रीट डाली गई और बुनियाद रख दी गई। फिर ढांचा ऊपर उठा और शहतीरें डाल दी गईं।

यह तस्वीर धुँधलाते हुए आज के आश्रम, एक रिज़ॉर्ट, एक शरणस्थली के नए शॉट में बदल जाती है। गुरु दिवंगत हो गए हैं मगर उनकी परिकल्पना जीवित है। अब सभी कमरों में फ़्लैट स्क्रीन टेलीविज़न लगे हैं, और वो कपल्स के लिए मालिश और टैरो रीडिंग प्रदान करते हैं। प्रवेश के लिए एड्स की जांच अनिवार्य है।

मेरी ज़िंदगी के उन चार सालों के बस कुछ ही हिस्सों ने अपनी छाप छोड़ी थी। एक फटी-पुरानी मच्छरदानी थी जो उस कमरे में मेरे बेड पर लगी रहती थी जिसमें मैं काली माता के साथ रहती थी। वो मुझे अपने मेकअप के रंगों से अपने चेहरे को रंगने देती थीं। आश्रम में किचन मेरी मनपसंद जगह थी जहाँ सूखने के लिए टंगी स्टील की सैकड़ों प्लेट और गिलास चमचमाते थे, और जहाँ काली माता ने मुझे सिखाया था कि चाक़ू से सेब का छिलका उतारते समय कैसे अपने हाथ को सीधा रखूँ। यहीं पर ही मैंने माँ को देखा था जहाँ वो बाबा के लिए खाना बनाती थीं। और मुझे याद है लकड़ी के उस भारी दरवाज़े को खटखटाते हुए मैं चिड़ियों और सांपों की नक़्क़ाशी पर उँगलियाँ फिराती थी जो उस कमरे को जाता था जिसमें मेरी माँ उनके साथ रहती थीं।

और फिर वो दिन जब मेरे नाना आए थे और उन्होंने मेरी माँ से कहा था कि अब वो एक दिन भी हमारे वहाँ, विदेशियों और वेश्याओं के उस जमावड़े में रहने की बात बर्दाश्त नहीं कर सकते। उन्होंने माँ से कहा कि उन्होंने परिवार को शर्मसार किया है, कि उन्हें तुरंत अपने पति के घर वापस चले जाना चाहिए। माँ ने उन्हें नज़रअंदाज़ कर दिया और कहा कि अब यही उनका घर है। उन्होंने कहा कि बाबा मेरे पिता और संन्यासी मेरा परिवार होंगे।

जहाँ तक पोंछे वाली लड़की की बात है, तो उसका नाम सीता था, और मैं उसे बस तभी देखती थी जब वो ध्यान कक्ष की सफ़ाई कर रही होती थी। हाल के सालों में मैंने उसके बारे में पूछा था, लेकिन किसी को याद भी नहीं था कि वो कभी थी।

मैंने बाबा की कुछ तस्वीरें जमा की हैं जिन्हें मैं एक लिफ़ाफ़े में रखती हूँ। बाबा को तस्वीरें खिंचवाना पसंद था और वो हमेशा फ़ोटोग्राफ़रों को आसपास रखते थे। 'तस्वीरें,' बाबा कहते थे, 'इतिहास को दर्ज नहीं करतीं। वो इतिहास

तय करती हैं। अगर आपकी कोई तस्वीर न हो, तो आपका कभी कोई वजूद था ही नहीं।'

कई तस्वीरों में माँ उनके पास खड़ी हैं। एक में उन्होंने साड़ी पहनी है। अपने पति का घर छोड़ने के बाद यह पहली दफ़ा है, और उन्होंने बाबा के साथ अपनी प्रतीकात्मक शादी के अवसर पर साड़ी पहनी थी।

सूती कपड़ा मोटा और चमकीला सफ़ेद दिखता है, दो चादरों को काटकर एक साथ सी दिया गया है। पेटीकोट नहीं है, और उनकी कमर में एक ब्राउन रिबन बंधा है। रिबन के एक छोर पर प्लास्टिक की टिकली है, काफ़ी कुछ जूते के फ़ीते की तरह। प्लेट्स को जगह पर उड़सा हुआ है। बस तीन, और पतली सी, सामान्य से आधी चौड़ाई की, मगर उनके तन पर बस इतना ही कपड़ा है। उस दिन उन्होंने बहुत छोटे-छोटे क़दम उठाए होंगे। वो छोटी सी जूट की चटाई पर बैठी हैं, बाबा के पास लेकिन थोड़ा-सा पीछे। उन्होंने अपने बालों को अपने नंगे कंधे पर डाला हुआ है। छोटा-सा पल्लू उनके सिर पर पड़ा छोड़ दिया गया है। माँ खुले सिरे को पकड़े हुए हैं। धूप बहुत तेज़ रही होगी क्योंकि वो चौंध से बच रही हैं।

मेरे पास पोस्टकार्डों और की-चेन के रूप में बाबा की तस्वीरें हैं जिन्हें मैंने आश्रम के बुकस्टोर से लिया था, और उनके निधन के शोक-समाचार की प्रति भी है जिसे मैंने माइक्रोफ़िश से कन्वर्ट करवाया था।

शोक समाचार में लिखा है कि मृत्यु का संभावित कारण ड्रग का ओवरडोज़ था, हालांकि उनके अनुयायियों के एक गुट का कहना है कि उन्हें स्थानीय प्रशासन ने ज़हर दिया था। वो सत्तावन साल के थे और उन्हें महाकायता का रोग था जिससे उनकी असाधारण लंबाई का कारण स्पष्ट होता है। उन्होंने अपने पीछे पत्नी या ज्ञात संतान नहीं छोड़ी थी।

'यह क्या है?'

मैं फिर से ऊपर देखती हूँ। नानी ने अपने पंजे में एक मुड़ा-तुड़ा काग़ज़ पकड़ा हुआ है।

'मैं घर में माँ के लिए नोट छोड़ रही थी। ताकि उन्हें वो मिलें और वो पढ़ें। शायद इससे उनकी याददाश्त को मदद मिले।'

नानी मुस्कुराती हैं। 'तुम अच्छी लड़की हो। ज़रा मुझे पढ़कर सुनाओ तो।'

मैं हिचकिचाती हूँ और काग़ज़ को अपनी हथेली पर दबाती हूँ। कुछ ही हफ़्तों में, यह किसी प्राचीन चर्मपत्र जैसा दिखने लगा है।

'वो वक़्त जब आपने अंतरा की खिचड़ी में मिर्चें डाल दी थीं,' मैं पढ़ती हूँ।

जब मैं पढ़ना ख़त्म करती हूँ तो नानी हँसती हैं, और खाँसने लगती हैं। 'यह कब हुआ था?'

'वो चाहती थीं कि मैं मसालेदार खाना खाना सीखूँ, शायद। वो रुकी ही नहीं थीं हालांकि मुझे बुरी तरह हिचकियाँ आने लगी थीं।'

नानी अपना सिर हिलाती हैं। 'तुम्हारी माँ ने तुम्हारी खिचड़ी में मिर्च नहीं डाली थी। मैंने उसमें अदरक डाला था क्योंकि तुम्हें बहुत बुरा ज़ुकाम हो गया था।'

'यह सच नहीं है,' मैं कहती हूँ।

मुझे यक़ीन था कि मुझे यह याद है, अपने मुँह में पीड़ा का वो स्वाद।

'मैं बता रही हूँ ना तुम्हें,' उन्होंने कहा। 'तुमने उससे पूछा? वो तुम्हें बता देगी।'

मैंने माँ को वो पढ़कर सुनाया था और वो मुझे ख़ाली निगाहों से देखती रही थीं फिर मैंने उसे सोफ़े में ठूँस दिया था कि वो उसे फिर से ढूँढ़ लें।

'अगर मैं उनसे पूछती भी हूँ,' मैं नानी से कहती हूँ, 'तो शायद उन्हें याद नहीं होगा।'

'शायद उसे इसलिए याद नहीं होगा कि ऐसा कभी हुआ ही नहीं था।'

मुझे महसूस हुआ कि मेरी टांगों का पिछला हिस्सा जकड़ने लगा है। क्या उन्होंने दिलीप से बात की थी? क्या माँ ने उन्हें यक़ीन दिला दिया था कि मैं झूठ बोल रही हूँ?

काग़ज़ मेरे हाथ से उड़ गया है, लेकिन जब मैं आसपास देखती हूँ, तो सारी खिड़कियाँ मुझे बंद दिखाई देती हैं। मेरे सिर के ऊपर, मद्धम सरसराहट के साथ पंखा अपना चक्कर पूरा करता है, फिर वापस अपने छिपे हुए मशीनी हिस्से पर लौट जाता है जो इसे फिर से आगे भेज देता है। मैं काग़ज़ उठाने के लिए झुकती हूँ, मगर वो किसी चपटे भूत की तरह मुझसे दूर भाग जाता है। नानी हँसने लगती

हैं और उनकी आवाज़ खरखरी सी है जैसे आनन्द और बलग़म एक हो गए हों और उनके मज़े और असुविधा के बीच कोई सीमा न रही हो। हम काग़ज़ को सोफ़े के नीचे गुम होते देखते हैं।

अपनी जेब से मैं एक चाबी निकालती हूँ और उसे नानी को थमा देती हूँ।

'यह क्या है?'

'माँ का बैंक लॉकर खोलने के लिए।'

नानी चश्मा पहन लेती हैं और की-चेन को ग़ौर से देखती हैं। वो धुँधला और गंदला नारंगी गारफ़ील्ड बिल्ला है। वो मेरी ओर नज़र उठाती हैं और एक भौंह ऊपर उठाती हैं।

'ज़रूरत पड़े तो,' मैं कहती हूँ। 'हमें तैयार रहना होगा।'

हम परीक्षण कक्ष में दाख़िल होते हैं तो एक नया डॉक्टर मुस्कुराता है। पिछली बार वाला छुट्टी पर है।

माँ अपने गाउन में पहलू बदलती हैं। वो डॉक्टर से कहती हैं कि उसमें किसी और औरत के पसीने की स्पष्ट बू है। डॉक्टर की मेज़ पर एक स्टील के कप में उसके उपकरण रखे हैं। जीभ दबाने का एक पतला-सा औज़ार, एक मुड़ी हुई चिमटी। बाक़ी चीज़ों के बारे में मुझे नहीं पता। उसके हाथ में वो पैने, कठोर से लगते हैं। कमरा गंदा-सा लगता है। मेरी आँखें माँ से हटकर छत, सफ़ेद रोशनी, एयर कंडीशनर की ओर चली जाती हैं।

'कोई और घटना हुई?' वो पूछता है।

'हाँ,' मैं कहती हूँ। 'इन्हें डरावने सपने आ रहे हैं। नौकरानी कहती है कि जब वो सुबह को घर में घुसती है, तो उसे माँ एक कोने में डरी सी बैठी दिखती हैं।'

डॉक्टर का भाव नहीं बदलता। वो माँ की फ़ाइल में एक पन्ने पर कुछ नोट करता है। उसकी लिखाई टिपिकली अबूझ है।

'मुझे लगता है,' मैं कहना शुरू करती हूँ, 'कि सब कुछ बहुत तेज़ी से हो रहा है। इनके लक्षण बिगड़ते जा रहे हैं।'

'सब उतना ही ठीक लग रहा है जितनी उम्मीद की जा सकती है,' वो कहता है। उसके चेहरे के बाल काले-सफेद के पैचों में निकल रहे हैं। उसके आगे के दो दांत ऊपर को उठे हैं, और जब वो बोलता है तो सीटी निकलती है।

'ये दवा ले रही हैं,' मैं कहती हूँ।

'मैंने ऐसे केस देखे हैं, ख़ासकर जब यह शुरुआती होता है, जिनमें गिरावट बहुत तेज़ी से होती है।'

'क्या यहाँ यही हो रहा है?'

'हम यक़ीन से नहीं कह सकते।'

'तो आप क्या कह रहे हैं?'

'दरअसल, इस पर अध्ययन निर्णयात्मक नहीं हैं।'

मैंने एक नोटबुक खोली और एक लिस्ट से पढ़ने लगी। 'मैंने इन्हें तस्वीरें, पुराने वीडियो दिखाए। हमने इनकी मनपसंद फ़िल्में देखीं। मैं इन्हें उन जगहों पर टहलाने और ड्राइव पर ले गई जहाँ ये वक़्त बिताया करती थीं। हमने खाना बनाया, ख़ासकर वो रेसिपी जो इन्होंने कुछ वक़्त से नहीं बनाई थीं।'

मैं उसकी मेज़ पर एक फ़ोल्डर रखती हूँ, और प्रिंटेड शीट हटाना शुरू करती हूँ जिन पर मैंने पीले, हरे और नारंगी रंगों में टुकड़ों को हाइलाइट कर रखा है। प्रभाव बहुत चटकीला है और ज़्यादा देर तक इसे देखना मुश्किल है। वो अपना गला साफ़ करता है और चश्मा वापस लगाता है।

'मुझे शक है कि माँ गंदा कर रही हैं,' मैं एक पैराग्राफ़ की ओर संकेत करते हुए कहती हूँ जिसमें यह विश्लेषण किया गया है।

'गंदा,' वो दोहराता है।

'हाँ, सारे में और सब जगह से।'

एक साइंस जरनल के लेख को अलग हटाकर जिस पर मैंने नोट लिख रखे थे, मैं एक पैंफलेट खोलती हूँ जिसे मैंने हाथ से बनाया है, और अपनी शानदार रचना को दर्शाती हूँ। मेरी माँ की शारीरिक क्रियाओं, उनके जीवन के इतिहास का फ़्लो चार्ट जो उनके जन्म से शुरू होता है, जहाँ मैंने दर्ज किया है कि मेरी नानी का सीज़ेरियन नहीं हुआ था और, इसलिए, माँ को योनि मार्ग में उचित रूप से माइक्रोब का टीका लगाया गया था। वहाँ से, मैंने अपनी माँ के बचपन का, संभावित टीकों और पेंसिलिन के इस्तेमाल का एक स्कैच बनाया है।

इससे पहला प्रश्न सामने आता है, उनके माइटोकॉन्ड्रिया, उनकी कोशिकाओं के आयुहीन केंद्र, को हुआ नुकसान, जो उन्हें अपनी माँ से मिले थे और मुझमें भी मौजूद थे। *माइटोकॉन्ड्रिया* शब्द एक विशाल मकड़ी का केंद्र बनाता है जिसकी टांगें अपने लड़खड़ाते क्रैब (केआरईबी) चक्र के जाल में उतर जाती हैं। एक सूत्र छोटा टेलोमियर है, जो एंज़ाइम्स के उत्पादन को कम करता है। माइटोकॉन्ड्रिया की उत्पादन दर कम हो जाती है, जिससे कोशिका में कम ऊर्जा बनती है। प्रतिक्रियाशील ऑक्सीजन प्रजातियाँ, पीड़ा की ख़तरनाक चिह्नक, कहीं ज़्यादा तादाद में उत्पन्न होती हैं—मैंने जेल बनाई हैं जो उनसे

लबालब भरी पड़ी हैं, और लिपिड द्विपरत, वो झिल्ली जो संरचना को बांधे रखती है, टूटने और बिखरने लगती है।

काग़ज़ के दूसरी तरफ़ मेरी माँ की आंतों का घुमावदार कॉरिडोर है, झरझरा और छेदों से भरा हुआ, जो वर्षों से उल्टा-सीधा खाना और दवाएं खाने से बेकार हो गया है। खाद्य असहिष्णुता, ग्लूटेन, डेरी उत्पादों और एंटीबायोटिक दवाओं से बने छेद। मृत सैनिकों का ढेर लगा दिया गया है, उनकी चिताएं बनाई जा रही हैं।

'यह मकड़ी की टांग है, या उसका जाला?' डॉक्टर पूछता है।

मैं काग़ज़ को देखती हूँ। 'मकड़ी और उसके शिकार करने के तरीक़े में फ़र्क़ कर पाना मुश्किल है।'

'और,' डॉक्टर जोड़ता है, 'ये नन्हे जीव जेल तोड़कर भाग रहे हैं? क्या वो जाले में फँसते जा रहे हैं?'

'पता नहीं।' तस्वीरें अपने आप में अलग हैं। रूपक सारे सिस्टम पर लागू नहीं होता है। मेरा मन करता है कि काग़ज़ को तोड़-मरोड़ डालूँ।

'हाँ,' वो कहता है। 'कुछ नए प्रयोगात्मक इलाज हैं जिन्हें हम देख सकते हैं।' वो कुछ साइड इफ़ेक्ट्स की लिस्ट बनाता है। स्ट्रोक। हार्ट अटैक। डिप्रेशन।

मैं कहती हूँ हम इस बारे में सोचेंगे।

'हाँ, सोचिएगा। और साथ ही, मैं सिफ़ारिश करूँगा कि आप इस बारे में बात करने के लिए किसी को ढूँढ़ें।'

मैं इंतज़ार करती हूँ कि वो अपनी बात जारी रखे। वो एक ओर को झुके सिर के साथ मुझे देखता है।

'कुछ थेरेपिस्ट हैं जिनसे आप बात कर सकती हैं,' वो कहता है। 'कि इस स्थिति को कैसे संभालें जिसमें आप अभी ख़ुद को देख रही हैं। इस भूमिका में केयरगिवर भी मरीज़ के जितना ही तकलीफ़ भोगता है। यह बहुत तनावपूर्ण हो सकता है।'

डॉक्टर के ऑफ़िस से हम घर जाते हैं, और लोकल डेरी और जर्मन बेकरी के बीच सैंडविच बने छोटे से चर्च में जा रहे झुंडों के पास से निकलते हैं। माँ

और मैं एक दूसरे से बात नहीं करते, बस खिड़की से बाहर देखते हैं। चर्च ने क्रिसमस ईव के लिए सजावटें लगाई हुई हैं, जो किसी नर्सरी राइम के तारों जैसी टिमटिमा रही हैं। आधी रात में मोमबत्ती जलाने के लिए लगी लाइनें ट्रैफ़िक को रोक देती हैं, और हॉर्न और गुस्से में चिल्लाने की आवाज़ें चर्च के गानों की आवाज़ को दबा देती हैं।

व्यस्त सड़क के पार, टूटे हुए फ़ुटपाथ पर कुछ ही दूर जाकर इलाक़े की मस्जिद है, जहाँ से दिन में पांच बार अज़ान होती है। क्रिसमस कोई अपवाद नहीं है। पुणे में क्रिसमस की लोकप्रियता कभी भी केवल शहर के ईसाइयों तक सीमित नहीं रही है, ख़ासकर इस आम विश्वास के कारण कि चर्च के द्वार के पास लगी वर्जिन की प्रतिमा अपने श्रद्धालुओं को सौभाग्य प्रदान करती है। छोटी सी और गुलाबी महीन कपड़ों में सजी वो अनौपचारिक तीर्थस्थान हैं। वहाँ से गुज़रते हुए मैं बेसाख़्ता सब चीज़ों के लिए प्रार्थना करती हूँ।

मस्जिद के कर्ता-धर्ता जानते हैं कि बहुत सारे मुस्लिम मदर मेरी और उनके पुत्र का आशीर्वाद पाने के लिए लाइन में लगे हैं, और पच्चीस तारीख़ को अंधेरा होने के बाद लाउडस्पीकरों पर शाम की अज़ान कुछ ज़्यादा ही ज़ोर से होती है, जैसे याद दिला रही हो कि उष्ण कटिबंधीय प्रदेश में उसके अनुयायियों का फ़र्ज़ तेज़ रोशनियों और जगमग करते पाइन पेड़ से धुँधलाएगा नहीं।

मैं माँ को देखती हूँ। कार के ब्रेक लगते हैं तो उनकी आँखें बंद हैं। मैं चाहती हूँ कि काश हम ऐसी नाकामियाँ न होते।

'आप एकाध रात हमारे साथ क्यों नहीं रुक जातीं, माँ?' मैं धीरे से कहती हूँ, कुछ-कुछ यह उम्मीद करते हुए कि वो मेरी बात न सुन पाएं। 'अगले हफ़्ते? न्यू ईयर के बाद?'

वो अपनी आँखें खोलती हैं और मुझसे परे भीड़ भरी सड़क को देखती हैं। 'शायद,' वो कहती हैं। 'शायद एक या दो रात बस।'

आधी रात के बाद तारीख़ बदल जाती है, और चर्च, मस्जिद, और बैल गाड़ी से हो-हुल्लड़ बढ़ता जाता है। आवाज़ें बेमेल हैं। चीखें और प्रार्थना आपस में घुलमिल गई हैं। सड़कें अव्यवस्था से भर गई हैं। हंगामा बढ़ता जा रहा है, लेकिन किसी को जैसे अहसास ही नहीं है कि पवित्र दिन बीत चुका है, और समय आ गया है कि पिछले दिन की प्रचुरताओं से शुद्ध हुआ जाए, उसकी ज़्यादतियों पर विचार किया जाए।

उस रात मुझे सोने में दिक़्क़त होती है। मेरी बेडसाइड टेबल के पास लगे तार दीवार की दूसरी ओर बेतरतीबी में गुम हो गए हैं। मेरे सिर के ऊपर सीलिंग लाइट में एक आँख है जो मुझे देख रही है।

अगली सुबह, शहर अपेक्षाकृत शांत हो गया है, और चर्च ने बिजली बचाने के लिए फ़टाफ़ट त्योहार की रोशनियाँ बंद कर दी हैं। यातायात—मशीन, मानव और पशु—अपने सामान्य प्रवाह में लौट आए हैं।

बॉक्सिंग डे पर, दिलीप की एक कॉन्फ्रेंस कॉल है और मैं अकेली बाहर निकल जाती हूँ। रिक्शे की काली छत शामियाने की तरह साइड में लटक रही है, और रबर मेरे चेहरे को धूप से, लार टपकाते आदमियों की आँखों और घात लगाए बैठी अन्य आपदाओं से छुपा लेती है। लेकिन आदमियों की आँखें उन हिस्सों तक पहुँच जाती हैं जहाँ रोशनी पहुँच रही है, और हालांकि मैं उन्हें ख़ुद को तकते नहीं देख पाती हूँ, मगर रूई के गोलों से बादलों के बीच से झांकती धूप की तपिश को मैं अपनी त्वचा पर महसूस कर सकती हूँ। ये वो हिस्से हैं जिन्हें वो लोग देख सकते हैं, चप्पलों में पड़े मेरे पैर, टख़ने, मेरे बदन की पूरी लंबाई, मेरी नंगी बांहें। बिना दरवाज़े वाली इस सवारी में बैठी इस बिना सिर वाली लड़की को देखना उनके लिए आसान है।

कभी-कभी हुड के नीचे से उनके चेहरे झुकते हुए यह देखने के लिए झांक जाते हैं कि अंदर कौन बैठा है, लेकिन हम इतनी तेज़ी से जा रहे हैं कि मेरे लिए उन्हें अलग-अलग बता पाना मुश्किल है और वो सब एक ही शरीर और सड़क के लगते हैं।

हम एमजी रोड के हंगामे, बुकसेलर्स, ज्वेलरी शॉप, शोरगुल के बीच एक दूसरे पर चिल्लाते औरतों-आदमियों को पार करते हैं। यहाँ चीज़ें बदल गई हैं, मुझे इसका पूरा यक़ीन है, मगर शहर इतनी तेज़ी से जुड़ जाता है कि क्या बदला है, यह पता ही नहीं लगता। अपनी नाक की सूखी, खारी झिल्ली से मुझे कायनी बेकरी की महक आती है। रिक्शा खड़खड़ाता है और रुक जाता है, ट्रैफ़िक लाइट पर इंजन का धुआं है। दो आदमी पुराने टेलीफ़ोन एक्सचेंज के टूटे-फूटे गेट के सहारे खड़े हैं। वो एक बीड़ी शेयर कर रहे हैं, उनके सिर के ऊपर, बाउंड्री वॉल के ऊपर लगे कांच के टुकड़ों की कतार धूप में चमक रही है। मैं छींकती हूँ और ड्राइवर पलटकर मुझे देखता है। उसके होंठों के

किनारे नारंगी लार जमा हो गई है। वो उसे सड़क पर थूक देता है और एक-एक करके नाक सिनकता है।

बस स्टॉप पर, आदमी लोहे के लाल ख़ोल से चिपकते हुए बस के पीछे लटक गए हैं। नुक्कड़ पर एक टांगविहीन लड़का एक दिन पुराने अख़बार बेच रहा है, और पिस्सुओं से परेशान एक कुत्ता पीठ के बल लोट रहा है।

स्कूटरों की सीट पर तीन-तीन सवार कॉलेज के छात्र धूल में पीछे रह गए अपने दोस्तों को आवाज़ें दे रहे हैं। लड़कियाँ मुस्कुरा रही हैं और उनके कान छेदों से भरे हुए हैं। वो उस तरह की लड़कियाँ हैं जैसी माँ हुआ करती थीं, सिर से पांव तक एक रंग की लड़कियाँ, पीछे इस तरह लटक रहे बालों वाली लड़कियाँ जैसे उनके पीछे कोई जीव उड़ रहे हों। मैं उन पर, उनके कपड़ों, उनके अंगों, उनके खुले मुँहों पर लगी आँखें देखती हूँ। दिन गर्म और उजला महसूस होता है।

क्लब में लंच पर मैं अपनी दोस्त पूर्वी से मिलती हूँ। शाम लोगों की बातें सुनने के लिए है। हम वॉकिंग ट्रैक पर चक्कर लगाते हैं, और पूर्वी उस नाइटक्लब के बारे में बताती है जहाँ वो पिछली रात गई थी। मैं उसका थोड़ा-बहुत ब्योरा सुनती हूँ, लेकिन साथ ही दो आदमियों को जबरन नसबंदी कार्यक्रमों के लाभों पर चर्चा करते, और क्लब के ग्राउंड पर टहलती कुछ टीनएज लड़कियों को एक गाना गाते भी सुनती हूँ।

पगडंडी मुड़ जाती है, और एक पॉइंट पर इसके और भीड़ भरे चौराहे के बीच बस झाड़ियाँ और लोहे की एक बाड़ भर है। मुझे थमते ट्रैफ़िक की चीत्कार, रास्ता देने से इंकार करते, अपनी गाड़ियों को झटके से छोटी-छोटी जगहों में घुसाते दोनों ओर के ड्राइवर सुनाई देते हैं। ड्राइवर उतरते हैं और हॉर्नों की अंतहीन पौं-पौं के बीच सलाहें देने को जमा हो जाते हैं। सिर हिलते हैं और गालियाँ बकी जाती हैं, पहला किसी की माँ की बेइज़्ज़ती करता है, इसके बाद किसी बहन और कज़िन बहन पर फब्ती कसी जाती है।

पेट्रोल के धुएं के साथ तूतू-मैंमैं भड़क जाती है। हम रुककर पौधों की एक नीची दीवार के पार से देखने लगते हैं। मुझे रबर जलने की गंध आती है। शोर जगह पाने के लिए झगड़ा कर रहा है, और अबूझ हुल्लड़ में तब्दील हो जाता है। एक बांह आगे बढ़ती है, और फिर कई और उठती हैं। गले पकड़े जाते हैं, कंधे धकेले जाते हैं, और झगड़े के साथ धूल उठने लगती है। शरीरों के बीच मैं एक को गिरते और गालियों और ग़ुस्से के वज़न के नीचे दबते

देखती हूँ। गर्मी उनके सिर चढ़ने लगती है। एक आदमी हमारी ओर देखता है। उसका चेहरा ग़ुस्से से सिकुड़ गया है। पगडंडी के ऊपर छाए पेड़ इधर-उधर लहराते हैं तो छाया हिलती है। मैं तार की बाड़ पर लिपटे अपने हाथों पर नज़र डालती हूँ। मैं उन्हें खोल देती हूँ, मगर कुछ दूरी पर लड़ाई जारी है। आदमी हंगामे में गुम हो गया है।

पूर्वी अभी भी बोल रही है। वो जोश में है, अपने हाथों से हवा को आकार दे रही है, या हथेलियों को आपस में रगड़ रही है, मानो कुछ अवांछित शब्दों को मिटा रही हो। वो कहती है कि हथेलियों या पैरों के तलवों को रगड़ना एक योग-क्रिया है जो मस्तिष्क के दाएं और बाएं पक्षों को जोड़ती है। जब वो छोटी थी, तो टॉम-बॉय टाइप की थी, जिसे अपने बाल नापसंद थे और जो अपने कूल्हे छिपाती थी। अब उसके नाख़ूनों पर पॉलिश है और वो बख़ूबी फ़ाइल किए हुए हैं। वो मेरी उन दोस्तों में से है जिन्होंने कमउम्र में और सही वजहों से शादी कर ली थी। वो और उसका पति क्रूज़ पर जाते हैं, हॉलीडे होम किराए पर लेते हैं, और स्की सीखते हैं। वो घोड़े ख़रीदते और बेचते हैं, शायद ही कभी कपड़े दोहराते हैं, और अपने अपार्टमेंट में कभी एयर कंडीशनर बंद नहीं करते। कभी-कभी जब हम इस तरह अकेले होते हैं तो पूर्वी अपनी उँगलियों को मेरी उँगलियों में फँसा लेती है और हमारी बांहों को झुलाती है, जैसे कोई छोटा बच्चा अपना बैट घुमा रहा हो। टहलते वक़्त वो मेरे रास्ते में आते हुए मुझे छूती है, कोहनियाँ और हमारी कलाइयों के नाज़ुक हिस्सों को टकराती है। एक साल पहले क्लब में जब हमारे पति बार पर ड्रिंक ऑर्डर कर रहे थे तो बाथरूम के एक स्टॉल में उसने मुझे उँगली की थी। हमने कभी इस बारे में बात नहीं की।

'वो मेरे पिता हैं, अपने परिवार के साथ,' जब हम एक टेबल पर बैठ गए तो मैंने पूर्वी से कहा।

वो सर्दियों के शनिवार का आनन्द ले रहे थे। नई पत्नी बेंत की सफ़ेद कुर्सी पर टेक लगाकर बैठी हैं, और वो सीधे बैठे हैं। वो छूते नहीं हैं, लेकिन बार-बार एक दूसरे को देखते हैं। वो जो भी कहते हैं, उस पर वो हामी भरती हैं। फिर वो इस अंदाज़ में मुस्कुराती हैं जो मैंने पहले कभी नहीं देखा है। उनके कंधे हिलते हैं, हँसी फूट पड़ती है। आवाज़ मेरे बदन पर छा जाती है।

पूर्वी उन पर नज़र डालती है, फिर वापस मेन्यु को देखने लगती है, मगर मैं देखती रहती हूँ। उन्होंने जिस टेबल को चुना है वो धूप में नहाई हुई है। हमारे बीच बस कुछ ही मीटर का फ़ासला है मगर रोशनी ने उनकी दुनिया

को अजनबी-सा बना दिया है। जब मैं अपनी सरकंडे की कुर्सी पर पीछे होकर बैठती हूँ तो मुझे बिल्डिंग के सफ़ेद खंभों के पास फ्रेम की हुई एक पेंटिंग दिखती है, कुछ-कुछ विक्टोरियन सी। एक अतीत है और एक वर्तमान, और एक अंतराल जिसे भरा नहीं जा सकता। क्या वो मुझे देख सकते हैं? वो ज़रूर मुझे देख सकते होंगे। मैं यहीं तो हूँ। वो अक्सर मेरी दिशा में देखते हैं, लेकिन शायद धूप ने उन्हें चौंधिया दिया है। मैं अदृश्य हो गई हूँ।

वेटर आ-जा रहे हैं। मैं आँखें झपककर दूसरी ओर देखने लगती हूँ।

बहुत अरसा पहले मेरे पिता मेरी माँ को पसंद करते थे। जैसे वो दिखती थीं, कम से कम, वो उसे पसंद करते थे। शायद वो मुझसे मिलने के लिए भी कभी-कभी इसी वजह से राज़ी हो जाते हैं, क्योंकि मैं उस लड़की जैसी दिखती हूँ जिसे कभी वो पसंद करते थे—क्योंकि मैं उनके लिविंग रूम में याचना करती, कंफ़्यूज़्ड सी बैठी होती हूँ, उस लड़की जैसे भाव लिए जिसने कभी उनके अहं को आहत किया था।

मैं सोचने लगती हूँ कि अब जबकि दशकों से नई पत्नी वहाँ हैं तो उनके घर का ऊपर का हिस्सा कैसा दिखता होगा। अगर मैं वहाँ जाऊँ, तो क्या वो मुझे दिखाएंगे कि कौन-सा कमरा किसका है, मुझे वो सब बदलाव दिखाएंगे जो मेरे बचपन में वहाँ रहने के बाद उन्होंने बेडरूमों में किए हैं, वो अपग्रेड, नया सिंक, अतिरिक्त अल्मारियाँ, फ़र्श पर नई लगवाई गई टाइल्स? हो सकता है अगर मैं उनके घर जाऊँ, और चाय के लिए रुकूँ, तो पत्नी मुझे यह दिखाने की पेशकश करें कि वो कैसे रहते हैं। या शायद लड़का मुझे घर दिखाना चाहे, क्योंकि टेक्नीकली तो मैं उसकी बड़ी बहन हूँ। शायद मेरे अपमानों में मेरे पिता मेरी माँ का अपमान देख सकें, इतने साल जिस तरह से उन्हें बेवक़ूफ़ बनाया जाता रहा था, उसका बदला लेना महसूस कर सकें। या हो सकता है मेरे चेहरे में वो ख़ुद को देखते हों, जैसे अपनी पत्नी में वो ख़ुद को देखते हैं। शायद मेरे पिता मुझे वो कमरे दिखाएंगे जो उन्होंने अपने बच्चे के लिए बनाए हैं, और फिर वो बेडरूम दिखाएंगे जिसमें वो उस औरत के साथ रहते हैं जिससे उन्होंने शादी की थी, जो उन्हें अपने माता-पिता से मिला है, वो बेड जिस पर बचपन में उनका बेटा कूदता रहा होगा, जहाँ अब वो अपनी नई पत्नी के साथ सेक्स करते हैं मगर शायद अभी भी मेरी माँ की कल्पना करते हैं। शायद मैं उनके साथ—इस आदमी के साथ जिसे ख़ुद को देखना पसंद है—उसी बेड पर सेक्स

करूँ, ख़ामोशी से, सावधानी बरतते हुए कि दूसरे लोग डिस्टर्ब न हों, जबकि उनकी पत्नी एक मंज़िल नीचे चाय बना रही होगी।

मेरा पेट ज़ोर से गुड़गुड़ाता है।

'तुम्हें भूख लगी है?' पूर्वी पूछती है।

मैं सिर हिला देती हूँ। मेरा पेट गुड़गुड़ा नहीं रहा है, बस बेवजह बोल रहा है। इसने हमेशा ख़ामोश परीक्षाओं, डिनर, फ़िल्मों के रहस्यमय ठहरावों के दौरान ऐसा ही किया है—यह हमेशा वो बातें बोल पड़ता है जो मैं नहीं कह पाती, जब शायद मैं भूखी होती हूँ मगर वो भूख एक अलग क़िस्म की होती है।

मैं दरवाज़े की ओर देखती हूँ जहाँ अभी तक क्लब की वर्षगांठ की सजावट है। वो गुब्बारे जो कभी हवा में तैरते थे, अब लोहे के स्ट्रीमर्स के कुँडों पर बेजान से लटके हुए हैं।

डिनर के बाद हम बेड पर टेलीविज़न देखते हैं, और जब मैं बच्चों की बात छेड़ती हूँ तब भी दिलीप आवाज़ कम नहीं करते। उनकी आँखें एक न्यूज़ एंकर पर लगी हैं जो अपने मेहमानों से बात कर रहा है। वो चर्चा कर रहे हैं कि क्या ग़ैर-भारतीय ब्रांडों को व्यावसायिक उद्देश्यों से गांधी जी की छवि को हड़पने का अधिकार है।

मुझे पक्का नहीं है कि उन्होंने मेरी बात सुनी या नहीं। काश हमने दीवारों पर और ज़्यादा आर्ट लगाई होती। हमेशा ख़ाली सफ़ेद दीवार को तकते रहने में क्या तुक है? दिलीप कहते हैं इससे उन्हें अपने दिमाग़ को ख़ाली रखने में मदद मिलती है।

'मैं भारत से उकता गया हूँ,' वो कहते हैं।

मैं टेलीविज़न को देखती हूँ और उनसे कहती हूँ कि चैनल बदल लें।

'नहीं, मेरा मतलब मैं यहाँ की हर चीज़ से उकता गया हूँ।' वो मुझे देखते हैं और वापस स्क्रीन को देखते हैं। 'तुम्हारे अलावा।'

'बात क्या है?'

'यह ज़िंदगी। यह नौकरी। यह शहर।' उनकी एक टांग बेड से नीचे खिसक जाती है, और वो बैठे और लेटे होने के बीच में हैं।

मैं सिर हिलाती हूँ मगर वो मुझे नहीं देखते, तो मैं अपना हाथ उनके हाथ पर रख देती हूँ। टेलीविज़न पर जारी कार्यक्रम से ज़्यादा तेज़ आवाज़ में विज्ञापन आ रहा है। एक जोड़ा चॉकलेट की पिघलती बार शेयर कर रहा है, एक दूसरे की उँगलियाँ चाटते हुए। इसे रोमांटिक समझा जाना चाहिए, मगर मुझे यह घिनौना लगता है और मुझे दूसरी ओर देखना पड़ता है ताकि मुझे उल्टी न आने लगे। मुझे यह अपार्टमेंट नापसंद है। मैं एक मैगज़ीन के पन्नों में जीना चाहती हूँ जहाँ हर सतह पर सही मात्रा में ख़ूबसूरत आलेख हों। जहाँ मैं कमरे के बीचोंबीच खड़ी हो सकूँ, अचल, बुत की तरह, और मुझ पर या मेरी बेतरतीब चीज़ों पर कभी धूल न जमे।

'मैं तो सोच भी नहीं पाती कि हम और कहाँ जाएंगे,' मैं कहती हूँ। वो मुझे देखते हैं, इंतज़ार करते हुए, और मुझे अहसास होता है कि उनके मन में कोई जवाब है जिस तक वो चाहते हैं कि मैं पहुँचूँ।

'मेरा एक परिवार भी है,' जब मेरा वक़्त ख़त्म हो जाता है तो वो कहते हैं।

मैं अपने पैरों को, और अपने अंगूठे की उखड़ी नेलपॉलिश को देखती हूँ। मेरे पैर के ऊपरी हिस्से पर थोड़े से महीन बाल हैं। कई महीनों से मैं उन्हें प्लक करना भूल गई हूँ। दिलीप ने उन पर ध्यान नहीं दिया। या शायद दिया हो, मगर वो उन्हें परेशान न करते हों। या शायद करते हों मगर वो उदारतावश कुछ कहते न हों।

'तुम बच्चे चाहते हो?' मैं दोहराती हूँ। उनसे यह पूछते हुए मुझे अहसास होता है कि मुझे ऐसे बच्चे नहीं चाहिए जो उनकी तरह सुनाई देते हों, जैसे उनकी जीभ उनके मुँह में बहुत आज़ादी से घूमती हो।

डेटिंग के तीन महीने बाद मैंने उनसे यही सवाल किया था, वाइन की बोतल पर, जब हम अपने माता-पिता के दुखों पर बात कर रहे थे।

'शायद चाहता हूँ, तुम नहीं चाहतीं?' वो कहते हैं। पहले भी उन्होंने बिल्कुल यही जवाब दिया था। वो वही आदमी हैं। बदले नहीं हैं। कल आसमान में चाँद छाया में उतरने लगेगा।

'क्यों?'

'क्यों, क्या?'

'तुम्हें बच्चे क्यों चाहिए?'

वो कंधे उचकाते हैं। 'ताकि हम बाक़ी सबके जैसे हो सकें।'

मुझे याद नहीं आ रहा कि मैंने पिछली बार क्या कहा था या कि यह ऐसा कुछ है जो मैं भी चाहती हूँ, मगर यह पहचाना-सा लगा, कुछ ऐसा-सा लगा जो मैं भी कहती। क्या मुझे हमेशा से इसी अनुरूपता की चाह नहीं रही है?

मैं दिलीप को देखती हूँ, वो मुस्कुरा रहे हैं।

'आज तुम फ़्लैट से कहीं नहीं गए ना?'

1986

आश्रम का फ़र्श सफ़ेद है और मेरे गाल को ठंडा लगता है, और आसपास फटी एड़ियाँ हैं। सब प्यासे मगर पसीने में भीगे हैं। सफ़ेद कपड़ों में लिपटे शरीरों की बांहें नीचे आकर मुझे उठाती हैं। वो मेरे अंगों को पकड़ती हैं, हाथ मेरी टांगों, टख़नों, कलाइयों, बाहों को पकड़े हैं, मैं ज़मीन से कुछ सेंटीमीटर ऊपर तैरती हूँ और फिर ज़मीन पर आ जाती हूँ। वो धीमे-धीमे बोल रहे हैं, बात कर रहे हैं कि मेरा क्या करें।

काली माता मेरे गाल पर हाथ फेरती हैं। 'बेटी, खड़ी हो। प्लीज़ खड़ी हो।' उनकी हथेली की ठंडी त्वचा पर, हरे प्याज़ और उनके नाख़ूनों में भरे घी की महक पर मैं अपनी आँखें बंद कर लेती हूँ। मैं उनसे प्यार करती हूँ। मैं उनके लिए यह करना चाहती हूँ। मगर कर नहीं पाती। मुझे पानी चाहिए। मुझे अपने मुँह से पानी बाहर निकलता महसूस होता है। लार। हमारे सिरों के ऊपर पंखा चल रहा है। दीवार पर एक छिपकली रेंगते हुए संन्यासियों की सफ़ेद टांगों के पीछे ग़ायब हो जाती है। मैं गुड़मुड़ी होकर गठरी सी बनने की कोशिश करती हूँ मगर जब मैं अपनी टांगें हिलाती हूँ तो मेरे पेट का छेद चीत्कार करने लगता है। मैं उन सबके चेहरे देखती हूँ।

मैं दूसरों को जानती हूँ, मगर केवल काली माता ही सच में मेरी हैं। उनकी नीली आँखें कंचों जैसी हैं। मैं उनकी आँखों में ख़ुद को देखती हूँ, वहाँ लेटी, सफ़ेद पेंट के सूखे छींटे सी। वो मुझे खुरचने के लिए जमा हुए हैं।

फ़र्श पर धमक होती है—मैं उसे सुन सकती हूँ, मेरे कान ज़मीन के करीब हैं, बहुत तेज़ हैं—और मुझे उनकी आवाज़ सुनाई देती है। उन लोगों के चेहरों के बीच माँ दिखाई देती हैं, और वो उनके लिए जगह बना देते हैं। मैं उन्हें देखकर तनाव में आ जाती हूँ—मैंने हफ़्तों से उन्हें नहीं देखा है, मुझे लगा था

कि वो मुझे भूल गई हैं, मैं हैरान होती थी कि क्या वो मर गई हैं। मेरे सामने कोई उनकी बात नहीं करेगा, कोई मुझे उनसे मिलने नहीं देगा। वो हमें अलग क्यों रखना चाहते हैं? केवल बाबा ही उन्हें क्यों रखते हैं?

वो मुझे ज़मीन से उठाती हैं, और दूसरे कमरे में ले जाती हैं, मेरे होंठों पर ज़बरदस्ती एक गिलास लगा देती हैं। वो टन की आवाज़ के साथ मेरे दांतों से टकराता है। मैं पानी का एक घूँट लेती हूँ और लंबी सांस लेती हूँ। मेरा शरीर अंदर से सूख गया है। मैं चारों ओर देखती हूँ, और देखती हूँ कि यह मेरा कमरा है, वो कमरा जिसमें मैं उनके बिना रहती हूँ, और मैं अपनी बांहें उनके गिर्द डालकर रोने लगती हूँ जबकि मेरा पेट विरोध करता है।

'इसने कई दिन से कुछ नहीं खाया है। यह बस तुम्हें बुलाती है और अपने गले की ओर इशारा करती है, कहती है कुछ फँस रहा है।' मुझे नहीं पता कौन बोल रहा है, मगर मुझे महसूस होता है कि मुझे घेरने वाली बांहें सख़्त हो गई हैं। माँ नाराज़ हैं। मुझे इसकी सूँघ आने लगी है।

वो मुझे बिस्तर पर पटक देती हैं, और मेरा सिर पतले गद्दे के नीचे सख़्त लकड़ी को महसूस करता है। मैं रोने लगती हूँ, मगर माँ मेरे ऊपर चढ़ गई हैं, उन्होंने मुझे पकड़ लिया है, मेरी बांहें और टांगें बेबस हो गई हैं, और मैं जो फड़फड़ाहट, घबराहट महसूस करती हूँ, वो ठहर गई है और वापस अंदर को सिमट गई है। उनका हाथ मेरे गाल पर टकराता है, और बिजली कौंधने की की तरह आवाज़ से पहले मुझे चमक दिखाई देती है। वो मेरे चारों ओर अपनी बांहें लपेट देती हैं और हवा की कमी से मुझे अपने फेफड़े सिकुड़ते से लगते हैं। मैं चिल्लाती हूँ मगर मेरी आवाज़ घुट गई है।

रोशनी अपने किनारों पर गहराने लगती है, और धीरे-धीरे बीच की ओर बढ़ती है। अगर कोई घाव न हो तो क्या वो पिटाई होती है? मुझे दर्द की प्रकृति याद नहीं आ रही है।

'बेहतर होगा कि तुमसे जब कहा जाए तो खा लिया करो,' माँ कहती हैं। 'बेहतर होगा कि तुम एक अच्छी लड़की बनो।'

एक वक़्त था जब मैं आश्रम को अच्छे से जानती थी, जब इसकी विशिष्ट भौगोलिक स्थिति मुझे समझ आती थी। मैंने नंगे पांव चलना, कंकड़ों की चुभन में संतुष्टि पाना सीख लिया था। काली माता मेरे घावों और खरोंचों को साफ़ करतीं, एलोवेरा के पत्तों के अंदर से गूदा निकालकर उसे मेरी त्वचा

पर रगड़तीं। हम उस छोटे से बाग़ में समय बिताते जिसकी वो देखभाल करती थीं, जहाँ ज़्यादातर पपीतों से भरे पेड़ लगे थे। जब वो खुट्टल पॉकेटनाइफ़ से किसी नीचे गिरे पपीते को काटतीं और मुझे एक फाँक थमातीं तो उसके ढेरों स्वास्थ्यकारी लाभों को गिनातीं। ये सबक़ मेरे बड़े होने तक भी जारी रहे। जब मैं सोलह साल की थी, तो उन्होंने मुझे गर्भ निरोध के तरीक़े के तौर पर पपीते के बीजों को सुखाना और चाय की तरह उबालना सिखाया था।

काली माता और मैं आश्रम में साथ टहलने जाते थे और मैंने वहाँ की भू-आकृति को जाना, जहाँ ज़मीन एक पालने की तरह घुमावदार थी और पेड़ों की लहरों जैसी जड़ें मिट्टी के ऊपर निकली हुई थीं, आज़ाद। मुझे ऐसी दरारें पता थीं जो दुनिया की नज़रों के नीचे, सांपों और लंबे फ़र्न के बीच, मेरे शरीर को छिपा सकती थीं।

जब आसमान गहराता था तो आश्रम में मशालों की मद्धम चमक के अलावा और कोई रोशनी नहीं होती थी जो उपवन में लुप्त हो जाती थी। मैं हाथों को अपने सामने फैलाकर, अपने रास्ते में आने वाली बाधाओं को महसूस करते हुए चलती थी। बाबा को यह कहानी सुनाना पसंद था कि कैसे वो सौ साल तक गौमुख के पास एक एकाकी गुफा में अकेले बैठे रहे थे। मौन रहने ने उनकी दूसरी इंद्रियों को तीक्ष्ण कर दिया था, उन्हें अतींद्रिय शक्तियाँ प्रदान कीं। उन्हीं दिनों से, और अपनी त्वचा की कोशिकाओं के जीवनचक्रों को देखते रहने से वो हवा में उड़ने के अहसास को जान गए थे। काली माता कहती थीं कि मैं उनकी बातों को शब्दशः न लूँ, मगर मैं लेती थी। जब मैं अंधेरे में चलती, तो मकड़ी के हर जाले को, पैरों के नीचे आने वाले हर पत्थर को, और पेड़ों की सरसराहट को, दूर कहीं खिली चमेली की महक को महसूस करती थी। मेरे सैंडल हर क़दम को चिह्नित करते थे। चमड़े के सोल मेरे पैरों के तलवों से टकराते थे। वहाँ की ख़ामोशी की यही ख़ासियत थी।

शुरू के दिनों में मैं सोचती थी कि उस अजीब सी जगह पर मैं कभी ख़ुश नहीं रह पाऊँगी। मैं रात भर जगी रहती, अकेली एक कोने में गुड़ी-मुड़ी पड़ी रहती। मैं नींद, पानी या खाने के बिना रो सकती थी। संन्यासी मुझे बहलाने, गले से लगाने, कभी-कभी डांटने तक की कोशिश करते थे। काली माता मुझे नोंचतीं और कहतीं कि मैं अहसानफ़रामोश न बनूँ। मुझे खाना, पीना, सोना होगा, वो सब कहते थे कि मुझे अपना ध्यान रखना होगा, अपनी स्थिति के आगे झुकना

होगा। वो कहते कि मुझे बाबा के लिए यह करना चाहिए। वो कहते कि मुझे माँ के लिए यह करना चाहिए।

वो यह नहीं जानते थे कि जब मैं आँखें बंद करती हूँ तो समझ ही नहीं पाती कि मैं कौन हूँ, और कि जगे रहना ही इकलौता तरीक़ा था जिसके ज़रिए मैं अपने शरीर के ओर-छोर को पहचानती थी। उन्होंने मुझे एक कुर्ता दिया जो माँ का था, सफ़ेद और पुराना, किनारों से घिसा हुआ। उसमें उनकी महक थी और रात भर मैं उसे चिपकाए रहती थी। जब मैं बिस्तर पर लेटती तो झींगुरों और चमगादड़ों की आवाज़ें सुनती थी। उनकी आवाज़ें ऐसे गूँजती थीं मानो वो कमरे में मेरे साथ हों। गद्दे की स्प्रिंग मेरे नीचे चूँ-चूँ करती थीं। इमारत चरमराती थी, और यहाँ तक कि ज़मीन भी ढीली, कमज़ोर सी लगती थी। एक ग़लत क़दम और मुझे निगल लिया जाता।

दिन आसान होते थे, और जैसे-जैसे मैं बड़ी हुई, मैं भी बाक़ी सबकी तरह काम करने लगी, मैं किचन में मदद करती थी। काली माता कहती थीं कि हम जितना लेते हैं, उससे ज़्यादा हमें देना होगा, लेकिन मैं कभी नहीं समझ पाई कि उन चीज़ों को नापते कैसे हैं। मैं टमाटर ऐसे खाती थी जैसे कि वो सेब हों। कुछ पत्थर कीड़ों की कॉलोनियों को उजागर कर देते थे, और मैं घंटों बैठी उन्हें बिल बनाते देखती रहती, कभी-कभी उन्हें पत्थरों के बीच कुचल डालने की इच्छा के आगे हार मान लेती और उनकी लाशों को दफ़्ना देती। मैं ख़ुद नहाती थी, मानसून में भी जब नाली में कॉक्रोच उल्टे बहकर आते थे। मैंने अपने अंडरवीयर धोना और सूखने के लिए डालना सीख लिया था। काली माता ने मुझे पेंसिल पकड़ना और अपने बहुत मुड़े हुए अंगूठे को नियंत्रित करना, और अपने हाथ को स्थिर रखना सिखाया था।

वहाँ चार महीने रहने के बाद मैं अपने आप सोने, कमरे में फैली काली माता की सांसों की आवाज़ को सुनने, बिस्तर के बीच में गुनगुनी जगह तलाशने, और उसे ऐसी किसी भी गर्माहट से, जिसे मैं जुटा पाती थी, भरने के तरीक़े तलाशने लगी थी, जब तक कि सर्दी के डर के बिना मैं अपने हाथ-पांव नहीं फैला लेती थी।

मगर रात में जो होता था, उस पर मैं कभी नियंत्रण नहीं पा सकी। सुबह जब मैं अपने तकिए पर ख़ून और चेहरे पर खरोंचे लिए उठती, तो वो मुझे बताते कि मुझे बुरे सपने दिखते हैं और मेरे नाख़ून छोटे-छोटे काट देते। जब इससे भी बात नहीं बनी, तो वो मेरे हाथों में दस्ताने पहना देते। कभी-कभी मैं

सुबह को उठती तो मेरे शरीर पर मेरी बाहों और टांगों को जकड़ते हुए चादर कसकर लिपटी होती। मैं तब तक चिल्लाती रहती, जब तक कि काली माता मेरी आवाज़ सुनकर आतीं और मुझे खोलती नहीं थीं। वो कहतीं कि ऐसा वो इसलिए करते हैं ताकि मैं अपने हाथ-पांव न पटकूँ।

जब मैं आश्रम में आई थी, तब डायपर नहीं पहनती थी, मगर वहाँ रहने के महीने भर के अंदर उन्होंने मुझे डायपर पहनाना शुरू कर दिया। रोज़ाना मेरी चादरें धोना बहुत भारी पड़ता था। तीन साल बाद आश्रम छोड़ने तक मैं अक्सर वो पहना करती थी।

कभी-कभी काली माता मुझे गले से लगा लेतीं, इतना कसकर कि मुझे उनकी बग़लों की गंध आती। 'पता है, मैं तुम्हें सपने में देखती थी,' वो कहतीं। 'मैं देखती थी कि एक बच्ची है जिसे मेरी ज़रूरत है।'

ऐसे भी दिन होते थे जब मुझे माँ बिल्कुल ही दिखाई नहीं देती थीं, और मुझे न तो उनसे मिलने की, और न ही यह तक जानने की इजाज़त थी कि वो कहाँ हैं, और मैंने भी सीख लिया था कि अगर मुझे जवाब नहीं चाहिए तो सवाल नहीं करने हैं। जब वो आतीं, तो वो परछाईं सी होती थीं, और हम साथ बैठते, दोनों सफ़ेद कपड़ों में, मैं एक बार फिर जैसे उनके शरीर का विस्तार होती थी। वो मुझे गोद में बिठातीं, मुझे चूमतीं, और छाछ से चावलों को मुलायम करके अपने हाथ से मुझे खिलातीं, जैसे तब खिलाती थीं जब मेरे दांत नहीं थे। कभी-कभी रात में वो तब आतीं जब उन्हें लगता कि मैं सो रही हूँ। मैं शांत-निश्चल लेटी रहती, उन्हें हमारे शरीरों को साथ में फ़िट करने का रास्ता निकालने देती। अक्सर उनका चेहरा और कुर्ता गीले होते थे, और वो मेरे माथे पर अनियमित सी सांसें छोड़ती थीं। और कभी-कभार उनकी आवाज़ ऊँची, हवा को भेदती सी होती, और उनका हाथ या पैर मेरे ऊपर पड़ने का ज़रिया पा लेते। नोचना, थप्पड़ मारना, लतियाना, पीटना सब होता था, हालांकि अब मुझे याद भी नहीं पड़ता कि ये सब किस बात के नतीजे में होता था। मेरे लिए तो वो हैरानी, डर, और ऐसी भावना से जुड़े होते थे जो इन आघातों के दर्द से परे, मुझे भीतर तक दाग़ देती थी। मैं समझती थी कि कभी-कभी माँ वहाँ होती हैं और कभी-कभी नहीं होतीं, लेकिन यह न तो बुरा था न अच्छा, और हमारी ज़िंदगी ऐसी ही होनी है। साथ या अलग रहना चाहने और ख़ुशी से मुक्त था।

ऐसे भी मौक़े होते थे जब मैं छिप जाती थी। कभी-कभी तो कई दिनों तक। मैं अदृश्य, बेआवाज़, गंधहीन हो जाती थी। और अंत में जब मैं उन लोगों को मिलती थी, तो वो बस इसलिए कि मैं मिलना चाहती थी।

समय के साथ, मेरे पैरों के तलवे सख़्त हो गए। मुझे ठीक से याद नहीं कि वो पहले कैसे थे, मगर यह याद है कि वो भिन्न थे।

आश्रम में बाबा को देखने पर कुछ लोग बेहद भावुक बच्चों की तरह रोते थे, तो कुछ चुपके-चुपके सुबकते थे। एक औरत थी जिसकी त्वचा चाय में घुलते दूध जैसी दिखती थी, और वो बाबा के पास से निकलने पर बुरी तरह हिलते हुए अपने घुटनों पर गिर जाती थी। फिर वो माँ के भी पैर छूती।

लेकिन आश्रम में ज़्यादातर लोग शौक़ीन क़िस्म के थे। काली माता उन्हें यही कहना पसंद करती थीं। वो उस टाइप के लोगों पर नाक-भौं सिकोड़ती थीं जो बाज़ार की हर चीज़ को आज़माकर देखते थे। वो अपनी आस्थाओं में कच्चे थे, दिलफेंक आशिक़ों की तरह। वो बाबा के सामने अपनी गड्डमड्ड आस्थाओं पर खुलकर बात करते थे, कुर्ते के नीचे नीली जींस पहनते थे और अपने काले कंधों को टैन करने के लिए अपनी आस्तीनें काट लेते थे। इन मौक़ापरस्त आगंतुकों के लिए आश्रम के गेट के एकदम बाहर सब्ज़ीवालों और रेहड़ीवालों ने अपनी दुकानें लगा ली थीं। वो विभिन्न नापों और स्टाइल की रेडीमेड सफ़ेद शमीज़ें और पैंट बेचते थे।

और फिर वो होते थे जो ध्यान कक्ष में अपने कपड़े उतार देते थे, और नंगा सीना लिए, हाथ-पांव फैलाए, आँखें पलटी हुई, खिलखिलाते, ज़मीन पर लेट जाते थे।

ऐसे लोगों को मैं कभी भूल नहीं पाऊँगी।

और हँसते, ताली बजाते बाबा को।

आश्रम में बाबा की आवाज़ नर्म मगर फिर भी गूँजती हुई होती थी, और जब मैं उसे सुनती तो हमेशा ही दूसरी ओर देखने लगती थी। वो इच्छाओं और आनन्द की बात करते—कहते कि वो हमें सिखाएंगे कि दोनों को एक साथ कैसे जानें। मैं कभी नहीं समझ पाई कि इसे कैसे पाया जाए, मगर जब मैं रोज़ाना बैठकर ध्यान को देखती, जो हमेशा मौन से शुरू होते और उन्माद में

ख़त्म होते थे, तो मैंने पाया कि भागीदार होने की बजाय दर्शक होने में ज़िंदगी है। हर शाम जब अनुयायी चीख़ने-चिल्लाने और हाथ-पांव फेंकने लगते, अपने भीतर क़ैद सभी जानवरों को आज़ाद करते हुए, उन्हें पिरामिड के बवंडर में गुम होने देते हुए, तो मैं माँ, आश्रम, और उन सभी पलों के बारे में अपनी विभिन्न भावनाओं को समेटती, जिन्होंने मेरा दिन बनाया होता था। डिनर के वक़्त मैं उन्हें एक प्लेट में सहेजती और उन्हें तकती। वो वहाँ पड़ी होती थीं, शिथिल, सूक्ष्म। लड़ने के लिए अनिच्छुक। वो जीतती नहीं, वो कोशिश भी नहीं करना चाहती थीं। मैं आसपास देखती और बहुत सारी आवाज़ें सुनती, और बहुत सारे शरीरों को देखती जो मिलकर जैसे एक विशाल रूप बना लेते थे, बाबा से भी विशाल, लेकिन उसका आईना जो वो थे, ढेरों इच्छाओं का जमावड़ा। मैं जानती थी कि वो इच्छाएं वहाँ हैं, कि वो इतनी शक्तिशाली हैं कि मौसम के चक्र को नियंत्रित करती हैं और हर साल बाढ़ लाती हैं, लेकिन मैं यह नहीं जान पाती थी कि मेरे सामने वो कैसे पास की जाती हैं, कैसे थमाई जाती हैं और सहेज ली जाती हैं। वयस्क इच्छा ऐसी चीज़ थी जो मैं तब तक समझती नहीं थी। इसके आसपास मेरी कोई जगह नहीं थी और जाने के लिए कोई जगह नहीं थी। तो मैं अपने पास रखी प्लेट को छोड़ देती, कभी-कभार उसमें रखी चीज़ों को तकती, उन्हें बढ़ते देखती। एक दिन मैंने उन्हें अपने खाने में मिला दिया और पूरा का पूरा निगल गई।

जब हमने आश्रम छोड़ा तो वो 1989 था। मैं सात साल की हो गई थी।

कभी-कभी मैं उस लड़की को अपने गले के पीछे से सिर उठाते, ऐसे किसी भी छेद से बाहर निकलने की कोशिश करते महसूस करती हूँ, जहाँ से वो निकल सकती है। मगर मैं उसे निगल जाती हूँ जब तक कि अगली बार वो फिर से जन्म न लेना चाहे।

हर छह महीने पर, मैं घर के सारे कमरों के परदे धोती हूँ और रोशनी से बचने के लिए हम रॉडों पर चादरें लटका देते हैं। माँ और मैं परदे घर पर धोया करते थे, मगर अब हमें उन्हें एक ख़ास क्लीनर के पास भेजना पड़ता है क्योंकि दिलीप एकदम अंधेरा कर देने वाले परदे लगाते हैं जो इतने मोटे और भारी होते हैं कि हमारी वाशिंग मशीन में आ नहीं पाते।

दिलीप से मिलने से पहले क्या मैं कभी एकदम अंधेरे कमरे में सोई थी? वो कहते हैं अमेरिका में यह भिन्न होता है, इस तरह से भिन्न जिसे मैं तब तक नहीं समझ पाऊँगी जब तक वहाँ जाऊँगी नहीं। मैं ऐसी जगह पर पली-बढ़ी हूँ जो हमेशा अपने आप से संघर्षरत, अपनी अंदरूनी ऊहापोह का आदी रहा है। दीवारों से आवाज़ें और गंध आर-पार जाती हैं, यहाँ तक कि रोशनी भी रिसकर आती प्रतीत होती है। मैं उनसे पूछती हूँ कि इसमें इतना बुरा क्या है। कुछ नहीं, वो कहते हैं, अलावा इसके कि ऐसा होना नहीं चाहिए।

मैं उनसे कहती हूँ कि वो कुछ ज़्यादा ही परेशान रहते हैं कि हर चीज़ जीवाणुरहित हो।

वो घर में चारों ओर मेरी सावधानी से लागू की गई व्यवस्था को देखते हैं, और हँस पड़ते हैं।

मैं अपना सिर हिलाती हूँ। 'नहीं, यह अलग बात है। मैं जानती हूँ मेरे अंदर यह बीमारी है, मगर अमेरिका में तुम इसे प्रिविलेज मानते हो।'

वो अपने हाथ बांध लेते हैं और कहते हैं कि मुझे आइडिया भी नहीं है कि यह उस ज़िंदगी से कितना भिन्न है जिसमें उनकी परवरिश हुई थी। मैं अपने टेलीविज़न, बेड और परदों को, अपने शॉपिंग मॉल्स और डाइनर्स को देखती हूँ, मगर मुझे कोई फ़र्क़ नहीं दिखता।

'नक़ल,' वो कहते हैं।

मैं दोपहर का बड़ा हिस्सा स्टूडियो में बिताती हूँ। मेरी ग्रेफ़ाइट की पेंसिलों पर सीरियल नंबर हैं और साइड में एक लोगो छपा है। मैं दिलीप को घर में

घूमते सुनती हूँ, उनके पैरों की आहट से नहीं, बल्कि उन हल्की स्थिर आवाज़ों से जो उनका शरीर हवा को काटकर चलते हुए पैदा करता है।

पहली बार जब दिलीप ने मेरा काम देखा था, तो मुझसे पूछा था कि मैं यह कैसे तय करती हूँ कि किस तरह की आर्ट बनानी है, या किस पर काम करना है। मैंने जवाब दिया था कि मैं तय नहीं करती। वास्तव में, मैं इसे लेकर ख़ासतौर से सजग रहती हूँ। आमतौर पर काम जैसे इत्तफ़ाक़ से सामने आ जाता है, और फिर यह मुझे चुन लेता है।

मेड दरवाज़े पर दस्तक देती है, यह पूछते हुए कि शाम के खाने के लिए क्या बनाए, मगर मैं उसे नज़रअंदाज़ कर देती हूँ। एक बार दिलीप और मेरी लड़ाई हो गई थी क्योंकि उन्होंने मुझे उसे दफ़ा होने को कहते सुन लिया था। उन्होंने कहा कि यह एक ऐसी बात है जो हमेशा हमें अलग रखेगी—अमेरिकी लोग कुछ ख़ास तरीक़ों से बर्ताव नहीं करते हैं। मैंने उनसे कहा कि अपने बचपन के सुशिष्ट मुलम्मे को आदर्श न बनाएं क्योंकि सबको पता है कि अमेरिकी क्या कर गुज़रने में सक्षम हैं।

मैं अपने दिन की शुरुआत अपने हाथ को बैठाने के लिए याददाश्त से स्कैच बनाकर करती हूँ, अस्पष्ट और आकारहीन, एक क्षणिक छाप-सा कुछ। मैं आमतौर पर कुछ ऐसा चुनती हूँ जिसके साथ मेरा कोई जुड़ाव हो—कोई टूथब्रश, मेरी कार की चाभियाँ, दिलीप के शरीर का कोई हिस्सा। कभी-कभी मैं उसे संवार देती हूँ, उस चीज़ को पूरा करने की, उसे एक संदर्भ देने की कोशिश करती हूँ—खुले मुँह में टूथब्रश, एक हाथ में चाभियाँ, दिलीप के शरीर का कोई अतिरिक्त हिस्सा। फिर मैं उसमें बारीकियाँ जोड़ती हूँ, भले ही कुल आकृति बस धुँधली सी रूपरेखा हो। मैं छोटे तीक्ष्ण स्ट्रोक से टैक्स्चर देती हूँ—छाया, क्रॉसहैच, या काले बालों के घूँघर।

मैं तब समझ जाती हूँ कि मेरा काम पूरा हो गया है जब मैं बहुत दूर निकल जाती हूँ, जब जिस तस्वीर से मैंने शुरू किया था वो अपने मूल रूप से हटकर कुछ अलग ही चीज़ बन जाती है, जब मैं इसे इस हद तक बदल देती हूँ कि वो भौंडी हो जाती है। जानवर को आदमी में, आदमी को वस्तु में। मैं इसे वास्तविक काम की तैयारी के रूप में, अपने सिस्टम से निरर्थकता को बाहर निकालने के लिए करती हूँ। यह एक तरह का शुद्धीकरण है, अगर शुद्धीकरण वास्तव में कारगर होता है तो। मैं जानती हूँ कि कभी-कभी रोना अच्छा महसूस होता है, मगर दिलीप कहते हैं कि अमेरिका में जो फ़ुटबॉल खिलाड़ी दिन भर

एक-दूसरे को रोके रखते हैं, वो आमतौर पर अपनी पत्नियों के साथ मारपीट करते हैं, तो शायद केवल प्यार से ही प्यार मिलता है।

अपने डेस्क की दराज़ से मैं पिछले दिन की ड्रॉइंग निकालती हूँ। चेहरा मुझे हमेशा समान ही दिखता है, हालांकि हर दिन मूल से एक क़दम आगे बढ़ते हुए एक और बारीक-सा फ़र्क़ जोड़ देता है। कभी-कभी मुझे लालच आता है कि शुरू के, पहले चित्र को वापस देखूँ। मगर यह प्रलोभन भी प्रक्रिया का ही हिस्सा है। मैं तब तक पीछे नहीं देखती जब तक कि उस दिन की ड्रॉइंग पूरी नहीं हो जाती।

मैं सोचती हूँ कि किसी दिन मैं लड़खड़ा जाऊँगी और वो छोटी सी ग़लती कर बैठूँगी जो उसे आदमी से बंदर बना देगी, अनुपात की वो ग़लती जो एक बिल्कुल ही नई प्रजाति को दर्शाती है। या शायद मैं बहुत कम कर बैठूँगी, अपने सुस्त हाथ से उसे सपाट बना दूँगी और एक मैनेक्विन में तब्दील कर दूँगी। मगर ये डर स्थायी नहीं होते; वक़्त के साथ, मैंने उन्हें फूलते और फटते देखा है।

ऐसे भी दिन होते हैं जब कोई ग़लती कर बैठने के डर से मेरा हाथ कांपने लगता है, और ऐसे भी दिन होते हैं जब इतने सालों के काम के सामने ग़लतियाँ बहुत मामूली बात लगती हैं। और ऐसे भी दिन होते हैं जब मैं रुक जाना चाहती हूँ, जब मैं इस चेहरे को दोबारा नहीं देखना चाहती।

ड्रॉइंग पूरी हो गई तो मैंने उसे दराज़ में रख दिया और उसे शांत आवाज़ के साथ बंद होने दिया।

शाम को, दिलीप और मुझे एक पार्टी में आमंत्रित किया गया है, और हम कोकीन लेते हैं क्योंकि बाक़ी सब भी ले रहे हैं। मैं बिना शॉल लिए बालकनी में खड़ी हो जाती हूँ और मुझे अपनी बाहों के रोएं खड़े होते महसूस होते हैं। जब मैं नवीं मंज़िल से नीचे देखती हूँ, तो मैं चाहती हूँ कि सड़क पर चल रहे सब लोग चींटियों की तरह दिखें, मगर हम इतनी ऊँचाई पर नहीं हैं और मुझे हताशा और कुछ ग़ुस्सा-सा महसूस होता है। हम सब कुछ देर बातें करते हैं और मैं जल्दी ही सबसे उकता जाती हूँ मगर मेरा दिल ज़ोर-ज़ोर से धड़कना बंद नहीं करता, और मैं उन बीते दिनों की हसरत करने लगती हूँ जब मौज-मस्ती और डांस के साथ पार्टियाँ मासूम लगा करती थीं।

हर कोई इसे लेकर उत्सुक है कि दिलीप शाकाहारी होकर कैसे काम चला पा रहे हैं। वो एक बार में एक सवाल पूछते हैं और इंतज़ार करते हैं कि वो अपना जवाब सोचें। मेज़बान महिला यह देखती हैं कि उनकी ओर वही व्यंजन बढ़ाए जाएं जिनमें पशु मांस न हो। दिलीप कहते हैं कि उन्होंने एक ज़माने से इतना बेहतर, साफ़-सुथरा महसूस नहीं किया है।

हमारी एक महिला मित्र कहती हैं कि वो पहले से ज़्यादा युवा लग रहे हैं। दिलीप मुस्कुरा देते हैं और वो लोग भारतीय लोगों में विटामिन बी की कमियों पर चर्चा करने लगते हैं।

टैरेस पर लटकी लालटेनें टिमटिमा रही हैं और हवा से झूल रही हैं। बातचीत शाकाहार के तुलनात्मक लाभों से इस पर आ जाती है कि भारतीय डाइट के साथ पैलियो और एल्कलाइन डाइट ले पाना कितना मुश्किल है, और कौन व्हाइट राइस से पूरी तरह ब्राउन राइस पर आ गया है।

'तुमने ध्यान दिया है,' जब हम घर की ओर चले तो मैं कहती हूँ, 'जब आदमी अपनी डाइट बदलते हैं तो सब लोग इतनी इज़्ज़त से बात करते हैं, मगर जब औरतें ऐसा करती हैं तो सब लोगों की कोशिश होती है कि उन्हें छूट लेने के लिए राज़ी कर लें?'

'मगर शाकाहारी होना महज़ डाइट नहीं है। यह झूठे अहं की बात नहीं है।'

मैं अपना सिर कार की सीट पर टिका देती हूँ और खिड़की से बाहर देखने लगती हूँ। 'मैंने माँ से कहा है कि हमारे यहाँ आएं।'

दिलीप हामी भरने वाले हैं, लेकिन रुक जाते हैं। 'हमारे यहाँ आएं? या हमारे साथ रहें?'

मैं उन्हें देखती हूँ और मेरा मुँह खुल जाता है। 'हमारे यहाँ आएं। कुछ दिन के लिए। ज़्यादा से ज़्यादा एक हफ़्ते को।'

दिलीप सीट पर पीछे टिक जाते हैं और सामने देखते हैं। 'ज़रूर।'

हम कुछ स्पीड ब्रेकर्स के ऊपर से निकलते हैं जो पास-पास हैं, फिर मैं कहती हूँ, 'मुझे लगता है आख़िर में माँ को हमारे साथ ही रहना पड़ेगा।'

दिलीप आगे को झुककर म्युज़िक की आवाज़ तेज़ कर देते हैं ताकि हमारा ड्राइवर न सुन सके। 'कब?'

'पता नहीं। ठीक-ठीक तारीख़ नहीं बता सकती। मगर जल्दी।'

अपने अपार्टमेंट में घुसते हुए मैं अपने जूते उतार देती हूँ और मुझे सस्ते लैदर की गंध आने लगती है। मैं अपने पैंट के पांयचों से अपने पैर पोंछ लेती हूँ।

मेरे पति जूते पहने-पहने ही सोफ़े पर लेट जाते हैं। सारे आईनों के बावजूद हम एक दूसरे को देख रहे हैं। हमारे आसपास आठ सोफ़े, सोलह लाइट, चार डाइनिंग टेबल और बत्तीस कुर्सियाँ हैं। मुझे कांच पर उँगलियों के निशान दिखते हैं जो मैंने दोपहर में नहीं देखे थे। कमरे में दूसरी अनगिनत चीज़ें हैं जिनके अक्स नहीं बनते; वो दूसरी चीज़ों से कट जाते हैं, आधे और चौथाई में। छोटा कमरा इस आधिक्य को, इन आंशिक, धुँधली वास्तविकताओं को समेट नहीं सकता। हमारा फ़्लैट बहुत भरा-भरा लगता है और मेरे अंदर कुछ फेंकने की इच्छा उठती है।

'तुम्हें लगता है उन्हें हमारे साथ रहना चाहिए? तुम दोनों एक दूसरे को मिनट भर से ज़्यादा तो झेल नहीं पाती हो।'

मेरा जबड़ा सख़्त हो जाता है और मैं बमुश्किल अपना मुँह खोल पाती हूँ। मेरे पास एक जवाब है, मगर मैं उससे संतुष्ट नहीं हूँ। वो मेरी माँ के बारे में बहुत ज़्यादा जानते हैं और उसे मेरे ख़िलाफ़ इस्तेमाल कर सकते हैं। कभी-कभी मेरी इच्छा होती है कि मैंने उन्हें सब कुछ न बताया होता। काश वो अजनबी रहते।

'उन्हें मेरी ज़रूरत है।'

वो हामी भरते हैं और कंधे उचकाते हैं। क्या इसका मतलब यह है कि वो सहमत हैं मगर यह नहीं जानते कि किस तरह जवाब दें। या वो मुझे सुनते हैं, शब्दों को सुनते हैं, मगर वो यह नहीं सोचते कि मैं जो कह रही हूँ, वही मेरा मतलब है? इस पल में अबूझ होना उनके विपरीत क्रूर-सा लगता है, लेकिन शायद उन्हें जो कहना है, वो और भी बुरा हो।

मुझे जवाब चाहिए कि उनका क्या मतलब है, मगर मैं देखती हूँ कि उन्हें भी जवाब चाहिए, उस सवाल का जवाब जो मैं भूल भी चुकी हूँ। हम ख़ामोशी से इंतज़ार करते हैं कि पहले दूसरा बोले, कि कंफ़्यूज़न को तोड़ा जाए। शराब, नशे से वापस निकलना हमें चिड़चिड़ा और इतना आलसी बना देता है कि हम एक दूसरे के प्रति विचारशील नहीं रह पाते।

'मेरे लिए,' वो कहते हैं, 'कभी-कभी उनके साथ तुम्हारे रिश्ते को समझना मुश्किल हो जाता है। उनके आसपास होना तुम्हारे लिए बहुत तनावपूर्ण

होता है। और ऐसा ही उनके साथ है। सच कहूँ, मैं समझ नहीं पाता कि तुम उन्हें बुरा महसूस करवाओगी या बेहतर।'

मैं सिर हिलाती हूँ। वो सही कह रहे हैं। मगर मैं बेवक़ूफ़ होने, उन्हें ये चीरा लगाने के औज़ार देने के लिए रोना चाहती हूँ।

मैं सफ़ेद इन्डेक्स कार्डों पर बड़े-बड़े अक्षरों में नाम और इमर्जेंसी नंबर लिखकर माँ के टेलीफ़ोन की दीवार पर टेप से चिपका देती हूँ। पेंट उखड़ रहा है और कुछ कार्ड लहराते हुए फ़र्श पर गिर जाते हैं। मैं अड़ी हुई हूँ। माँ सोफ़े पर बैठी मुझे देख रही हैं। वो अपना हाथ मेरे कूल्हे पर रखती हैं और सख़्ती से गोलाई में घुमाती हैं।

'तुम्हारे बच्चा होने वाला है।'

मैं उन्हें देखती हूँ। 'नहीं तो।'

'जल्दी, बहुत जल्दी होगा।'

'मुझे तो ऐसा नहीं लगता। हम तैयार नहीं हैं।'

'मैं जानती हूँ। मैंने सपने में देखा है।'

कुछ समय से वो अपने सपनों के बारे में बहुत बात करने लगी हैं। मुझसे, पड़ोसियों से, सड़क के लोगों से। बज़ाहिर, उन्होंने चौकीदार को अपने रंगढंग ठीक करने की सलाह दी थी। उसने इसे धमकी के तौर पर लिया और अब जब मैं उनसे मिलने आती हूँ तो वो गेट खोलने को तैयार नहीं होता।

'तुम्हारी यह जगह बहुत ज़्यादा हो गई है,' वो कहती हैं, उनका हाथ अभी भी मेरे कूल्हे पर है। ऐसा लगता है जैसे वो उसे हटा देने की कोशिश कर रही हों। 'और अभी तुम्हारे बच्चे भी नहीं हैं।'

मैं जवाब नहीं देती।

वो आगे कहती हैं। 'और तुम हमेशा डाइट पर रहती हो।'

'हर कोई हमेशा डाइट पर होता है।'

वो अपना सिर हिलाती हैं। 'मैं कभी डाइट नहीं करती। और तुम्हारी उम्र में? तुम्हारी उम्र में तो मैं सफ़ेद मक्खन में लिपटे पारले-जी बिस्कुट खाती थी।'

मैं सिहर जाती हूँ। मैंने यह किया है, बीच रात में बोर्डिंग स्कूल की पैंट्री पर धावा बोलने के बाद ननों द्वारा रंगे हाथों पकड़े जाने के डर से, बेख़ुदी में

और जल्दी-जल्दी, मक्खन के साथ बिस्कुट उड़ाए हैं, प्लेट भर-भर कर खाए। स्वाद मेरे लिए नाजायज़ रहा है, बहुत तेज़ी से निगली कोई चीज़, उलट जाने के डर से भरी चीज़, ऐसी चीज़ जो फ़ौरन मेरे दिमाग़ में चढ़ जाती थी जो फ़ैट से वंचित रहने की वजह से हमेशा धुँधलाया रहता था, और मुझे शून्य में भटका दिया करता था।

माँ नहीं जानतीं। मैंने उन्हें कभी बताया ही नहीं कि बचपन के एक हिस्से में मैं हमेशा भूखी रहती थी और तभी से मैं कुछ पूर्णता की तलाश में रहती हूँ। बताना कभी आसान नहीं रहा है। न ही सुनना। हम एक दूसरे के लिए जो थे, उसमें कहीं कोई टूटन आ गई थी, मानो हममें से किसी एक ने अपने हिस्से की भूमिका न निभाई हो, पुल का अपनी ओर को छोर न संभाला हो। शायद मुश्किल यह है कि हम एक ही ओर खड़े, ख़ला में तक रहे हैं। शायद हमें एक सी ही चीज़ों की भूख थी, मगर हमने मिलकर उस अहसास को दोगुना कर दिया था। और शायद यही बात है, इसके दिल का छेद, एक विकार जिससे हम कभी उबर नहीं पाएंगे।

किचन में, मुझे किसी चीज़ के खट्टा होने, ख़मीर उठने की गंध आती है। सिंक के पास एक खुले कुकर में पानी में भिगोई पीली मूँग की दाल का ढेर रखा है। मूँग गल-घुल रही है, सफ़ेद और झागदार हो गई है। मैं माँ से पूछती हूँ कि उन्होंने कब से दाल भिगो रखी है। वो धीरे-धीरे किचन में आती हैं और कुकर में झांकती हैं। उनका सिर शांत है, मगर विचार पिछले कुछ दिनों में गोल-गोल घूम रहे हैं, हर घुमेड़े के साथ लूप पहचान से परे होता जाता है।

मैं कुकर को सिंक में रख देती हूँ और नल को पूरा खोल देती हूँ। धातु पर पड़ रही पानी की आवाज़ थपेड़े मारती लहरों जैसी लगती है।

माँ अपना सिर एक ओर को झुकाती हैं और मुझे देखती हैं मानो मैं कई साल दूर रहने के बाद आई हूँ। 'तुम अलग सी दिख रही हो,' वो कहती हैं।

दूसरे अपार्टमेंट से निकली दरारें दीवार पर चढ़ रही हैं, और मेरे स्टूडियो के कोने पर पूरी आबो-ताब से फैल रही है। कुछ दिन ऐसे होते हैं जब पड़ोसी सुकून होते हैं, और कुछ दिन ऐसे होते हैं जब नज़दीकी ख़तरा महसूस होती है। अगर दरार का सफ़र जारी रहा, तो पता नहीं दीवारों के पार और क्या चला आए। नमी, आवाज़ें। कभी-कभी जब हम एक दूसरे पर चिल्लाते हैं तो मैं

दूसरी ओर प्लास्टर पर कान लगाए पड़ोसियों की कल्पना करती हूँ। या शायद अपने सोफ़े पर पास-पास बैठे हुए वो अपने कमरे में चली आ रही आवाज़ों को देखते होंगे, आवाज़ें जो पहलू बदलते हुए लगभग आकार-सा ले लेती हैं।

मैं जहाँ भी होती हूँ, वहीं मौजूद रहना एक जद्दोजहद होती है, क्योंकि मेरा मन समय और काल में विचरता रहता है, केवल अतीत और भविष्य में ही नहीं बल्कि उन घरों में जो इस कंपाउंड में हमारे चारों ओर बसे हैं, और उन शरीरों में भी जो इस शहर में बसते हैं। जब मैं आबादी के ग्राफ़ देखती हूँ तो देश हाँफती-कराहती अव्यवस्था-सा लगता है, आंकड़े युवा और भूखे लोगों की ओर मुड़ जाते हैं, और मैं कल्पना करने लगती हूँ कि वो सब बाहर हैं, एक दूसरे के ऊपर चढ़ रहे हैं जब तक कि उन्हें कोई खुली खिड़की, कोई हैच, या कोई दरार ही नहीं मिल जाती, और वो सब यहाँ हैं मेरे साथ, या पास ही, आगे बढ़ते, पसीने में नहाए, चिल्लाते, रिरियाते, खिखियाते, कभी सफ़ेदी का, तो कभी रंगों का समंदर, और मुझे अपनी गर्दन के पीछे डर का आभास होता है जबकि दिलीप और मैं इस बात पर झगड़ना जारी रखते हैं कि स्टूडियो में किस तरह का फ़र्नीचर फ़िट आएगा।

डिपार्टमेंट स्टोर में हम एक सिंगल बेड देखते हैं जिस पर सेल का बड़ा-सा लाल टैग लगा था और किसी चादर की तरह फ्रेम से लिपटा हुआ था। बेड माँ के लिए ठीक रहेगा और कमरे में ज़्यादा जगह भी नहीं लेगा, मगर दिलीप को लग रहा है कि आगे चलकर हम बड़ा बेड न लेने पर अफ़सोस करेंगे। 'हम इस पर अफ़सोस क्यों करेंगे?' मैं पूछती हूँ हालांकि कई सारी वजहें मेरे दिमाग़ में कौंध जाती हैं, और हम फ़िलहाल छोटा बेड ही लेने का फ़ैसला करते हैं, और पछतावे से अभी निबटने की जगह उसे भविष्य पर टाल देते हैं क्योंकि, आख़िरकार, कौन जानता है हम कितने वक़्त इस अपार्टमेंट में रहेंगे। दिलीप इसमें जोड़ते हैं: कौन जानता है हमें आर्ट के लिए कब तक जगह चाहिए होगी, या हम कब तक भारत में रहेंगे, या हम ज़िंदा ही कब तक रहेंगे? और हालांकि वो इन सवालों को हौसला बढ़ाने वाला और मज़ाक़िया मानते हैं, मगर मुझे ये चिढ़ से भर देते हैं। अपने नए बेड का भुगतान करने के लिए हम लाइन में खड़े होते हैं, और मैं उस इकलौते घर से, जिसे मैं जानती हूँ, कहीं बहुत दूर रहने, किसी विदेशी ज़मीन पर मरने की कल्पना करने लगती हूँ, जब तक कि सेल्समैन हमारी ख़रीद के लिए नहीं बुलाता और पूछता है कि क्या यह बेड हमारे बच्चे के लिए है।

'नहीं,' मैं कहती हूँ। 'यह मेरी माँ के लिए है।'

'मैं इस कोठरी में नहीं सो पाऊँगी,' माँ चारों ओर किताबों, दराज़ों और कोने में एक के ऊपर एक ढेर लगे डिब्बों को देखते हुए कहती हैं। मैं पीले, पतले परदों को एक गांठ में लपेट देती हूँ और वो हौले-हौले हिलने लगते हैं। मेरे स्टूडियो की खिड़की से एक स्विमिंग पूल दिखता है जिसे शायद बिल्डिंग में कोई इस्तेमाल नहीं करता। पानी की सतह पर पंख और सड़ते पत्ते ज़मीन के टुकड़े में घुल-मिल जाते हैं, और सब कुछ हमेशा से ज़्यादा गंदा दिखता है।

'मैं सब चीज़ें कमरे से बाहर कर दूँगी,' मैं बाहर देखते हुए ही कहती हूँ।

'नहीं, नहीं। कोई ज़रूरत नहीं है।'

वो और कुछ नहीं कहतीं, मगर मुझे पता है कि वो सोच रही हैं, मैं यहाँ ज़्यादा समय नहीं रहूँगी। हमने इस पर बात नहीं की है कि ये जल्दी ही आने वाली परिस्थिति के लिए ट्रायल रन है या वयस्क स्लम्बर पार्टी है, और मुझे लगता है कि शायद यही बेहतर होगा कि हम दोनों अपने अलग-अलग भ्रमों को बनाए रखें। मगर जब वो छोटा-सा कैनवस बैग खोला गया जो वो अपने साथ लाई थीं, तो हमने पाया कि वो अपना टूथब्रश, दवाएं, अंडरवीयर और नाइटगाउन लाना तो भूल ही गई हैं। मुझे अहसास हुआ कि कम से कम हममें से एक को स्पष्ट रहना होगा और शायद अब समय है कि मैं अपने भ्रमों को दूर कर दूँ।

माँ की चीज़ें लाने के लिए उनके फ़्लैट पर वापस जाते हुए मैं कार में अकेली हूँ, और मैं कैसेट के रिबन की तरह फँस गई हूँ, अटक गई हूँ कि उन्हें अलविदा कहने के लिए कैसे तैयार करूँ और ऐसा करने का सबसे अच्छा तरीक़ा क्या होगा। क्योंकि जितना हमें इस अंत की निश्चितता को समझना होगा, उतना ही उन्हें भी समझना होगा, भले ही इसे दर्ज करना मुश्किल हो सकता हो क्योंकि जब अगले दिन हम लौटेंगे तो वो वहीं होंगी, और पिछले दिन से न भिन्न दिख रही होंगी न भिन्न बर्ताव कर रही होंगी। यह एक लम्बी और देर तक चलने वाली हानि है जहाँ एक बार में थोड़ा-सा कुछ गुम हो जाता है। शायद फिर इंतज़ार करने के अलावा और कोई रास्ता नहीं रहता, तब तक इंतज़ार करने के जब तक कि वो अपने ख़ोल में न रहें, और शोक बाद में हो सकता है,

ऐसा शोक जो पछतावे से भरा होगा क्योंकि हम असल में कभी समाप्ति नहीं कर पाए थे।

उनके अपार्टमेंट का अंदरूनी हिस्सा बिखरने की कगार पर है, जिसे काश्ता की बेमन से की साफ़-सफ़ाई की कोशिशों ने दूर रखा था, मगर वो भी जानती है कि उसकी मालकिन बीमार हैं, और जब भी मौक़ा मिलता है वो फ़ायदा उठा लेती है। मैं सोचती हूँ कि जब माँ अंत पर होंगी तो क्या मैं उन्हें प्यार कर पाऊँगी। मैं उनकी देखभाल कैसे कर पाऊँगी जबकि वो औरत जिसे मैं माँ के रूप में जानती थी, उनके बदन में नहीं रहेगी? जब उन्हें इस बात का कोई चेत नहीं रह जाएगा कि वो कौन हैं और मैं कौन हूँ, तो क्या मेरे लिए उनकी उसी तरह से देखभाल करना मुमकिन होगा जैसे मैं अब करती हूँ, या मैं लापरवाह हो जाऊँगी, उसी तरह से जैसे हम उन बच्चों के साथ हो जाते हैं जो हमारे अपने नहीं होते, या बेज़ुबान जानवरों, या गूँगे, बहरे और नेत्रहीनों के साथ, यह मानते हुए कि हम ऐसा करके बच जाएंगे, क्योंकि शिष्टता ऐसी चीज़ होती है जिसे हम सार्वजनिक तौर पर दर्शाते हैं, किसी ऐसे व्यक्ति के साथ जो हमारी गतिविधियों को देख सके और उनका मूल्यांकन कर सके, और अगर इल्ज़ाम लगने का डर न हो, तो इसकी तुक क्या होगी?

एक दराज़ में उनके अंडरवीयर के साथ फटी-पुरानी और मरम्मत की हुई ब्रा थीं। मैंने उन सबको बाहर निकाल लिया।

'आप क्या कर रही हैं?'

मैं पलटी। काश्ता अपनी बीच की उँगली से खोपड़ी खुजाते हुए देहरी पर खड़ी थी।

'ये फटी हुई हैं। मैं इन्हें फेंक रही हूँ।'

काश्ता ने पहलू बदला। 'इन्हें मैं ले लूँगी।'

मैंने उन पत्रिकाओं के ढेर के साथ ही उनमें से बहुत सारों को फेंकने का सोचा हुआ था जिनके बारे में मुझे यक़ीन था कि माँ को याद नहीं होगा। मगर काश्ता मुझे और मेरे हाथ में खुले अंडरवायर को देखती है। मैं उसे ब्रा थमा देती हूँ और राज़ सुरक्षित रहता है। मुझे उम्मीद है यह लेन-देन अनदेखा रह जाएगा, जब तक कि माँ शक नहीं करने लगतीं कि काश्ता उनकी चीज़ें चुरा रही है। शायद उन्हें भी राहत मिलेगी कि वो कचरा चीज़ें आख़िरकार गईं जिनसे वो छुटकारा हासिल नहीं कर पा रही थीं।

'इन्हें घर में मत रखना,' जाते हुए मैं काश्ता से कहती हूँ।

जब तक मैं घर पहुँचती हूँ, शाम होने और व्हिस्की की मदद से मूड बदल चुका है। एक ठंडे गिलास से माँ लंबे-लंबे घूँट भरती हैं। भाप के घेरे हर सतह पर हैं। जब मैं अंदर आती हूँ तो दिलीप ऊपर देखते हैं।

'तुम कुछ लोगी?' वो अपना गिलास ऊपर उठाते हुए पूछते हैं जिससे बर्फ़ के टुकड़े आपस में टकरा जाते हैं।

मैं अपना सिर हिलाती हूँ।

माँ ने एक ड्रेस पहन ली है जो मैं देखती हूँ मेरी है। सूती ब्लॉक प्रिंट का कपड़ा उनके भारी बदन पर मुश्किल से अटा है, इससे उनका वक्ष एक इकाई बन गया है। बाहें उनकी बग़लों में फँस रही हैं। उन्हें पसीना आने लगा है। ड्रेस के पीछे लगे बटन बमुश्किल अपने छेदों में फँसे हैं, और जब मैं सोफ़े पर उनके पास बैठती हूँ तो मुझे उनके बदन के वो क्रीमी हिस्से दिखाई देते हैं जिन्होंने कभी धूप नहीं देखी है।

'माँ, आप मेरी ड्रेस क्यों पहने हुए हैं?'

वो मुझे और फिर दिलीप को देखती हैं। वो आँख झपकाते हैं, और अभी भी उनकी ओर ही देखते हुए माँ हँसने लगती हैं। 'यह मेरी ड्रेस है,' वो कहती हैं।

'नहीं। यह आपकी नहीं है। यह आपको फ़िट भी नहीं आ रही।'

वो मेरे कपड़ों की क़ैद में जितना मुमकिन होता है उतने कंधे उचकाती हैं। 'मेरे पास भी ऐसी ही ड्रेस है।'

दिलीप हमसे निगाहें बचाते हुए अपने गिलास में झांक रहे हैं, हालांकि हम दोनों ही उन्हें देख रहे हैं, शायद इस उम्मीद में कि वो रेफ़री की भूमिका अपनाएंगे। वो सोच रहे होंगे क्या बहुत जल्दी हम ऐसे ही हो जाएंगे, क्या इसी तरह हर शाम गुज़रा करेगी। वो अपने गिलास में क्या तलाश रहे होंगे? शायद बचाव का रास्ता।

मैं उस बैग में हाथ डालती हूँ जो मैं अपने साथ लाई थी और एक हाउसकोट निकालती हूँ। जब मैं उसे माँ की ओर बढ़ाती हूँ तो वो उसे

नज़रअंदाज़ कर देती हैं और अपने ख़ाली हाथ से कॉफ़ी टेबल पर रखी एक मैगज़ीन उठा लेती हैं। मेरी ओर देखे बिना वो कुछ पन्ने पलटती हैं, फिर हँसती हैं।

'देखो इसे,' वो कहती हैं। उनकी आवाज़ तिरस्कार भरी है।

दिलीप आगे झुकते हैं।

'छोटे-छोटे निशान, यहाँ और सारे में। क्या है यह, टांग?'

उन्हें लेख में एक छोटा-सा पैसेज मिल गया है जिस पर मैंने क़लम चला दी है, कुछ चील-बिलउआ-सा जो पता नहीं क्यों इतना बुरा है कि वो उसे छोड़ नहीं पाईं।

'यह कोई टांग जैसी भी दिखती है?' वो दिलीप से पूछती हैं। 'जानते हो, बचपन से इसकी यही आदत है। सब चीज़ों पर ड्रॉइंग बना देती है। किसी भी चीज़ को ऐसे ही नहीं छोड़ सकती। जब यह बोर्डिंग स्कूल गई थी तो यह इसकी सबसे बड़ी शिकायतों में से थी। शायद यही असल वजह है कि उन्होंने इसे निकाल दिया था। उस नन ने क्या कहा था? *आपकी बेटी के हाथ जो भी चीज़ लगती है, उसे यह बिगाड़ देती है।* तुम यक़ीन करोगे? उन्होंने इसके लिए इसे स्कूल से निकाल दिया था।'

दिलीप की निगाह मुझे ढूँढ़ती है और मेरे हाथ के छोटे से ज़ख़्म तक चली आती है। वो अपना गला साफ़ करते हैं। 'इसके अंदर यह प्रतिभा है,' वो कहते हैं, और इस तरह कहना जारी रखते हैं जैसे मैं वहाँ हूँ ही नहीं। 'यह इसका काम है, इसे इस तरह से सोचिए।'

माँ आगे को झुकती हैं और हँसने लगती हैं, उनका माथा लगभग गिलास को छू रहा है। जब वो मुझे देखने के लिए पलटती हैं तो उनके बाल आँखों पर आ जाते हैं। 'इसका काम अजीब होना है। बचपन में भी यह अजीब से काम करती थी, और अब औरत बनकर भी। तुम किस तरह की अजीब सी कला बनाती हो? वही चेहरा, दिन-रात। किस तरह का शख़्स ऐसी बेवक़ूफ़ी की चीज़ बनाएगा?'

'मॉम,' दिलीप कहना शुरू करते हैं, 'मेरे ख़्याल से हमें...'

'जब लोग मुझसे पूछते हैं तो मुझे समझाना पड़ता है, और मुझे समझ नहीं आता मैं क्या कहूँ। मैं शर्मिंदा हो जाती हूँ।'

'आपको *इस पर* शर्म आती है?' मैं रो पड़ती हूँ। मेरा मुँह कांपता है। यह इंसान जिसने ज़िंदगी में कभी कोई उपयोगी काम नहीं किया, सोचती है कि *मैं* शर्मिंदगी हूँ?

'तुम बता क्यों नहीं देतीं कि यह कौन है? तस्वीर में यह शख़्स कौन है?' उनका चेहरा सिकुड़ जाता है और उनकी आँखें परेशान दिखती हैं।

'मैं हज़ार बार आपको बता चुकी हूँ,' मैं दांत भींचकर कहती हूँ। 'यह शख़्स वो है जिसे आप देखती हैं—और हर कोई किसी भिन्न शख़्स को देखता है। मूल तस्वीर अब मायने नहीं रखती है। वो एक अजनबी की तस्वीर थी और अब वो खो गई है।'

माँ अपने चेहरे की एक साइड को थाम लेती हैं। उनका हाथ अपने माथे पर चला जाता है और उनकी आँखें बंद हैं।

दिलीप गला खंखारते हैं और अपने गिलास में बची हुई ड्रिंक ख़त्म करते हैं।

'मॉम, आप डिनर के लिए तैयार हैं?' वो पूछते हैं।

वो अपनी आँखें खोलती हैं और उन्हें देखती हैं, उनका चेहरा एक सख़्त लाइन में बदल जाता है, और फिर वो खड़ी होती हैं, धीरे-धीरे, लहराते हुए, इससे एक पल को हमें समझ नहीं आता कि वो खड़ी हो रही हैं या गिर रही हैं। संतुलित भाव से वो अपना सिर हिलाती हैं। 'मैं कुछ देर को लेटना चाहती हूँ।'

मैं हाथ में गिलास लिए उन्हें कमरे से जाते देखती हूँ, और मुझे लगता है जैसे मैं सांस नहीं ले पा रही। मेरा पोर-पोर उन्हें शारीरिक चोट पहुँचाना चाहता है, उनकी पीठ से अपने कपड़े फाड़ देना, और उन्हें अपमानित करना चाहता है। मैं अपने हाथों में अपना चेहरा छिपा लेती हूँ, और जब आख़िरकार मुझे लगता है कि मैं रोशनी का सामना कर सकती हूँ, तो मैं दिलीप की ओर मुड़ती हूँ।

वो घुटनों पर कोहनियाँ टिकाकर आगे को झुके हुए मुझे ही देख रहे हैं। मैं जानती हूँ वो क्या कहेंगे। वो हमारे साथ कैसे रह पाएंगी? हम इस घिनौने जीव को अपने घर में ज़हर कैसे घोलने दे सकते हैं?

'वो ड्रॉइंग उन्हें सच में परेशान करती हैं,' वो कहते हैं।

मैं अपनी भौंहों को नीचे ढलकते महसूस करती हूँ। मैं थूक गटकती हूँ और कंधे झटकने की कोशिश करती हूँ।

'तुम अभी भी इसे जारी रखना चाहती हो,' वो कहते हैं, 'जबकि इससे उन्हें इतनी परेशानी होती है?'

मुझे अपने कानों में अपनी धड़कन सुनाई देती है। अपने हाथ बांधकर, मैं अपनी गोद को देखती हूँ। 'क्या मैं उनके मुताबिक़ फ़ैसले लेते हुए काफ़ी समय नहीं बिता चुकी हूँ?'

मैं धीरे-धीरे बेडरूम में घूमती हूँ हालांकि अंदर से मैं बेलगाम हो रही हूँ, किसी पागल मदमस्त घोड़े की तरह, और शाम मेरी आँखों के सामने खुलती है जैसे कि मैं उसे फिर से जी रही हूँ, पहले उनके शब्द, उनकी सनकभरी हँसी, मेरे कपड़ों से निकला पड़ रहा उनका घिनौना बदन। और फिर दिलीप की टिप्पणी, जो और भी बुरी हो सकती थी क्योंकि वो किसी विश्वासघाती चाक़ू की तरह मेरे पीछे से आई थी। क्या वही नहीं थे जो नहीं चाहते थे कि माँ हमारे साथ रहें? क्या उन्होंने ही नहीं कहा था कि मैं बहुत ज़्यादा क़रीब हूँ, कि मुझे उनके पागलपन से कुछ दूरी बरतने की ज़रूरत है? और अब वो सोचते हैं कि मुझे अपना काम बंद कर देना चाहिए क्योंकि इससे उन्हें परेशानी होती है? क्यों, क्यों हमेशा सब कुछ उनके मुताबिक़ ही होना चाहिए? मैं बिस्तर पर उनके शरीर को ख़ुद को एडजस्ट करते महसूस करती हूँ और उनकी सांसों की लय को सुनती हूँ और जब वो सो रहे हैं तो मैं पलटकर उनके गले पर अपने हाथों को कस देने की कल्पना करती हूँ।

स्टूडियो से आई एक कर्कश आवाज़ कमरे में फैल जाती है तो मैं उठ बैठती हूँ।

मैं दरवाज़ा खोलती हूँ और पानी के गिलास के, जिसे मैंने माँ के लिए रखा था, चमकते टुकड़ों को रोशनी में नहाते देखती हूँ जबकि वो किसी चुड़ैल की तरह कचरे के डिब्बे में लगी छोटी सी आग को देखती मंत्रमुग्ध सी बैठी हैं। उन्हें लाइटर या माचिस कहाँ से मिली? मैं दिलीप को अपने पास खड़ा महसूस करती हूँ, और साथ में हम उन्हें काग़ज़ के गोलों को आग में फेंकते, हरेक के जलने का इंतज़ार करते और फिर दूसरा फेंकते देखते हैं। वो सुव्यवस्थित हैं, और शायद उन्होंने हमें नहीं देखा है, और मैं बहुत मुश्किल से ही अपनी नोटबुकों के ढेर को जिसकी उन्होंने चीरफाड़ की है, और ज़मीन पर पड़े तस्वीरों के टुकड़ों को देख पाती हूँ। उस अंधेरे कमरे की रोशनी से आक्रांत होकर मैं जड़ सी बैठ जाती हूँ, यह सारा दृश्य ज़रूर कोई सपना होगा।

लपटों में, मैं एक शरीर को, किसी नाचते हुए देवता के आरंभ को देखने लगती हूँ, और एक आदिम भय मेरे अंदर सिर उठाने लगता है। माँ हँसती हैं और एक गिलास की सामग्री को बास्केट में डाल देती हैं, और आग भड़क उठती है, लपलपाती, एक जलते हुए खंभे की तरह छत की ओर उठती। तपिश किसी तमाचे की तरह मुझसे टकराती है तो मैं अपना चेहरा घुमा लेती हूँ। काग़ज़, लपट और जले टुकड़े सफ़ेद कणों और राख के रूप में बास्केट से बाहर उछलने और फिर शोलों के रूप में फ़र्श पर गिरने लगते हैं। माँ पास ही मंडरा रही हैं, और उनकी ड्रेस का किनारा आग पकड़ लेता है मगर वो ध्यान नहीं देतीं, और जब लाइटें जलती हैं और उन पर और लपटों पर बाल्टी भर पानी पड़ता है तो हम दोनों जैसे होश में आते हैं।

जली और भीगी हुई माँ आँखें पटपटाती हैं। पानी से सूती कपड़ा पारदर्शी हो जाता है, और मैं उनके हाथों के पास बड़े-बड़े फफोले देखती हूँ। वो कांप रही हैं और अपनी बांहें अपने गिर्द लपेट लेती हैं।

मैं यहाँ कितनी देर से हूँ? एक्रिलिक की फ़्लोरिंग जो लकड़ी की सी दिखती है, पिघलकर प्लास्टिक का धुआं छोड़ता गड्ढा बन गई है। हवा में घुल गई गैसों की वजह से मैं खाँसने लगती हूँ और दिलीप खिड़की खोल देते हैं। फ़र्श पर अपनी जगह से मैं दिलीप को देखती हूँ। यहाँ से उनके कंधे बहुत चौड़े दिखते हैं।

माँ की उँगलियों के छालों को नज़रअंदाज़ करते हुए मैं उन्हें सूखे कपड़े पहनाती हूँ। हम उन्हें लिविंग रूम में लिटा देते हैं। चादरें बिछाने के लिए लैदर का काउच बहुत फिसलन भरा है, मगर हम जितना कर सकते हैं, करते हैं। दिलीप और मैं कुछ नहीं बोलते और उन्हें अपने आप में सिकुड़ते देखते रहते हैं। हम जागे हुए लेटे, और छत पर बेचैन बादलों की तरह बनते-बिगड़ते आकारों को तकते रहते हैं।

अगले दिन, मैं बिना कुछ बोले, डॉक्टर को बुलाने के दिलीप के आग्रह पर ध्यान दिए बिना माँ को उनके घर ले जाती हूँ। यह बात भी मुझ पर बेअसर रहती है कि वो ख़ुद को नुकसान पहुँचा सकती हैं। उन्हें जो करना है, अपने घर में करें। वो मेरी ड्राइंग नष्ट करना चाहती थीं, सो उन्होंने कर दीं—बरसों का जीवन-अध्ययन, तैयारी करने के स्कैच, कुछ तो दस साल से भी पुराने थे,

रातोंरात ख़त्म हो गए थे। वो सारे चित्र जो न सिर्फ़ मेरी ज़िंदगी के पलों का, यादों का रिकॉर्ड थे, बल्कि मेरे उनसे भिन्न बनने का भी रिकॉर्ड थे। शायद वो किसी और चीज़ के पीछे भी थीं—शायद वो चाहती थीं कि यह घर ख़त्म हो जाए, मेरा वैवाहिक घर, वो घर जो मुझे दूर रखता है, वो एकमात्र जगह जहाँ मैं सुरक्षित महसूस करती हूँ। शायद उन्हें उम्मीद थी कि वो मेरी शादी को तबाह कर देंगी। शायद मेरी ज़िंदगी को भी।

उस हादसे के अवशेषों को व्यवस्थित करने में बहुत समय लगता है। छत के काले धब्बे को ढकने के लिए पेंटर मुझसे ज़्यादा पैसा लेता है, और फ़्लोरिंग हटा दी गई है, उसे पूरी तरह दोबारा लगाना होगा। दो हफ़्ते के लिए स्टूडियो बंद कर दिया गया है, वो धूल-कैमिकल में अटा और अस्त-व्यस्तता का संकट-क्षेत्र है। मेरी सारी चीज़ों को हटाकर लिविंग रूम के एक कोने में जमा दिया गया है। यह बात हमसे चूकती नहीं है कि अगर मैंने कमरे को ख़ाली कर दिया होता तो ऐसा कुछ नहीं होता।

हल्की, पीली रोशनी में मेरी आँख खुलती है और सारे डिब्बे खुले हुए हैं। मेरी ड्रॉइंग बिखरी पड़ी हैं, बटर पेपर खुले हुए हैं। कुछ ढेर में हैं, तो कुछ अलग-अलग। वो चेहरा उघड़ा हुआ है, तत्वों से असुरक्षित—छोटे-छोटे अंतरों के साथ वो एक ही चेहरा, दिलीप के चारों ओर जैसे अंतहीन हकलाहट में ख़ुद को दोहराता हुआ।

'तुमने तो कहा था कोई पिक्चर नहीं है,' वो कहते हैं।

मेरी आँखें अभी भी ड्रॉइंग्स पर हैं। मैंने काफ़ी समय से उन सबको इस तरह खुला नहीं देखा है। मैं समझ नहीं पाती कि वो क्या कह रहे हैं।

'तुमने तो कहा था कोई पिक्चर नहीं है,' वो फिर से कहते हैं। 'तुमने कहा था कि यह खो गई।'

मैं उनकी ओर एक क़दम बढ़ाती हूँ। उनके हाथ में एक कोने से मुड़ा एक फ़ोटोग्राफ़ है। वो हल्के से उनकी खुली हथेली की त्वचा को छू रहा है। मैं फिर से पीछे हट जाती हूँ।

'तुमने झूठ क्यों बोला? मैं समझ नहीं पा रहा हूँ।'

रात के बाद मेरा मुँह सूख रहा है।

‘झूठ बोलने की क्या ज़रूरत थी? कौन है यह?’

मैं थूक गटकने की कोशिश करती हूँ।

‘मैं तुमसे दोबारा नहीं पूछूँगा। कौन है यह?’

‘मुझे यह पिक्चर मिली थी,’ मैं ख़ुद को कहते सुनती हूँ। ‘माँ के सामान में।’

‘तुम्हें मिली थी? या तुमने ले ली थी?’

‘मुझे यह मिली थी।’

‘अंतरा, यह कौन है?’

‘कोई नहीं। मेरे लिए तो कोई नहीं। यह वो आदमी है जिसे माँ कभी जानती थीं।’ मेरे कंधे ढलक गए। ‘वो लोग प्रेमी थे।’

1989

मैं जानती थी कि वो रात कुछ अलग थी जब माँ उस कमरे में आई थीं जिसमें मैं काली माता के साथ रहती थी। उनके चेहरे पर ज़ख़्मों की शुरुआत हो चुकी थी। उन्होंने दरवाज़ा आराम से बंद नहीं किया था।

'उठो,' उन्होंने कहा।

उन्होंने कपड़े के एक थैले में पानी की एक बोतल और रबर बैंड में बंधे सौ रुपए रखे। वो धीमी आवाज़ में काली माता से बात कर रही थीं।

मुझे पता था कि वो उसके, सुनहरी वाली लड़की के, बारे में बात कर रही थीं, नई फ़ेवरीट जो माँ की जगह लेगी, जो अब नक़्क़ाशीदार दरवाज़े के दूसरी ओर बाबा के साथ रहेगी। यह तय हो चुका था।

काली माता ने आह भरी और सिर हिलाया। 'यह जाने की कोई वजह नहीं है। क्या मैं गई? क्या बाक़ियों में से कोई गई? हम सब तुमसे प्रेम करते हैं। तुम हममें से ही एक हो। यहाँ तुम्हारे लिए हमेशा जगह रहेगी।'

माँ एक ही साथ हँसी और रो पड़ीं। कुर्ते की आस्तीन से उन्होंने अपनी बहती नाक पोंछी। उनकी आँखें फैली हुई थीं, मुँह कसा हुआ था।

'सच तो यह है कि मुझे यहाँ से नफ़रत है,' माँ ने कहा। 'हमेशा से।'

मैंने उन्हें पहले कभी ऐसा नहीं देखा था। मैं कांपने लगी। काली माता ने मुझे अपनी बांहों में भर लिया और कहा कि वो मुझसे प्यार करती हैं।

हम किसी से कुछ भी कहे बिना चल दिए। कोई हमें जाते हुए देखने नहीं आया। हम कुछ देर पैदल चले। रात डीज़ल की तीखी गंध और ट्रकों की आवाज़ों से भरी थी। ख़ुद को वापस न मुड़ने की हिदायत देते हुए माँ का मुँह हिलने लगा था। शब्दों को रोकने के लिए उन्होंने अपने होंठों पर हाथ रख लिया।

एक खटारा सी गाड़ी हमारे सामने आकर रुकी। वो एक टैंपो ट्रैवलर था, और ड्राइव का चेहरा धुँधला-सा था। पीछे एक दांतेदार पार्सल पड़ा था, जिसे पुरानी रस्सी से बांधा हुआ था।

'पीछे वो क्या है?' माँ ने पूछा।

उसने उन्हें देखा मगर जवाब नहीं दिया।

'फ़र्नीचर है?'

'हो सकता है,' उसने कहा। 'कहाँ जाना है?'

उसने गर्मी में भी ऊनी टोपी और एक घिसा-सा मफ़लर पहना हुआ था। उसके चेहरे पर सफ़ेद बाल थे और कानों से गुच्छे झांक रहे थे। चश्मे के पीछे उसकी आँखें बड़ी होकर अपने साइज़ से दोगुनी हो गई थीं। उसकी पुतलियों में नीले फूल खिल रहे थे।

'पूना क्लब,' माँ ने कहा।

उसने सिर हिलाया, 'पुणे क्लब।'

पैसेंजर सीट पर मैं उनकी गोद में बैठ गई। उन्होंने अपनी बाहें कसकर मेरी कमर पर लपेट दीं। मेरा ब्लैडर भरा हुआ था, मगर मैंने यह कहा नहीं। तिरछे रियर-व्यू मिरर पर एक छोटी सी, धातु की लक्ष्मी टंगी हुई थीं। देवी कमल पर बैठी थीं। उनकी चार भुजाएं थीं। या छह। वाहन के धचकों से वो हिल जाती थीं। माँ ने गहरी सांस ली और विनायल की सीट पर अपने कंधे टिका दिए। जब ड्राइवर माँ की ओर का दरवाज़ा ठीक करने को हमारे ऊपर झुका तो मुझे उसके आख़री खाने की गंध और सल्फ़र का एक झोंका आया। पल भर के लिए उसकी बांह ठहर गई, मुझे दबाते हुए, मेरे चारों ओर कसी माँ की बांहों को दबाते हुए। 'एक दिन तुम्हें यह मुश्किल याद नहीं रहेगी,' वो मेरे कान में बुदबुदाईं। 'जब तुम बड़ी हो जाओगी, तो इन सारे पलों का अस्तित्व नहीं रहेगा।'

जब हम क्लब पहुँचे तो सूरज ऊपर आने लगा था, और गार्ड ने माँ को उनकी अस्त-व्यस्त हालत में पहचान लिया और हमें अंदर आने दिया। माँ ने क्लब पर उतारने के लिए कहा था क्योंकि रेलवे स्टेशन के अलावा यही एक जगह थी जिसके बारे में ड्राइवर को पक्का पता था। साथ ही, यही एक जगह थी जहाँ का फ़ोन हम इस्तेमाल कर सकते थे। उस समय मुझे यह पता नहीं था, मगर आश्रम छोड़ने से पहले माँ ने कोई योजना नहीं बनाई थी। उन्हें कुछ

पता नहीं था कि हम कहाँ जाएंगे, कौन हमें घर में रखने को तैयार होगा, और किन शर्तों पर। बरसों से उन्होंने अपने पति से बात नहीं की थी, और अपने माता-पिता से उन्होंने कहा था कि अगर वो उनसे अपनी शादी को दूसरा मौक़ा देने की ज़िद करेंगे तो वो उनसे कोई वास्ता नहीं रखना चाहतीं।

माँ ने मुझसे कहा कि गेट के पास प्लेग्राउंड में इंतज़ार करूँ और वो फ़ोन करने चली गईं। मैं लोहे की स्लाइड के निचले सिरे पर बैठी और लेट गई, आसमान को तकते हुए। मैं पेड़ों के आर-पार फैले बिजली के तारों पर उतरती, छोटे बच्चों की तरह फुदकती चिड़ियों को देखती रही। प्लेग्राउंड ख़ाली था और आसपास कोई नहीं था। मुझे पता था बच्चों को वहाँ खेलना पसंद है, लेकिन मैं कभी नहीं खेली थी, और मुझे समझ नहीं आ रहा था कि मैं वहाँ क्या करूँ। मैंने फ़ैसला किया कि प्लेग्राउंड से मुझे नफ़रत है, अजीब सी लोहे की चीज़ें जिनका कोई उद्देश्य नहीं था। प्लेग्राउंड से नफ़रत करना अच्छा लगा, इसने बेचैनी की मेरी भावना को एक दिशा दी, उसे एक ऐसी चीज़ में स्थापित कर दिया जिसे मैं देख सकती थी। अभी भी किसी पल जब मैं असहज महसूस करती हूँ तो यह घृणा ऊपर आ जाती है। मैं उसे नकार देती हूँ ताकि मुझे कभी न नकारा जाए।

जब माँ वापस आईं, तो मेरे घुटनों पर मिट्टी और मेरे नाख़ूनों में गंदगी भरी थी। या यह पहले से थी? दिन चमकीला था। माँ ने शायद ध्यान नहीं दिया। जब उन्होंने मेरी बांह पकड़ी तो उनके हाथ में मुझे उनका दिल धड़कता महसूस हो रहा था।

'वो हमारी मदद नहीं करेंगे।'

'कौन?' मैंने पूछा।

'तुम्हारा घटिया बाप। या तुम्हारे नाना-नानी।'

वो हमारी मदद नहीं करेंगे? जितना थोड़ा-बहुत भी मैं जानती थी, उससे यह उनके बोर में नहीं लगी—वो औरत जो मुझे अपनी झुर्रीदार त्वचा से सटाए रहती थीं, और आदमी जो कैशियर की ट्रे की तरह अपने ऊपर के दांत निकाल देते थे क्योंकि इससे मुझे हँसी आती थी। और मेरे पिता। मेरे पिता, यक़ीनन, मेरी मदद करेंगे।

पिता। पिता। पिता। अपने पिता के बारे में मुझे कुछ याद नहीं आया। मैंने जब उनका घर छोड़ा था तब बच्ची थी। और, जहाँ तक मुझे पता था, वो कभी मुझे लेने नहीं आए थे।

जब मैं आश्रम में थी तो कभी-कभी उनके सपने देखती थी।

कभी-कभी मैं कल्पना करती कि एक आदमी जिसका चेहरा मुझे याद नहीं था मुझे मेरी माँ से दूर ले जा रहा है। (मैं यह कल्पना करती थी, या माँ ने इसे मेरे दिमाग़ में भरा था जब वो मुझसे कहती थीं कि मैं हमेशा से उन्हें छोड़कर जाना चाहती हूँ, कि मैं हमेशा उन्हें दुख पहुँचाना चाहती हूँ?)

मेरे पिता अजनबी थे, और कभी-कभी मुझसे यह कल्पना करवाई जा सकती थी कि यही बेहतर था।

'वो तानाशाहों की तरह हम पर हुकूमत करना चाह रहे हैं, मगर मैं उन्हें ऐसा नहीं करने दूँगी,' माँ ने कहा। उनकी आँखें फैली हुई और कोनों पर लाल थीं, और उनकी सांस में एक दिन पुराने केले की महक आ रही थी। 'मैं हमारी देखभाल करूँगी। तुम्हें मुझ पर भरोसा है ना?'

मैं बदले में हामी भरना या कुछ कहना चाहती थी, मगर कहा नहीं। या शायद कह नहीं पाई। अब मैं सोचती हूँ उस समय क्या मैं उस सवाल को समझ भी पाई थी। उन पर किस बात का भरोसा करती? मेरे पास क्या विकल्प था, और मैं और क्या जानती थी?

हम क्लब में रहने लगे। कभी दीवारों के अंदर तो कभी एकदम बाहर। मुझे एक लावारिस कुत्ता मिला जिसे मैं कैंडल कहने लगी क्योंकि उसकी पूँछ का सिरा जली हुई बत्ती जैसा दिखता था। मैं उसे हमारे साथ रखती थी ताकि चूहे दूर रहें जिन्हें मैंने रात के गहरे अंधेरे हिस्से में फूलों की क्यारियों से आते-जाते देखा था।

माँ भीख मांगने लगीं। मैं इतनी छोटी नहीं थी कि हमदर्दी जगाती तो वो मुझे गेट के पास छोड़ देती थीं। पहले दिन हमें पता लगा कि भीख मांगने के भी क़ायदे-क़ानून होते हैं, कि निश्चित औरतों और बच्चों की निश्चित सड़कें होती हैं, और उनकी जगह पर घुसपैठ करना लड़ाई का काम था। उन औरतों के दांत ग़ायब थे, बाल धूल से अटे पड़े थे, और वो इस तरह की मराठी बोलती थीं जो मैंने पहले कभी नहीं सुनी थी। वो हाथ-पैरों की तेज़, और उस तरह की भिखारिनें थीं जो रिरियाती रहती हैं, जिनसे माँ ने कहा था कि मैं कभी आँख न

मिलाऊँ। वो हमसे अलग दिखती थीं, अलग गंधाती थीं। लेकिन जैसे-जैसे दिन बीते, फ़र्क़ कम होने लगे।

क्लब के वो सदस्य जो हमें जानते थे, और मेरे नाना-नानी को जानते थे, हमें उलझन भरी नज़रों से देखते, जैसे उन्हें समझ ही न आ रहा हो कि वो हमारे भीख मांगने पर किस तरह की प्रतिक्रिया दें। कुछ अपने बच्चों की आँखें ढक लेते और आगे बढ़ जाते। कुछ हँसते और मेरा सिर थपथपाते जैसे कि यह किसी क़िस्म का कोई मज़ाक़ हो। वो सभी हमारे पास से थोड़ी हिक़ारत के साथ गुज़रते थे क्योंकि वो माँ के बारे में जानते थे, और इसलिए भी कि हम इस बात का सुबूत थे कि गिरना कितना आसान है। एक रात, उन्होंने अपने हाथों को अपने चेहरे के सामने किया और एक छोटा-सा बॉक्स बनाया। फिर उन्होंने उसके अंदर झांका।

'इसके अंदर देखो।'

मैंने देखा लेकिन वहाँ बस हमारे सामने वाली सड़क थी। कैंडल अपनी पीठ के बल लेटा था। रानी कलर की साड़ी पहने एक औरत पास से गुज़री।

'दुनिया का वजूद बस वहीं तक है जहाँ तक तुम उसे देख सकती हो,' माँ ने कहा। 'ऊपर क्या है, नीचे क्या है, उससे हमारा कोई मतलब नहीं है। हमें जो पहले बताया गया है, उस सबसे कोई फ़र्क़ नहीं पड़ता।'

मैं सीधे सामने की ओर देखने लगी, उस सबको जो मेरी आँखों की सीध में था। कूल्हे, हाथ। एक बेंच पर बैठा एक जोड़ा इंतज़ार कर रहा था। सड़क के किनारे कुछ लोहा-लंगर पड़ा था। एक लड़की कार में अपना गाल खिड़की से सटाए बैठी थी। मैंने पीछे मुड़कर माँ की ओर देखा; वो रो रही थीं।

मुझे याद है कि मैं गेट से टिककर सो जाती, वहीं ढेर बनी पड़ी रहती, जागती तो मेरा सिर माँ की गोद में होता। लेकिन मुझे भूखा रहना याद नहीं है। सुरक्षा गार्ड कुछ-कुछ देर बाद खाने की प्लेटें और पानी ले आता था। मुझे बाद में पता चला कि मेरे पिता क्लब मैनेजर को फ़ोन करके मुझे खिलाने के निर्देश देते रहते थे। मैं पक्का नहीं कह सकती कि हम कितने समय तक इसी तरह रहे। मैं माँ के साथ थी और वो मेरे साथ थीं, और हमारे लिए न कोई नियम थे, न कोई काम था, और न कोई टाइमटेबल था। मैं नहाती नहीं थी, और मेरे मसूढ़ों पर फ़ंगस उग आई थी। मैं कैंडल के साथ सोती थी, उसकी खुजली भरी त्वचा पर झपकी ले लेती थी, जीवों को उसके बालों में छोटी-छोटी रेखाएं

बनाते देखती थी, अपना हाथ उन दानों पर रखती थी जिन्हें मेरी माँ दाद कहती थीं। जल्द ही, मैं कैंडल की ही तरह खुजाने लगी, उस जैसी ही दिखने लगी, उसकी मौजूदगी से परिवर्तित हो गई थी, और मैं मानने लगी थी कि अपने परिवार के ही एक सदस्य से मिल ली हूँ।

एक सुबह, जब अभी भी इतना सवेरा था कि क्लब का सुरक्षा गार्ड अपनी कुर्सी पर खुलेआम सो सकता था, मेरे पिता अपनी ऑफ़ व्हाइट कंटैसा में हमें लेने आ गए।

वो वैसे ही दिख रहे थे जैसे अब दिखते हैं, एक पूरी तरह से भरे-पूरे आदमी जिसकी दाढ़ी शेव करने के कुछ घंटों बाद ही फिर से दिखना शुरू हो जाती है, लेकिन वो थोड़े पतले थे, और उनकी नाक ज़्यादा तीखी थी। वो बाबा या ऐसे किसी भी आदमी जैसे नहीं दिखते थे जिन्हें मैंने आश्रम में देखा था। उनके कान साफ़ थे और उनके नथुनों से बाल नहीं निकल रहे थे।

उन्होंने दरवाज़ा खोल दिया। माँ धीरे से खड़ी हुईं और उन्होंने मेरी बांह को खींचा। हम पिछली सीट में सवार हो गए और दरवाज़ा बंद कर लिया।

मेरे पिता ने पलटकर मुझे नही देखा, और मैं उनके सिर के पिछले हिस्से को सराहती रही। उन्होंने माँ से एक शब्द भी नहीं बोला। उन्होंने रेडियो चालू कर दिया।

जब हम चले, तो मैंने कैंडल को आवाज़ दी, जो वहाँ से उठा जहाँ वो ऊँघ रहा था और अपनी पिछली टांगों की मांसपेशियों से अपने क्षतिग्रस्त बालों को दबाते हुए आगे को कूदा। कुत्ते ने एक पल को हमारा पीछा किया, लेकिन फिर खुजाने के लिए रुक गया।

हमारे भिखारियों जैसे दिखने के बारे में किसी ने कोई ज़िक्र नहीं किया। आश्रम के बारे में कुछ नहीं पूछा गया। मुझे जल्द ही पता चल गया कि नाना-नानी के घर में बाबा का नाम लेना वर्जित था। नानी मेज़ पर गर्म नाश्ता और गरमागर्म चाय की केतली लिए हमारा इंतज़ार कर रही थीं। दूध के ऊपर मलाई थी और सब कुछ घी में पका हुआ था।

हमें यहाँ छोड़ने के बाद, मेरे पिता अब पीछे खड़े हो गए थे, और एक ड्राइवर, एक बैगेज हैंडलर की तरह दरवाज़े पर मंडराते हुए अपना काम पूरा होने पर फ़टाफ़ट चले जाने के लिए बेचैन थे।

नानी अपनी बांहें बांधे बैठी थीं, उनकी चूड़ियाँ उनकी मांसल बांहों पर कसी हुई थीं, उनके कूल्हे लाल अर्धवृत्ताकार सोफ़े पर पसरे हुए थे।

'उम्मीद है तुम्हारा तमाशा अब ख़त्म हो गया होगा,' नानी ने कहा। उनकी आवाज़ फ़्लैट में गूँज गई। मुझे तब तक पता नहीं चला कि वो किससे कह रही हैं जब तक मेरी नज़र माँ के नाराज़ चेहरे पर नहीं पड़ी।

'अंतरा,' उन्होंने कहा। 'क्या तुम्हें अपनी नानी माँ याद हैं? इधर आओ।'

मैं छींटदार टाइलों को पार करके उनकी ओर गई, लेकिन जब उन्होंने अपना चेहरा अपने हाथों में भर लिया, तो मैं रुक गई। वो हिलने लगीं और उनके कंधे कांपने लगे। मैं अपने पिता और माँ की ओर मुड़ी जो छाया में खड़े थे। माँ ने हाथ हिलाकर मुझे आगे बढ़ने का इशारा किया। जब मैं मुड़ी, तो मैंने अपने पैरों के रंग को देखा, जो धूल में अटे और धब्बों से भरे हुए थे, और मैंने उन निशानों को देखा जो मैं अपने पीछे छोड़ती हुई आई थी। मेरे पैर का एक नाख़ून काला था, और उसके अंदर ख़ून जमा हुआ था।

मुझे नहाने के लिए ले जाया गया, एक नौकरानी ने मुझे रगड़-रगड़कर नहलाया जिसे मैंने पहले कभी नहीं देखा था। उसके बाल सिर के ऊपर एक गांठ में बंधे थे, और उसकी सूती साड़ी उसकी कमर तक चढ़ी हुई थी जिससे उसके टख़ने और पिंडलियाँ साफ़ दिख रही थीं। जब वो मेरा चेहरा और गर्दन धो रही थी, तो मुझे उसके हाथों की महक आई। लहसुन, मिर्च और साबुन के झाग। काली माता से बहुत भिन्न नहीं। बाद में, मैं एकदम निढाल सी उसकी टांगों के बीच में बैठ गई और वो अपनी उँगलियों से मेरे बालों की मांग बनाते हुए अनजान जीवों को ढूँढ़ने लगी।

नानी ने हमारी सुध लेने के लिए झांककर अंदर देखा। 'बाई,' उन्होंने नौकरानी से कहा, 'यह आमची बेटी है।'

'कासा है,' औरत ने मुझसे कहा।

'बेबी, यह वंदना है,' नानी ने कहा।

वंदना मेरी देखभाल करने लगी क्योंकि माँ दिन का ज़्यादातर समय सोने, या नाना और नानी के साथ एक कमरे में बंद होकर बिताती थीं। मैं दरवाज़े के

पार से उन्हें एक दूसरे पर चिल्लाते सुनती थी, लेकिन जब वो लंच या डिनर के लिए बाहर आते तो यह चिल्लाना बंद हो जाता था। माँ अपने खाने को मिक्स करते हुए अपनी थाली में देखती रहतीं, और ऐसा दिखातीं जैसे हममें से कोई वहाँ मौजूद ही नहीं है।

मेरे पिता अक्सर शाम को आ जाते थे और फिर अपने घर और अपनी माँ के पास वापस चले जाते। वो और माँ कुछ देर तक साथ बैठते, कभी-कभी बिना एक दूसरे से बात किए। कभी-कभी वो धीमे-धीमे बात करते थे, और कभी-कभी चिल्लाते भी थे। मैं डाइनिंग टेबल के नीचे छिप जाती थी, हालांकि इस तरह की हरकत के लिए मैं काफ़ी बड़ी हो चुकी थी। मैं अपने पिता के होठों को पढ़ने की कोशिश करती, लेकिन मेज़ की एक टांग उन्हें मेरी नज़र से छिपा लेती थी।

उन्होंने कभी हमें अपने साथ चलने को नहीं कहा। कभी-कभी मुझे लगता था कि वो मुझे उसी नज़र से देख रहे हैं जैसे माँ को देखते थे। एक दिन वो एक और आदमी और काग़ज़ों से भरा एक ब्रीफ़केस लेकर आए। माँ ने उन पर नज़र डाली और हस्ताक्षर कर दिए।

मेरे मन में सवाल थे जो मैंने कभी नहीं पूछे: हम नाना और नानी के घर पर क्यों हैं? क्या हम कभी वापस जाकर फिर से अपने पिता के साथ रहेंगे? मुझे लगता था कि सभी माँ-बाप और बच्चे साथ रहते हैं, कि पति-पत्नी को हमेशा साथ रहना चाहिए, भले ही वो एक-दूसरे को नापसंद करते हों।

वंदना दोपहर में खेलने के लिए मुझे क्लब ले जाती थी। वो एक टिफ़िन पैक कर लेती थी और एक हाथ से उस टिफ़िन को पकड़ती जबकि दूसरे हाथ से मुझे पकड़े रहती थी। ऑटो-रिक्शा में वो मुझे थोड़ी सी मराठी बोलना सिखाती। वो किसी गांव की रहने वाली थी। वो मेरे उच्चारण पर हँसती जिससे मैं शर्म से लाल हो जाती और फिर से कोशिश नहीं करना चाहती थी, लेकिन जब वो कहती कि उसे पढ़ना-लिखना नहीं आता है, तो मुझे उसे चिढ़ाने की याद ही नहीं आती थी। शायद इसकी वजह यह रही हो कि मुझे ख़ुद भी पढ़ना-लिखना नहीं आता था। मैंने उसके साथ एक समझौता कर लिया था कि वो मुझे और मराठी सिखाएगी और मैं उसे अंग्रेज़ी वर्णमाला सिखाऊँगी। मुझे प्लेग्राउंड में कभी कुछ ख़ास मज़ा नहीं आता था, लेकिन जब वो झूले पर चढ़ती और अपने पैरों से आगे-पीछे ज़ोर लगाकर हवा में ऊँची-ऊँची पेंगें भरना शुरू करती, तो मेरा भी उसके साथ झूलने का मन करने लगता।

कभी-कभी वंदना अपनी साड़ी को पीछे से ऊपर करती और अपनी टांगों के बीच से खींच लेती थी। जब वो फ़र्श पर झाड़ू लगाती तो अपने कूल्हों पर इतनी दूर तक बैठती थी कि मुझे पूरा यक़ीन हो जाता था कि उसकी पिछौटी ज़मीन से छू जाएगी। लेकिन ऐसा कभी नहीं हुआ। वो उस स्थिति में शायद हमेशा रह सकती थी, और एक बार मैंने समय नापने की कोशिश की लेकिन वो इतनी देर तक इसी तरह रही कि मैं भूल ही गई कि मैं घड़ी देख रही हूँ और मैं सही रीडिंग नहीं ले सकी। उसके मुँह में सामने के दांत ग़ायब थे, और जब वो मुस्कुराती तो मुझे उसके मसूढ़ों के गुलाबी गैप दिखाई देते थे। वो रोज़ाना अपने साथ ताज़ी हरी मिर्च लाती थी और नाश्ते में मेरे लिए पोहे बनाती थी।

एक शाम, मैंने वंदना को अपनी चाबी कमर पर एक डोरी में बांधते और दरवाज़े के बाहर अपनी चप्पलें पहनते देखा।

'बाइ-बाइ,' उसने मुझे अपने बिना दांत के मसूढ़े दिखाते हुए कहा। मुझे माँ के बेडरूम से उनके गुनगुनाने की आवाज़ सुनाई दे रही थी। मैंने वंदना के दरवाज़ा बंद करने का इंतज़ार किया, और फिर मैं उसके पीछे बाहर निकली, और चुपके से सीढ़ियों से उतरने लगी। मुझे विश्वास था कि वो मुझे नहीं देख पाएगी, लेकिन तब मैं रक्षात्मक हो गई जब वो मुड़कर बोली, 'अरे, क्या कर रही हो तुम?'

'मैं तुम्हारे साथ चल रही हूँ,' मैंने कहा।

'मेरे साथ कहाँ चल रही हो?'

'तुम्हारे घर। तुम्हारे पति से मिलने।'

उसने अपना सिर टेढ़ा किया और मेरी तरफ़ देखा। 'तुम मेरे साथ नहीं चल सकतीं। ऊपर वापस जाओ। तुम्हारी माँ तुम्हें ढूँढ़ रही होंगी।'

लिफ़्टमैन मुरली ने हमारा झगड़ा देखा और हँसने लगा।

'इसे इसके घर ले जाओ,' वंदना ने उससे मराठी में कहा।

'नहीं,' मैंने कहा। मुझे लगा कि मेरे पेट के किनारों पर कुछ खुरच रहा है और मैंने उसे नीचे धकेल दिया। 'मैं तुम्हारे साथ जाना चाहती हूँ। तुम्हें मेरी बात माननी पड़ेगी, तुम बाई हो। मैं तुम्हारी बॉस हूँ।'

वंदना के माथे पर चार रेखाएं उभर आईं और उसकी आँखें काली दरारें सी बन गईं। 'तुम कुछ नहीं हो। तुम्हारी अपनी माँ तक तो तुम्हें देखती नहीं हैं।'

उसने मुझे गर्दन के पिछले हिस्से से पकड़ा और लिफ़्ट में धकेल दिया। मैंने हाथ ऊपर बढ़ाकर उसे थप्पड़ मारा, और जवाब में उसने मुझे थप्पड़ मारा।

ऊपर, नानी ने दरवाज़ा खोला तो मुझे रोते और वंदना को भौंहे चढ़ाए देखा, उसके बैंगनी ब्लाउज़ पर पसीने के धब्बे उभर आए थे।

'क्या हुआ?' नानी ने कहा।

'यह मेरे पीछे मेरे घर जाने की कोशिश कर रही थी।' वंदना ने मेरा हाथ छोड़ा और मुझे आगे की ओर धकेल दिया। दरवाज़े पर नानी के पीछे माँ दिखाई दीं।

'तुम्हारे घर जाने की कोशिश कर रही थी?' माँ ने मेरी तरफ़ देखा। उनका चेहरा भभूका हो रहा था। मैं डर गई कि अब शायद मुझे एक थप्पड़ और पड़ेगा, लेकिन इसके बजाय मैंने माँ को वंदना पर चिल्लाते सुना। 'तुम्हें ध्यान रखना चाहिए।'

माँ ने मुझे घर में खींच लिया लेकिन वो एक-दूसरे पर चिल्लाती रहीं, दोनों की ही बातें अब समझ में नहीं आ रही थीं। वंदना ने अपना माथा ठोंका और माँ की ओर इशारा किया। वो फिर काम पर नहीं आई और माँ ने नानी से कहा कि अब वो कोई मर्द नौकर रखें।

उसके बाद से मैं और माँ एक बिस्तर पर सोने लगे, और वो मुझे छत पर अपने साथ देखने के लिए ले जाती थीं जबकि वो अंधेरे में सिगरेट पीती थीं। तभी मुझे पहली बार अहसास हुआ कि मेरी माँ कितनी सुन्दर हैं। सिगरेट पीने के बाद वो बट मुझे देतीं और सिखातीं कि कैसे उसे झटका देकर दूर, स्टेशन के पास ट्रैफ़िक में फेंकना है।

कभी-कभी हम उनकी सिगरेट नीचे ले जाते। हम उस जीर्ण-क्षीण होटल के पास से गुज़रते, जो नाना का था और वही उसे चलाते थे; होटल के सामने के भाग पर आर्ट बनी थी और उसका पेंट उखड़ रहा था। परिवार ज़मीन पर चटाइयों पर बैठते थे। एक बार हमने एक नशे में धुत आदमी को पसरकर सोते देखा, जो ख़ुद से बड़बड़ा रहा था, और हम यह समझने की कोशिश में कि वो क्या बोल रहा है उसके आसपास ही मंडराते रहे। भीड़ के इंतज़ार में चाय वाले अपना सामान दूर ले जाते या स्टील के खंभों से टिककर ऊँघने लगते थे। नम चेहरे, भिंचे हुए जबड़े और ख़ून सी सुर्ख़ आँखें, सभी हमारे पार देखतीं, और हम गर्म रात से सुस्त हो जाते थे। लंबे दिन के बाद बची-खुची चीज़ों को

सूँघते, मोटे चूहों का एक निरन्तर प्रवाह पटरियों के किनारों पर तेज़ी से दौड़ता रहा था। मेरी माँ को देखते हुए अपने अंडकोष टटोलते एक नंगे पांव नशेड़ी के सौजन्य से धुएं और हशीश की गंध हमारी नाक तक पहुँच गई। रेलवे स्टेशन पर भटक रहे एक अकेले हिजड़े ने उनके कंधे को थपथपाया और अपना सजा-धजा हाथ आगे बढ़ा दिया। माँ अपने सूखे होठों को कुतरने लगीं। वो आमतौर पर अंधविश्वासी नहीं थीं, लेकिन कहते हैं कि हिजड़ों के पास अबूझ शक्तियाँ होती हैं। सुरक्षा के बदले पैसे का लेनदेन किया जा सकता था, लेकिन हमारे पास पैसा था ही नहीं। माँ ने एक लाल लिपस्टिक निकाली जो इत्तफ़ाक़ से उनके कुर्ते में थी और उसे पकड़ा दी। हिजड़े ने लिपस्टिक ली, आशीर्वाद दिया और आगे बढ़ गया। जिस बड़े बोर्ड पर बदलते प्रतीकों की झड़ी के साथ ट्रेनों का दैनिक कार्यक्रम आ रहा होता था, वो मेरे लिए अपठनीय था।

मुझे याद नहीं कि उस समय में मैं माँ के लिए क्या महसूस करती थी, क्योंकि उस अहसास का कोई परिचित-सा नाम नहीं था। आश्रम में मैं उनके बिना रहती थी और साथ ही मैं उनके लिए तरसती भी थी, लेकिन अब जब हम साथ थे तो अक्सर मैं डर जाती, मुझे अहसास होता कि मैं ग़लत थी, कि शायद मुझे उनकी ज़रूरत नहीं थी, और फिर मैं उसी धारणा पर लौट आती जिसके साथ मैंने सारी ज़िंदगी बिताई थी, कि उनके बिना रहना नरक था, दुखद था। और अब भी जब मैं उनके बिना होती हूँ, जब मैं उनके बिना होना चाहती हूँ, जब मुझे पता होता है कि उनकी मौजूदगी मेरे दुख का कारण है—तब भी वो सीखी हुई लालसा अभी भी उठती है, किनारे से घिसे उस नर्म, सफ़ेद सूत की लालसा।

आश्रम के बाद से माँ की तबीयत ठीक नहीं रहती थी। इस बात से कोई इंकार नहीं कर पाता था, लेकिन मुझे कोई यह भी नहीं बताता था कि इसका मतलब क्या है। जब वो जगी होतीं तो उनकी आँखें छत पर टिकी रहती थीं, छत से बातें करतीं, लेकिन दिन के अधिकांश भाग में वो सोती रहती थीं। वो ऐसे सोती थीं जैसे बरसों से नहीं सोई हों।

हमें बाद में पता चला कि इसकी वजह यह थी कि माँ देर रात को मेरे पिता से बात करने के लिए जगी रहती थीं। उन्होंने सुना था कि वो दूसरी शादी करने वाले हैं, और वो उन्हें गरियाने के लिए उनके घर फ़ोन करती थीं। अगर कभी फ़ोन कोई और उठाता, तो माँ लाइन काट देतीं और दोबारा कॉल करतीं। कभी-कभी उनके ऐसा करते समय मैं उनकी गोद में बैठ जाती, और

आख़िरकार वो मुझे नंबर डायल करने देतीं, जबकि रिसीवर वो अपने कान से लगाए रहती थीं। मुझे वो नंबर आज भी रटा हुआ है, हालांकि मैंने ख़ुद उन्हें शायद ही कभी फ़ोन किया हो। जब नानी को पता चला, तो वो मुझे खींचकर ले गईं और मुझसे कहा कि जब भी मेरी माँ अजीब बर्ताव करें, तो उनके कमरे में आ जाऊँ। मैंने नानी से पूछा कि अजीब क्या होता है।

नानी ने आह भरी। 'मुझे समझ नहीं आता कि वो क्या हासिल करने की उम्मीद कर रही है।'

दो दिन बाद उन्हें अपनी बात का जवाब मिल गया, जब मेरे पिता फ़्लैट पर आए और उन्होंने मेरी माँ को पैसों से भरा एक मोटा लिफ़ाफ़ा दिया। उन्होंने ऐसा ज़िम्मेदारी की भावना से किया था या माँ ने उनसे पैसा ऐंठने का कोई तरीक़ा खोज लिया था, यह मुझे कभी पता नहीं चलेगा, लेकिन यह पहली बार था जब मैं माँ को छोड़कर अपने पिता के साथ जाना चाहती थी। मैंने उन्हें देखा; वो उलझे बालों वाले एक लंबे छरहरे आदमी थे, जिन्होंने दरवाज़े की ओट से मुझसे बस हल्के से नज़रें मिलाईं। वो मुस्कुराए नहीं, और मुझे देखते समय उनकी आँखों में परेशानी के भाव थे।

मैंने नानी से पूछा कि क्या मैं और माँ उस घर में जाएंगे जो मेरे पिता का था।

'तुम्हारी माँ को वो घर छोड़े बहुत समय हो चुका है,' उन्होंने कहा। 'समय के साथ हालात बदल जाते हैं। अब उस घर में एक नई औरत आ रही है।'

हालांकि उस समय ये सारी बातें मेरी समझ में कम ही आई थीं, लेकिन मैं दो बातें समझ गई थी: मेरे माता-पिता अब विवाहित नहीं थे, और मेरे पिता को एक नई पत्नी मिल गई थी। जैसे बाबा को मिल गई थी। मुझे याद आया कि कैसे काली माता ने माँ को रुक जाने को कहा था, उन्हें समझाया था कि वो परिवार का हिस्सा हैं। मैं समझ गई थी कि माँ काली माता की तरह रुक सकती थीं, परित्यक्ता और सम्मानित। मैं सोच रही थी कि क्या मेरे पिता के साथ अब उनके पास यह विकल्प था, लेकिन जब मुझे आश्रम छोड़ने वाले दिन का उनका उदासी और नफ़रत भरा चेहरा याद आया, तो मैं जान गई कि माँ को नई पत्नियों का आना पसंद नहीं था।

मैंने अपनी माँ के अंदर की उथल-पुथल को पहचानना शुरू कर दिया था, मैं यह समझने लगी थी कि मैं उनसे कितनी भिन्न थी। बेशक कभी-कभी मैं भी टपक पड़ती थी, लेकिन मैं हमेशा ख़ुद को वापस बंद कर लेने में सक्षम थी।

मैंने नानी से पूछा कि तलाक़ क्या होता है। जब इस तरह की बातें आती थीं, तो वो अस्पष्ट सी हो जाती थीं, लेकिन उन्होंने समझाने की कोशिश की।

'जब एक पति-पत्नी पति-पत्नी नहीं रहते हैं,' मैंने कहा, 'तो क्या इसका मतलब यह है कि एक पिता भी पिता नहीं रहता है?'

नानी काफ़ी देर तक मेरी आँखों में देखती रहीं, और फिर उनके होंठ मुस्कान में फैल गए। 'नहीं,' उन्होंने कहा। 'ऐसा नहीं है।'

मैं नीला सूटकेस लिए नाना-नानी के फ़्लैट के नीचे इंतज़ार कर रही थी। मेरे बालों को एक अच्छी सी चोटी में बांध दिया गया था जो मेरी क़लमों के नीचे की त्वचा को खींच रही थी। नानी ने मेरी बिखरी हुई भौहों को पेट्रोलियम जेली से दबा दिया था। नीचे मेरे साथ खड़ी नानी ने मुझसे अच्छी लड़की बनने को कहा।

'कोशिश करना कि वो तुम्हें प्यार करें,' उन्होंने कहा। मुझे उनके शब्द एक चेतावनी जैसे लगे कि मेरे पास बस एक ही मौक़ा है।

माँ ने गुडबाइ भी बमुश्किल ही कहा था।

मेरे पिता अपनी हमेशा वाली कंटैसा में आ गए। वो एक साफ़-सुथरे आदमी थे, और पैसे के मामले में समझदार थे। उनकी कार हालांकि पुरानी थी लेकिन बेदाग़ थी और उसकी अच्छी तरह से देखरेख की गई थी। 'उम्मीद है कि तुमने एक हफ़्ते के लिए ठीक से सामान रख लिया होगा,' उन्होंने कहा।

मैंने थोड़ा ज़्यादा ही सामान रखा था; मैंने वो चीज़ें भी रखी थीं जिन्हें मैं छोड़कर नहीं जाना चाहती थी।

मुझे याद नहीं कि हम कितने क़दम चलकर घर पहुँचे थे, लेकिन मैं अपने पिता के पीछे-पीछे नीले सूटकेस को घसीटती चल रही थी। दरवाज़ा काला था और हैंडल किसी मंदिर के स्तंभ की तरह नक़्क़ाशीदार सोने की पट्टी जैसा था जिसकी नक़्क़ाशी बरसों हाथ लगते रहने से मिटने लगी थी। दरवाज़े की घंटी इतनी धीमी थी कि मेरे पिता के उसे दबाने के बाद मुझे लगा कि मैं भी उसे फिर से दबा दूँ, लेकिन मैं पीछे खड़ी इंतज़ार करती रही, और जब दरवाज़ा

अचानक खुला तो मैं चौंक गई। वो वहीं इंतज़ार कर रही थीं, दोनों कलाइयों में अपनी हाल ही में हुई शादी की चूड़ियाँ पहने हुए। वो उनके लिए बहुत बड़ी थीं और शायद मेरी दादी की रही होंगी। उनके चश्मे का लेंस द्विभाजित था और उस पर उँगलियों के धब्बे थे। शायद मेरे पिता ने इस पर ध्यान नहीं दिया। वो उनका अभिवादन करने के लिए घर में घुस गए और मैं बाहर से ही उन्हें देखती रही। मैंने घर की दीवार को छुआ और अपना पैर तब तक हिलाती रही जब तक उन दोनों ने मेरी ओर देख नहीं लिया। एक नौकर आया और उसने मेरे कसे हुए हाथ से सूटकेस लगभग छीन-सा लिया।

नई पत्नी ने झुककर मुझे गले लगाया, और मेरे चेहरे को अपने बालों में खींच लिया। मैं घुँघराले बालों के लच्छों में मुस्कुराई। बाल घने थे और उनमें से नारियल के तेल की महक आ रही थी। उनके पीछे के कमरे में, मैं नौकरानियों को देख सकती थी जो झांककर हमारे इस पल को देख रही थीं।

वो मुझे एक कमरे में ले गए जिसमें आमतौर से मेरी दादी रहती थीं। मुझे वहाँ रहना था क्योंकि वो अपनी एक बेटी से मिलने दिल्ली गई हुई थीं। कमरे में नमी थी, और पसीने और त्वचा की गंध भरी थी, लेकिन इस पर शायद उनका ध्यान नहीं जा रहा था। मेरा सूटकेस पहले ही वहाँ मौजूद था, खुला हुआ, और नौकर मेरे अंडरवियर के अलग ढेर बनाकर उन्हें काली अलमारी के अंदर रख रहा था। पलंग की टांग पर टिककर मैंने पंखे के चेहरे को देखा जो खुले मुँह की तरह मेरे सामने खड़ा था।

सुबह को, मेरे पिता दो निवालों में एक केला खाकर और एक बड़ा गिलास दूध पीकर काम पर निकल गए। मैंने अलार्म सेट किया था जैसे नानी ने मुझे सिखाया था ताकि जब मेरे पिता जागें तो मैं भी जाग सकूँ। मैंने उनकी ही तरह खाया और कुछ कहने की कोशिश की, लेकिन उनके जाते ही मुझे पेट दर्द की वजह से लेटना पड़ गया। मैं बाक़ी दिन घर पर ही रही, नौकरों और गार्ड कुत्ते के साथ, जो किसी भी कार या साइकिल वाले के गुज़रने पर भौंकता हुआ गेट की ओर दौड़ता था।

मैं उनके घर सिर्फ़ अपने सबसे अच्छे कपड़े लाई थी, रसोइया मुझे जो भी खाना देता था मैं उसे पूरा खाती थी, और खाने के अंत में मीठी शक्कर-रोटी नहीं मांगती थी। नहाने के बाद मैं ख़ुद अपने बालों में कंघी करने की, और पीछे न देख पाने के बावजूद चोटी बांधने की कोशिश करती, और जब मुझे गीज़र का स्विच नहीं मिला तो मैंने किसी से मदद नहीं मांगी। बाथरूम में साबुन नहीं

था और टूथपेस्ट से मेरी जीभ जल गई, लेकिन मैंने इसके बारे में एक शब्द भी नहीं बोला। आश्रम के बाद मैं उपाय कुशल हो गई थी; मैं उन चीज़ों को करना जान गई थी जो और कोई नहीं कर सकता था।

मैं सप्ताह के अधिकांश समय सीढ़ियों के शीर्ष पर बैठी रही। ज़ीना दो बार मुड़ता था और मुझे एक सांप की याद दिलाता था जिसे आश्रम में पकड़ा गया था। नीचे रसोई से हमेशा लहसुन की महक ऊपर आती रहती थी। फ़र्श काला, ठंडा संगमरमर था, और जब मेरे कूल्हे सुन्न होने लगते, तो मैं गलियारे में इधर से उधर टहलने लगती जब तक कि सुन्नपन में कमी महसूस नहीं होती। मैं अपने साथ घर की चप्पलें लाना भूल गई थी और अपने पैरों को गर्म रखने के लिए सारा दिन अपने मोज़े पहने रहती थी, लेकिन फ़र्श जितना ठंडा था उतना ही फिसलना भी था, और मैं तब तक छोटे क़दमों से चलती रही जब तक मुझे यह पता नहीं चल गया कि आगे और पीछे खिसकने में ज़्यादा मज़ा आता है। मैंने कल्पना की कि बर्फ़ पर स्केटिंग कुछ इसी तरह होती होगी। एक बार जब स्केटिंग से मन भर गया, तो मैं उसी सीढ़ी पर वापस आ गई जहाँ से मुझे केवल लैंडिंग दिखाई देती थी, जहाँ से मुझे कभी-कभी इधर से उधर जाते सिर के शीर्ष भाग दिखते थे—नौकरानियाँ, नौकर, और कभी-कभी नई पत्नी, जो तेज़ी से घूमती थीं, और अक्सर अधिकांश दिन के लिए ग़ायब हो जाती थीं।

मैं उन्हें ख़ुश करना चाहती थी। मैं अपना बिस्तर ठीक करती थी और उनके लिए दवा कैबिनेट में कॉक्रोचों को मार डालती थी।

घर में मेरा पांचवां दिन था जब मैंने नई पत्नी का सिर देखा, जब उनकी पतली बांहें गलियारे में तीन बड़े-बड़े सूटकेस घसीट रही थीं। हाँफते हुए उन्होंने नौकरों को बुलाया, तो उनकी नज़रों के दायरे में मैं आ गई। उनकी आँखें फैल गईं, मानो वो भूल ही गई थीं कि घर में मैं भी हूँ।

'तुम्हारे पापा और मैं अमेरिका जा रहे हैं,' उन्होंने कहा। 'कम से कम तीन साल के लिए। वो चाहते थे कि मैं तुम्हें बताऊँ।'

उनके पीछे की दीवार से लगी एक छोटी सी ट्रॉली बार पर मेरे पिता की अंबर रंग की स्कॉच से भरी क्रिस्टल की बोतल रखी थी। रोशनी उसमें से होकर गुज़र रही थी और उसे एक मुकुट की तरह सुन्दर बना रही थी।

शाम को मेरे पिता के दोस्त नई पत्नी और बेटी से मिलने घर आए। उनका नाम कौशल अंकल था, और उन्होंने अनिश्चित से भाव से कमरे में मौजूद हम

दो महिलाओं के बीच देखा कि पहले किसका अभिवादन करें। उन्होंने पत्नी के हक़ में फ़ैसला किया, और अपने हाथों को जोड़ते हुए उनसे कहा कि उन्हें उनसे मिलकर बहुत ख़ुशी हुई। उन्होंने मेरे गाल और ठोड़ी की नोक पर चुटकी लेते हुए मुझे गले से लगा लिया।

हम हॉल में बैठ गए, और मेरे पिता स्कॉच और गिलास ले आए। मेज़ चांदी के कटोरों और आभूषणों की तरह चमकती चीज़ों से भरी हुई थी। मर्दों ने एक-दूसरे को टोस्ट किया जबकि नई पत्नी और मैंने टूटी-फ्रूटी पंच पिया। मेरे पिता के हाथ में गिलास अजीब-सा लग रहा था। उनकी कलाइयाँ कोमल और पतली थीं, और स्कॉच के वज़न से खिंचती हुई लग रही थीं।

किचन से तले हुए पकोड़े, समोसे और कोफ़्ते आ गए। नौकर ने एक ट्रे कौशल अंकल के आगे की, लेकिन मेरे पिता ने मुझे इशारा किया। 'सबको खाना दो,' उन्होंने कहा।

ट्रे उससे ज़्यादा भारी थी जितनी नौकर के हाथों में लग रही थी, और मेरे हाथ थोड़ा कांप गए। मैंने उसे कौशल अंकल की ओर बढ़ाया। वो हँसे और उन्होंने मुझे देखकर सिर हिलाया। ट्रे लेते हुए, उन्होंने उसे टेबल पर अपनी ड्रिंक के पास रख दिया और एक बार फिर मुझे गले से लगा लिया। उनके कंधे से पसीने और फ़िनाइल की गंध आ रही थी। उन्होंने मेरे सिर के पिछले भाग को थपथपाया और बोले, 'कितनी प्यारी बच्ची है तुम्हारी!'

उन्होंने मुझे घुमाया और अपनी गोद में बिठा लिया। उनका हाथ फिसलकर मेरी कमर पर आ गया। बाक़ी की पूरी शाम मैं वहीं रही, जबकि मेरे पिता अमेरिका के लिए अपनी योजनाओं और उस फ़्लैट के बारे में बात करते रहे जिसे वो किराए पर लेने का सोच रहे थे, और गर्म मौसम के साथ एडजस्ट करने को लेकर मज़ाक़ करते रहे।

मैं अब सोचती हूँ कि मेरे पिता ने मुझे ख़ुद यह क्यों नहीं बताया कि वो लोग जा रहे हैं, उन्होंने अपनी पत्नी से ऐसा क्यों करवाया। क्या नानी और माँ जानती थीं कि वो जा रहे हैं? मैंने अपनी नोटबुक में इसे अपने माता-पिता के तलाक़ के विवरण के बारे में पता न होने और उनकी शादी के बारे में कभी चर्चा न करने के साथ दर्ज किया है। शायद यह भी उसी भावना से उपजा होगा। शायद एक अमेरिकी से शादी करने के कारण मैं भूल चुकी हूँ कि कुछ विषयों पर चर्चा नहीं की जाती है। लेकिन उस समय मैंने इन सब चीज़ों के बारे में

नहीं सोचा। मैं दुखी थी, लेकिन मेरे पिता का मुझे न बताना ठीक ही लग रहा था। यह स्वीकार्य लग रहा था कि वो जा रहे हैं।

मेरे आने के ठीक एक हफ़्ते बाद, मेरे नाना मुझे लेने आ गए। उस दिन मैंने अपने पिता के सभी विचारों को एक परिधि के अंदर बंद कर दिया, वो क्षेत्र जिसमें बहुत कम जगह होती है, जिस पर ध्यान देने की कोई ज़रूरत नहीं होती है।

'तुम अपनी ब्रा इसी तरह पहनती हो?'

पूर्वी मुझे कपड़े पहनते देख रही है। वो मेरे तैयार होने से पहले आ गई थी और मेरे बेडरूम में चली आई थी।

शाम शुरू ही हुई है और आसमान फीके बैंगनी रंग का हो रहा है। मैं उसकी ओर से पलट जाती हूँ। मैं थकी हुई हूँ और मेरे चेहरे की मांसपेशियाँ मेरे विचारों को छुपा नहीं पा रही हैं।

जब मैं कपड़े पहन लेती हूँ, तो हम दोनों लिविंग रूम में अपने पतियों के पास चली जाती हैं।

मुझसे मिलते समय उसका पति विनम्र है, और हम साइड से एक दूसरे का आलिंगन करते हैं और वो मेरी पीठ को थपथपाता है। उसे क्रिकेट के साथ, जिसे उसने पहले ही चला लिया है, व्हिस्की पसंद है, और घर में घुसते समय वो हैंड सेनिटाइज़र की महक अपने साथ लाया था।

हम डिनर टेबल पर पहुँच जाते हैं। मैंने पक्का किया है कि खाने में कई चीज़ें हों—पूर्वी के पति को डिनर के समय कई विकल्प होना पसंद है। पापड़ी, कंटोला, सहजन, पत्तागोभी। टेबल के बीच में चिकन की भरी-भरी टांगें हैं, काली सिंकी और भाप छोड़ती, जिन्हें धनिये, लहसुन और मिर्च के मसाले में तैयार किया गया है। दिलीप के पास दही आलू का ढेर है। वो डिश और मेरी ओर से रुख़ फेर लेते हैं।

पूर्वी का पति पुणे में बड़ा हुआ, कॉलेज की पढ़ाई बंबई से की और फिर अपने पिता के बिज़नेस से जुड़ने के लिए वापस आ गया। उनकी कंपनी ने शहर का पहला मॉल डिज़ाइन किया था, एक चमकदार लाल बिल्डिंग—जो कि उनका विशिष्ट रंग है। अब सारे भारत में उनके मॉल हैं, जो कि एक ही ब्रांड का भाग हैं, जिनमें देश के कुछ बेहतरीन रिटेल आउटलेट हैं। वो अपना परिचय इसी तरह देता है, अपनी पृष्ठभूमि, अपने परिवार और उनकी अनुमानित संपत्ति की कहानी के साथ। वो अपने हर वाक्य के अंत में अपने गिलास में

बर्फ़ के एक बड़े क्यूब को खनखनाते हुए इस बात की भूमिका तैयार कर देता है कि वो किस तरह आंका और याद किया जाना चाहता है।

वो दिलीप से पूछता है कि क्या हमने कभी उसकी कार में ताले के मैकेनिज़्म पर ध्यान दिया है। जब दिलीप इंकार करते हैं, तो पूर्वी का पति ज़िद करता है कि हम डिनर के बाद उसे देखें।

'उनमें हीरे थे,' वो कहता है। 'असली हीरे। लेकिन फिर अंदाज़ा हुआ कि ये थोड़ा असुरक्षित है। हमारे पास इतने सारे ड्राइवर हैं।'

पूर्वी अपनी चपाती के कई टुकड़े करती है और उन्हें अपनी प्लेट में बिखेर देती है।

पूर्वी का पति सुझाव देता है कि हम अगले हफ़्ते किसी रात एक नए पांचसितारा होटल में डिनर के लिए चलें। 'वहाँ का खाना बेहतरीन है,' वो कहता है।

'हम वहाँ पहले भी साथ जा चुके हैं,' मैं उसे याद दिलाती हूँ।

वो मेरी ओर अपना गिलास उठाता है और चिकन की तारीफ़ करता है।

मैं उसे बताती हूँ कि चिकन मैंने नहीं पकाया है।

फिर वो मुझे अपने पिता की हालिया प्रॉपर्टी की ख़रीद के बारे में बताता है। वो प्रॉपर्टी एक ऐसी सड़क पर है जो मेरे नाना-नानी के घर से बहुत दूर नहीं है। उसके पिता ने एक सुन्दर, छोटी सी सोसाइटी में एक प्लॉट ख़रीदा और उस पर अपना सपनों का घर बनाना शुरू किया। लेकिन सोसाइटी ने निर्माण की ऊँचाई और साइज़ को लेकर यह कहते हुए शिकायत की कि इससे दूसरे घरों की रोशनी रुकती है। उसके पिता को काम रुकवाना पड़ा।

'मेरे पिता का दिल टूट गया,' वो कहता है।

वो अपना सिर लटका लेता है। पूर्वी खाँसती है।

मैं कहती हूँ कि उम्मीद है कि वो आख़िरकार अपनी पसंद का कुछ न कुछ बनवा ही लेंगे।

पूर्वी का पति हँसता है और रीफ़िल के लिए इशारा करते हुए अपना गिलास दिलीप को पकड़ा देता है। 'मेरे पिता की चिंता मत करो,' वो कहता है।

मैं समझाना चाहती हूँ कि मैं तो बस विनम्रता दिखा रही थी, कि उसके पिता के लिए मेरी चिंता एक सीखी हुई सामाजिक शिष्टता है, चेहरे की ऐसी

मुस्कान है जो आँखों तक नहीं पहुँचती। लेकिन मुझे लगता है कि उसे इन बारीकियों से कोई फ़र्क़ नहीं पड़ता, कि वो बस अपनी कहानी को आगे बढ़ाने के लिए मेरा इस्तेमाल कर रहा है।

वो कहता है कि उसके पिता के स्थानीय नेताओं और अनुमति बोर्डों के साथ क़रीबी रिश्ते हैं। क्लर्क उन्हें *सर* बुलाते हैं। पुलिस प्रमुख अक्सर उनके घर डिनर पर आता है। उस बिल्डिंग सोसाइटी को सज़ा दी जा चुकी है जिसने उन्हें रोकने की हिम्मत की थी। वो सज़ा का खुलासा नहीं करता है, लेकिन अपने पिता की चालाकी पर मुस्कुराता है, यह सोचकर कि यह ऐसी चीज़ है जिसे वो भी सीखने की उम्मीद करता है।

मैं कुछ कहती नहीं हूँ लेकिन मुझे समझ आ जाता है कि मेरा अंदाज़ा सही था, कि मेरी राय कहानी में बस एक रुकावट भर थी।

मुझे एक आश्चर्यजनक अहसास होता है कि जीवन छोटा है, कि मैं मिनटों को टिक-टिक करते महसूस कर सकती हूँ, कि मेरे पास ज़्यादा समय नहीं बचा है। मैं उनसे, पूर्वी और उसके पति से, थक चुकी हूँ। वास्तव में नहीं, बल्कि किसी और मायने में, कुछ घबराहट और बेचैनी जैसा। मैं चाहती हूँ कि वो चले जाएं, मैं चाहती हूँ कि उनकी बदबू मेरे घर से निकल जाए, मैं चाहती हूँ कि उनके कई गुणा हो गए शरीर मेरे आईनों से ग़ायब हो जाएं। एक साल पहले, बहुत ज़्यादा जिन पीने के बाद हमारे बीच बहस हो गई थी और शाम ख़त्म होने पर पूर्वी के पति ने मेरे चेहरे पर सिगार बुझाने की धमकी दी थी। अगले दिन हम ऐसे बन गए थे जैसे ऐसा हुआ ही नहीं था।

अगर मैं उनसे जाने को कहूँ तो पता नहीं क्या होगा, पता नहीं उससे कौन सी नई कहानी जन्म ले लेगी। वो कैसे जवाब देंगे? क्या वो दिलीप की ओर देखेंगे कि वो उनकी ओर से हस्तक्षेप करें? घर वापसी के दौरान कार में क्या बातें होंगी? और यह कहानी दूसरी डिनर पार्टियों में किस तरह दोहराई जाएगी?

मेरे अंदर एक उन्मादपूर्ण हँसी बुदबुदाती है लेकिन मैं उसे निगल जाती हूँ और थोड़ा हकला सी जाती हूँ। वो मुझे फैली हुई, चिंतित नज़रों से देखते हैं, वो घबरा रहे हैं कि कहीं मैं उल्टी न कर दूँ, उन्हें डर है कि वो जो खाना खा रहे हैं वो उसे चबाया और आंशिक रूप से पचा हुआ देखेंगे।

डिनर के बाद, आदमी फिर से क्रिकेट चला देते हैं। पूर्वी टीवी के सामने रुकी रहती है और जब एक भारतीय बल्लेबाज़ शतक बनाता है तो वो चीयर

करती है। वो हवा में अपनी मुट्ठी लहराती है और मुड़ती है, उसकी आँखें अपने पति पर हैं, और मुझे उनके बीच का वो गहरा रिश्ता दिखाई देता है जिसमें बाक़ी सभी चीज़ें दबा दी गई हैं।

पूर्वी का पति अपने लिए एक व्हिस्की और बनाता है और दिलीप की बांह थपथपाता है। 'मैं एक नए बिज़नेस में क़दम रखना चाहता हूँ।'

वो मेरे पति के क़रीब झुकता है और धीमी आवाज़ में बोलता है। वो कहता है कि फ़ार्मास्यूटिकल कंपनियाँ धीरे-धीरे ख़त्म हो रही हैं। नए अध्ययनों से पता चल रहा है कि हल्दी से, या गांजे से, सब कुछ ठीक किया जा सकता है। वो हाल ही में चीन गया था और उसने ऐसी प्रयोगशालाओं का दौरा किया जहाँ औषधीय मशरूम का उत्पादन किया जाता है। 'मुझे लगता है कि यह एक बड़ा बिज़नेस बनने वाला है।'

वो आगे को झुककर मुझसे पूछता है कि क्या मैं कभी भूटान गई हूँ।

मैं कहती हूँ कि मैं कभी नहीं गई।

वो कहता है कि मुझे जाना चाहिए, कि वहाँ रहस्यमयी चीज़ें होती हैं, पहाड़ों में, वृक्ष रेखा के ऊपर चमत्कार होते हैं, जहाँ ऑक्सीजन दुर्लभ होती है और पृथ्वी के सबसे हरे-भरे पौधे होते हैं।

वो कहता है कि वो हमें ले जाएगा, कि उसे वहाँ रहने वाले ख़ानाबदोशों के एक क़बीले ने आमंत्रित किया है। बौनों से भी छोटे आदमी, जो याक चराते हैं। अगर हम भाग्यशाली रहे, तो वो हमें पहाड़ों के रास्ते एक कवक की तलाश में ले जाएंगे, जो कि एक ऐसा चालाक प्राणी है जो कमलों से चिपक जाता है। एक बार संक्रमित हो जाने पर कमले अतृप्य ढंग से खाते हैं, और अपने रास्ते में आने वाली हर चीज़ से पोषण लेते हैं, कवक से पोषण लेते हैं, और आख़िरकार कोये बनाते हैं और उन्हीं में ग़ायब हो जाते हैं। लेकिन अंततः जीत कवक की ही होती है, और वो अपने शिकार के शरीर पर क़ब्ज़ा कर लेता है। जो बचता है वो सबसे दुष्प्राप्य मशरूम होता है—कोर्डीसेप्स।

वो पूर्वी को देखकर मुस्कुराता है और फिर दिलीप को देखता है।

चीनियों ने प्रयोगशालाओं में कोर्डीसेप्स बनाने का तरीक़ा खोज लिया है; वो टैंकों में ऊँचाई का प्रभाव पैदा करते हैं और उनसे सुपर कोर्डीसेप्स बनाते हैं, जैसे कोर्डीसेप्स केवल कैलाश पर्वत पर ही मिल सकते हैं, बल्कि केवल चाँद पर। वो कहता है कि हम मिलकर ढेर सारा पैसा कमा सकते हैं।

पूर्वी ताली बजाती है। 'क्या ख़्याल है, दिलीप?'

दिलीप एक ही साथ इक़रार और इंकार दोनों में सिर हिलाते हैं। 'मैं कुछ कह नहीं सकता। मुझे यह शाकाहारी नहीं लग रहा।'

पूर्वी का पति कमरे को पार करते हुए लड़खड़ाता है। वो मेरी ओर झुकता है। मैं उसकी सांस के हमले से बचने के लिए अपना मुँह फेर लेती हूँ।

'ट्राउट की एक प्रजाति होती है,' वो अपनी बात शुरू करता है, 'जो अमेरिका में पाई जाती है, जिसका पेट लाल होता है, और जो गहरे पानी में तैरती है। जब वो मछली एक ख़ास परजीवी के लिए पोषक बन जाती है, तो वो अपना अंधेरा घर छोड़ देती है और सतह पर आ जाती है। वहाँ वो धूप में फुदकती रहती है, रोशनी उसके लाल शल्कों पर पड़ती है जिससे पक्षी उसकी ओर आकर्षित हो जाते हैं। मछली पक्षियों का भोजन बन जाती है, और चालाक परजीवी पक्षियों की बीट के रूप में भूमि पर निकल जाता है, जहाँ यह प्रजनन करके एक बार फिर से अपना चक्र शुरू कर सकता है। परजीवी पृथ्वी पर सबसे बड़ा हथियार हो सकते हैं। उन्हें आनुवंशिक रूप से संशोधित करें तो वो अपने पोषकों को ज़ॉम्बियों में बदल सकते हैं।'

उस रात बिस्तर पर, मैं मौन हूँ। चट्टान की तरह निश्चल। दिलीप लंबा स्नान लेते हैं और गीले पैरों से कमरे में घूमते हैं। खिड़कियाँ मच्छरों को दूर रखने के लिए बंद कर दी गई हैं जो भोर में जाग जाएंगे।

वो मेरे पास लेट जाते हैं। हमने कई दिन से बात नहीं की है। आज रात, ख़ामोशी जीवित सी लगती है। मुझे विश्वास नहीं है कि क्या इसकी शुरुआत मैंने की थी, लेकिन यह ऐसी चीज़ लगती है जो मैं कर सकती हूँ। संदेह तेज़ी से आकर मुझे अपने नीचे दफ़्न कर देते हैं; शायद वो और मैं दरअसल वो थे ही नहीं जो मैंने सोचा था। मुझे लगता है कि अगर हम अपनी बातचीत शुरू न करें, अगर हम इस पर कभी ध्यान ही न दें, तो यह चला जाएगा।

अगर हम माँ के बारे में कभी बात नहीं करेंगे, तो उनका अस्तित्व ख़त्म हो जाएगा।

यही शायद उस तस्वीर का हो जो दिलीप को मिली थी, और उसके साथ जुड़े झूठों का।

अगर मुझे डर है, तो उम्मीद भी है।

लेकिन कमरे में कोई और चीज़ भी बढ़ती जा रही है, बिस्तर में। एक ऐसी भावना जिसे मैं ठीक से समझ नहीं पा रही हूँ। मैं कल्पना करने की कोशिश करती हूँ कि वो क्या सोच रहे हैं, वो क्या कहना चाहते हैं।

अगले दिन, दिलीप की माँ फ़ोन करती हैं।

मैं फ़ोन लगभग नहीं ही उठाती हूँ।

'मैं तुम दोनों को लेकर चिंतित हूँ,' वो कहती हैं। 'और अब तुम चाहती हो कि तुम्हारी माँ तुम्हारे साथ रहें? तुम्हें लगता है यह समझदारी का फ़ैसला है? क्या उन्हें अपने ही घर में नहीं रहना चाहिए, किसी लिव-इन नर्स के साथ? तुम घर से काम करती हो, क्या उनके घर पर होने से तुम्हें काम करने में दिक़्क़त नहीं हो जाएगी?'

कुछ दिनों के बाद, जब हमारी बोलचाल हो जाती है और अतीत मामूली और प्रबंधनीय लगने लगा है, तो मैं सोचते हुए कहती हूँ कि यह उथल-पुथल दिलीप के लिए क्या रही है, और यह मेरे लिए क्या रही है, और भविष्य में हम कैसे अपने बदले लेंगे और दूसरे को पश्चाताप कराएंगे।

वो ख़ामोश रहते हैं।

मैं कहती हूँ कि ये चीज़ें हमेशा जानबूझकर नहीं की जाती हैं, कि कभी-कभी हमारी हरकतें उन समीकरणों द्वारा निर्धारित होती हैं जिनमें हम बार-बार पड़ते रहते हैं। समस्या चाहे कितनी भी सरल हो, और समाधान चाहे कितना भी स्पष्ट हो, किसी कही गई बात और उससे उपजी ग़लतफ़हमी का एक अवशेष, एक अंश हमेशा बचा रह जाता है।

वो अपनी आँखें मलते हैं और कहते हैं कि वो अपने दिल में कभी इस तरह की दुश्मनी नहीं रखेंगे।

1989

नानी ने मुझे बताया था कि माँ ने एक खुट्टल पिन से ख़ुद अपनी नाक छेद ली थी, और वो सातवीं कक्षा में एक नहीं बल्कि दो बार फ़ेल हुई थीं। मेरी नानी के पास अपनी औलाद के बारे में एकमात्र सकारात्मक याद 1971 के युद्ध की थी, जब उनकी बेटी, जो तब तक कमउम्र और विनम्र थीं, ने हर कमरे की खिड़कियों पर टेप से ब्राउन पेपर चिपकाने में उनकी मदद की थी, ताकि इससे बचा जा सके कि सोते समय खिड़कियों के कांच अचानक उन पर बिखर जाएं।

मुझे वो समय याद है जब नानी मेरे सिर में तेल डालती थीं और मैं उनकी टांगों के बीच बैठी होती थी। तेल बहता हुआ मेरे गाल से होकर मेरी गर्दन तक पहुँच जाता था। वो मुझे अपने घुटनों में कसकर पकड़तीं और तेल को मेरे बालों में लपेट लेतीं। तेल उनके चूड़ीदार तक पहुँचता और टपककर फ़र्श पर गिर पड़ता।

'तुम्हारी माँ मुझे कभी ऐसा नहीं करने देती थी। वो टिककर बैठती ही नहीं थी, कहती थी कि उसे तेल की गंध बुरी लगती है। ज़रा सोचो। मैं उससे कहती कि इसे एक रात लगा रहने दे और फिर धो ले। वो कभी नहीं सुनती थी। इसीलिए उसके बाल ऐसे हो गए हैं। लेकिन तुम अपनी माँ को तो जानती ही हो। अड़ियल है।'

मैं जानती थी कि मेरी ख़ामोशी को मेरी सहमति के रूप में सुना जाएगा, लेकिन यह समय हम सभी के बीच अनिश्चित से समझौतों का था।

नानी शायद बोर्डिंग स्कूल में मेरे संक्षिप्त निर्वासन की ज़िम्मेदार रही हों, लेकिन कुछ भी साबित नहीं किया जा सकता। बाद के वर्षों में, घर के बड़े एक दूसरे

पर उँगलियाँ उठाते रहते थे। मेरे नाना सबसे मुखर रूप से कहते थे कि वो शुरू से ही इस विचार के ख़िलाफ़ थे, हालांकि मुझे याद है कि जुलाई 1989 की एक सुबह को उन्होंने ही मुझे फिर से छोटा नीला सूटकेस पेश किया था।

हम चारों उनकी लाल मारुति 800 में ठुँस गए, और पंचगनी की ड्राइव पर निकल पड़े। कार पहाड़ों के घुमावदार किनारों को चूम रही थी, और ज़्यादातर रास्ते बारिश होती रही, जिससे खिड़की से नज़ारा धुँधला रहा था। सीट पर मेरे और नानी के बीच एक थर्मस और सैंडविचों का एक स्टील का डिब्बा था। संकरे तीखे मोड़ आना जारी रहे और मेरा जी मिचलाने लगा। बाहर मेरी नज़र घुटनों तक कीचड़ में खड़ी एक औरत पर पड़ी। पंचगनी की ज़मीन पानी और पौधों के सत से भरी थी।

जब मुझे बताया गया कि मैं कहाँ जा रही हूँ तब तक हम कार में बैठ चुके थे। मेरे अंदर घबराहट भर गई। मैंने अपने शरीर को सीट पर फैला दिया। मुझे समझ नहीं आ रहा था कि मैं इतने समय तक घर से दूर रह भी सकूँगी। मैंने इस सफ़र के लिए पैकिंग भी नहीं की थी। आश्रम वाले वो बुलबुले भी मेरे हलक़ में वापस आ गए, और कार के साथ उछलते हुए मेरा गला घोंटने लगे। अगले झटके पर, मैंने ख़ुद पर उल्टी कर दी।

मेरे नाना ने खिड़कियाँ खोल दीं और *अमर अकबर एंथनी* की धुन गुनगुनाने लगे। नानी ने नैपकिन्स की मदद से मेरे कपड़े साफ़ किए। 'तुम्हें किताबों पर काग़ज़ के कवर चढ़ाना आता है?' उन्होंने पूछा।

हमने कार रोकी और मैंने अपने ऊपर पहाड़ की हवा महसूस की। मेरे कपड़ों के नीचे मेरी त्वचा चुभ रही थी। बदबूदार गीला पैच और गीला लग रहा था। मैं कार से बाहर निकली और मेरे जूतों में कीचड़ भर गई। माँ ने अगली सीट की खिड़की से मेरी ओर देखा और मुँह फेर लिया। नानी ने मेरी पीठ थपथपाई, और पूछा कि क्या अभी और उल्टी करनी है। मैंने कहा हाँ, कि बुलबुले अभी भी मेरे साथ हैं, और मेरे मुँह के पिछले भाग में भरे हुए हैं। लगता था जैसे वो मेरे टॉन्सिल्स को खुरच रहे हैं। मैंने अपनी ज़बान को अपने हलक़ पर फेरा, लेकिन बुलबुले अपनी जगह से नहीं हिले। मैंने अपनी उँगलियाँ डालकर अपने टॉन्सिल्स को छुआ। मुझे एक बार फिर से उबकाई आई।

आँख खुली तो मैंने एक ईंट से बनी इमारत और एक ढलवां छत देखी जो आंशिक रूप से पेड़ों से ढकी हुई थी। पुर्तगाली टाइलों के पैटर्न। मैंने अपनी उँगलियों को हरे हीरों पर फेरा। नाना सफ़ेद ड्रेस पहनी एक झुकी हुई महिला के साथ खड़े थे।

'सिस्टर मारिया थेरेसा,' नन ने कहा। वो नाक सुड़क रही थीं और चलते समय ख़तरनाक ढंग से दाईं ओर झुकी हुई थीं, और ऐसा लगता था जैसे अपने चोग़े के नीचे उन्होंने एक और सिर छुपा रखा हो।

दीवारों के भीतर, स्कूल उससे भिन्न था जैसा सामने से दिखाई देता था। लाल ईंट की जगह कालिख भरे आंगन ने ले ली थी। कुछ दूरी पर पेड़ों से छोटे-छोटे बंदर लटक रहे थे। पिछले गेट से बाहर की ज़मीन बल खाती हुई एक तंग सी घाटी में जा मिली थी। रास्ते के किनारे मिट्टी के गमले सूखी झाड़ियों से भरे हुए थे। चंपा के पेड़ों में फूल नहीं थे। नेवी ब्लू स्कर्ट और ब्लाउज़ पहने लड़कियाँ पास से गुज़र रही थीं। उनके जूते पॉलिश किए हुए थे और चलते समय उनकी चमकदार चोटियाँ सीधी लटकी हुई थीं।

'पिछले साल छात्रावास में आग लग गई थी,' नन ने समझाया। 'उसके पुनर्निर्माण तक लड़कियाँ जिम्नेज़ियम में रह रही हैं।'

जिम्नेज़ियम के ब्राउन डबल दरवाज़ों के आगे, हॉल के एक ओर से दूसरी ओर तक बिस्तरों और अल्मारियों की चार क़तारें लगी हुई थीं। रात को बिस्तर काली वर्दियों और कसकर बंधे बालों वाली लड़कियों से भर जाते होंगे।

'यह अच्छी लग रही है,' नानी ने कहा। उन्होंने बेड पर बिछी चेक की चादरों को छुआ। माँ धप से एक बेड पर बैठ गईं। वो दिन के अधिकतर भाग में कुछ भी नहीं बोली थीं, और उन्होंने अपनी नज़रें अपने पैरों पर टिकाए रखी थीं। उनका मुँह शांत और सपाट था।

डाइनिंग रूम मुख्य बिल्डिंग के नीचे एक बड़ी सी बिना खिड़की वाली गुफा थी। मुझे तीखी गंध से उल्टी आ गई।

'लगता है मछली की आदी नहीं है,' नन ने कहा।

कुछ घंटे बाद, लाल कार धूल उड़ाती, सड़क पर मुझसे दूर जा रही थी। मैंने कल्पना की कि माँ ने पलटकर देखा होगा, और इशारे से मुझसे कहा होगा कि मैं उनकी ओर दौड़ी चली आऊँ। जब मैंने अपनी आँखें मलीं और उनकी ओर देखा, तब तक वो जा चुकी थीं।

बोर्डिंग स्कूल में बीते मेरे वर्ष वो आख़री मौक़ा थे जब हम अलग रहे, जब तक कि मैं काफ़ी बड़ी नहीं हो गई और अपनी मर्ज़ी से, उनकी इच्छा और सहमति के बिना चली गई—लेकिन उस समय हम यह नहीं जानते थे, क्योंकि तब हम केवल बीते समय के बारे में जानते थे, जब ख़तरे में *मेरी* इच्छा और मर्ज़ी थी। जब मैं पुणे वापस आई, तो मैं एक अजनबी की तरह अपनी माँ के नए घर में घुसी थी।

बोर्डिंग स्कूल में, मैंने फ़ैसला किया कि अपने सामान को हल्का और सीमित रखूँ। मैंने सामान को इस हद तक कम कर दिया कि अगर मुझे जाना पड़े तो मेरे पास बस ज़रूरी सामान हो। मैंने हर चीज़ पर सोचा, उसकी प्राथमिकता तय की, और जीवन में स्थिरता के लिए आवश्यक वज़न की कमी थी, जिससे दबाव में हुए बदलाव के कारण मुझ पर घुटन सवार रहने लगी।

जब मैंने डॉरमिटरी में सामान खोलना शुरू किया, तो बाईफ़ोकल्स लगाए एक पतली सी लड़की मेरे बिस्तर पर बैठ गई। मेरा शरीर इतनी बुरी तरह कांप रहा था कि मैं उसे रोक ही नहीं पा रही थी। इसके विपरीत, वो लड़की शांत और सहज थी। उसने अपने मोज़े घुटनों के ऊपर तक चढ़ाए हुए थे, और उसके मुँह के ऊपर एक छोटा-सा घाव था।

'मैं मिनी मेहरा हूँ। मेरा बेड तुम्हारे बग़ल में है।'

मिनी ने बताया कि सेंट अगाथा कॉन्वेंट में ज़िंदगी सभी चीज़ों में वर्णानुक्रम में चलती है। लांबा और मेहरा तब तक एक-दूसरे के बग़ल में रहेंगी जब तक वो दोनों स्कूल में रहेंगी, या फिर जब तक उनके बीच कोई और एल या एम न आ जाए। वो महाबलेश्वर की रहने वाली थी, और अपने भाइयों और माता-पिता के साथ एक सेमी-डिटैच्ड घर में रहती थी। खाने पर उसने मुझे दिखाया कि मछली के स्वाद को छिपाने के लिए उसे पीली दाल में कैसे ढकना है। उसने बताया कि लंबोतरे गोले उबले अंडे होते हैं, जिन्हें छीला जा सकता है और ये थाली की सबसे स्वादिष्ट चीज़ होते हैं। लंच के बाद, मैंने अपने पेट की सामग्री को एक फूलदान में ख़ाली कर दिया।

समय के साथ, कुछ चीज़ें मैंने ख़ुद सीख लीं। हमें सप्ताह में दो बार गुनगुने पानी से नहाने की अनुमति थी, चाहे मौसम कोई भी हो, लेकिन हम अपने बाल सिर्फ़ एक बार ही धो सकते थे। हर छह महीने में, चम्मच भर के

अरंडी का तेल पिलाया जाता था ताकि क़ब्ज़ से निपटा जा सके, जिससे छात्राएं और टीचर्स समान रूप से पीड़ित रहती थीं। मैंने अपने जूते साफ़ करना, फ़ीते बांधना, बालों की चोटी बांधना और अपना बिस्तर ठीक करना सीख लिया था।

हेडमिस्ट्रेस मारिया थेरेसा का एक और नाम भी था जो उन्हें छात्राओं ने दिया था—उन्हें टैरर के नाम से जाना जाता था, और सेंट अगाथा में अपने दूसरे ही दिन मुझे इसका कारण भी पता चल गया। जब दूसरी छात्राएं इतिहास, विज्ञान, अंग्रेज़ी और गणित पढ़ रही थीं, तब मुझे उनके साथ एक छोटे से ऑफ़िस में बंद होना था। उसकी गहरे रंग की लकड़ी की मेज़ के पीछे एक बड़े, सादे से सलीब के नीचे एक युवती की तस्वीर थी जिसका शरीर एक मोज़े जैसी ड्रेस में ठुँसा हुआ था। काली त्वचा वाली यह लड़की थोड़ी तिरछी सी खड़ी थी। उसके लाल होंठ मुस्कुरा रहे थे, और खिड़की से आती धूप ने उसके चेहरे के बाएं हिस्से को ढक दिया था। वो एक जैसी दिखती थीं, लेकिन इतनी भी नहीं कि उनमें आपस में रिश्तेदारी हो। मैंने उस कमरे में अपने पहले ही दिन उस तस्वीर को देखा था और मैं तभी नन से पूछना चाहती थी कि वो लड़की कौन है, लेकिन फिर मैंने कुछ समय बीतने तक, जब तक हमारे बीच एक दोस्ताना तालमेल न बन जाए, इंतज़ार करने का फ़ैसला किया। आगे चलकर मुझे इच्छा होती थी कि काश मैंने शुरुआत में ही इस अवसर का लाभ उठाया होता।

'मुझे समझ नहीं आता है कि कैसे कोई लड़की तुम्हारी तरह लंबी-चौड़ी और भारी-भरकम बन सकती है मगर पढ़ना नहीं जानती,' उन्होंने कहा।

मैं यह सोचकर इंतज़ार करती रही कि पता नहीं मुझे जवाब देना चाहिए या नहीं।

'तुम्हारे फ़ॉर्म में तुम्हारी माँ का नाम और तुम्हारे पिता का नाम है, लेकिन तुम्हारे नाम में तुम्हारी माँ का नाम है। ऐसा क्यों है?'

मैंने अपना मुँह खोला लेकिन मेरी जीभ जैसे चिपक गई थी।

'कोई बात नहीं। मैं अनुमान लगा सकती हूँ कि जवाब क्या होगा। अपनी अक्षरों और कहानियों की किताब खोलो।'

मैंने छोटे से ढेर में टटोला और मुझे किताब मिल गई। इससे पहले कि मैं किताब को पूरी तरह खोल पाती, उन्होंने अपना हाथ मेरे हाथ पर मारा।

'यह क्या है?'

किताब पर काग़ज़ का कवर चढ़ा था। कवर भद्दे ढंग से चढ़ाया गया था। मिनी ने मुझे सबसे तेज़ तरीक़ा समझाने की कोशिश की थी। किताब के पहले पन्ने पर पेंसिल से लिखे अक्षर थे, जिनसे शायद कोई वाक्य बन रहा होगा।

'यह तुमने लिखा है?'

'नहीं।'

'तुम्हें लिखना आता है? तुम झूठी हो क्या?'

'नहीं।'

उन्होंने हाथ बढ़ाकर मेरा गाल नोच दिया, अपनी उँगलियों के बीच मेरी खाल को मरोड़ डाला। मुझे उनके नाख़ून धंसते महसूस हुए।

'एक-एक पन्ने को पलटकर हर निशान को मिटाओ। जब तुम्हें ये किताबें दी गई थीं तब एकदम साफ़-सुथरी थीं। तुम इन्हें साफ़-सुथरा ही रखोगी।'

मैंने जल्दी-जल्दी लेकिन कोमलता से पन्ने पलटना शुरू किया, ताकि उन्हें पता चल सके कि मैं किताब और उसकी जिल्द का सम्मान करती हूँ। वो दरवाज़े को ज़ोर से बंद करते हुए ऑफ़िस से चली गईं। वो ग़लत थीं, किताबें साफ़-सुथरी नहीं थीं। कुछ किनारे मुड़े, अंदर की ओर घूमे हुए थे। कोनों में आड़ी-तिरछी रेखाएं थीं। मैं सोच रही थी कि मुझसे पहले कितनी लड़कियों ने इसी किताब को पढ़ा होगा, और यहाँ ऑफ़िस में बैठी होंगी। अपने जलते गाल को सहलाते हुए मुझे अहसास हुआ कि ये चार साला बच्चियों के नीलनिलउए रहे होंगे। मेरी उम्र तक वो सब किताबें पढ़ने, पहाड़े याद करने लगी होंगी।

मैंने एक पेज खोला जिस पर हरे और नीले, आकाश और घास के मैदान थे। तस्वीर को पढ़ना सरल था। मैंने नीचे लिखे काले अक्षरों पर अपनी उँगलियाँ फेरीं। वो कुछ भी कह रहे हो सकते थे। चित्र के बीच में मोटे, चौड़े तने वाला एक पेड़ था; चिकना, पुणे में मेरे देखे किसी भी पेड़ से उलट। पेड़ के नीचे एक लड़की थी। उसने अपने हाथ में एक गोल, नारंगी गेंद पकड़ी हुई थी। चित्र के कोने में एक मोटा, गाढ़ा निशान था। मैंने उस पर इरेज़र चलाया तो वो धुँधला पड़ने लगा और अपने साथ थोड़ा-सा आसमान ले जाने लगा। मुझे वो निशान समझ नहीं आया। वो बेतुका लगता था। वो न तो कुछ कहता था न ही उसके कोई मायने थे। वो बस चमकीले नीले को फाड़कर उसके दो

भाग कर रहा था। लड़की के हाथ वाली गेंद पर रेखाएं थीं। एक और रेखा किसी को पता नहीं चलेगी। मैंने पेंसिल को गेंद के केंद्र में लाकर उसे किनारे तक खींच दिया। और अब एक रेखा खिंच चुकी थी। कोने में बनी उस व्यर्थ की रेखा जैसी, लेकिन इस नई रेखा को चित्र में एक घर मिल गया था और यह वहाँ बिना कोई परेशानी खड़ी किए रह सकती थी। एक और रेखा लड़की की पीली ड्रेस पर एस के आकार की झालर में मुड़े कॉलर के चारों ओर बनाई जा सकती है। मैंने झालर की एक तह जोड़ दी।

मेरी चोटी में एक झटके ने मेरे सिर को पीछे झटक दिया। मैंने छत को देखा। मुझे सिस्टर मारिया थेरेसा का चेहरा दिखा। उनके मुँह के एक ओर थूक जमा हो गया था।

'मैंने तुमसे निशान मिटाने को कहा था और तुम क्या कर रही हो?' वो लड़खड़ाती हुई आगे आईं और पेज को घूरकर देखने लगीं। 'अभी तुम्हारा पहला ही दिन है और अभी से बदमाश बनी हुई हो?' उन्होंने मेरे हाथ से पेंसिल लेकर किताब की ओर इशारा करते हुए कहा।

मैंने रगड़ना शुरू किया लेकिन रेखा मिटने का नाम ही नहीं ले रही थी। नीली वाली के उलट, पीली वाली मटमैली, लगभग हरी हो गई। लड़की की ड्रेस गले पर धुँधली पड़ गई। मैंने रगड़ना बंद किया और अपने हाथ टेबल पर रख दिए। मैं पसीने से नहा रही थी। सिस्टर मारिया थेरेसा ने झुककर तस्वीर को देखा और, बिना चेतावनी के, पेंसिल को मेरी हथेली के पिछले भाग में धंसा दिया।

हम दोनों ने मेरे हाथ को देखा, चित्र की घास में खड़े पेड़ की तरह मेरे हाथ में खड़ी पेंसिल को देखा। उस प्रवेश द्वार पर लगे झंडे की तरह, जहाँ माँ मुझे छोड़कर गई थीं। मैं चिल्लाई, पहले उस नज़ारे पर, लेकिन मुझे तब तक कुछ महसूस नहीं हुआ जब तक एक ऐसा दर्द मेरी पूरी बांह में लहराता नहीं चला गया जैसा इससे पहले कभी महसूस करना मुझे याद नहीं था।

सिस्टर मैथिल्डा, जिन्होंने दवा दी, ने दो रूइयों से यह भी चैक किया कि कहीं हाथ के अंदर कोई अंश तो नहीं रह गए। वो विनम्र थीं, लेकिन उन्होंने मुझे उससे ज़्यादा नहीं छुआ जितना उन्हें छूने की ज़रूरत थी। मेरे हाथ पर पट्टी बांधने के बाद, मुझे बाहर कर दिया गया।

'क्या हुआ तुम्हें?' मिनी ने पूछा।

'टैरर,' मैंने न रोने की कोशिश करते हुए कहा।

जब मैंने मिनी को अपने हाथ में बने छेद के बारे में बताया, तो मिनी का मुँह अंग्रेज़ी के 'ओ' में बदल गया। 'उन्हें ऐसा करने की छूट नहीं है।'

मैंने अपने हाथ को धीरे से बंद किया और खोला। मैंने अभी ग़ुस्सा होना नहीं सीखा था।

अगली सुबह, सिस्टर मारिया थेरेसा ने मुझे पढ़ाना शुरू कर दिया। हम दोनों में से किसी ने भी पिछले दिन का कोई ज़िक्र नहीं किया। जिस दिन मैं धीमी होती, और उनकी गति के साथ नहीं चल पाती, उस दिन वो अपने नाख़ून मेरी त्वचा में गड़ा देतीं, हर बार मेरे शरीर पर किसी नई जगह को खोजकर। अगर मुझमें या मेरे काम में फूहड़पन होता, तो मेरे पोरों पर या मेरी पिंडलियों के पिछले भाग पर पैमाने का इस्तेमाल किया जाता था। मैंने *पाप* जैसे शब्द सीखे। मैंने सीखा कि स्वच्छता का नहाने से कोई संबंध नहीं है।

हम लड़कियों के बाथरूम में एक मद्धम सी लाइट थी, भले ही बाहर सूरज चमक रहा हो। मेरे पैरों के नीचे टाइलें गीली थीं, और मुझे लाई, साबुन और एक नमी की सी महक आ रही थी जो शॉवर स्टालों के लकड़ी के दरवाज़ों में घुस गई थी। नाली के चारों ओर काला घेरा था, जहाँ बरसों से गंदगी घिरकर आती और फिर छेद के नीचे ग़ायब होती रही थी। मैं स्टाल में नंगी खड़ी थी। मिनी कपड़े पहने हुए थी, लेकिन हम दोनों में से किसी ने भी इस पर कोई बात नहीं की। उसके चश्मे का दायां हिस्सा नीचे को फिसला और उसके गाल पर टिक गया, और मैं यह देखने के लिए उसके चेहरे को थोड़ी देर तक देखती रही कि क्या वो टेढ़ा है।

मुझे नहीं पता था कि वो मेरे साथ-साथ अंदर क्यों चली आई थी। उसने उल्टी रखी बाल्टी को सीधा किया और नल चला दिया। पानी हिंसक रूप से स्टील से टकराया। मैंने उसे भरते देखा और फिर उसके आधा भरने पर हाथ बढ़ाकर नल बंद कर दिया। मैं जानती थी कि हमें बस इतने की ही इजाज़त है। आधी बाल्टी पानी, गुनगुना। लेकिन मिनी ने मेरी कलाई को छुआ और अपनी यूनिफ़ॉर्म की जेब से एक लंबा स्टॉकिंग निकाला। मैंने उसकी ओर देखा और पलकें झपकाईं; मैं सोच में थी कि उसने उसमें और क्या-क्या चमत्कार छिपा रखे हैं। उसने स्टॉकिंग की इलास्टिक की कमर को टोंटी के चारों ओर फ़िट किया और नायलोन के पैर को बाल्टी में डाल दिया। मेरे चेहरे की ओर देखते

हुए उसने गर्म पानी के नल को पूरे प्रेशर से चला दिया। पानी बिना आवाज़ के बाल्टी में आता रहा।

'लांबा, क्या तुम अंदर हो?'

मेरी आँखें फैल गईं और मेरा पेट धंस गया।

'हाँ।' मेरी आवाज़ किकिया गई थी।

मैंने टैरर के क़दमों की स्टाल के क़रीब आती आवाज़ सुनी। मिनी ने अपनी उँगली होंठों पर रखी और बिना आवाज़ किए स्टील की बाल्टी में चढ़ गई। पानी अपनी जगह से हट गया। नल बहता रहा।

टैरर झुकीं तो मुझे उनकी सांस महसूस हुई। उन्होंने स्टाल के नीचे के छोटे से गैप से देखा और उन्हें मेरे पैर और बाल्टी का निचला भाग दिखाई दिया। वो सीधी हुईं तो मुझे उनके घुटनों के चरमराने की आवाज़ सुनाई दी।

'बहुत देर मत लगाना,' उन्होंने कहा।

फिर मैंने गलियारे में उनके क़दमों के ग़ायब होने की आवाज़ सुनी।

मिनी और मैं कुछ देर तक और खड़ी रहीं, मैं अभी भी नग्न, और वो यूनिफ़ॉर्म में, जो अब मेरे नहाने के पानी में घुटनों तक डूब चुकी थी।

एक रात, मैं अपने बेड पर लेटी अंधियारी छत को घूर रही थी। उस कमरे के बाहर फेनिल आसमान था।

'मिनी,' मैंने कहा। 'मुझे नंबर एक को जाना है।'

'तो जाओ ना,' वो बड़बड़ाई।

मुझे भुतहा पेड़ों और रोते हुए जानवरों की आवाज़, और ठंड के बीच से गुज़रते हुए अंधेरे रास्ते पर काफ़ी दूर तक जाना था।

'मिनी, मेरे साथ चलो।'

मिनी ने बड़बड़ाते हुए अपना मुँह फेर लिया।

मैं वापस लेट गई। मेरी उँगलियाँ और पैर जमे जा रहे थे, लेकिन मेरे शरीर में पसीना फूट आया था। मैंने अपने पैरों को आपस में कस लिया और मुझे अपने पूरे पेट पर दबाव महसूस हुआ। अगर मैं अपनी आँखें बंद करती,

तो मुझे अंधेरी होती रात में दूध की तरह बहता, रोशन होता आसमान लगभग दिखाई देने लगता। तारे टिमटिमाने लगे। मुझे अपना चेहरा शिथिल होता, मुँह खुलता और आह निकलती महसूस हुई।

अगली सुबह अपनी साइड में एक तीखी चुभन से मेरी आँख खुली। सवेरे की विशुद्ध रोशनी मेरे चेहरे को गर्म कर रही थी। मैंने आँखें खोलीं तो एक मज़बूत ठोड़ी और भारी जबड़ा मेरे ऊपर मंडरा रहा था।

'गंदी हिन्दू। देख तूने क्या गंद फैलाई है।'

मैं अपने भीगे हुए बेड के बीच में लेटी हुई थी।

उस सुबह, मैं जिम्नेज़ियम के दरवाज़े पर अपने सिर के ऊपर गंदी चादरें पकड़े खड़ी थी। मेरे गोरों गें जलन हो रही थी और मेरा जी कर रहा था कि उन्हें चाट लूँ। मेरी बांहों से जैसे सारा ख़ून निकल चुका था। मेरा शरीर थरथरा रहा था। मेरी क्लासमेट मेरे पास से गुज़रते हुए, तेज़ी से अपनी पहली क्लासों की ओर जा रही थीं, और मुँह बंद किए खी-खी कर रही थीं। ये लड़कियाँ अभी तक मुझे जानती नहीं थीं। हालांकि मैं उनके बीच महीनों से रह रही थी, लेकिन मैं अलग-थलग रहते हुए दिन बिताती थी। वो जानती थीं कि मैं भिन्न थी, धीमी थी।

सभी पिटाइयाँ बुरी नहीं होती थीं। कभी-कभी उनके ज़रिए ही हम दोस्त बनाते थे। हम अपनी उँगलियों और कलाइयों पर पड़ी लाल धारियों की तुलना करते थे। वो हमारी अंगूठियाँ और चूड़ियाँ होती थीं। हथेलियों के पीछे और पिंडलियों की चोटें ज़्यादा गहरी हो जाती थीं। वो हमारी मेहंदी होती थी। हर हफ़्ते सबसे गहरी मेहंदी वाली लड़की दुल्हन होती थी। हम उसे सम्मान देते और कहते कि वो अपनी सास की मनपसंद होगी। सबसे ज़्यादा अंगूठियों और चूड़ियों वाली लड़की हमारी रानी होती थी। जब हम उसके पास से गुज़रते, तो हम उसके हाथ को झुककर सलाम करते चूमते, और उसके हर आदेश का पालन करते थे।

हमारे इतवार मास में गुज़रते थे। मैं स्त्रोतों के शब्दों के साथ अपना मुँह चलाती थी, लेकिन अपने मन में दूसरी प्रार्थनाएं बोलती थी। प्लास्टर में पीले से दिखते जीज़स मुझे अपनी वेदी से नीचे देखते थे। मैं अन्य देवताओं से बात करती, जिन्हें नानी ने मुझे घर पर दिखाया था, लेकिन हिन्दी में ताकि वो समझ सकें।

मैंने इतनी अच्छी तरह, इतनी बारीकी से ड्रॉइंग करना सीख लिया कि टैरर अब मेरे निशान नहीं देख पाती थीं। मैंने पढ़ना, लिखना, ग्रहों के नाम और अंशों को गुणा करना सीख लिया था।

कुछ रातों को, मैं जिम्नेज़ियम के एक कोने में बैठ जाती और सीधे फ़र्श पर ही पेशाब कर देती। पेशाब के छींटे मेरे नंगे पैरों पर पड़ते, लेकिन मैंने ख़ुद को इसके बारे में न सोचना सिखा लिया था। जल्द ही ननों का ध्यान उस जमा पानी पर जाने लगा और उन्होंने बीच रात में जिम्नेज़ियम की निगरानी करना शुरू कर दिया; अपने सफ़ेद नाइटगाउनों में वो भूतों की तरह अंदर-बाहर आती-जाती रहती थीं। ऐसे मौक़ों के लिए, मैंने अपनी एड़ी को ऊपर करके अपनी टांगों के बीच पेड़ू की गहराई में दबाना सीख लिया था।

मैंने अपने शरीर को नियंत्रित करना सीख लिया। मैं कितनी बार नहाऊँगी, यह इस पर निर्भर करता था कि मुझे कितना पसीना आएगा। मैं कितनी बार पेशाब करूँ, यह इस पर निर्भर करता था कि मैं कितना पानी पियूँ। मेरा एक भाग सीलबंद हो गया था। कम अंदर जाता और कम बाहर आता।

'तुम्हें क्या दिक़्क़त हो रही है?' मिनी ने पूछा।

मैंने अपना सिर हिलाया, लेकिन एक डूबने के से अहसास ने मुझे नीचे खींच लिया। डाइनिंग हॉल का फ़ोकस खोने लगा। मेरे पैरों का पिछला भाग फिसलकर कुर्सी से रगड़ गया। कमरे में अंधेरा छा गया।

मैं जागी तो मैंने पाया कि मेरी नाक ज़मीन से लगी हुई है। जहाँ तक मैं देख सकती थी, मुझे दर्जनों चमकदार काले जूते दिखाई दे रहे थे। बड़बड़ाहटें और हँसी। एक ठंडे हाथ ने आकर मेरे माथे को छुआ। मैंने नसों भरी कलाई को ऊपर तक देखा और अपने ऊपर एक नन के चेहरे को देखा।

'नर्स को बुलाओ।'

नर्स ने मेरा बुख़ार जांचने का प्रोटोकॉल शुरू किया, लेकिन मेरे गहरे लाल पेशाब को देखकर उसने चिल्लाकर हेडमिस्ट्रेस को आवाज़ दी।

'इंफ़ेक्शन,' उसने कहा।

मुझे स्थानीय अस्पताल में भर्ती करा दिया गया, जहाँ देसी डॉक्टर ने मुझे तेज़ एंटीबायोटिक दवाइयाँ दीं। मैं तीन दिन तक अस्पताल के नीले कमरे में

रही। मेरी नाक ब्लीच और नैफ्थलीन की गोलियों की गंध से जलती रही, जो नालियों के ऊपर पड़ी थीं।

माँ और नाना को बुलाया गया। वो आए और अपने साथ पुणे की महक लाए। नाना ने मुझे देखकर अपना सिर झटका। माँ रोने लगीं।

'हम इसे घर ले जा रहे हैं,' वो बोलीं।

जब मुझे अस्पताल से छुट्टी मिली, तो मैं स्कूल वापस आई लेकिन बस अपना सामान लेने के लिए। एक छोटा-सा नीला सूटकेस। कुछ ड्रॉइंग जो मैंने बनाई थीं। मैंने उन्हें नाना-नानी के फ़्लैट के उस कमरे में लटका दिया जिसमें मुझे अपनी माँ के साथ रहना था।

किसी ने कभी मुझसे यह नहीं पूछा कि क्या हुआ था, मेरा इतना वज़न और बाल क्यों कम हो गए, या मेरे बाएं हाथ के दोनों ओर गोल दाग़ क्यों थे। ज़िंदगी इस तरह चलती रही जैसे कुछ बदला ही न हो। शायद एक मायने में यह सच भी था। हम सब अलग-अलग वास्तविकताओं में जीते रहे।

नानी मुझे खाने के लिए मनाने में काफ़ी समय बिताती थीं। जब मैं उनसे कहती कि मुझे भूख नहीं है, तो वो कहतीं कि वो मुझे ले जाने के लिए किसी को बुला लेंगी। किसी डॉक्टर को, किसी पुलिस वाले को, किसी दैत्य को। किसी आदमी को। हमेशा किसी आदमी को।

यह बड़ा अटपटा-सा क्षण होता था—मैं इसके लिए बहुत बड़ी थी, इतनी बड़ी कि मैं जानती थी कि उनकी चेतावनी में कुछ बनावटी-सा था। सबसे बढ़कर, मैं उस सज़ा के विवरण, उस दर्द या अपमान की बारीकियों को लेकर उत्सुक थी जिसकी मुझे अपेक्षा करनी चाहिए थी। मैं पूछना चाहती थी कि वो मुझे ले जाएगा और फिर क्या करेगा। जहाँ तक मेरा सवाल था, मैं उनकी धमकियों के क्षितिज के ऊपर, उनके दूसरी ओर देख सकती थी—मैं वहाँ जा चुकी थी, उस जगह जिसकी ओर वो केवल इशारा करती थीं, लेकिन मुझे लगता था कि इसकी सच्चाई से वो डर जाएंगी। इसलिए मैं अपना खाना खा लेती थी, और उन्हें विश्वास करने देती थी कि मैं डर गई हूँ।

अब माँ के साथ लगभग हर रोज़ कोई न कोई घटना होती है।

उन्हें पता ही नहीं होता कि मूँग किसने भिगोई थी। फिर भी, हर सवेरे, मूँग भीगी होती है। पर यह क्यों होती है? कभी-कभी उन्हें उसे भिगोना याद होता है लेकिन यह याद नहीं होता कि किसलिए भिगोई थी। चीले के लिए? दाल के लिए?

ऐसा ही लॉन्ड्री बास्केट के कपड़ों के साथ होता है। उन्हें लगता है कि कोई उनके घर में रह रही है, उनकी चीज़ें इस्तेमाल कर रही है। यह दूसरी औरत कौन है? वो कोई एक है या कई हैं? वो महीने की पहली तारीख़ को काम वाली को दो बार तनख़्वाह देती हैं। जब तक मैं इस ग़लती को दुरुस्त नहीं कर देती, काम वाली अस्वाभाविक रूप से ख़ुश रहती है।

मैं इस बारे में दिलीप को नहीं बताती। मैं माँ के बारे में जितनी कम बात करूँ, उतना ही बेहतर है। हालत यह है कि माँ की बीमारी रात में हम पर ज़्यादा हावी रहती है। घर में सब अब पहले जैसा नहीं रहा है। जब वो बाथरूम में होते हैं तो दरवाज़ा बंद कर लेते हैं, बेड पर तभी आते हैं जब उन्हें विश्वास हो जाता है कि मैं सो चुकी हूँ, और हमारे बीच जो है अगर मैं उसकी भंगुरता पर बहुत देर तक सोच लूँ, तो मैं कांप जाती हूँ।

मैं माँ के डॉक्टर से मिलने जाती हूँ। उन्होंने अपने बाल कटवा लिए हैं और आज वो अपनी शादी की अंगूठी नहीं पहने हैं।

मैं उनसे पूछती हूँ कि क्या उनकी दीवाली अच्छी रही।

वो कहते हैं कि अच्छी रही।

मैं उन्हें मूँग के बारे में बताती हूँ।

वो कहते हैं कि वो मेरी माँ की दवाई की ख़ुराक को देखेंगे।

मैं उन्हें बताती हूँ कि मेरी माँ फिर से अकेली रह रही हैं। 'एक घटना हो गई थी।'

'किस तरह की घटना?'

'उन्होंने हमारी चीज़ों को अल्कोहल में भिगोकर आग लगा दी। पूरा कमरा बर्बाद हो गया। उन्होंने अपना हाथ जला लिया। यह डरावना था। ऐसा लगता था जैसे उन पर भूत सवार हो।'

वो सिर हिलाते हैं। 'यह तो बड़ी डरावनी बात है, लेकिन मुझे विश्वास है कि अगर ठीक से सावधानियाँ बरती जाएं तो भविष्य में इससे बचा जा सकता है।'

मैं बेचैनी से पहलू बदलती हूँ। 'फ़िलहाल, वो मेरे साथ नहीं रह सकतीं।'

डॉक्टर कहते हैं कि यह मेरी माँ की बदनसीबी है, लेकिन शायद आगे चलकर मेरे लिए यही बेहतर रहे।

'मेरे लिए?'

वो कहते हैं कि मैंने और मेरी माँ ने हमेशा अपनी वस्तुगत वास्तविकता के कुछ रूपों को साझा किया है। शायद मेरे बिना उसके साथ उनके संबंध कुछ ढीले पड़ गए हों, यह दुखद है लेकिन सच है—फिर भी, दूसरी ओर, देखभाल करने वाली होने के नाते शायद दूरी मेरे लिए अच्छी साबित हो। जब सब कुछ ख़त्म होने लगता है तो मुश्किल तो होती ही है।

वो कहते हैं कि स्मृति एक लगातार जारी रहने वाला काम है। इसका हमेशा पुनर्निर्माण होता रहता है।

'हो सकता है कि उन्हें बीते समय की बातें याद हों,' मैं कहती हूँ। 'वो बातें जो हम सब भूल चुके हैं।'

'आप कभी नहीं जान सकेंगी कि वो स्मृति वास्तविक है या कल्पित। अब आपकी माँ भरोसेमंद नहीं रही हैं।'

हम दोनों मिलकर बाद के चरणों पर ग़ौर करते हैं, वो चिकित्सा के विशेषज्ञ और मैं सिद्धांतों की खोज की विशेषज्ञ।

मतिभ्रम, अतीत में रहना, अपने बारे में एक अप्रचलित सी भावना, अलगाव का गहरा अहसास। वर्तमान जैसा है वैसा ही देखा जाता है, छलनी से फिसलता एक कण।

वो इक़रार में सिर हिलाते हैं और कहते हैं कि मुझे अच्छा ज्ञान है।

मैं उन्हें शुक्रिया कहती हूँ लेकिन मैं अंदर से छिछला-सा महसूस करती हूँ।

वो मुझसे कहते हैं कि मैं उनसे बात करती रहूँ ताकि उन्हें अपने दिमाग़ में चीज़ों पर सोचने में मदद मिल सके। लेखन भी मदद कर सकता है। यह मस्तिष्क के विभिन्न केंद्रों को सक्रिय करता है। शायद भावनाएं बनी रहें, लेकिन अंततः वो फीकी पड़ जाएंगी। मैं उन्हें क़िस्तों में खोऊँगी। अंत में, वो एक ऐसा घर बन जाएंगी जिससे मैं बाहर जा चुकी हूँ, जिसमें अब कुछ भी ऐसा नहीं बचा है जो पहचाना-सा हो।

'मैंने पढ़ा है,' मैं बात शुरू करती हूँ, 'कि यह बीमारी मस्तिष्क में इंसुलिन प्रतिरोध के कारण होती है। एक और तरह की डायबिटीज़ जैसी।'

'इसकी पुष्टि करने के लिए पर्याप्त साक्ष्य नहीं हैं।'

'मैंने कुछ ऐसे अध्ययन भी देखे हैं जो संज्ञानात्मक स्वास्थ्य को आंतों की समस्याओं से जोड़ते हैं।'

वो मुझसे दूसरी ओर झुक जाते हैं, जैसे उन्हें कोई बदबू महसूस हुई हो। शायद यह हमारे प्रश्न के जवाब में आंतों के बारे में मेरे उल्लेख के कारण है, जो उस रूढ़ि का अपमान है जो उन्हें प्रिय है। जब बाताइ ने कहा कि ज्ञान को मल में तलाशा जा सकता है, या भगवान को एक वेश्या में, तो फ्रांसीसी बुद्धिजीवियों ने नाक सिकोड़ी थी, और इस की पूरी संभावना है कि अब न्यूरॉलोजिस्ट उस परदे को बनाए रखना पसंद करते हों जो उनके क्षेत्र को शरीर के बाक़ी हिस्सों से अलग करता है, रक्त और मस्तिष्क के बीच की दीवार की पवित्रता को, क्योंकि गू के एक डले का उनके द्वारा खोजे जाने वाले रहस्यों से कोई संबंध नहीं हो सकता।

घर पर, मैं लाइटें जलाती हूँ और एक मक्खी तेज़ी से मेरे चेहरे के पास से गुज़रती है। यह अपने पिंजरे के मापदंडों में घूमती है, आईनों से टकराती है, खिड़कियों पर ज़ोर लगाती है, और अपने पैरों से सतहों का स्वाद लेती है। मैं उसे गोल-गोल उड़ते देखती हूँ और सोचती हूँ कि यह कितने घंटों से यहाँ है। अब तक इसने इस जगह का नक़्शा बना लिया होगा, अपने दिमाग़ में निर्देशांक तय कर लिए होंगे। यह जानती है कि यह कितनी दूरी तक का सफ़र कर सकती है, सोफ़ा, बुकशेल्फ़, दरवाज़े का हैंडल। मैं बालकनी के दरवाज़े को स्लाइड करके खोलती हूँ और एक तरफ़ को खड़ी हो जाती हूँ। मैं इंतज़ार

करती हूँ कि मक्खी बाहर से आने वाली किसी महक को सूँघे, किसी परिचित हवा को महसूस करे, और बाहर निकल जाए। लेकिन वो नहीं निकलती। वो कमरे में एक तरफ़ से दूसरी तरफ़ जाना जारी रखती है।

मैं सोफ़े पर लौट आती हूँ और अपने पैरों को हत्थे पर रख देती हूँ। शायद उसे यहाँ, एक नया घर, अच्छा लग रहा है। वो हताश सी मेरे सिर के चारों ओर भिनभिनाती रहती है। फँसी हुई।

मक्खी एक बार फिर खुले हुए दरवाज़े के पास से गुज़रती है। मैं उसे देखती हूँ और सोचती हूँ कि यह दरवाज़े को देख भी पा रही है या नहीं, या इसने अपने छोटे से जीवन के इस युग का जो नक़्शा बनाया है, वो इतना स्थायी है कि बाहरी दुनिया का अस्तित्व ही समाप्त हो गया है। वो बाहर के रास्ते के लिए अंधी हो गई है। आईने में अपने अक्स के साथ अपने शरीर को टकराते हुए वो केवल इतना जानती है कि कहीं कुछ कमी है, कहीं कुछ गड़बड़ है।

माँ आधी रात को घर से निकल जाती हैं। वो उठती हैं, वॉशरूम जाती हैं, और नाइटगाउन में ही बाहर निकल जाती हैं। चौकीदार ने उन्हें रिक्शा रोकने की कोशिश करते हुए पाया। जब वो उन्हें उनके अपार्टमेंट में वापस लाता है, तो दरवाज़ा चौपट खुला होता है।

वो तुरंत मुझे कॉल करता है। मैं और दिलीप तीस मिनट के अंदर पहुँच जाते हैं। आसमान में लालिमा आनी शुरू हो रही है। चौकीदार मुझे बताता है कि उन्होंने बाथरूम में नल खुला छोड़ दिया था। मैं उसे धन्यवाद देती हूँ और उसकी परेशानी के लिए मेरे पास जो सबसे छोटा नोट है, वो उसे देती हूँ।

'क्या ये बीमार हैं?' वो जाते-जाते मुझसे पूछता है।

'नहीं,' मैं कहती हूँ। 'ये ठीक हैं। बस बुरा सपना देखा होगा।'

उसके जाने के बाद, मैं दिलीप की ओर मुड़ती हूँ। 'अब वो जान चुका है।'

दिलीप पलक झपकते हैं। मेरी बांहें कांप रही हैं।

'वो जान चुका है कि इनकी तबीयत ठीक नहीं है,' मैं कहती हूँ। 'अब पूरी बिल्डिंग और सारे नौकर जान जाएंगे कि एक अकेली रहने वाली औरत बीमार है, शायद पागल है। अब वो सुरक्षित नहीं हैं।'

मैं दिलीप से कहती हूँ कि कोई हल सूझने तक मैं माँ के साथ रहूँगी। वो मुझसे यह नहीं पूछते कि मैं कितने समय तक दूर रहने का सोच रही हूँ। मैं कोशिश करती हूँ कि इस बारे में सोचूँ ही नहीं, मैं अपने चेहरे के कसाव और इस अहसास को नज़रअंदाज़ करती हूँ कि सब कुछ बिखरता जा रहा है।

माँ और मैं एक ही बिस्तर पर सोते हैं, जो कि हमने मेरे बोर्डिंग स्कूल जाने के बाद से नहीं किया है।

मेड दिन में दो बार घर में झाड़ू लगाती है, नीचे झुकी और धीरे-धीरे आगे बढ़ती। वो अपने ख़ाली हाथ से अपनी आँखें मलती है। सोफ़े के पास धूल और बालों का ढेर लग जाता है। झाड़ू के बाल मेरे पैरों को छूते हैं।

एक छिपकली किसी तरह अंदर घुस आई है, या तो दरवाज़े के रास्ते जो हमेशा कुछ इंच खुला रहता है, या फिर रसोई की खुली खिड़की से। वो छत पर उल्टा रेंगते हुए इधर से उधर जा रही है, और भूरे धब्बों में खो जाती है। मैं उसे आगे की ओर ऐसे सरकते देखती हूँ जैसे वो बर्फ़ पर चल रही हो। प्लास्टर की एक पपड़ी चादर की तरह लटकी है, और घूमते हुए पंखे के साथ हिल रही है।

नौकरानी झाड़ू लगाने का काम पूरा करती है और हट जाती है। उसका ढेर काले तारों के घोंसले की तरह फ़र्श पर अभी भी मौजूद है।

मुझे छत पर नए धब्बे दिखाई देते हैं। वो गहरे से लगते हैं।

'ऊपर वाले पड़ोसी का पाइप टूट गया है,' नौकरानी कहती है।

मैं फूले पेंट पर ग़ौर करते हुए अपना सिर पीछे टिकाती हूँ। पुणे धुँधला-सा है, लेकिन इन दीवारों के भीतर का ब्रह्मांड शानदार ढंग से मुँह खोले हुए है। छिपकली और नौकरानी एक-दूसरे की नक़ल करते हुए मेरे आसपास मंडराती रहती हैं। मेरा सिर धमक रहा है। माँ हर रात बुरे सपनों के कारण जग जाती हैं।

शाम के धुँधलके के समय, हम कारों और ट्रकों की आवाज़ें सुनते हैं, हॉर्न पर हॉर्न बजाते, और कंपाउंड के गेट के बाहर मुख्य सड़क पर भिड़ते रहते हैं। आदमी एक-दूसरे पर चिल्लाते हैं, उनकी आवाज़ें दूर से आती, लेकिन पहचानी सी लगती हैं।

मैं बाथरूम के फ़र्श पर डेटॉल डालती हूँ और रात भर छोड़ देती हूँ। सुबह को, मैं अपना लूफ़ा उठाती हूँ। उसमें से ईथाइल अल्कोहल जैसी गंध आ रही है। मैं उसे अपने घुटनों के आसपास रगड़कर रूखी त्वचा को साफ़

करती हूँ। गर्म पानी मेरी पीठ से टकराता है। मैं रगड़ती रहती हूँ। जल्द ही, मैं लाल चमकने लगती हूँ। मैं सोचने लगती हूँ कि अगर मैं यह काफ़ी देर तक, काफ़ी ज़ोर से करती रहूँ, तो एक पारदर्शी बादल बन जाऊँगी। मैं भूल सकती हूँ कि नीचे कुछ है।

छत कांपती है जैसे वो ज़िंदा हो।

कभी-कभी मुझे लगता है कि शायद वजह यह फ़्लैट है। यहाँ पागल होना आसान है।

कुछ अन्य दिनों में यह साफ़ हो जाता है: माँ का दिमाग़ चल गया है।

वो नानी से कहती हैं कि वो बाबा की आवाज़ सुनती हैं। वो कुछ असाधारण सी बात नहीं बोलते हैं—बस मौसम पर टिप्पणी कर देते हैं, माँ का नाम पुकारते हैं। कभी-कभी बस एक ग़ुर्राहट या खाँसी, या फिर नीचे कार पार्किंग से आती उनकी हँसी से ज़्यादा कुछ नहीं होता।

पहले वो चारों ओर देखती हैं, वो यक़ीनन यहीं हैं, खिड़की या दरवाज़े से अंदर आ रहे हैं—वो माँ को मिस करते हैं और जानते हैं कि वो कहाँ रहती हैं। वो बहुत क़रीब सुनाई देते हैं, उन्हें यहीं कहीं होना चाहिए। यह बात माँ को कचोटती रहती है, और फिर वो जो कर रही होतीं उसे रोक देतीं और घर में चारों ओर घूम-घूमकर ढूँढ़ने लगतीं, कभी फ़र्नीचर के पीछे देखतीं, कभी परदों पर हाथ मारतीं। मैं उन्हें यह सब करते देखती, लेकिन जब वो ख़ाली हाथ पलटतीं, तो दूसरी ओर देखने लगती।

नानी का मुँह सिकुड़ता है लेकिन वो चुप रहती हैं। मैं बाथरूम में जाती हूँ और रोती हूँ।

'मुझे लगता है कि मतिभ्रम में ये उन चीज़ों को देखती हैं जिनसे वो सबसे ज़्यादा आहत हुई थीं,' मैं नानी से कहती हूँ। 'आश्रम छोड़ने पर उन्होंने कुछ अलग उम्मीद की थी। उन्हें उम्मीद थी कि वो उनके पीछे आएंगे, कहेंगे कि वो वापस आएं और उनकी बग़ल में अपनी जगह लें। लेकिन ऐसा कभी नहीं हुआ।'

'वो तो बहुत पुरानी बात है,' नानी कहती हैं। 'लोग इस तरह की चीज़ों को पकड़कर नहीं बैठ जाते हैं।'

मैं नानी के साथ नीचे उनकी कार तक जाती हूँ। गेट खुला पड़ा है। चौकीदार सड़क पर अपने दोस्त के साथ बीड़ी और चाय पी रहा है। मिसेज़

राव कहीं दिखाई नहीं दे रही हैं, लेकिन उनका पोमेरेनियन बालकनी की लोहे की सलाख़ों के बीच सिर डालकर नीचे की ओर भौंक रहा है।

हम एक दूसरे को चूमते हैं। वो जाने लगती हैं तो मैं हाथ हिलाती हूँ। हमने बचाव का एक पैटर्न बना लिया है। मेरी नानी इससे ज़्यादा अजनबी कभी नहीं लगीं।

शाम को, माँ अपने बेड पर स्लिपर्स पहने-पहने सो जाती हैं। मैं दिलीप का नंबर मिलाती हूँ। वो टेलीविज़न के सामने बैठे अकेले डिनर कर रहे हैं। उनकी आवाज़ खड़खड़ा रही है जैसे वो कहीं बहुत दूर हों।

दिलीप कहते हैं कि दुबई में उनके दोस्त हाल ही में एक अच्छे घर में चले गए हैं जहाँ एक बाग़ है और दो कारों के लिए गैराज है। उनसे पांच मिनट पैदल की दूरी पर एक पब्लिक बीच है। क्या मैं किसी दिन दुबई शिफ़्ट होना चाहूँगी, वो पूछते हैं। मैं उनके ख़ाली विवरण सुनती हूँ, और इस दूसरे शहर की कल्पना करने की कोशिश करती हूँ, मैं सोचती हूँ कि बीच रेगिस्तान कैसे बन जाता है, हवा गीली से सूखी कैसे हो जाती है।

माँ अपनी नींद में चिल्लाती हैं।

'यह क्या था?' दिलीप पूछते हैं।

'कुछ नहीं,' मैं कहती हूँ।

माँ बेडरूम से बाहर आती हैं। उनके बाल उनके चेहरे के एक ओर चिपक गए हैं। वो मेरे सामने वाली कुर्सी पर बैठ जाती हैं।

'तुम्हें यह बंद करना होगा,' वो फुसफुसाती हैं। उनकी आँखें भीगी हुई हैं।

मैं गहरी सांस भरती हूँ और फ़ोन को अपनी गर्दन पर टिका लेती हूँ। 'माँ, यह हक़ीक़त नहीं है। क्या मैं आपको वापस सुला दूँ?'

'मुझे पता है वो हक़ीक़त है। तुम्हें वो तस्वीरें बनाना बंद करना होगा।'

टेलीविज़न चालू है। खुली जातीयता वाली एक महिला न्यूज़ एंकर एक संदिग्ध आतंकवादी हमले पर रिपोर्टिंग कर रही है। मैं रिमोट की ओर हाथ बढ़ाती हूँ।

'तुमने मेरी बात सुनी?' वो कहती हैं। 'वो घिनौनी तस्वीरें बनाना बंद करो। वो मेरा अपमान हैं। वो तुम्हारे पति का अपमान हैं। हर दिन जब तुम

उन्हें बनाती हो, हमारा अपमान करती हो। तुम जब भी उन्हें किसी आलीशान गैलरी शो में लटकाती हो तो तुम हमारा अपमान करती हो।'

मैं फ़ोन को सोफ़े पर रखती हूँ और सीधी होकर बैठ जाती हूँ। मैं सीधी होती हूँ तो मेरा दिल ज़ोर से धड़कता है और मेरे घुटने चटकते हैं। मैं एक-एक करके अपने हाथ उनके कंधों पर रखती हूँ।

'ठीक है,' मैं कहती हूँ। 'जैसा आप चाहें। लेकिन मैं चाहती हूँ कि आप थोड़ी देर को लेट जाइए।'

वो शांत सी होने लगी हैं और मुझे कुर्सी से उठाने में अपनी मदद करने देती हैं। मैं उन पर चादर डालकर उन्हें लिटाती हूँ तो पाती हूँ कि उनके हाथ ठंडे हैं।

दिलीप लाइन पर ख़ामोश हैं।

'तो,' मैं कहती हूँ। 'और कोई बात?'

'उन्होंने मेरा ज़िक्र क्यों किया? तस्वीरें तुम्हारे पति का अपमान क्यों हैं?'

मैं अपनी आँख मलती हूँ। कोने से सफ़ेदी मेरी उँगलियों पर गोंद की तरह चिपक जाती है। 'पता नहीं। मुझे नहीं पता इसका क्या अर्थ निकालूँ।'

1993

अब मेरी माँ और नानी एक दूसरे की शक्ल भी बर्दाश्त नहीं कर पाती थीं और माँ ने एक छोटा-सा अपार्टमेंट किराए पर लेने का फ़ैसला कर लिया जो कि आश्रम से बहुत दूर नहीं था।

उस समय मुझे समझ नहीं आता था कि वो किराया कैसे चुकाती थीं, लेकिन बाद में मुझे नानी ने बताया कि नाना ने अपनी ज़िंदगी में थोड़ा सुकून हासिल करने के लिए उन्हें पैसा दिया था। काली माता भी समय-समय पर लिफ़ाफ़े लेकर आती थीं जिन्हें वो आश्रम की ओर से *सद्‌भावना* कहती थीं।

मैं एक स्थानीय इंग्लिश-मीडियम स्कूल जाने लगी, लेकिन मैं दूसरे छात्रों की बराबरी पर आने लायक़ नहीं थी। प्रिंसिपल ने रोज़ाना कई घंटे की ट्यूशन का सुझाव दिया था, लेकिन जवाब में माँ बस मुस्कुरा भर दी थीं। उनके पास मुझे ट्यूशन पढ़वाने लायक़ पैसा नहीं था।

मुझे जिस विषय से सबसे ज़्यादा डर लगता था वो था हिन्दी। जो भाषा मैं हर समय सुनती और बोलती थी, वो इतनी अजनबी कैसे हो सकती थी? वैसे तो मेरे पढ़ने और लिखने की योग्यता ठीकठाक ही थी, और टीचर मेरी यांत्रिक लिखावट की तारीफ़ करते थे। मेरी लिखी हर पंक्ति में सौंदर्य साफ़ दिखाई देता था।

'कॉन्वेंट स्कूल,' मेरी माँ ने कहा।

प्रिंसिपल शायद इस बात को समझ रही थीं।

अब जबकि मेरे पास अंक, और अक्षर भी थे, तो जैसे एक पूरी दुनिया मेरे सामने खुलती सी महसूस हुई। काली माता मुस्कुराईं। 'पढ़ना सब कुछ बदल

देता है।' लेकिन आकर्षण भाषा में नहीं था, बल्कि उसे बनाने वाले अमूर्त और बेतरतीब प्रतीकों में, उन अक्षरों में था जिन्हें मैं वैकल्पिक मायनों से भर देती थी।

मैंने एक डायरी रखना शुरू कर दी, लेकिन उस तरह की नहीं जैसी स्कूल में मेरी सहेलियाँ रखती थीं—उसमें रोमांस, लड़कों, सपनों और इच्छाओं की कोई बातें नहीं थीं। मेरी डायरी अतीत के ऐसे क्षणों का संग्रह थी जिन्हें मैं वैसे भी याद ही रखती, जो कि मूल रूप से शिकायतों की फ़हरिस्त थी। मैंने इस सूची को सावधानीपूर्वक कोडित किया, मैंने एक क्रम बनाया, जिसे न केवल समय के क्रम के अनुसार बल्कि अपराध की गंभीरता के अनुसार भी पढ़ा जा सकता था। पूरी-पूरी तालिकाएं सिस्टर मारिया थेरेसा को समर्पित थीं, और कुछ तालिकाएं मेरी माँ के बारे में भी थीं। अन्यों को डाटा प्रविष्टि का अपना अलग ही रूप दिया गया था, और उन्हें रंगों या अंकों के द्वारा कोडित किया गया था।

ये बर्ताव मेरे पिता को नहीं मिला था। मेरी डायरी में उनका कोई वजूद नहीं था।

मुझे अपने नाना की फ़ाइलों के सरकारी फ़ॉर्मों, नौकरशाही के काग़ज़ों, बैंक स्टेटमेंट्स और पासपोर्ट के काग़ज़ों से प्रेरणा मिली थी। एक नागरिक होने और मन में कुढ़न रखने में क्या फ़र्क़ है? किसी की ज़िंदगी का रिकॉर्ड ग़लतियों की एक लंबी सूची के सिवाय कुछ नहीं है, वो ग़लतियाँ जिन्हें कभी भी आपके ख़िलाफ़ इस्तेमाल किया जा सकता है। वर्ष गुज़रने के साथ कुछ ख़ास टिप्पणियाँ बदल गईं, और उनमें से कुछ तो इतनी पेचीदा थीं कि बाद के समय में वो अपने पूरे मायने ही खो बैठीं। लेकिन कुछ भावनाएं ऐसी थीं जिन्हें मैं अपने सिस्टम में फ़िट नहीं कर सकी। बहुत कुछ तो विविध वाले ख़ाने में चला गया। समस्याएं तब खड़ी हुईं जब डाटा को अच्छे से संग्रहीत किया गया, जब पूरे ढांचे को प्रबंधित किया गया—मेरे अंदर ग़ुस्से की, बदले की एक भावना थी, जिसे तालिकाओं ने बस क्षण भर को समेटा था। मैंने कोशिश की लेकिन उस बेचैनी को दबा नहीं सकी। वो मेरे ऊपर लगातार हावी रही और मैं उसे किसी भी तरह समझा नहीं सकी।

स्कूल में मेरे कम ही दोस्त बने और बिल्डिंग में तो और भी कम। एक सुबह जब मैं उठी तो यह देखकर मेरी अलगाव की भावना और भी तीव्र हो गई कि मेरी बाईं भौंह ग़ायब है। बाल मेरे तकिए पर धागे के टुकड़ों की तरह बिखरे हुए थे, और वो इतने थोड़े थे कि मुझे यक़ीन ही नहीं हो रहा था कि

वो कभी मेरी पूरी भौंह बनाए हुए थे। मैंने आईने में देखा और अपने चेहरे पर उँगली फेरी। मेरी आँख पूरी तरह पराजित, अधूरी सी लग रही थी।

'यह तुमने क्या किया है?' माँ ने मुझे देखा तो पूछा।

काली माता ने अपनी चाय रख दी। उनके आई शैडो में ब्रूले के टॉप की तरह दरार पड़ गई। 'यह तुम्हारे ऊपर कौन-सा दुर्भाग्य आन पड़ा है,' उन्होंने कहा।

मैंने माँ से चिरौरी की कि मुझे स्कूल की छुट्टी करने दें, लेकिन वो ऐसा कुछ भी सुनने को तैयार नहीं थीं।

'यह इतना भी नहीं दिखाई दे रहा है,' काली माता ने कहा। 'मतलब, है तो, लेकिन सिर्फ़ इसलिए कि दूसरी भौंह अभी भी ठीक है।'

मैंने अपना सिर नीचे रखा, अपने बालों को चेहरे के एक ओर ब्रश किया। मैंने अपना सिर अपने हाथ पर टिकाया और कुछ कोण मुझे ज़्यादा पसंद आए। उस शाम मैं थकी हुई घर लौटी।

'यह बहुत सुन्दर नहीं है,' माँ ने कहा। 'लेकिन तुम अपना चेहरा छुपा क्यों रही हो? लड़कियों को बहादुर होना चाहिए।'

वो अपनी बात कर रही थीं, अपनी छवि की। एक विद्रोही, एक विरोधी की। लेकिन मैं क़तई उन जैसी नहीं थी। मैं बहादुर महसूस नहीं करती थी।

मेरी बेचैनी के नतीजे में मुझे बुख़ार आ गया, और मैं एक-दो दिन घर पर ही रही; मैं एनिड ब्लाइटन की किताबें पढ़ती रही और हर घंटे पर आईना देखती रही। मैं कालेपन की किसी किरण को तलाशती रही, लेकिन मेरी भौंह एकदम सपाट थी।

जब मेरे चेहरे पर रोशनी पड़ती, तो मुझे दो भिन्न लोग दिखाई देते थे; वो लड़की जो मैं हुआ करती थी और वो प्राणी जो मैं अब बन गई थी, जो कि किसी हद तक अमानवीय-सा था।

मैंने दूसरी भौंह पर माँ का रेज़र फेर लिया।

एक सैकंड से कम में भौंह ग़ायब हो गई। गीली नाली में काली कतरनों के धब्बे बन गए।

बाथरूम के फ़र्श पर बिखरे बाल तकिए पर पड़े बालों से ज़्यादा मोटे, गीले और काले लग रहे थे।

नानी ने मुझे देखा तो वो चिल्ला पड़ीं।

'मुझे पता था ऐसा होगा, इसे कॉन्वेंट से कोई बीमारी लगी है,' उन्होंने कहा।

जब मैंने कहा कि मैंने ख़ुद ही भौंह शेव कर ली है, तो माँ डाइनिंग टेबल पर आगे को झुक आईं। उनकी बांहें चिकन की बिना पकी रानों जैसी सफ़ेद थीं।

'तुम्हारी शक्ल देखकर शैतान भी डर सकता है,' वो बोलीं, 'लेकिन मुझे ख़ुशी है कि तुमने सही काम किया है।'

अब घर से निकलना मुश्किल हो गया था। मैं जहाँ भी जाती, लोगों की नज़रें मेरा पीछा करती थीं। मैं घर में ही समय बिताने लगी। सिर्फ़ काली माता मुझसे नियमित रूप से मिलने आती थीं। वो मेरे लिए किताबें लातीं, ताश के पुराने पैक लातीं, और ऐसे गेम्स लातीं जिनके बारे में न तो उन्होंने कभी सुना था और न उन्हें देखा था। फिर वो दूसरी अजीब सी चीज़ें लाने लगीं, ओरियंटल टी सैट, पुरानी चाबियाँ, और आश्रम में मेरे बचपन की तस्वीरें। हमने धुँधली तस्वीरों को डाइनिंग टेबल पर फैला दिया। काली माता का वज़न बढ़ गया था और वो अपने पूरे वज़न के साथ आगे को झुकी हुई थीं, जिससे उनकी छातियाँ टेबल पर टिक गई थीं और गुँधे हुए आटे की तरह अलग हो गई थीं।

मैं जानती थी कि काली माता अपनी आँखों के रंग की वजह से मुझसे भिन्न थीं, हमारी त्वचाओं में फ़र्क़ की वजह से नहीं। उनकी चितकबरे नीले रंग की थीं, और बीच में उनकी पुतलियाँ स्पष्ट काले धब्बे बनाती थीं। मुझे यक़ीन था कि उन आँखों से दुनिया अलग सी दिखती होगी, और मैं सोच भी नहीं सकती थी कि उनके दिन कभी निराशापूर्ण और साधारण होते होंगे।

'बाहर की दुनिया तुम्हारे बिना भी चल रही है,' उन्होंने कहा।

मैंने इस पर ग़ौर किया, मगर मैं सोच में पड़ गई कि मेरा क्या कभी बाहर, बाक़ी सबसे कोई नाता रहा था।

एक बार, मैं चुपचाप सड़क पर आगे मौजूद एक दुकान से एक सिगरेट लेने चली गई। दुकानदार ने मेरी भौंहों पर तरस खाकर मुझे एक और सिगरेट मुफ़्त दे दी।

बिल्डिंग में सबके जागने से पहले मैं बालकनी में खड़ी हुई। सायबानों पर कबूतरों के बसेरे थे, और पूरे सायबानों पर उनकी बीट की खुरदुरी क़ालीन बिछी हुई थी। मैंने एक कोने में छुपकर अपनी सिगरेट जला ली।

सड़क के उस पार, दो मंज़िल नीचे, मैंने एक खुली खिड़की से एक बूढ़े आदमी को बाथरूम में कपड़े उतारते देखा। उसने अपने कपड़े ज़मीन पर एक ढेर में गिरने दिए। वो बहुत दुबला था, एकदम हड्डियों का ढांचा, और उसका लिंग सिकुड़कर एक डले के साइज़ का हो रहा था। मैंने अपना हाथ बढ़ाकर दूर से ही उसके अंग के साइज़ का अंदाज़ा लगाया। बमुश्किल मेरे नाख़ून जितना बड़ा। उसने शॉवर चलाया तो पानी ऐसे बहने लगा जैसे किसी रबर के पाइप से निकल रहा हो। उसके कूल्हे ख़ाली थैलों की तरह ढीले पड़े हुए थे।

उस रात, मैंने उसका उसी तरह चित्र बनाया जिस तरह वो मुझे याद था—अभी भी पानी के नीचे, बांहें दोनों और लटकी हुई।

बाबा के मरने वाले दिन का समय मुझे याद नहीं आता। न ही वो मौसम, लेकिन उनके अनुयायियों ने इन बातों को बहुत सावधानी से दर्ज किया हुआ है।

फ़्लैट का दरवाज़ा हमेशा की तरह अंधकारमय था, जैसे हम चाहते हों कि दरवाज़े पर आने वाले लोगों को ऐसा लगे कि अंदर नाख़ुश वैरागी रहते हैं। मुझे याद नहीं कि मेज़ पर पड़े संदेश में क्या लिखा था, लेकिन मेरी माँ की लिखाई व्यग्र और व्याकुल सी लगी थी। मुझे अपनी पीठ पर कुछ रेंगता-सा महसूस हुआ, और मैं कांप गई। क्या यह पहला मौक़ा था जब मैं घर में अकेली थी? मैं सामने वाले दरवाज़े के पास लटके चित्तीदार आईने के क़रीब से गुज़री; मैंने एक बार भी सीधे अपना अक्स नहीं देखा, लेकिन मुझे पता था कि आईना मुझे देख रहा है, मुझे दोगुना कर रहा था, तब भी जब मेरी पीठ उसकी ओर थी। रसोई के फ़र्श की झिरझिरी टाइलें धुँधली सी लग रही थीं, मानो उस दिन वहाँ पोंछा नहीं लगाया गया हो, मगर जब मैंने अंदर क़दम रखा, तो मुझे लगा कि फ़र्श अभी भी नम है, शायद उस कीटनाशक की वजह से थोड़ा चिपचिपा भी था जिसे काश्ता ने साबुन में मिलाया था।

मुझे फ्रिज में दो बूँदी के लड्डू मिले और मैंने उन्हें बड़ी सफ़ाई से अपने मुँह में फ़िट कर लिया। उसके बाद मैं छोटे से लिविंग रूम में इधर से उधर टहलती रही, और रुकी तो केवल वो सारा चीज़ जिसके लेबल पर लाल रंग की गाय बनी हुई थी, और कर्ड बॉल खाने के लिए जो वैक्स में लिपटे आते थे, और फिर मेरे पेट में फँसी गैस खदबद करने लगी।

ख़ामोश टेलीफ़ोन के पास एक लाल रॉकिंग चेयर पड़ी थी। हम चेयर को लाल कहते थे, लेकिन वो दरअसल मैरून थी, और वो झूलती नहीं थी बल्कि आगे-पीछे खिसकती थी। सीट जिस बेंत से बुनी हुई थी वो पुराना और ख़स्ताहाल था, और यह घर में मेरा सबसे मनपसंद फ़र्नीचर था, हालांकि बचपन में इसकी मशीनरी में कहीं उँगली फँस जाने की एक धुँधली सी याद के कारण मैंने इस पर बैठना बंद कर दिया था। आईना अब भी मेरे पीछे था, मेरे शरीर के पिछले भाग को देख रहा था, और मेरे अंदर पलटने की हिम्मत नहीं थी।

माँ मुचड़े सफ़ेद कपड़े पहने अंदर आईं। वो बुरी तरह बेतरतीब और पीली सी हो रही थीं। उनकी शक्ल देखते ही मैं पीछे को हट गई, और मेरी रीढ़ डाइनिंग टेबल से टकराई।

लकड़ी का सख़्त किनारा मेरी पीठ में धंस गया। मुझे लगा कि वो मेरी हड्डियों से बस खिंची हुई पतली त्वचा भर से अलग रहा था। मुझे कोई दर्द नहीं हुआ, बस एक हल्की सनसनी सी हुई जिसका प्रभाव उस पैडिंग से कम हो गया जो मुझे ढके हुए थी। कभी-कभी मेरा ख़ून इतना ज़ोरों से बहता था कि मेरे पूरे शरीर को जगा दे, लेकिन बाक़ी समय मुझे ऐसा लगता जैसे मैं एक ऐसा सूट पहने हूँ जिसकी ज़िप खोलकर मैं बाहर निकल सकती हूँ और अपनी असली बांहें और चेहरा दिखा सकती हूँ, वो त्वचा दिखा सकती हूँ जो मैं नीचे छिपाए हूँ। ग्यारह साल की होने के बाद से मेरा वज़न तेरह किलो बढ़ चुका था। काली माता का ख़्याल था कि इसका कारण हॉर्मोन हैं।

माँ ने एक ऊँची कैबिनेट खोली जहाँ वो कुछ अल्कोहल रखती थीं और अपने पंजों के बल उचककर उन्होंने टीचर्स व्हिस्की की एक बोतल निकाली जो सिर्फ़ पुरुष मेहमानों के लिए रखी हुई थी। बोतल खोलकर उन्होंने अंदर सूँघा और उसे फिर से बंद कर दिया। मैं अब तक समझ चुकी थी कि वो रोई थीं। हाल-फ़िलहाल नहीं, लेकिन शायद सुबह। ढेरों ब्लैकहेड्स की वजह से उनकी नाक तैलीय हो रही थी।

'आज बाबा मर गए,' उन्होंने कहा।

तकनीकी रूप से तो मौत कल किसी समय हुई थी, लेकिन क्रियाकर्म करने के लिए सुबह तक इंतज़ार किया गया था। उनके अनुयायियों में मतभेद था। कुछ चाहते थे कि मौत का कारण जानने के लिए ऑटोप्सी करवाई जाए, जबकि कुछ इसे अकल्पनीय मानते थे कि एक दिवंगत देवता के शरीर को काटकर खोला जाए। उनका मानना था कि अगर बाबा अपने शरीर को कटवाना

चाहते, तो वो ज़रूर कुछ निर्देश छोड़कर गए होते। कुछ का ख़्याल था कि किसी हिन्दू पुजारी से पूछा जाए, लेकिन बाबा को पुजारियों से नफ़रत थी, इसलिए इस विचार को ख़ारिज कर दिया गया। कुछ लोग चाहते थे कि शरीर का, कम से कम अभी के लिए, संलेपन कर लिया जाए, ताकि उनके अंतिम दर्शन के लिए भक्तगण दूर-दूर से आ सकें।

'संलेपन कम्युनिस्ट करवाते हैं,' माँ ने कहा था। ज़्यादातर लोग भी इस बात से सहमत थे कि यह अनुचित है और बाबा के पूर्वजों की परंपरा नहीं है, और इसलिए उनका जल्दी से जल्दी अंतिम संस्कार कर दिया जाए।

ये आख़री गुट जीत गया, और बाबा के लिए आश्रम में चिता तैयार कर दी गई। द्वार एक दिन के लिए खोल दिए गए और बहुत से लोग बिना कारण जाने ही चले आए। शव को नहलाने और कपड़े बदलवाने के लिए माँ उपस्थित रहीं। उन्होंने बताया कि बाबा के क़पाल को फोड़ दिया गया था ताकि अग्नि में फूटे नहीं।

बाद में, बाबा की प्रिय साध्वियाँ क़तार में खड़ी हुईं और भीड़ को सांत्वना और आशीर्वाद देने लगीं। एक आदमी चिल्लाने लगा कि उन सबको चिता में कूद जाना चाहिए। उसे तुरंत वहाँ से हटा दिया गया।

काली माता के पास खड़ी माँ को गर्व का अहसास हो रहा था।

'मुझे अहसास हुआ कि यह कोई मामूली बात नहीं है,' उन्होंने कहा। 'एक महान आदमी की प्रेमिका होना।'

मैंने उनसे कहा कि मेरी नज़र में यह न सिर्फ़ मामूली बल्कि घटिया चीज़ है, बल्कि इसमें शेख़ी बघारने जैसी कोई बात नहीं है।

उन्होंने मेरी बांह पकड़कर मुझे झिंझोड़ डाला और फिर मेरे मुँह पर एक थप्पड़ मारा।

'तू मोटी, हरामज़ादी है। कुछ तो हमदर्दी दिखा! मैं आज विधवा हो गई हूँ!'

मेरे मुँह से *रंडी* शब्द निकला लेकिन वो मेरी चीख़ में मिल गया जबकि मैं उनसे भिड़ गई थी और मैंने उन्हें फ़र्श पर गिरा दिया। उनकी छाती पर बैठकर मैंने पूरी ताक़त के साथ अपने हाथों से उनका गला तब तक दबाए रखा जब तक उनकी आँखों के नीचे नसें नहीं उभर आईं।

जब मैंने उन्हें छोड़ा, तो वो खाँसने और हाँफने लगीं। मैं उनके चहरे को देखती रही।

'तू मोटी, हरामज़ादी है,' उन्होंने फिर से कहा।

जब मैं खा नहीं रही होती थी, तो मुझे दूसरी चीज़ें अपने मुँह में रखने की तलब लगती थी। अपनी उँगलियाँ, बाल, स्कूल यूनिफ़ॉर्म के प्लास्टिक के बटन। खाने के पैंतालीस मिनट बाद ही मुझे फिर से भूख लगने लगती थी, हालांकि तब तक मेरा पेट खाने लायक़ मुलायम नहीं होता था और खाना मेरे अंदर सड़ने लगता। मैं अपनी पसलियों में फँसी गैस की वजह से बेचैनी भरी रातें बिताती और दिन में मुझे दस्त और क़ब्ज़ परेशान करते रहते। कभी-कभी मेरे मल में ख़ून भी आ जाता। और कभी-कभी मेरे पेट का अम्ल मेरे मुँह में आ जाता।

कभी-कभी माँ मेरी हालत को देखकर दुखी हो जाती थीं, लेकिन आमतौर पर उनका मानना था कि बच्चों को जब भी भूख लगे, कुछ खा लेना चाहिए।

जिन दिनों वो ऐसा मानती थीं, उन दिनों में अगर मैं काफ़ी देर तक ज़िद करूँ तो वो मुझे आइसक्रीम खिलाने ले जाती थीं। स्कूल के बाद मैं एक फ़ाइव-स्टार होटल के पिछवाड़े छिपे, पचास के दशक के स्टाइल के एक अमेरिकन रेस्तरां अंकल सैम में काउंटर पर बैठी वनीला मिल्कशेक की चुस्कियाँ ले रही थी। शाकाहारी मेन्यू में फ्राइड पोटेटो क्यूब्स थे और पीत्ज़ा था जिस पर ज़ीरा छिडका हुआ था। कई परिवार उस फीके से रंग की, एगलेस आइसक्रीम के इंतज़ार में लाइन लगाए हुए थे जो ज़्यादातर टेबल पर पहुँचने तक पिघल जाती थी। सफ़ेद लैदर की सीटें उदास से ग्रे रंग में बदल चुकी थीं, लेकिन दीवारें, जिन पर रंग-बिरंगे झंडे और अजीबोग़रीब स्मृति चिह्न लगे हुए थे, ऐसी लगती थीं जैसे उन्हें कल ही खड़ा किया गया हो। ज्यूकबॉक्स पैसा नहीं ले रहा था और सिर्फ़ ब्रायन एडम्स के गाने चला रहा था, और क्लासिक कैडिलैक का एक छोटा-सा मॉडल एक रिवॉल्विंग चबूतरे पर घूम रहा था। कमरे में सामने की ओर लगी तस्वीर से अंकल सैम नीचे सबको देख रहे थे।

'अगर यह कोई चर्च होता, मि. पारेख, तो वेदी वहीं होती,' एक वेटर ने भालू जैसे मैनेजर से कहा। माँ और मैंने सिर उठाकर अंकल सैम को देखा।

मैनेजर ने इंकार में सिर हिलाया। 'यह चर्च नहीं है, रज़ा, और उन महिला को दो चॉको-सनडे चाहिए।'

हमारे चॉको-सनडे बिना ट्रे के लाए गए। वेटर ने मेरे पास एक कटोरी में अलग से कैन्ड चैरीज़ रख दिए। मैंने उसकी ओर देखा। उसकी हथेलियाँ उसके बाक़ी शरीर से ज़्यादा काली थीं। उसके बाल बढ़े हुए थे और उसके चेचकज़दा गालों पर बिखरे हुए थे।

मैं अपने चम्मच के पिछले हिस्से से क्रीमी ढेर को दबाकर आइसक्रीम को जल्दी पिघलाने की कोशिश करने लगी ताकि उसे जल्दी से खा सकूँ। जब मैं सनडे में लगी हुई थी, तो वेटर दीवार पर टिका हुआ था। वो मुझे और माँ को देखता जा रहा था, और बीच-बीच में मुस्कुरा देता था।

'अच्छा स्वाद होगा,' उसने मुझे आइसक्रीम का पहला निवाला लेते देखकर कहा।

मैंने इक़रार में सिर हिलाया और एक चम्मच भर आइसक्रीम और मुँह में डाल ली। मेरे मुँह में लार फूट पड़ी। ठंडा द्रव्य मेरे शरीर के तापमान से पिघलने लगा।

'कैसा है इसका स्वाद?'

मेरा मुँह भरा हुआ था और मैं जवाब नहीं दे सकी। मैंने उसे निगला, लेकिन मीठा दूधिया द्रव मेरे हलक़ में भर गया और मैं खाँस पड़ी।

माँ हँसने लगीं। 'मुझे यक़ीन है तुमने भी इसे चखा होगा।'

उसने इंकार में सिर हिलाया और अपनी वर्दी के सामने के भाग को अपने कलोंच लगे हाथ से रगड़ा। जहाँ उसने ख़ुद को छुआ था वहाँ कोई स्पष्ट निशान नहीं छूटा। उस अजीब रंगत से सम्मोहित सी मैं उसे देखती रही।

'मुझे खाने का ऐसा स्वाद नहीं आता है। इसका चेहरा देखिए। यह इसके लिए कुछ भिन्न ही चीज़ है।'

मैंने नज़र उठाकर उसे देखा तो वो माँ को देख रहा था, और मुझे लगा कि जब मैं खाने में लगी थी तो उनके बीच एक अनकहा-सा आदान-प्रदान हुआ था।

'मेरा नाम रज़ा पाइन है।'

हमने अपने परिचय दिए, लेकिन तभी मैनेजर ने बड़ों और बच्चों की आवाज़ों से भरे कमरे के पार से उसे आवाज़ दे दी। जाने से पहले उसने चैरीज़ की कटोरी को फिर से भर दिया।

1995

मैं पहले ही जानती थी कि सेक्स की गंध मछली और आइसक्रीम जैसी होती है, लेकिन मैंने पहली बार सेक्स इंपोर्टेड बिग रेड गम के एक पैकेट के लिए किया था। वो लड़का एक टुकड़े को चबाता और इलायची की फूँक मेरे मुँह पर छोड़ देता। वो सोलह साल का था, बिल्डिंग में रहता था, और उसके माथे पर मुँहासे थे। वो मुझे अपनी छोटी बहन के साथ बैडमिंटन खेलते देखता था। हमने यह उसके फ़्लैट के पास फ़्लोर्स के बीच सीढ़ियों पर किया था। पहली बार के बाद यह आसान लगने लगा था।

तेरह साल की। अब मैं औरतों के साइज़ पहनती थी, और मेरे पैरों में काली माता के सैंडल फ़िट आने लगे थे। मैं लिफ़्ट में घुसती तो लिफ़्टमैन एलीवेटर की दीवार से चिपक जाता। जब भी माँ मुझसे बात करतीं, तो मैं चिल्लाया करती थी। अब हम विरले ही एक कमरे में हुआ करते थे। मेरे अंदर कुछ फैल रहा था, जो बहुत ज़्यादा जगह ले रहा था, और बंद जगहों से हवा को निकाल देता था। अब कोई भी ज़्यादा देर तक मेरे आसपास नहीं रुकना चाहता था, लेकिन मुझे इससे कोई फ़र्क़ नहीं पड़ता था और मैं वैसे भी बदले में उन सबसे नफ़रत करती थी।

मेरे पिता और उनकी पत्नी यूएस से लौट आए थे।

तीन वर्ष छह में बदल चुके थे। उन्होंने मुझे यह बताने को फ़ोन किया कि वो प्रेग्नैंट हैं। मैंने उनकी कॉल्स लेने से इंकार कर दिया था और यह ख़बर माँ को मुझे देनी पड़ी।

मुझे संदेह होने लगा था कि मेरे शरीर में कोई और ही लड़की रह रही है, जिसने अस्थायी रूप से इसे अपना घर बनाया था और अब आराम से रहने लगी है। वो मुझे भीतर से खोल रही थी, जिससे खिंचाव के निशान और बदरंग

त्वचा दिखने लगी थी। जहाँ मैं नहीं चाहती थी वहाँ भारी मात्रा में बाल दिखने लगे थे, और मैं उन्हें साफ़ करने की मांग के साथ नहीं चल पा रही थी। और ऐसा लगता था जैसे मैं कई लोगों के लिए खा रही हूँ, और भूख के किसी अथाह गड्ढे को भर रही हूँ।

मुझे किसी ने यह नहीं बताया कि यह उम्र इसी तरह की भावनाओं की है, और अगर कोई बताता भी तो मैं विश्वास नहीं करती। किसी ने मुझे यह भी नहीं बताया कि मुझे अपने शरीर को स्वीकार करने में बरसों लगेंगे, यह महसूस करने में कि यह कहाँ से शुरू और कहाँ ख़त्म होता है। उस समय तो अस्तित्व का पैमाना असीम था। मुझे एक ऐसा समय याद था जब मैं संकरी दरारों से भी गुज़र जाती थी, जब मैं अपनी नानी के घुटने पर बैठती थी और वो कराहती तक नहीं थीं।

लेकिन मैं अपने अंदर जो उलझन महसूस कर रही थी वो उन बदलावों की तुलना में कुछ भी नहीं थी जो मैं बाहरी दुनिया में देख रही थी। मर्द मुझे इस नज़र से देखते थे जो मैंने पहले कभी नहीं देखी थी। क्या मैं इतने समय इससे बेख़बर थी? या वो भी मेरे अंदर रह रही इस दूसरी लड़की को देखने लगे थे?

औरतें भी भिन्न हो गई थीं, या मुझे कम से कम उनकी आँखों में कुछ बदलाव दिखने लगे थे। मेरे कमरबंद के ऊपर फ़ैट की गोलाई पर एक प्रतिक्रिया उठती थी। क्या यह घिन्न थी? मैं जानती थी कि ग़ुस्सा तो ज़रूर था। वास्तव में, ग़ुस्सा एक ऐसी प्रत्यक्ष चीज़ थी जो हम सभी में मौजूद थी, एक ऐसी चीज़ जिसे मैं पहचान सकती थी। ऐसा लगता था जैसे दुनिया पूरी ताक़त से, अंतहीन ढंग से मुझसे ग़ुस्सा थी। मर्द उस इच्छा के कारण जो मैं पैदा करती थी। औरतें इस नए शरीर को क़ाबू कर पाने में मेरी नाकामी के कारण।

इंसानों के शरीर बेतहाशा और बेढंगेपन से बढ़ते हैं, और किसी को भी इसे नज़रअंदाज़ करने का विकल्प कभी नहीं मिला। उम्र के उस पड़ाव के उन सालों में मुझे पृथक कर देना शायद फ़ायदेमंद रहता—कुछ समय तक अलग रहने के बाद शायद मैं एक पूर्ण औरत बनकर सामने आ पाती।

तब मैं और भी उदासी में डूब गई जब रज़ा ने मुझे बताया कि मेरी त्वचा शायद अब कभी साफ़ न हो। वो तब आया था जब माँ मेरी ठोड़ी से एक व्हाइटहेड निकालने के लिए एक स्टैरिलाइज़्ड सूई ले रही थीं, और उसने बताया कि जब वो सोलह साल का था तब उसकी त्वचा पर दाने फूट पड़े थे और अब पंद्रह साल बाद भी उनके दाग़ बाक़ी थे। उसने यह दिखाने के लिए

अपनी फीकी पड़ चुकी टी-शर्ट भी ऊपर कर दी। उसका शरीर कसा हुआ और छरहरा था, लेकिन उसकी पीली सी त्वचा पर जगह-जगह दाग़-धब्बे थे जो कभी नहीं गए।

'उम्मीद करूँगा कि तुम्हारे साथ ऐसा न हो,' रज़ा ने कहा। मैंने एक बार फिर उसके धब्बेदार पेट को देखा। 'तुम लड़की हो,' उसने कहा। 'लड़कियों के लिए यह ज़्यादा बुरा होता है। बुरी त्वचा वाले लड़कों को फिर भी लड़कियाँ मिल जाती हैं।'

इस दोहरे अभिशाप पर मेरे दांत भिंच गए। मुझे ऐसा लगा जैसे मेरे अंदर की दूसरी लड़की उठकर खड़ी हो रही हो। वो फिर से बोला, जैसे उसने मेरे मन की बात पढ़ ली हो। 'बेशक यह ठीक नहीं है। लेकिन जो भी हो, यह सच है।'

रज़ा के साथ हमारी दोस्ती स्कूल के बाद की शामों में धीरे-धीरे विकसित हुई। वो छोटे-मोटे काम करता था, ख़ासतौर से हाथ से करने वाले काम। अंकल सैम पर तन्ख़ाह बहुत ज़्यादा नहीं थी, लेकिन रज़ा हमारे लिए वो केक और मिठाइयाँ ले आता था जो बिकती नहीं थीं। काम के समय में उसे अपने हाथों को छुपाने के लिए दस्ताने पहनने होते थे। लेकिन वो अक्सर यह मानता नहीं था।

रज़ा को अपने काम से चिढ़ थी, लेकिन महीने के अंत में उसे बैंक से बेदाग़ नोटों से भरा एक पतला-सा लिफ़ाफ़ा मिल जाता था। वो नोट उसे उसकी माँ की याद दिलाते थे कि उन्हें किस तरह यह पक्का करने में गर्व महसूस होता था कि उनके वॉलेट में नोट सीधे और कड़क रहें, किस तरह वो धुंधला चुके नोटों को जल्दी से जल्दी इस्तेमाल कर लेने की कोशिश करती थीं। उनका मानना था कि मांस के ख़ास कट, ताज़ा सब्ज़ियाँ या मीठे आमों की तरह कुरकुरे नोट भी अमीरों के लिए होते हैं। लेकिन उसकी माँ के पास पहुँचने तक वो पैसा कई हाथों से गुज़र चुका होता था।

एक शाम माँ मुझे और काली माता को रेस्तरां लेकर आईं। हम टेबल पर बैठे और पानी पीते रहे क्योंकि काली माता कृत्रिम रंगों वाली कोई चीज़ नहीं खाती थीं।

'हमें कुछ ऑर्डर करना चाहिए,' माँ ने कहा।

जब हम लैमिनेटेड मेन्यू कार्ड को पढ़ने का नाटक कर रहे थे तो मैनेजर हमें घूर रहा था।

रज़ा ने अपने फ़्लास्क से एक चुस्की ली। 'नहीं, चिंता मत कीजिए। आप चाहें तो मैं आज रात आपके लिए थोड़ा केक ले आऊँगा।'

रज़ा पाइन का ख़ाका खींचना मुश्किल है क्योंकि वो हमेशा तरल वास्तविकता के शब्दों में बात करता था। सच्चाई आत्मगत होती थी, जिसमें उसे कोई रुचि नहीं होती थी, और अनुभव निरन्तर ख़ुद को याद के रूप में बदलता रहता था। इनमें से कुछ विचार उसने बाबा के साथ अपनी मुलाक़ातों से सीखे थे और उसके लड़कपन में ही उन्होंने उसके व्यक्तित्व को आकार दे दिया था। यही कारण था कि उसे कभी फ़ोटोपत्रकारिता के जगत में जगह नहीं मिली और उसे फ़ोटोग्राफ़र के रूप में अपने कौशल को कहीं और ले जाना पड़ा। माँ रज़ा से पहले कभी नहीं मिली थीं, लेकिन आश्रम में लोग उसका ज़िक्र करते थे।

'मुझे ऐसा लगता है जैसे मैं तुम्हें जानती हूँ,' वो बोलीं। बात करते हुए उन्होंने उसकी टांग को छुआ।

'फिर तो आप जानती हैं,' उसने जवाब दिया।

मैंने अपना गाल काली माता के काले कपड़ों से ढके कंधे पर टिका लिया।

जब रज़ा ने ख़ुद को कलाकार बताया, तो पहले तो वो मुझे भरोसे लायक़ नहीं लगा। कलाकार होने का क्या मतलब हुआ? वो पहला कलाकार था जिससे मैं कभी मिली थी।

उसने कहा कि पुणे के संपत्ति डेवलपर्स युद्ध के मुनाफ़ाख़ोरों जैसे हैं, जो लोगों की क्षेत्रीय प्रवृत्ति का दोहन करते हैं। वो कोयले से उनकी आकृति बनाता, टेढ़ें-मेढ़े अंगों वाली आकृतियाँ जो सिकुड़े हुए लिंगों से टपकते पेशाब के साथ घूम रहे थे, और उसकी बदबू से शहर के हिस्सों को चिह्नित कर रहे थे। वो कहीं भी चित्र बनाने लगता था, काग़ज़ पर या किसी बिल्डिंग की दीवार पर। इससे कोई फ़र्क़ नहीं पड़ता था। लेकिन उसके हाथ, जो हमेशा काले होते थे, मेरे लिए परिचित थे।

'यह गंदा काम है,' उसने कहा।

वो एक शायर के यहाँ पैदा हुआ था जो अपने परिवार को पालने के लिए एक दुकान चलाता था। उसके पिता उसके हीरो थे, उर्दू शायरी के जीनियस थे। वो तो रज़ा को याद नहीं थे लेकिन वो उनकी याद को हमेशा संजोकर रखता था।

रज़ा स्वीकार करता था कि वो ख़ुद बंबई में प्रेस और कलाकार समुदाय में बहिष्कृत-सा था। इसका संबंध उस घटना से था जो 1993 में बंबई में हुए दंगों के दौरान हुई थी।

मैंने कहा कि मैंने कभी पाइन नाम नहीं सुना। ख़ासकर रज़ा जैसे नाम के साथ।

वो मुझे देखकर मुस्कुराया और मैं दूसरी ओर देखने लगी।

रज़ा लगभग एक एनआरआई बन गया था। जब वो बहुत छोटा था, तो उसका परिवार कनाडा जाकर रहने लगा था। जब वो वहाँ पहुँचे, तो वहाँ ज़मीन पर बर्फ़ थी।

उसके पिता को लगा कि वहाँ शेख़ जैसा नाम नहीं चलेगा। वो मॉन्ट्रियल के पुर्तगाली मुहल्ले के अपने एक बेडरूम के अपार्टमेंट से बाहर गए और उन्होंने साइनबोर्ड पढ़ा। उस पर *पाइन स्ट्रीट* लिखा था। तब से वो पाइन्स के रूप में जाने जाने लगे।

'क्या हुआ?'

'उन्होंने हमें निर्वासित कर दिया,' रज़ा ने कहा। 'उन्हें लगा कि मेरे पिता कम्युनिस्ट हैं।'

'वो कम्युनिस्ट थे?'

'हाँ, बिल्कुल।'

1992 में, रज़ा पाइन, एक युवा फ़ोटोपत्रकार, उत्तरी भारत में अयोध्या में मस्जिद के विध्वंस और राम के जन्मस्थान का जश्न मनाने की रैलियाँ देखने गया था। बंबई वापसी के बाद उसके शहर की गलियों में हिंसा फूट पड़ी, और सब कुछ जलाया जाने लगा। खिड़कियों में बोतलें फेंकी जातीं, दुकानदारों को आतंकित किया जाता, महिलाओं को पीटा जाता और उनका बलात्कार किया जाता, और बच्चों को देखने को मजबूर किया जाता। हिन्दू मुसलमानों को मारते,

मुसलमान हिन्दुओं को मारते, और एक दिन पहले जो जंगलीपन सोया हुआ होता था उसे अगले दिन भड़काऊ शब्दों से जगा दिया जाता।

सांप्रदायिक हिंसा को भड़काना आसान था। इसकी नींव इतिहास द्वारा रखी गई थी। रज़ा ने देखा कि डर के बीजों को सुलगाना कितना आसान है, कैसे डर को कम किया जा सकता है लेकिन अंत में उसे पोषण का एक और स्रोत मिल जाता।

वो उन लोगों से मिला जो भीड़ का भाग बनते थे। वो अपने रंग गर्व के साथ पहनते थे और एक-दूसरे के साथ खड़े होकर अपनी हिंसा की कलात्मकता को देखते थे।

वो कई-कई रात सोचता रहता कि उसने जो कुछ देखा था क्या वो हक़ीक़त थी या किसी फ़िल्म का सैट था—कैमरे के क्रूर कट में पहले से तैयारशुदा, ऐसे अकेले क्षण जो एक निरन्तर जारी आतंक का आरंभ और अंत थे।

कुछ दिन बाद दंगे शांत हो गए। अब सामान्य स्थिति बहाल करनी थी।

बंबई में लाशों को जलाया गया, साक्ष्यों को धीरे-धीरे दफ़्नाया गया। ज़िंदगी ने अपनी सामान्य नब्ज़ वापस पकड़ी, और फ़ौरन ही भूल जाने की प्रक्रिया शुरू हो गई। कुछ लोग गलियों में ख़ाली खड़े, दोपहर की धूप का आनन्द लेते हुए हँसते थे।

नए साल में ख़ूनख़राबा फिर से शुरू हो गया। कर्फ़्यू फिर से लगा दिया गया। शहर भर में दरवाज़ों पर ताले और अंधेरी खिड़कियाँ देखी जा सकती थी। रज़ा बॉम्बे सेंट्रल के पास अपनी विधवा माँ के फ़्लैट में उनके साथ रहता था, जहाँ से चीख़ों को आसानी से सुना जा सकता था, जैसे वो मोड़ पर मुड़कर अचानक उसके सिर पर आ खड़ी होंगी। वैसे, सड़कें वीरान थीं और घर छोड़ने की किसी में हिम्मत नहीं थी। हर कोई इस अनकहे सच को समझता था कि अगर आप पकड़े गए, तो आपको बचाने वाला कोई नहीं होगा। न कोई पहरेदार, न पुलिस। नहीं, आज आपके हमलावर से बड़ी ताक़त कोई नहीं थी—शहर पर उसी का राज था। फ़िलहाल तो बंबई आपकी नहीं थी, शायद अब कभी नहीं होगी, और आज के बाद से आप छायाओं में चलेंगे।

लेकिन कुछ तो अलग-सा था। जब भीड़ ब्रीच कैंडी और नरीमन पॉइंट में इमारतों पर, लंबी पगडंडियों और छायादार सड़कों पर उन शाही घरों पर हमले

करने लगी जहाँ अमीर और ख़ूबसूरत लोग अपने विलासितापूर्ण क्लबों और पांचसितारा होटलों से निकलने के बाद जाते थे, तो अमीर और शक्तिशाली लोग कांपने लगे थे। चेहराविहीन और गुमनाम आदमी गुट बनाए, अपने भगवा झंडे लहराते और नारे लगाते घूम रहे होते थे, और उन जगहों पर दनदनाते फिरते थे जहाँ महिलाएं सिर्फ़ शोफ़र्स द्वारा चालित कारों में चलती थीं और खिड़कियाँ हमेशा समुद्र की और खुलती थीं।

शाम का समय था। रज़ा क्षतिग्रस्त दुकानों और मकानों की, उन परिवारों की जिन्होंने अपने प्रियजनों को खोया था, विधवाओं और अनाथों की तस्वीरें खींच रहा था। उसने उनसे इजाज़त नहीं ली थी; ज़िंदा लोग मरे हुओं के समान दिख रहे थे, उन्होंने अपने मारे गए रिश्तेदारों के रंग ओढ़ लिए थे। और मुर्दों से बात नहीं की जा सकती।

उसे अपने पीछे से चीख़ों की आवाज़ें सुनाई दीं, और लाठियाँ लहराते लोगों की एक भीड़ दौड़ी चली आई। वो डर के मारे एक बिल्डिंग के सामने खड़ी एक बस के पीछे छुप गया। उसने आती हुई भीड़ की तस्वीरें लेने की कोशिश की, लेकिन उसके हाथ कांप रहे थे। फिर वो भागा। वो बिल्डिंग के अंधेरे गेट में भागा और दीवारों से टकराता, दरवाज़ों को खटखटाता सीढ़ियाँ चढ़ने लगा।

तीसरे फ़्लोर पर एक जवान औरत खड़ी थी, जो अपने घर में जाने ही वाली थी। रज़ा हाँफ रहा था, कांप रहा था।

'क्या बात है?'

रज़ा उसे बता नहीं सका, वो बोल ही नहीं सका, लेकिन औरत ने सीढ़ियों पर चढ़ते आदमियों की आवाज़ें सुन लीं। उसने रज़ा को अंदर खींचा और दरवाज़ा बंद कर लिया।

रज़ा ने तालों की आवाज़ सुनी। एक। दो। तीन।

उसने लड़की को यह नहीं बताया कि उसने पहले भी ऐसे ताले देखे हैं। उसने दरवाज़े पर लात मारे जाने पर उन्हें बीच से टूटते देखा था। उसने उन्हें तब भी सही-सलामत देखा था जब उनके आसपास सब कुछ जल गया हो। इसके बजाय, उसने लड़की की बांह पकड़ी और उसे शुक्रिया कहा।

फिर उसने अपने आसपास देखा। मर्द, औरतें और बच्चे उसे देख रहे थे।

लड़की का नाम रुख़्साना था। बाक़ी लोग चाचियाँ, चाचा, और उनके बच्चे थे। उसकी माँ खिड़की के पास एक कुर्सी पर बैठी थीं, बहरी और अंधी, नीचे जो कुछ हो रहा था उससे अनजान। लड़की के छोटे भाई अपने जिस्मों को मोड़े, घुटनों के बल झुके एक दूसरे के साथ कानाफूसियाँ कर रहे थे।

परिवार का उपनाम शाह था। वो उनके साथ रहने लगा, उनके पास सोने लगा। कभी-कभी रात को वो साथ बैठे चीख़ें, और गोलियों की आवाज़ें सुनते। वो नीचे झांककर वीरान गलियों को देखते। वो रोज़ाना दुआएं मांगते कि फ़ोन काम करने लगे और लाइट आ जाए, लेकिन कुछ नहीं बदलता।

दिन और रात तारीख़ों और घंटों से अलग हो गए थे, और समय की पहचान बस आसमान में घूमते चाँद से होती।

जब मुसीबत इतने नज़दीक हो, तो उसके बारे में बात नहीं करनी चाहिए।

रज़ा को ऐसी कृतज्ञता महसूस हुई जिसे ग़लती से प्यार समझा जा सकता था। अगर उसे शाह परिवार ने पनाह नहीं दी होती, तो भीड़ ने उसे मार डाला होता। वो उनका खाना खाता रहा, उनकी मेहरबानी पर जीता रहा। वो उदार लोग थे, लेकिन वो जानता था कि उनकी आँखों में शक है। फिर हर चीज़ भिन्न लगने लगी। हर दिन एक ज़िंदगी जैसा लगने लगा। वो सोचने लगा कि क्या वो कभी वहाँ से ज़िंदा निकल पाएगा। इस तरह किसी घर में बंद हो जाने में एक ख़तरा था। कंधे रगड़ने भर से नसें घिसकर नाज़ुक धागों जैसी लगने लगती थीं। जो हल्का-सा खींचने से भी टूट जाएं। रुख़्साना की दुआओं की आवाज़ों पर दिल करता था कि वो सुबकने लगे।

तो उसने उससे शादी कर ली।

रुख़्साना का परिवार इसका गवाह बना।

उन्होंने उस घर में एक छोटी सी ख़ुशियों भरी दुनिया बना दी।

खाने को बहुत कम और करने को कुछ नहीं था। उसे लगता था कि यह बहुत बुरा होगा लेकिन उन्होंने धीरे-धीरे नीचे की आवाज़ों को नज़रअंदाज़ करना सीख लिया, और सब कुछ सहनीय हो गया। सहनीय से भी ज़्यादा। ख़ुशगवार। कुछ दिन तो किसी जश्न से कम नहीं लगते थे।

जब वो आख़िरकार बाहर आया, तो उसकी माँ ख़ुश थीं कि उसे एक नेक मुस्लिम लड़की मिल गई थी। उन्होंने कहा कि हर चीज़ किसी वजह से होती है।

'अब रुख़्साना कहाँ है?'

'वो मेरी माँ के साथ रहती है।'

'और तुम?'

'मैं घूमता फिरता हूँ।'

सवाल तब शुरू हुए जब उसने फ़िल्म डेवलप कर ली। मौत और तबाही के दृश्यों के बीच ख़ामोश आंतरिक जगहें थीं, एक परिवार की मुस्कुराहटें और अटपटे पोज़ थे। और शादी के पोर्ट्रेट थे। वो सादे और गंभीर थे। रज़ा ने उन्हें टाइमर पर लिया था। उसने अपने संपादक को अपने अनुभव के बारे में बताया। नरसंहार, मौत और तबाही, लेकिन प्यार फिर भी किरणों में दिखाई दे जाता था।

रज़ा के बॉस मि. चौधरी ने कहा कि वो रुख़्साना से मिलना चाहते हैं। अगले सप्ताह वो ऑफ़िस में आई लेकिन शर्मीलेपन की वजह से वो किसी से नज़रें नहीं मिला रही थी। वो शिक्षित नहीं थी, और यह कमरा जहाँ शब्द और तस्वीरें मिलकर उस दिन की कहानियाँ सुना रहे थे उसके लिए रहस्यमय-सा था। जब चश्मे वाला आदमी सवाल पूछता तो वो इक़रार में सिर हिला देती और अपने नए पति की कही बातों की पुष्टि करती थी।

'इसमें बड़ा दिलचस्प मानव दृष्टिकोण हो सकता है,' मि. चौधरी ने कहा। 'लेकिन हमें इसे सही ढंग से हैंडल करना होगा।' वो अख़बार बेचने का तरीक़ा जानते थे।

दुपट्टे के नीचे, रुख़्साना के बाल कॉर्कस्क्रू जैसे घुँघराले थे। यह रहस्य बहुत लोग नहीं जानते थे। किसी-किसी दिन रज़ा का दिल चाहता था कि वो किसी को—किसी को भी, भले ही वो किसी भीड़ भरी बस में कोई अजनबी हो—यह बताए ताकि वो उसे देखे, उसके बालों की कल्पना करे, लेकिन कभी जान न सके कि वो वास्तव में क्या हैं। कभी-कभी जब वो उसके साथ होता,

तो उसे पूर्ण अधिकार का अहसास होता। इस बात से उसे जो ख़ुशी मिलती थी उससे वो डर जाता था।

रज़ा किसी भी क़ीमत पर मानव-हित की कहानी नहीं बनना चाहता था, जिसे पैक करके बेच दिया जाए। वो एक रचयिता था, छवियों का निर्माता था। अगले दिन, वो नेगेटिवों से भरा काग़ज़ का एक लिफ़ाफ़ा लिए कोलाबा में एक आर्ट गैलरी में बिना अपॉइंटमेंट के पहुँच गया।

गैलरिस्ट ने उससे अपना नाम दोहराने को कहा और बोली कि उसे नए कलाकारों को लेने में कोई दिलचस्पी नहीं है।

वो लगातार बारह दिन तक पीछे पड़ा रहा। उसके काम में हमेशा सहनशक्ति, दुर्गम मौसम में खड़े रहने, और काम के बीच लंबे ब्रेकों को सहन करने की ज़रूरत पड़ती रही थी। अगर उसके अंदर कोई एक गुण भरपूर मात्रा में मौजूद था, तो वो था धैर्य। पांचवें दिन के बाद, उसे गैलरी में घुसने की अनुमति भी नहीं मिलती थी और वो पुरानी पत्रिकाएं बेचने वाले एक आदमी से एक फ़ोल्डिंग कुर्सी उधार लेकर उस पर बैठा रहता था। उसने तंबाकू चबाना शुरू कर दिया, और यह आदत उसे सप्ताह ख़त्म होने तक लगी रही। जब गैलरिस्ट ने झटके से दरवाज़ा खोला और हाथ बांधकर खड़ी हो गई, तो उसने अचानक मुँह में भरी तंबाकू थूक दी।

'मेरे पास सिर्फ़ दस मिनट हैं,' वो बोली।

शो धीरे-धीरे वजूद में आया। राजनीतिक माहौल के बारे में सोचना ज़रूरी था। गैलरिस्ट निशाना नहीं बनना चाहती थी। प्रदर्शनी की अवधारणा सामने आने में भी समय लगा। फ़ोटोग्राफ़ जानदार होने के बावजूद अधूरे से लगते थे और रज़ा ने कोयले का सहारा लिया। वो काग़ज़ के बड़े-बड़े टुकड़ों पर तस्वीरें बनाता और बोर्ड को फ़र्नीचर के आकार में तराशता। गैलरी शाह परिवार का घर बन गई, लेकिन उस तरह नहीं जैसे वो घर उस अंतहीन पखवाड़े के दौरान था, बल्कि जैसे रज़ा को याद था। कुर्सियाँ सिर्फ़ ज़मीन पर उनकी छायाओं द्वारा दिखाई गईं। खिड़कियाँ कपड़ों से लिपटे फ्रेम थे, जो बाहर के दृश्य को छुपाते थे। इस कमरे में चीज़ें नहीं बल्कि अतिरेक था, जगह नहीं बल्कि क्लॉस्ट्रोफ़ोबिया था। तस्वीरें हर ओर बिखरी हुई थीं, और उद्घाटन शांत था लेकिन काफ़ी लोग देखने आए थे।

रज़ा ने अपने आसपास इकट्ठा हुए लोगों के एक ग्रुप को संबोधित किया, और शो संभव होने से पहले का घटनाक्रम सुनाया। उसकी बात पूरी होने के बाद सवाल पूछे गए और बातचीत हुई, और रज़ा को अपने कैरियर के शुरू होने का विश्वास हो गया। अख़बार में आने वाली समीक्षाएं उसने नहीं पढ़ीं—वैसे भी समीक्षाएं कौन पढ़ता है?—और जब उसे गैलरी से एक फ़ोल्डर मिला जिसमें कुछ पत्रिकाओं की कतरनें थीं तो उसे हैरत भी हुई।

आलोचक इस बात पर सहमत थे कि शो कम से कम चिंताजनक तो अवश्य था, जिसमें कई ऐसी नैतिक समस्याएं थीं जिनके बारे में कलाकार कोई सफ़ाई नहीं दे सका था। यह कहानी कि तस्वीरें किस तरह प्राप्त की गईं विवादास्पद थी, शंकाओं से भरी थी, और इसलिए यह पूरा काम ही अनाकर्षक मालूम होता था। उसने एक परिवार की निजता में सेंध लगाई, अपनी नीयत जताए बिना उनकी तस्वीरें खींचीं, और अपने मक़सद के लिए उनकी पहचानों का फ़ायदा उठाया। और फिर परिवार की एक बेटी से शादी कर ली ताकि अपने नापाक इरादों को पाक ठहरा सके। तस्वीरों में और व्यक्तिगत रूप से, दोनों ही तरह रुख़्साना के साथ हुई हिंसा अस्वीकार्य थी। और यह सब शहर के इतिहास के सबसे जघन्य क्षणों में से एक में किया गया। एक समीक्षा ने शो को हटाए जाने की मांग की, और कहा कि *क्या शाह परिवार पहले ही बहुत कुछ नहीं झेल चुका है? क्या उनके आतंक, पीड़ा और अज्ञानता को एक ऐसे व्यक्ति द्वारा बेचने और वितरित करने देना चाहिए जिसमें नैतिकता की घोर कमी है?*

गैलरिस्ट ने शो को तयशुदा समय से दस दिन पहले ही हटा लिया। रज़ा ने अपने काम को तीन महीने बाद वहाँ से समेटा। तब तक कुछ नहीं बिका था।

गैलरिस्ट ने कहा कि इस अनुभव ने उसकी साख को बिगाड़ दिया और यह पूरी तरह बर्बाद रहा।

रज़ा ने कंधे उचका दिए। उसने उससे कहा कि उसे समझ ही नहीं आया कि यह सब बकवास थी किसलिए।

जब तक रज़ा ने अपनी कहानी पूरी की, माँ ने उसका हाथ पकड़ लिया था। उनका दूसरा हाथ उनके वक्ष पर था। काली माता ने एक गहरी सांस ली, और मुझे महसूस हुआ कि वो भी विचलित हो गई थीं। जहाँ तक मेरा सवाल है, मुझे समझ ही नहीं आ रहा था कि मैंने पूरी कहानी सुनी और समझी भी या

नहीं। मुझे बस असहजता का एक धुँधला-सा अहसास याद है, मेरे आसपास के माहौल से नहीं बल्कि उससे जो मेरे अंदर था। मुझे अपनी ज़िंदगी के बड़े भाग में सिखाया गया था कि जीने का चरण अभी आना बाक़ी था, कि जिस चरण में मैं जी रही थी, निरन्तर बचपन की स्थिति, वो इंतज़ार का समय था। और इसलिए मैं बेसब्री के साथ, आक्रोश के साथ इस अक्षमता के दौर के बीत जाने की इच्छा करते हुए इंतज़ार करती रही। और इस दौरान, मैं उससे कम सुनती थी जितना मुझे सुनना चाहिए था, और मुझे किसी मामले में पड़ने की कोई ज़रूरत नहीं महसूस होती थी।

मुझे लगता था कि बड़े होने की इस चाहत का मतलब था कि उम्र ख़ुद मेरे सारे सवालों के जवाब दे देगी, कि मेरी सारी इच्छाएं आगे चलकर पूरी हो जाएंगी, लेकिन जैसे-जैसे समय गुज़र रहा है और मैं एक बार फिर जवानी की इच्छा कर रही हूँ, तो इंतज़ार करने की आदत स्थापित हो चुकी है। ये गहराई तक बैठ चुकी है, और यह एक ऐसी चीज़ है जिसे अब मैं अपने अंदर से निकाल नहीं सकती। मैं सोचती हूँ कि जब मैं बूढ़ी और कमज़ोर हो जाऊँगी और अपने अंत का स्वरूप अपने सामने देख रही होऊँगी, तो भी क्या मैं अपने भविष्य के आने का इंतज़ार कर रही होऊँगी।

मुझे बंबई के एक क्यूरेटर की कॉल आती है। वो क्रमिकता और दोहराव पर एक शो कर रही हैं। कलात्मक रणनीति के रूप में ग्रिड का विषय उन कलाकारों के साथ बार-बार आता है जिनके साथ वो काम करती हैं, वो कहती हैं। उन्हें लगता है कि मेरा काम इसका एक दिलचस्प तोड़ होगा।

'और कौन से कलाकार भाग ले रहे हैं?'

'अभी तक तो कोई नहीं।' वो कहती हैं कि उन्हें जिस जगह की तलाश है वो कोई गैलरी नहीं बल्कि किसी मशहूर डिज़ाइनर के बुटीक की दीवारें हैं।

मैं कहती हूँ कि मुझे नहीं लगता कि मेरी ड्रॉइंग्स सौंदर्य की दृष्टि से शादी के लहंगों की दीवारों के लिए उपयुक्त होंगी।

वो मुझसे खुला दिमाग़ रखने को कहती हैं, कि भारत में कलाकारों के साथ यही समस्या है। मुझे उनके लहजे से लगता है कि उनके प्रस्ताव को उत्साह के साथ नहीं लिया गया है।

मैं उनसे कहती हूँ कि मैं अभी भी ड्रॉइंग्स बना रही हूँ, और मैं उन्हें कुछ काग़ज़ात संभालते सुनती हूँ।

'मैं सारी कृतियों को लगाना चाहती हूँ। अभी आपके पास कितनी हैं?' वो पूछती हैं।

'मैं यक़ीन से नहीं कह सकती,' मैं जवाब देती हूँ, हालांकि मुझे पता है कि उस फ़ाइल में कितनी ड्रॉइंग्स हैं।

'और यह है कौन?' वो पूछती हैं। मैं उन्हें काग़ज़ पर पैन चलाते सुनती हूँ।

'क्या मतलब?'

'उस मूल फ़ोटोग्राफ़ में जिसे आपने कॉपी किया है। क्या यह आपकी ज़िंदगी का कोई ख़ास आदमी है?'

मैं जवाब देने को मुँह खोलती हूँ लेकिन कोई जवाब है ही नहीं, सिर्फ़ ख़ामोशी है।

1995

रज़ा हमारे फ़्लैट में रहने आ गया। एक सुबह मैं उसे माँ के बिस्तर पर देखती हूँ। सुबह की रोशनी में उसके शरीर पर फुँसियों के निशान भयानक लग रहे हैं। मुझे लगता है कि वो घिनौना लग रहा है और मैं उससे यह कह देती हूँ।

'तुम भी कोई ब्यूटी क्वीन तो नहीं हो,' वो हँसते हुए कहता है।

मुझसे ख़ामोश रहने को कहा गया है, लेकिन जल्द ही पड़ोसी समझ गए और क्लब में इस बारे में कानाफूसी करने लगे। माँ ने उनका राज़ खोलने के लिए मुझे डांटा। 'तुम ऐसा कैसे कर सकती हो?' उन्होंने कहा। रज़ा को इतनी फ़िक्र नहीं है। उसने एक गिलास में व्हिस्की पलटी और मुझे टेस्ट करने को कहा। मैंने उसकी सतह को अपनी जीभ से छुआ। जीभ अचकचाकर पीछे हट गई।

नीचे सड़क पर रेंगती हुई कारें हॉर्न बजा रही थीं। हमारे पड़ोसी सामने ही एक मीटिंग के लिए जमा हुए थे। वो बार-बार ऊपर, मुझे और रज़ा को बालकनी के कगार पर झुके देखते थे। रज़ा के मुँह से थोड़ा थूक निकला जिसे उसने वापस चुसक लिया।

मैं हँसने लगी। रज़ा ने अपने गिलास से एक घूँट लिया।

मैंने उसकी कनपटी के पास एक निशान देखा जो नीचे जाते हुए बालों में छुप गया था।

'वो क्या है?' मैंने पूछा।

रज़ा ने अपने माथे को छुआ। 'स्कूल में मेरा एक झगड़ा हो गया था।'

'कैसा झगड़ा?'

'ऐसा झगड़ा जिससे अंदाज़ा होता है कि दुनिया में कितने सिर-फिरे हैं।'

सिर-फिरे। सिर-फिरे। सिर-पिरे। सिर। फिरे। मैं उससे इस शब्द के बारे में और ज़्यादा पूछना चाहती थी, मैं पूछना चाहती थी कि यह एक शब्द है या दो हैं, और क्या वो फिर से इसे किसी वाक्य में इस्तेमाल कर सकता है। मैंने उसके जबड़े के तीखे कोण और उसकी आँखों के नीचे नीलेपन को देखा। उसने अपने प्राइवेट पार्ट के आसपास की जगह को छुआ, अपनी जेब में हाथ डाला और एक हाथ से बनी काग़ज़ की नाव निकाली। मैंने उस छोटी सी नाव को अपनी हथेलियों में ले लिया। वो धब्बेदार अख़बार से बनी हुई थी, और उसके कपड़ों के अंदर होने की वजह से कुचल गई थी।

मैंने उसे शुक्रिया कहा हालांकि मुझे लग रहा था कि यह थोड़ी बेवक़ूफ़ी की बात है।

उसने सिर हिलाया। 'इसे पानी में मत डालना।'

पड़ोसी अब भी हमारे नीचे थे। मि. कामाख्या, चार बच्चों के एक थुलथुले और गंजे हो रहे बाप, अपने पेट के आगे हाथ बांधे हमें घूर रहे थे।

बिना कुछ बोले, रज़ा ने गिलास को अपने हाथ से छोड़ दिया। मि. कामाख्या की चेतावनी पर पड़ोसी इधर-उधर बिखर गए। गिलास दो माले से गिरा, और टकराते ही टूट गया। उसके टुकड़े झिलमिलाती रंग-बिरंगी झंडियों की तरह हर दिशा में बिखर गए।

जब धूप हल्की होती थी, तो मेरी माँ और रज़ा टहलने जाते थे। कभी-कभी वो मुझे भी साथ लग जाने देते थे। वो हर जगह अपने साथ पेंट और कोयला लेकर जाता था, और हम उसे दीवारों, बिल्डिंगों की साइडों और निजी संपत्तियों पर कुछ न कुछ बनाते देखते थे। वो सरल अनुप्रास वाली कविताएं लिखता था। वो ज़्यादातर बेतुकी और कभी-कभी मज़ाक़िया होती थीं। मैं बाद में अपनी जीभ पर शब्दों को घुमाती, और उन्हें अपने अवचेतन में डाल लेती थी।

वो अपना लेखन बिना नाम के छोड़ देता था। 'अब मुझे लेखक बनने का शौक़ नहीं रहा है,' उसने कहा। कुछ हफ़्ते बाद, हमारी किसी टहल के दौरान वो उन जगहों पर फिर से जाता जहाँ वो पहले गया था और अपने लिखे शब्दों को ढक देता। वो उन पर सफ़ेद पेंट कर देता, और वो पीले पड़ चुके शहर में दूधिया धब्बों की तरह सूख जाते। कभी-कभी वो टहलते हुए माँ को किस करता, और उनके ब्लाउज़ में हाथ डालकर उनकी छातियों को खींचता।

ऐसा करते हुए वो उन्हें नज़रें मिलाकर देखता, और वो हमेशा मुस्कुरा देतीं और उसके हाथ में और आगे बढ़ जातीं।

रज़ा पुणे के कोनों को अपने दिमाग़ में नाप लेता था। वो इस तरह जान लेता था कि एक दिन वो कहाँ का होगा। उसे भीड़ भरे रास्ते, दुकानें और बाज़ार, और वो जगहें नापसंद थीं जहाँ अमीर और ग़रीब पास-पास खड़े होने के लिए जगहें तलाश रहे होते थे। रज़ा ऐसी झिरियों, ऐसी दरारों को तलाशता था जिनसे दूसरे लोग गुज़रे होते थे, जिनके बारे में ख़ुद शहर भी नहीं जानता था। वो टहलते हुए हमें बताता था कि वो आराम की जगहें हैं, जहाँ सब कुछ रुक जाता है। उन जगहों पर शहर ख़ामोश होता था।

माँ उससे कहतीं कि वो सुखासक्त है। उसे यह अच्छा लगता और वो उन्हें फिर से चूम लेता। मैं थोड़ा पीछे चलती थी। वो एक गंदा वहशी था, लेकिन दिमाग़ के किसी कोने में मैं उसकी बात को समझ लेती थी। उसके शब्द मुझे प्रभावित करते, एक पुराना सबक़ फिर से सीख लिया जाता।

रज़ा माँ के कपड़े पहनना चाहता था और कहता था कि वो उसके कपड़े पहनें। शुरू में तो वो शर्माईं, लेकिन बाद में मान गईं। उनके साथ बीते समय में यह एक आम बात थी। उसकी जीन्स खुरदुरी होती थी, घिसी हुई लेकिन सख़्त। उसकी टी-शर्ट हल्की होती थी। वो कहतीं कि वो उसमें नग्न महसूस करती हैं।

'मैं कैसी दिख रही हूँ?' वो मुझसे पूछतीं।

मैं न चाहते हुए भी हँसने लगती। वो सोफ़े पर आतीं जहाँ मैं बैठी होती थी और उसके कपड़ों में मुझे गले लगा लेती थीं। उसकी महक में कुछ तसल्लीबख़्श-सा था। मैं जीन्स को गिरने से रोकने के लिए उसे उनकी कमर पर टेप करने में मदद करती थी।

उसे दुपट्टा डालना और उसे अपने कंधों पर आसानी से रोके रहना आता था। गुलाबी कपड़ा उसकी पीठ पर खिंचता था। मैं उसे देखकर अपना मुँह ढक लेती। वो मुझे पकड़कर ज़नाना आवाज़ की नक़ल करते हुए बोलता कि मैं उसकी प्यारी नन्ही सी बेटी हूँ, और मुझे स्तनपान कराने का नाटक करता। मेरी और माँ की हँसते-हँसते पसलियाँ दुख जातीं। मुझे लगता था कि उसके हाथ गीले महसूस होंगे लेकिन वो पत्थर की तरह सूखे होते थे।

बालकनी से मैंने उन्हें गेट से जाते देखा। कुछ लोगों ने उन पर नज़र डाली। ज़्यादातर लोगों का ध्यान ही नहीं गया। मैं उन्हें तब तक देखती रही जब

तक वो दिखना बंद नहीं हो गए। हँसने से अब भी मेरी पसलियाँ दुख रही थीं, लेकिन साथ ही मुझे ग़ुस्सा भी आ रहा था। वो एक दूसरे का रूप हो सकते थे, लेकिन मैं तो बस ख़ुद ही थी।

रज़ा जानना चाहता था कि चीज़ें अंदर से कैसी महसूस होती हैं। इसलिए नहीं कि उसे परवाह थी कि मैं क्या महसूस कर रही हूँ, बल्कि इसलिए कि उसे मेरे और अपने बीच भेद करना पसंद था। मुझे लगता था कि मैं जितना जवाब दूँगी, उसे उतना ही कच्चा माल मिलता जाएगा और वो उतने ही भेद गढ़ सकेगा।

मैं मोटी थी और वो पतला था।

मैं काली थी और वो गोरा था।

खाना मुझमें ड्रग्स जैसा परमानन्द पैदा कर देता था, जबकि उस पर वो प्रभाव सिर्फ़ अवैध ड्रग्स पैदा कर सकते थे।

एक दिन मेरे कमरे में उसे मेरी सारी फ़हरिस्तें मिल गईं और उसने इस तथ्य को नहीं छुपाया कि वो जासूसी करता रहा था। वो जानना चाहता था कि वो फ़हरिस्तें किसलिए हैं, और उसने उनके ढेरों पन्ने बेड पर बिछा दिए। रज़ा उनके साथ सम्मान का बर्ताव कर रहा था, जैसे वो किसी क़िस्म के कोई साक्ष्य हों, और मुझे यह देखकर गर्व भी महसूस हो रहा था और कुछ अजीब-सा भी लग रहा था।

कुछ प्रविष्टियों के बारे में उसने मुझसे सीधे तौर पर पूछा, कि उन अक्षरों और अंकों का क्या मतलब है। जहाँ हो सकता था मैं टाल देती, लेकिन मैंने कोशिश की कि मैं अशिष्टता न दिखाऊँ।

जितना वो पूछता गया, उतना ही उसे विश्वास होता गया कि अपने विचारों और दिलचस्पियों में हम एक दूसरे से असमान हैं। लगता था कि उसने निष्कर्ष निकाल लिया है कि हम भिन्न हैं, बल्कि शायद एक दूसरे के उलट हैं। ऐसा लगा जैसे इससे उसे मज़बूती मिली हो, जैसे मुझे समझ लेने से उसे ख़ुद पर विश्वास हो गया हो। मुझे ऐसा नहीं लगा, हालांकि उसका ध्यान कभी-कभी तसल्लीबख़्श-सा लगता था।

आकर्षक महसूस करना सुखद-सा लगता था, जब तक मुझे अहसास नहीं हो गया कि वो एक वैज्ञानिक की तरह नोट्स ले रहा है, और उसकी सूची में हरेक बुलेट पॉइंट मुझे थोड़ा और छेद देता था, जिससे मैं हर दिन और अधिक छिद्रपूर्ण होती जाती थी।

'तुम यह तो नहीं चाहती हो ना कि वो चला जाए?' माँ ने मेरे यह पूछने पर कहा कि रज़ा कितने समय हमारे साथ रहेगा। वो उदास दिखने लगीं, और अचानक मुझे एक ज़िम्मेदारी महसूस हुई कि उसे यहीं रखा जाए ताकि हम सब ख़ुश रह सकें।

अगर मैं हमारे बीच एक संतुलन—एक तरह का त्रिभुज—बनाने की कोशिश करती, तो मैं ऐसा करने में असमर्थ थी। माँ और मैं दोनों समझते थे कि रज़ा मेरे साथ कुछ ऐसा शेयर करता था जो वो उनके साथ नहीं करता था। किसी तरह यह सुनिश्चित करने की ज़िम्मेदारी मुझ पर आ पड़ी थी कि मैं इसे जारी रखूँ, हालांकि मैंने इसके लिए सहमति नहीं दी थी।

'मैं उसे प्यार करती हूँ, तुम जानती हो ना?' जब हम अकेले थे तब उन्होंने कहा। 'अगर मैंने कभी किसी को प्यार किया है, तो वो वही है।'

रज़ा पाइन मेरे लिए कभी गुरु नहीं रहा। वो लापरवाह था, और उसमें कभी वो अनुशासन नहीं था जो कला की रचना के लिए चाहिए होता है।

जो भी हो, उसके आने से बहुत पहले से ही मैं वही थी जो मैं हूँ।

हम फ़ैसला करते हैं कि नानी और माँ को कम से कम कुछ समय तो साथ रहना चाहिए। दोनों औरतें सहमत हो जाती हैं, लेकिन मुझ पर घबराहट सवार रहती है।

मैं नानी को कॉल करती हूँ। जहाँ तक मुझे लगता है, माँ काम चला रही हैं, लेकिन जब मैं अपनी नानी से सवाल पूछती हूँ तो वो टालमटोल करने लगती हैं। वो कहती हैं कि मैं अपनी ज़िंदगी पर फ़ोकस करूँ, कि सब कुछ ठीक है। मैं उन पर विश्वास करती हूँ जब तक कि मुझे बीच रात में माँ की भयभीत नौकरानी का फ़ोन नहीं आता। वो बताती है कि मेरी माँ ने फिर से भटकना शुरू कर दिया है, बेसुध और इससे अनजान कि वो कौन हैं। लगता है कि नानी का घर उन्हें और भी उलझन में डाल रहा है।

'मैं कहाँ हूँ?' वो अक्सर पूछती हैं। 'और अंतरा कहाँ है?'

वो मुझे ढूँढ़ती हैं और उन्हें लगता है कि वो मझे स्कूल से लाना भूल गई हैं। वो कपड़े पहनने की कोशिश करती हैं और तेज़ी से अंधियारे गलियारे से ख़ाली सड़क पर पहुँच जाती हैं। वहाँ बस कुछ ऐसे लोग हैं जो गत्ते के चपटे कर दिए बक्सों को बिस्तरे बनाए हुए हैं, और वो लेटकर खुजलाते हुए उन्हें वहाँ की शांति में ख़लल डालते देखते हैं। जहाँ वो जाती हैं वहाँ दिन और रात में कोई फ़र्क़ नहीं है, और समय और उम्र का तर्क उनके डर पर हावी नहीं हो सकता।

कभी-कभी वो चिल्ला पड़ती हैं कि हम उन्हें वापस चाहिए, वो जानती हैं कि हम साथ हैं और हम उन्हें वापस चाहिए, और जब उनसे पूछा जाता है कि कौन, तो दिलीप और मेरे बजाय वो रज़ा पाइन की बात करती हैं।

जब हमारे घर में लगभग छह साल बिताने के बाद एक सुबह रज़ा ग़ायब हो गया, तो हमें लगा कि वो अपना कैमरा ठीक कराने गया है। वो चिंतित था, बहुत उत्साहित था, और कह रहा था कि अब समय आ गया है कि वो फ़ील्ड में वापस जाए। अमेरिका में टॉवर गिर रहे थे। भारत में संसद भवन ख़तरे में

था। माँ और मैं जब भी ख़बरें चलाते, तो निराश हो जाते थे। हम दुनिया को बदहाली में देख रहे थे, लेकिन वो एक नई शुरुआत देख रहा था। दुनिया बदल रही थी, वो यह बात दूसरों से पहले जान गया था—भविष्य में, हिंसा को पूरी बारीकी के साथ दिखाया जाएगा। हम अपनी ग़लतफ़हमी में स्तंभित थे, और वो हमारा मज़ाक़ उड़ाता था, हमें बेवक़ूफ़ कहता था, और कहता था कि हमें इसे एक अवसर के रूप में समझने की ज़रूरत है।

कुछ दिन बाद, वो चला गया, कभी न लौटने के लिए।

कभी-कभी मुझे लगता है कि माँ की हालत उस दिन के बाद ही बिगड़ने लगी थी।

मैं हमेशा सोचती थी कि माँ को उसकी किस चीज़ से इतना प्यार था, और वो क्यों अभी तक उसे प्यार करती हैं। शायद इंसान से ज़्यादा, वो भावना होती है जो टिकी रहती है। उसने उन्हें कुछ समय को ख़ुश किया था, और चूँकि उन्हें हालात का केवल आम बहाव याद है, इसलिए छोटी बातें मायने नहीं रखतीं।

2002 में जिस दिन मुझे आर्ट स्कूल में स्वीकार किया गया, मैं कलाकार बन गई। इससे कोई फ़र्क़ नहीं पड़ता कि मैं स्कूल गई नहीं। मैंने अपनी बारहवीं की कक्षा बहुत अच्छे अंकों से पास नहीं की थी, लेकिन बंबई के जे.जे. स्कूल ऑफ़ आर्ट को मेरी ड्रॉइंग्स में योग्यता दिखाई दी।

मेरी माँ ने मुझे वहाँ जाने से रोकने की कोशिश की। मैंने नानी से अपनी फ़ीस भरने के लिए पैसे देने को कहा।

प्रोफ़ेसर करहाडे एक पेंटर थे और वो मेरे सलाहकार बनने वाले थे। जब मैंने कहा कि मैं पेंटिंग नहीं करती हूँ तो वो बुरी तरह नाराज़ हो गए।

'तुमने जिस कोर्स में दाख़िला लिया है वो पेंटिंग और ड्रॉइंग के लिए है।'

'मैं समझती हूँ,' मैंने कहा, 'लेकिन मैं पेंटिंग और ड्रॉइंग नहीं कर सकूँगी। मैं एक साथ कई काम करने में बहुत बुरी हूँ।'

उन्हें लगा कि यह कोई स्वीकार्य कारण नहीं है। कोर्स में इस तरह का लचीलापन नहीं था। वैसे भी, ड्रॉइंग और पेंटिंग एक ही चीज़ हो सकती थीं। इनमें से एक को करते हुए मैं दूसरे से प्यार करना सीख सकती थी। पेंटिंग एक

तैयार उत्पाद हो सकता है, लेकिन ड्रॉइंग का हमेशा अपना स्थान रहेगा। यह तैयारी थी, हड्डियाँ थी, बुनियाद थी।

'बिल्कुल सही,' मैंने कहा। मुझे इसी में दिलचस्पी थी। क्या हड्डियाँ ही वो हिस्सा नहीं जो आवश्यक हैं, कालातीत हैं? क्या वो हड्डियाँ ही नहीं हैं जिन्हें आने वाली पीढ़ियाँ खोदकर निकालेंगी और उन पर अचंभा करेंगी?

'जब तक ग़ोता नहीं मारोगी, तुम नहीं जान सकोगी,' उन्होंने कहा।

लेकिन मैं जानती थी। मैं जानती थी मैं उबर नहीं पाऊँगी। मैंने उनसे कहा कि कोर्स की तरह मैं भी लचीली नहीं हूँ।

मैं अपनी बग़ल में अपनी ड्रॉइंग्स का पोर्टफ़ोलियो दबाए उनके ऑफ़िस से निकली और टहलती हुई जहांगीर आर्ट गैलरी के पास से निकली जहाँ छात्र अपनी कृतियों को फ़ुटपाथ पर बेच रहे थे। मैंने झुककर एक लड़के की पेंटिंग को देखा। उसे मोटे-मोटे, पेंटर्स जैसे स्ट्रोक्स से बनाया गया था। वो आदमी तेलों के बोझ तले फूला-सा दिखता था। उसमें कुछ विकृत-सा लग रहा था, जैसे पोंछे से काग़ज़ पर ख़ून बहकर गिरा हो।

मेरा बोझ मुझे भारी लगने लगा, और मैंने अपनी ड्रॉइंग्स का फ़ोल्डर रिद्म हाउस के बरामदे में बैठे बच्चों के एक ग्रुप को पकड़ा दिया। मैं जो करना चाहती थी उसके लिए किसी टीचर की ज़रूरत नहीं थी।

मैंने अपने फ़ैसले के बारे में नाना-नानी को नहीं बताया, लेकिन मैं कोलाबा फ़ायर स्टेशन के पास रहने वाली एक बूढ़ी औरत के यहाँ पेइंग गैस्ट बनी रही। दिन के समय, मैं आधुनिक और समकालीन कला के बारे में पढ़ती, और किताबों में बनी तस्वीरों में कुछ जोड़ती या घटाती। मैंने पुरानी तस्वीरें देखीं, जिन्हें काली माता ने जमा करके मेरे लिए उनकी एल्बम बनवा दी थी। मैं चेहरों को और उन चीज़ों को काट देती जो मुझे याद नहीं थीं, जिन्हें मैं याद करना नहीं चाहती थी, और उन्हें काले शून्यों में बदल देती। मैं काग़ज़ के ऊपर तस्वीरें चिपकाती और ख़ाली भागों को नए सिरे से उस तरह बनाती जिस तरह मैं उन्हें चाहती थी।

शाम के समय, मैं अपनी मकान मालकिन की सूती साड़ियाँ उधार लेती और शहर की आर्ट गैलरियों में उद्घाटनों और पार्टियों में जाती। कुछ से मैं बात भी करती। ज़्यादातर मैं वाइन की चुस्कियाँ लेती और उन चीज़ों का आनन्द लेती जो सफ़ेद जगहों को भरती थीं।

मैंने जाना कि मैंने ज़िंदगी भर जो किया था उसका एक नाम भी था। हस्तक्षेप। मैं दस साल से हस्तक्षेप करती आ रही थी। मैंने जल्दी ही समझ लिया कि मैं क्या पसंद करती हूँ, क्या मेरे दिमाग़ में रुका हुआ है। पेंटिंग बस एक छाप थी। मैंने देखा कि ड्रॉइंग बुनियाद है। ज़मीन, दीवारें, आसमान। वो सारी चीज़ें जो वास्तविक थीं और फिर भी अबोध्य थीं। शहर हर रोज़ बदल रहा था, पुल, गगनचुंबी इमारतें, नए होटल। छोटे-छोटे पुर्तगाली बंगले गिराकर उनकी जगह मॉल बनाए जा रहे थे।

हर कोई बनाना चाहता था।

सिर्फ़ मेरी ही इच्छा उघाड़ने की थी।

यह विश्लेषण अब हास्यास्पद लगता है। सच्चाई यह है कि मुझे बस ड्रॉइंग ही आती थी। यह स्वचालित थी, ऐसी चीज़ थी जो मैं नींद में भी करती थी। अब भी मैं रंग की जटिलता को पूरी तरह नहीं समझ सकती हूँ। मैं जहाँ भी देखती हूँ, बस रेखाएं देखती हूँ।

पत्नी के प्रेम-प्रसंग की ख़बर पुणे में सार्वजनिक होने के बाद गवर्नर परिवार अपना फ़्लैट छोड़ देते हैं। नए पड़ोसी आ जाते हैं, एक अंग्रेज़ जोड़ा जिनके साथ एक बच्चा और एक फ़िलिपीनो आया आई है जिसे वो सिंगापुर से लाए हैं।

पत्नी एक प्लास्टिक के डिब्बे में आया के बनाए मेडेलीन लाकर अपना परिचय करवाती है। उनका नाम इलेन है और उनकी बेटी लाना है, और दोनों के कॉकनी लहजे हैं। बच्ची की आँखें नीली हैं—ऐसी नीली जिसे अभी तक मैं काली माता की आँखों का रंग ही समझती थी। ऐसा नीला रंग जो प्यार, जंगलों और सड़ते मांस की गंध की याद दिलाता है। इलेन ने अपने बाल अपनी बेटी के बालों जैसे रंग लिए हैं लेकिन उसके सिर के ऊपरी भाग में दो-दो इंच गहरी भूरी जड़ें दिख रही हैं। कुछ ही सैकंड में वो मुझसे पूछ लेती है कि क्या मेरा बच्चे पैदा करने का इरादा है।

मैं अपने सिर को थोड़ा-सा हिला देती हूँ।

वो हँसती है और कहती है कि यह उसकी ख़ुशक़िस्मती है कि उसकी एक बेटी है, बेटियाँ लाजवाब होती हैं, लड़कियाँ बहुत अच्छी होती हैं अलावा तब के जब वो टीनएजर होती हैं, तब वो कमीनी बन जाती हैं। वो कमीनी शब्द इस तरह बोलती है कि लाना न सुन सके, लेकिन लाना अपनी माँ को बोलते देख रही है।

मैं लाना को देखकर मुस्कुराती हूँ और हाथ हिलाती हूँ, और वो जवाब में शर्माकर मुस्कुराती है।

इलेन अपनी बेटी के सिर को इस तरह थपथपाती है जैसे यह छोटा-सा शिष्टाचार दिखाने के लिए उसे उस पर गर्व हो, और कहती है कि अभी वो अपनी बेटी को दुलार रही है जब तक वो उससे दुलार कर सकती हैं, क्योंकि बाद में सब कुछ बदल जाता है, बाद में उनका सारा ध्यान लड़कों पर, प्रॉम डेट पर, मेकअप पर, शादी के समय चर्च के गलियारे में चलने पर होता है, क्योंकि बेटी को गलियारे में माँ नहीं ले जाती है, यह अनुचित-सा लगता है।

सब कुछ हमेशा बाप और बेटी के बीच होता है, जैसे बाप-बेटी का डांस जहाँ बूढ़ी माँ ग़ायब होती है, वो दूध के डिब्बे वाली माँ होती है।

वो बोलती है तो मैं सिर हिलाती रहती हूँ, और मैं उसे बताती हूँ कि मैं पिताओं के बारे में ज़्यादा कुछ नहीं जानती क्योंकि मेरे पिता नहीं हैं।

तभी दिलीप रबर की एक गुलाबी गेंद लिए दरवाज़े पर दिखाई देते हैं और वो उसे लाना को दे देते हैं। मैं नहीं जानती कि गेंद कहाँ से आई, और मैं उन्हें घूरकर देखती हूँ। लाना उन्हें देखकर खुलकर मुस्कुराती है। इलेन हमें शुक्रिया बोलती है और कहती है कि उसे हमें बहुत जल्दी अपने घर बुलाना अच्छा लगेगा।

'तुम हमेशा इतनी गंभीर होती हो,' उनके जाने के बाद दिलीप कहते हैं। 'कभी-कभी हल्का-फुल्का रहने में कोई हर्ज नहीं होता।'

मैंने फिर से ड्रॉइंग शुरू कर दी, लेकिन इससे मेरा समय नहीं कटता है और मैं बोरियत से बचने के लिए बाहर जाना शुरू कर देती हूँ। कभी-कभी मैं लंच पर इलेन के यहाँ चली जाती हूँ। पास में ही लाना खेलती है, और विभिन्न सुरों पर ख़ुद से बातें करती है। उसकी माँ खिलकर मुस्कुराती है।

'बस बच्चे ही ख़ुद से बात करते हैं,' वो कहती है।

मैं उन्हें किस करते और एक दूसरे को गुदगुदाते देखती हूँ और सोचती हूँ कि पता नहीं मेरा अपना बच्चा कैसा होगा। मैंने हमेशा सोचा है कि मेरा एक लड़का होगा, हालांकि लड़की का आइडिया ज़्यादा दिलचस्प है। मुझे लगता है कि बेटी के साथ मेरा जुड़ाव ज़्यादा गहरा होगा, लेकिन हो सकता है कि उसके लिए मेरी भावनाएं कुछ ज़्यादा ही ज़ोर से चुभेंगी। पता नहीं उस तरह का दर्द मुझे रास आएगा या नहीं।

लाना एक गुलाबी हेयरबैंड और यूनिकॉर्न वाले मोज़े पहनती है। उसे अपनी नाक में उँगली डालना और वहाँ जो मिले उसका स्वाद लेना पसंद है।

जब दिलीप काम पर होते हैं तो मैं रोज़ाना अपनी माँ से मिलने जाती हूँ। मैं उन्हें वो बातें बताती हूँ जो और कोई नहीं जानता क्योंकि मुझे यक़ीन है कि उन्हें कुछ याद नहीं रहेगा।

मैं उन्हें बताती हूँ कि दिलीप जिस तरह से रेफ्रिजरेटर में चॉकलेट रखते हैं मुझे वो पसंद नहीं है।

वो रोज़ाना रात को उसमें से एक चौकोर टुकड़ा खाते हैं। वो कहते हैं कि उन्हें अपने मुँह का मज़ा बदलना अच्छा लगता है।

मैं उनसे पूछती हूँ कि उन्हें फ्रिज में चॉकलेट रखना क्यों पसंद है।

उनके पास लिस्ट तैयार है: 'यह ज़्यादा समय चलती है। मेरी मॉम भी इसी तरह रखती थीं। और मुझे यह ठंडी पसंद है। तुम्हें ठंडी नहीं पसंद?'

उन्होंने मुझे काग़ज़ का खुला हुआ पैकेट दिया। मैंने अपने हाथ में उसे देखा।

सोय लेसिथिन। नोचोला।

मैंने कंधे उचका दिए जैसे इससे फ़र्क़ नहीं पड़ता, लेकिन फ़र्क़ तो पड़ता है। ठंडी चॉकलेट को तोड़ना मुश्किल होता है। उसे बीच से तोड़ने पर एक आवाज़ होती है। ठंडी चॉकलेट को पिघलने में ज़्यादा समय लगता है। इसे कभी चोरी से या बड़ी मात्रा में नहीं खाया जा सकता। मैं अल्मारी से निकालकर चॉकलेट की लाइन की लाइन खा जाती हूँ, और किसी को पता भी नहीं चलता। फ्रिज में रखी चॉकलेट के साथ ऐसा नहीं किया जा सकता।

'यह तो जंगलीपन है,' मेरी माँ कहती हैं।

मैं उन्हें बताती हूँ कि कैसे मैंने एक छोटा-सा हैंडबैग पैक किया, अपना पासपोर्ट और कुछ ज्वैलरी ली, और एक सुबह दिलीप को छोड़ गई थी। किस तरह मैं दिन भर अपनी कार में बैठी रही और अपनी त्वचा को बुरी तरह काटती रही, लेकिन डिनर के समय तक घर लौट आई। उन्हें कभी पता भी नहीं चला।

दिलीप माइग्रेन, कमज़ोरी और टांगों में बेचैनी की शिकायत करने लगे हैं। वो जब भी रेड वाइन पीते हैं तो उनकी हथेलियाँ पसीज जाती हैं। मैं एक डॉक्टर से अपॉइंटमेंट लेती हूँ और दिलीप की ब्लड रिपोर्ट्स निराशाजनक आती हैं। एनीमिक, विटामिन डी और बी12 की कमी। डॉक्टर सफ़ाई मांगते हुए मुझे देखता है।

मैं डॉक्टर से पूछती हूँ कि क्या उनके लक्षणों का कारण ये कमियाँ ही हैं। डॉक्टर मुझसे पूछता है कि हम पुणे में कहाँ रहते हैं। मैं उसे बताती हूँ। वो कहता है कि उसकी एक भतीजी भी उसी बिल्डिंग में रहती है, और कि दिलीप को सप्लीमेंट की ज़रूरत है।

मैं उससे दिलीप की हथेलियों में आने वाले पसीने के बारे में पूछती हूँ।

'उनका क्या?'

'क्या सप्लीमेंट लेने से इसमें भी सुधार आएगा?'

डॉक्टर अपने हाथ मेज़ पर रखता है और कहता है कि अगर मैं चाहूँ तो किसी दूसरे डॉक्टर को भी दिखा सकती हूँ।

घर वापस आते हुए हम फ़ार्मेसी पर रुकते हैं। शेल्फ़ों में अलग-अलग रंगों और लोगो वाली बोतलें लगी हुई हैं। मैं एक बोतल उठाती हूँ और उसके पीछे देखती हूँ।

'मैं इसे नहीं उठाता,' दुकान का मालिक कहता है।

'क्यों?' सामने लकड़ी के एक कुँदे पर पैर रखे एक बलिष्ठ आदमी की तस्वीर लगी है। लगता है कि दिलीप को इसी की ज़रूरत है।

'बी12 का यह रूप जैव उपलब्ध नहीं है।'

मैं ख़ाली-ख़ाली नज़रों से उसे घूरती हूँ।

'यह मैथिलेटेड नहीं है।'

दिलीप अपनी आँखें मलते हैं।

'यह लीजिए,' सेल्समैन उसी क़तार से एक और बोतल निकालकर कहता है। यह बैंगनी रंग का और इस पर फूलों के मैदान जैसे कई रंगों के डीएनए सूत्र बने हैं। 'यह बेहतर विकल्प है।'

मैं उससे पूछती हूँ कि कोई ब्रांड ऐसा बी12 सप्लीमेंट क्यों बेचेगा जो जैव उपलब्ध न हो। वो कहता है कि उसे नहीं पता। वो दिलीप और मुझसे परे दुकान में इधर-उधर देख रहा है। मुझे लगता है कि वो और किसी सवाल का जवाब नहीं देना चाहता।

अगले हफ़्ते मुझे अहसास होता है कि मुझे हमारे घर की हर चीज़ नापसंद है।

मैं दिलीप को बताए बिना एक डेस्क और कुर्सी ख़रीद लेती हूँ, और फिर से ड्रॉइंग शुरू कर देती हूँ। पहले दिन मेरे हाथ पसीजते हैं और मेरे हाथ काग़ज़ पर धब्बे डाल देते हैं। बाद की कोशिशें ज़्यादा आसान रहती हैं। मैं तस्वीर से बहुत दूर महसूस करती हूँ लेकिन मुझे समझ नहीं आ रहा कि कुछ नया कैसे शुरू करूँ। ड्रॉइंग में मेरे दिन का बस एक घंटा लगता है।

मैं दूसरे विलक्षण से प्रोजेक्ट ढूँढ़ती हूँ जिन्हें मैंने अपनी नोटबुकों और स्प्रेडशीट में लिखा हुआ है, लेकिन अब उनमें कोई तुक नज़र नहीं आती। विचारों से प्रासंगिकता निचुड़ गई है, जिससे वो भुरभुरे हो गए हैं।

मेरी काम की ज़िंदगी का छोटा-सा चौखटा, जो दुनिया और दूसरी आवाज़ों से दूर है, आज दमनकारी-सा लग रहा है। काश मैं अपने काम को फिर से, इस प्राइवेट कमरे से किसी और जगह, अंजाम दे सकूँ जहाँ यह लोगों के विचारों और शरीरों से टकरा सके।

क्या मैं कुछ ज़्यादा ही समय से तन्हा रह रही हूँ?

और वैसे भी, अब कोई नया काम नहीं है, सिर्फ़ एक पुराना प्रोजेक्ट है जिसके दिन लद चुके हैं और जिस पर मैं अब भी लगी हूँ, कोल्हू के बैल की तरह इस अजनबी चेहरे पर लगी पड़ी हूँ, एक ऐसा चेहरा जिसे मैं ठीक से जानती तक नहीं हूँ, एक ऐसा चेहरा जो अब किसी चेहरे जैसा नहीं रहा है, इसे मैं इतने समय से भंभोड़ती रही हूँ।

मैं पेंसिल नीचे रखती हूँ और पूर्वी को कॉल करती हूँ। मुझे उससे मिले कई महीने हो चुके हैं और उसे मेरी आवाज़ सुनकर हैरत होती है। वो कहती है कि वो हमारी क्लब की सैरों को मिस करती है। वो ब्रिज और मा-जाँग खेलना सीख रही है, और मेरी अनुपस्थिति में उसने बहुत प्यारे दोस्तों का एक ग्रुप बना लिया है।

मैं उसे बताती हूँ कि मुझे समझ ही नहीं आ रहा है कि मैं क्या करूँ, कि मुझे लग रहा है जैसे मैं अपनी कल्पना खो बैठी हूँ।

वो कहती है कि उसे कभी लगा ही नहीं कि मेरे काम के लिए बहुत कल्पना की ज़रूरत है, कि मैं एक ही तस्वीर को तो बार-बार बनाती रही हूँ।

मैं उसे समझाती हूँ कि मेरा मतलब एक और क़िस्म की कल्पना से था, वो जो एक ऐसी दुनिया की खोज करे जिसमें मेरा काम अहम हो। लेकिन दिन

अंतहीन और चमकदार लगते हैं, इसलिए ऐसा लगता ही नहीं है कि समय आगे बढ़ रहा है।

मैं पूछती हूँ कि क्या उसे ऐसा लगता है कि मुझे नौकरी कर लेनी चाहिए। जब वो जवाब देती है तो मुझे उसकी आवाज़ में मुस्कुराहट सुनाई देती है।

'मुझे नहीं लगता कि आजकल नौकरी ढूँढ़ना इतना आसान है, और तुमने बरसों से असल में कोई नौकरी की भी नहीं है।'

'हाँ, यह तो मैं जानती हूँ,' मैं जवाब देती हूँ, लेकिन यह अहसास मेरे अंदर एक ज़लज़ले की तरह उतरता चला जाता है। अगर कल मुझे नौकरी चाहिए हो, तो मुझे नौकरी नहीं मिलेगी। अगर दिलीप मुझे छोड़ दें तो मेरे पास गुज़ारे का कोई जरिया नहीं होगा।

लेकिन वो मुझे क्यों छोड़ेंगे?

लेकिन अगर वो मुझे छोड़ ही दें और मुझे अपनी माँ के घर वापस जाना पड़े, तो मैं कैसे ज़िंदगी चलाऊँगी? नाना जा चुके हैं, और नानी शायद उस तरह से मेरी देखरेख नहीं कर सकेंगी जैसे वो करते। मैं कहाँ काम करूँगी?

शायद पूर्वी अपनी नई दोस्तों से पूछ सकती है कि वो कुछ बता सकती हैं क्या। मैं अपने दिमाग़ में अपने सभी जानकारों की सूची पर नज़र डालती हूँ और उन लोगों को हटा देती हूँ जिनका मेरे साथ बर्ताव अच्छा नहीं है।

और फिर माँ हैं। मुझे उनकी भी देखभाल करनी होगी। कुछ नहीं कहा जा सकता कि समय बीतने के साथ उनके मैडिकल बिल कितने होंगे।

मैं उस छोटी सी सेफ़ के पास जाती हूँ जो दिलीप ने अलमारी में लगाई थी और कोड डालती हूँ। दरवाज़ा खुल पड़ता है और मैं मख़मली केसों का एक छोटा-सा ढेर निकालती हूँ।

कुछ ज्वैलरी मेरे परिवार से है, कुछ उनके।

एक घड़ी जो उनके पिता ने उनके लिए ख़रीदी थी।

एक चांदी का झुनझुना जो बचपन में उनका था।

कुछ अमेरिकी करेंसी और सोने के सिक्के।

आज इस सबकी क़ीमत कितनी होगी? मैं इसकी क़ीमत लगवाने का सोचती हूँ, लेकिन तीन तो बज ही चुके हैं और दिलीप साढ़े पांच तक घर आ सकते हैं।

मैं अब तक के हर फ़ैसले के बारे में सोचती हूँ जो मुझे यहाँ तक लाया है, और मैं सोचती हूँ कि इनमें से कितने इसलिए लिए गए थे कि वो आसान थे।

मैं पूर्वी को फिर से फ़ोन करती हूँ और अपनी चीज़ों की क़ीमत का अंदाज़ा लगवाने के लिए मैं उससे उसके ज्वैलर का नंबर मांगती हूँ।

वो कहती है कि मैं बोर हो गई सी सुनाई दे रही हूँ। 'शायद यह बच्चा पैदा करने के लिए सही समय है।'

बच्चा।

वो हँसती है और जवाब में मैं भी हँसने लगती हूँ, और ख़ामोशी आवाज़ से भर जाती है।

बच्चा। बच्चा समय और जगह लेगा, बच्चा दिन को भर देगा। बच्चा मुझे अटूट ढंग से दिलीप के साथ बांध देगा, मुझे पत्नी से माँ बना देगा। हो सकता है तब मैं डर जाऊँ। एक बार मैं उसका बच्चा पैदा कर दूँगी तो वो मुझे कभी छोड़ नहीं सकेगा। वो कभी ऐसा नहीं चाहेगा।

मेरे अंदर राहत फूट पड़ती है।

रात को मैं कपड़ों के बिना बिस्तर पर आती हूँ, और जब हम सेक्स करते हैं, तो मैं उसके कान में फुसफुसाती हूँ कि वो मेरे अंदर स्खलित हो सकता है क्योंकि मुझे माहवारी होने वाली है जबकि मुझे नहीं होने वाली है।

इलेन के ज़रिए, मैं यूके में एक लाइफ़ कोच से संपर्क करती हूँ जिसकी विशेषज्ञता अलज़ाइमर्स और स्मृतिलोप के दूसरे स्वरूपों से पीड़ित लोगों के तीमारदारों की मदद करना है। हम फ़ोन पर बात करने के लिए एक समय तय कर लेते हैं।

मैं उनसे कहती हूँ कि मुझे नहीं पता था कि यह क्षेत्र इतनी विशेषज्ञता वाला है। वो कहती हैं कि तीमारदारों को भी देखभाल की ज़रूरत होती है। मैं बाद में देखती हूँ कि यह उनकी वेबसाइट में नीचे लिखा हुआ है। वो जब ऐसा कहती हैं तो मेरा दिल हँसने का करता है, लेकिन उनकी आवाज़ एकदम गंभीर है।

उनका मानना है कि मैंने अभी समझना शुरू भी नहीं किया है कि मैं कितने ख़तरे में हूँ, कि किस तरह वास्तविकता पर मेरी पकड़ टूक-टूक हो रही है।

मैं शुरू में इस बात का विरोध करती हूँ, लेकिन जल्दी ही मुझे लगने लगता है कि उनकी बात समझ में आने वाली है। 'इससे मेरे पति के साथ समस्याएं पैदा हो रही हैं,' मैं स्वीकार करती हूँ। 'कभी-कभी मुझे विवाहित होने से नफ़रत होने लगती है। कभी-कभी मुझे लगता है कि मैं अपनी माँ बनती जा रही हूँ।'

'वास्तविकता ऐसी चीज़ है जिसका सह-लेखन किया जाता है,' वो महिला कहती हैं। 'यह समझ में आने वाली बात है कि यह आपको परेशान करने वाला लगने लगा है। जब कोई कहता है कि कोई चीज़ वैसी नहीं है जैसा आप उसे समझते हैं, तो उससे मस्तिष्क में हल्के झटके पैदा हो सकते हैं, मस्तिष्क की गतिविधि में विविधताएं आ सकती हैं, और अवचेतन में संदेह पैदा होना शुरू हो सकते हैं। आपके ख़्याल से लोग आध्यात्मिक जागरूकता का अनुभव क्यों करते हैं? ऐसा इसलिए है कि हमारे आसपास लोग व्यस्त हैं। उन्माद एक ऐसा चार्ज है जो छुतहा है।'

'तो आप कह रही हैं कि मेरी माँ छुतहा हैं?'

'नहीं, मैं ऐसा नहीं कह रही हूँ। वैसे, शायद एक मायने में कह भी रही हूँ। हम सक्रिय रूप से यादें बनाते हैं। और हम उन्हें मिलकर बनाते हैं। और दूसरे लोगों को जो याद होता है, उसकी छवि में हम यादों का पुनर्निर्माण भी करते हैं।'

'डॉक्टर कहते हैं कि मेरी माँ ग़ैरभरोसेमंद बन गई हैं।'

'हम सभी ग़ैरभरोसेमंद हैं। अतीत में ऐसा उत्साह प्रतीत होता है जो वर्तमान में नहीं होता।'

'आपके ख़्याल से ऐसा क्यों होता है?' मैं जवाब को लगभग सुने बिना पूछती हूँ। हम एक दूसरे से ज़ाहिर सी बातें करते रहते हैं, ऐसी बातें जो कि मैं चाहती हूँ कि वो कहें क्योंकि मुझे उन बातों को किसी दूसरे व्यक्ति से सुनने की ज़रूरत है।

मैं महसूस करती हूँ कि मैं मोटी होती जा रही हूँ, फैल रही हूँ, भीगी होती जा रही हूँ, सब कुछ थोड़ी ज़्यादा होती जा रही हूँ। कुछ समय तक मैं ख़ुद को संभालने की कोशिश करती हूँ, और किशोरावस्था की बात याद करती हूँ कि विशाल होना कमज़ोर होना है, थोड़ा बेक़ाबू होना है। लेकिन धीरे-धीरे मैं ऐसा होने देती हूँ, हालात में बदलाव के साथ समझौता कर लेती हूँ, इस विश्वास के साथ कि रिश्ते बदलते रहते हैं और कि हम एक दूसरे के फ़ैसलों के रहमो-करम पर होते हैं।

एक बात और भी है: मेरी महक में बदलाव आ गया है। दिन ख़त्म होने तक मुझे नहाना पड़ता है। मेरी बग़लें चरपरी हो जाती हैं और रिसाव से मेरे अंडरवियर में गंध आने लगती है। मैं यह जानने के बाद खीझ जाती हूँ, दिन में कई बार ख़ुद को धोती हूँ, लेकिन इसके नतीजे में यीस्ट इंफ़ेक्शन, एंटीबायोटिक्स के कोर्स और लगातार खुजली रहने लगती है। मैं अपना खाना बदलती हूँ, सिर्फ़ फल खाने की जगह कोई फल नहीं, ग्लूटेन और डेरी फ्री की जगह शीशे की बोतलों में बेबी मैश, कुछ न खाने की जगह हर दो घंटे पर खाना, लेकिन किसी चीज़ से मदद नहीं मिलती। मुझे शक होने लगता है कि वजह मैं नहीं बल्कि पर्यावरण है, कि मैं किसी हाइपोटॉनिक पेट्री डिश में एक कोशिका हूँ, और मुझसे उठने वाली दुर्गंधें होमियोस्टैसिस के हित में हैं। मैं ख़ुद को समझाती हूँ कि यह प्राकृतिक है।

दिलीप के बॉस हमें जापानी खाने के लिए बाहर ले जाते हैं। यह एक महंगा रेस्तरां है, पुणे में अपनी तरह का अकेला, और हमारा खाना कोर्सों में लगाया जाता है। मछली कच्ची है, या कभी-कभी एक मशाल पर गर्म की जाती है, और फिर चिपचिपे चावल के सिलिंडर पर हाथ से उसे आकार दिया जाता है। प्लेट में हर टुकड़ा एक पराजित जीभ की तरह पड़ा है। दिलीप सलाद खाते हैं जबकि मैं उस टुकड़े को मुँह में रखती हूँ और उसे पिघलते महसूस करती हूँ। स्टार्च, वसा और नमक। मांस बिखर जाता है और एक क्षण को मुझे यक़ीन हो जाता है कि मेरा मुँह घुल रहा है। मैं सोच में पड़ जाती हूँ कि क्या स्वाद इसलिए ज़्यादा तीव्र हैं कि मेरी जीभ अपने ही किसी दर्पण के संपर्क में आ गई है, और क्या यह अनुभव उपभोग और चुम्बन के बीच कहीं है। दिलीप मुझे देखते हैं और मेज़ को थपथपाते हैं, लेकिन मैं देखती हूँ कि वो भी अपने गले से उतार रहे हैं।

कभी-कभी, अपने दिवास्वप्नों में, मैं अपने पिता के साथ माँ के रोमांस का अंत चलाती हूँ। वो उनसे कहती हैं कि वो उन्हें छोड़ रही हैं, कि उन्हें अपने गुरु और अपना उद्यम मिल गया है, कि उनके पेट में उनका बच्चा है, और वो उनके फूले हुए पेट को देखते हैं और, पल भर को, टूट जाते हैं। माँ को लेकर कोई बात उन्हें घिनाती है—आने वाली प्रेग्नैंसी, शायद यह फ़िक्र भी कि यह बच्चा उनका है भी या नहीं। वो माँ के चेहरे को देखते हैं और सवाल करते हैं कि क्या उन्हें इस औरत की इतनी चिंता है कि वो यह चाहें कि वो रुकी रहें।

एक मनोथेरेपिस्ट ने जिससे मैं कुछ साल पहले दिलीप की ज़िद पर मिली थी, मुझसे कहा था कि मेरी माँ के मेरे पिता को छोड़ने और मेरे पिता के हम दोनों को जाने देने ने सारे रिश्तों के बारे में मेरे दृष्टिकोण को आकार दिया है। मुझे लगा कि यह कुछ ज़्यादा ही आसान है और मैंने ऐसा कह दिया।

'और इससे क्या यह बात समझ नहीं आती कि लोग चले जाना चाहते हैं?' मैंने पूछा।

थेरेपिस्ट ने कुछ लिखा और मुझसे तफ़्सील से बताने को कहा।

मैंने कहा कि रुकने में भाग जाने वाला आकर्षण और रहस्य नहीं है। रुकने का मतलब स्थिर होना, संतोषी होना है, यह मानना है कि हमेशा बस यही सब रहेगा। क्या हम ऐसे प्राणी नहीं हैं जिसे तलाशने, खोज करने, प्रभुत्व हासिल करने के लिए बनाया गया है? क्या हमें यह विश्वास करने के लिए नहीं बनाया गया है कि हमेशा कुछ बेहतर हो सकता है?

'मैं अपनी माँ को इल्ज़ाम नहीं देती,' मैंने थेरेपिस्ट से कहा, हालांकि मैं जानती हूँ कि मैं उन्हें इल्ज़ाम देती हूँ और हमेशा देती रही हूँ।

'क्या बचपन में आपको चिंता होती थी कि वो आपको छोड़ देंगी? क्या आपको चिंता होती है कि अब आप उन जैसी हैं?'

उसके तुरंत बाद मैंने थेरेपिस्ट से मिलना छोड़ दिया क्योंकि वो बहुत ज़्यादा सवाल पूछती थीं। क्या उनका काम चुप बैठकर सुनना नहीं था? वास्तव में, मेरे माँ-बाप के अलग हो जाने से कहीं बुरे वो सारे अनुत्तरित सवाल थे जो वो पूछती थीं, वो जो अभी तक ज़हन में तैरते रहते हैं। जब भी मैं किसी सवाल का जवाब देने के क़रीब पहुँचती, तो संदेहों की एक पूरी श्रृंखला हावी होने लगती। पता नहीं भौतिकी-शास्त्रियों को उस समय कैसा भय महसूस हुआ होगा जब न्यूटन के सिद्धांत माइक्रोस्कोप की जांच में विफल हो गए थे। उन्होंने कुछ

ज़्यादा ही कुरेदा था। उनमें से कई इच्छा करते होंगे कि उन्होंने जो देखा था उसे अनदेखा कर सकें और ज़्यादा सरल दौर में वापस जा सकें। मुझे तो प्रश्न चिह्न भी हमेशा अजीब ही लगे हैं, किसी बुरे सपने के हाथ से निकला कोई हुक।

हम मेरी माँ को फिर से स्टूडियो में स्थापित कर देते हैं। मैं ज़्यादातर सामान को हटाकर बक्सों में बंद कर देती हूँ। दिलीप पूछते हैं कि बच्चा कहाँ जाएगा।

'हमारे कमरे में,' मैं कहती हूँ।

'और मेरी माँ?' उनकी माँ डिलीवरी के लिए आने का इरादा कर रही हैं। 'वो कहाँ ठहरेंगी?'

मैं कहती हूँ कि हम अपने सोफ़ों में से एक को पुल-आउट बेड से बदल सकते हैं। उन्हें यह सुझाव बुरा-सा लगता है, लेकिन वो बहस नहीं करते।

मैं माँ को कई क़िस्म के फ़ैट की डाइटिंग पर लगा देती हूँ। मैंने कहीं पढ़ा है कि फ़ैट जलाने वाला दिमाग़ साफ़ हो जाता है। शुगर को जलाने वाला दिमाग़ मलिन होता है। मैं उनकी प्रोबायोटिक डाइट शुरू करा देती हूँ और कभी-कभी कॉफ़ी एनीमा भी देती हूँ। मैं सख़्त और निष्ठुर हूँ—उनकी प्लेट पर अत्याचारी। वो हर खाने में आयातित अवोकाडो खाती हैं, और मैंने घर से सारी चीनी हटा दी है।

सुबह को, हम उनके कीटोन स्तर की जांच करते हैं और उन्हें एक काग़ज़ पर रिकॉर्ड कर लेते हैं। अगर हम इसे कम करके मेटाबोलिक समस्या या किसी भटके हुए माइटोकॉन्ड्रिया या एपप्टोसिस की नाकामी तक ला सकें, तो हम इसे ठीक कर लेंगे। हम सब मिलकर मुक्ति प्राप्त कर लेंगे।

मैं उनके रुटीन में जड़ी-बूटियों के अर्क़ का मिश्रण भी जोड़ती हूँ। एस्ट्रागेलस की जड़ और बरबरीन।

तीन दिन में ही, उनका इंसुलिन-प्रतिरोधी दिमाग़ ज़्यादा सजग हो जाता है। वो मुझसे पूछती हैं कि मैं कैसी हूँ, प्रेग्नैंसी से मुझे कोई परेशानी तो नहीं हो रही है।

वो ऐसा कहती हैं तो मैं रोने लगती हूँ। मैंने उन्हें बच्चे के बारे में पहले भी बताया था, लेकिन उनकी प्रतिक्रिया हमेशा ऐसी होती थी जैसे यह कोई नई जानकारी हो।

मैं कहती हूँ कि मुझे लगता है कि हमें उनसे व्रत करवाना चाहिए।

वो मुस्कुराती हैं।

मैंने गणना की है कि उनमें इतना फ़ैट मौजूद है जिस पर वो दो सौ दिन तक ज़िंदा रह सकती हैं। इतना समय उनके दिमाग़ की चीनी पर व्याकुल निर्भरता को दबाने के लिए काफ़ी है।

'तुम्हारा मतलब मैं कुछ नहीं खाऊँगी? दो सौ दिन तक?'

मैं हँसती हूँ। 'नहीं, इतने लंबे समय तक नहीं। चिंता मत कीजिए, माँ। हम यह मिलकर करेंगे। अब आप मेरे साथ हैं। मैं आपकी देखभाल करूँगी।'

उस रात बिस्तर पर, मैं इतने हफ़्तों में पहली बार अपनी स्केचबुक निकालती हूँ। मैं पिछले साल डॉक्टर के ऑफ़िस से उलझे हुए मस्तिष्क का स्केच बनाना शुरू करती हूँ। यह अंधेरे आसमान में बनता है। नीचे, मैं युद्ध का वो दृश्य फिर से बनाती हूँ जो मैंने डॉक्टर को पेश किया था। इस बार यह स्पष्ट है। इस बार डॉक्टर को इसमें कोई कमी नहीं मिलेगी।

शुरू में वो डंडियाँ हैं जिन्हें मैं भरती हूँ, ल्यूकोसाइट्स, प्रतिक्रियाशील ऑक्सीजन प्रजातियाँ। ज़मीन पर लाशें हैं, ऐसी कोशिकाएं जिन्हें साफ़ करना है। क्षतिग्रस्त अपनी ही सतह पर सजी हुई हैं, अपनी घायल स्थिति की ओर इशारा करते हुए, और उनका निपटारा कर दिया जाता है। यह ऑटोफ़ेजिक मशीन को प्रेरित करता है। वायुमंडल में एक छिद्र से यह एक पौराणिक, कई अंगों वाले प्राणी के रूप में उभरता है। दूर कहीं बाक़ी का ग्रह शांत है। अंग अपने काम जारी रखते हैं, मेटाबोलिज़्म अपना राज जारी रखता है। लैंगरहैंस के टापू दूर समुद्र में स्थित हैं।

यूनानी में, ऑटोफ़ेजी का अर्थ ख़ुद को निगल लेना है। मैं ड्रॉइंग बनाती रहती हूँ, उनके शरीर में ऐसा होने की इच्छा करती हूँ, आशा करती हूँ कि मैं वो कर पाई हूँ जो किसी और ने नहीं किया है, कि मैंने अपने निरन्तर शोध के ज़रिए उनका इलाज ढूँढ़ लिया है।

मेरा पेट ग़ुर्राता है। गर्मी मेरे सीने से ऊपर चढ़ने लगती है लेकिन मेरे अंगों में पहुँचने से पहले रुक जाती है। मैं कांपने लगती हूँ।

सुबह को, मैं चौंधियाने वाली धूप में जागती हूँ। कमरा तप रहा है।

और तब मेरा ध्यान जाता है कि माँ कमरे में हैं। मैं बेड पर दिलीप वाली साइड पर करवट लेती हूँ। वो जहाँ सोए थे वहाँ सिलवटें पड़ी हुई हैं। मैं पसीने में नहाई हूँ और मेरा हलक़ जल रहा है। मुझे अगरबत्ती की गंध आती है। मेरा पेट दहाड़ता है, और मुझे याद आता है कि मैंने कल शाम से कुछ नहीं खाया है।

'दिलीप कहाँ हैं?' मैं कहती हूँ। मेरी आवाज़ कर्कश है।

'ऑफ़िस' वो जवाब देती हैं। वो पूरी तरह तैयार हैं, टहलने वाले जूते पहने हुए हैं, जैसे वो घर से निकलने ही वाली हों। वो मेरी ओर से पलट जाती हैं, उनके हाथ उन डिब्बों में हैं जिनमें वो सामान है जो कभी मेरे स्टूडियो में हुआ करता था।

सावधानी से की गई व्यवस्था को बिगाड़ा जा रहा है।

चीज़ें ज़मीन पर आड़ी-तिरछी पड़ी हैं।

रंगीन कांच की बोतलें।

आज़ादी से पहले के सिक्के।

अख़बारों और पत्रिकाओं की कतरनें।

मुझे घबराहट सी होती है, लेकिन जब मैं खड़ी होने की कोशिश करती हूँ तो मुझे चक्कर आ जाते हैं।

'तुम्हें यह कैसे मिली?' वो पूछती हैं।

'क्या?' मैं पूछती हूँ। मैं अपनी गर्दन उचकाती हूँ, लेकिन देख नहीं पाती कि उनके हाथ में क्या है।

'यह।' वो मुड़ती हैं। यह एक छोटा-सा तीन गुणा पांच का फ़ोटो है।

मुझे ख़ून अपने चेहरे की ओर चढ़ता महसूस होता है। क्या यह अब भी गर्मी की वजह से है? मैं उस फ़ोटो के बारे में अब बात नहीं करना चाहती। क्या मैंने उसे नष्ट नहीं कर दिया था? मैं इसमें नहीं पड़ना चाहती।

'मुझे नहीं पता,' मैं कहती हूँ।

मैं उनके चेहरे के भाव से समझ जाती हूँ कि उन्हें मेरी बात का यक़ीन नहीं हुआ है। उनमें एक ऐसी स्पष्टता है जो मैंने काफ़ी समय से नहीं देखी है। खाने, व्रत रखने, या शायद फ़ोटो ने, किसी याद को स्पर्श कर लिया है।

माँ को इस बात का विश्वास है कि हम किसी चीज़ की कगार पर हैं, कि इसके बाद कुछ भी पहले जैसा नहीं रहेगा। इसी विश्वास ने काली माता को घेर लिया था जब मैं आख़री बार उनसे मिली थी और उनकी भारी-भरकम, प्यार भरी बांहों को झटककर बंबई चली गई थी।

'तुम्हें यह कैसे मिली?' वो दोहराती हैं। उनकी आँखें फैली हुई हैं, और उनके हाथ फ़ोटो को मज़बूती से पकड़े हुए हैं।

'मुझे याद नहीं,' मैं कहती हूँ। 'हो सकता है फ़ोटो मैंने खींची हो।'

वो अपना सिर धीरे-धीरे हिलाती हैं और फ़ोटो को बेड पर रख देती हैं। रज़ा की त्वचा उसी रंग की है जिस रंग का मेरा बिस्तर है। वो उस तस्वीर से मुझे देख रहा है, जिस पर मेरी माँ के हाथ से एक नई सिलवट पड़ गई है।

'यह तुमने नहीं खींची थी, क्योंकि यह मैंने खींची थी। सिर्फ़ तभी एक बार उसने मुझे अपना कैमरा छूने दिया था। अपना क़ीमती कैमरा। वो पीछे की चीज़ों की ओर इशारा करती हैं, फ़िल्म का भड़कीला-सा पोस्टर, मद्रास-चेक की शर्ट जो उसने अपने कान के पीछे सिगरेट को खोंसते हुए पहनी थी।

'तो हो सकता है यह मुझे मिली हो। मुझे यह घर में मिली और मैंने रख ली।'

वो बेड के किनारे पर बैठ जाती हैं और चादर को ठीक करती हैं। 'जब वो गया था तो यह उसके कैमरे में ही थी। उसने तब तक फ़िल्म को डेवलप नहीं किया था।'

माँ फ़ोटो को देखती हैं और उसे पलटती हैं। जिस दुकान में फ़ोटो डेवलप की गई थी उसकी मुहर पीछे लगी हुई है। उसमें लिखा है, *जे. मेहता एंड सन्स।* उसके नीचे *मुम्बई* शब्द लिखा है।

वो अपनी उँगलियाँ उन शब्दों पर फेरती हैं और मुझे देखती हैं। 'यह फ़ोटो बॉम्बे में डेवलप की गई थी।'

मैं सांस खींचती हूँ और छोड़ती हूँ, लेकिन मुझसे पहले वो बोल पड़ती हैं।

'जब मैंने तुम्हारा शो देखा था, जब मैंने हर दीवार पर उसका चेहरा देखा था, मैं तभी समझ गई थी कि तुम मुझसे कुछ छुपा रही हो।'

2003

वाइन में एक अम्लीय तीखापन है।

मैं चूड़ीदार ढक्कन वाली बोतल से प्लास्टिक के अपने पारदर्शी कप में थोड़ी और वाइन लेती हूँ।

एंथ्रोपोफ़ेजियो। दीवार पर स्टेंसिल किया हुआ क्यूरेटोरियल संबंधी विस्तृत निबंध इसे नरभक्षण के रूप में परिभाषित करता है, जो ब्राज़ीलियन कला के इतिहास में लंबे समय से एक महत्वपूर्ण अवधारणा रही है। समावेश और पाचन से कुछ नया पैदा होता है। कुछ ख़ास। आज के शो का कलाकार हाल ही में बेलो ऑरिज़ॉन्टे में रहने के बाद लौटा है।

एक और कलाकार जिसके साथ मैं बाहर सिगरेट पी रही हूँ, इस काम को अमौलिक कहता है। मैं टैक्स्ट में व्याकरण की कुछ ग़लतियाँ बताती हूँ। हम हँसते हैं और वो एक कसकर बनाई गई सिगरेट निकालता है। मुझ पर उस समय पॉल थेक का जुनून सवार है, और मैं इस बात से आकर्षित हूँ कि वो अस्तित्वहीन से प्रतीत होते हैं। वो बस कभी-कभी एक पार्श्व टिप्पणी या प्रेत के हाथ के रूप में दिखाई देते हैं, लेकिन मुख्य कार्यक्रम के रूप में कभी नहीं।

दूसरा कलाकार इक़रार में सिर हिलाता है और मुझे केप टाउन में अपनी गुरु के बारे में बताता है। वो सांकेतिकता की टीचर थीं जिनका मुँह हमेशा अनार जैसा लाल रंगा रहता था। वो बड़े जोशो-ख़रोश से बोलती थीं कि उन्हें हमारी पीढ़ी कितनी अजीब और दूरस्थ लगती है, जो टेलीविज़न और मुखमैथुन के प्रति जुनूनी है, और वो ज़ोर देकर कहती थीं कि मुखमैथुन सांस्कृतिक और कालिक वैशिष्ट्यपूर्ण होते हैं।

'क्या तुम्हें एक सैकंड को भी लगता है कि तुम्हारी दादियों ने कभी अपने पतियों के लिंगों को अपने मुँह में लेने का सोचा भी होगा?' उन्होंने हँसते हुए पूछा था।

उसकी बाक़ी की कहानी मेरे सिर से गुज़र जाती है जब एक ऐसा चेहरा जिसे मैं पहचानती हूँ मेरे चेहरे से कुछ ही इंच दूर दिखाई दे जाता है। वो चेहरा मुस्कुरा रहा है।

'रज़ा।'

'कैसी हो? यहाँ क्या कर रही हो?' वो मुझे एक लंबे आलिंगन में जकड़ लेता है। मुझे व्हिस्की और पसीने की गंध सिर्फ़ तब आती है जब वो हट जाता है।

बाद में, मैं महसूस करती हूँ कि रज़ा मुझे देख रहा है। हम उसके वन बेडरूम अपार्टमेंट में हैं। उसके साथ जाने के लिए राज़ी होने से पहले हमने उद्घाटन में थोड़ी और वाइन पी थी।

वो बेधुले कपड़ों के ढेर और बर्तनों से भरे एक गंदे से सिंक के पास खड़ा है। वो कहता है कि आज उसकी मेड नहीं आई है। वो अपनी बीवी का कोई ज़िक्र नहीं करता। मैं सोचने लगती हूँ कि क्या मेड से उसका मतलब अपनी बीवी से है लेकिन मैं पूछती नहीं क्योंकि मुझे डर है कि अल्कोहल ने जो भी मोह बुना है कहीं वो टूट न जाए।

सारा घर उजाड़-सा लग रहा है। मुझे इससे उलझन हो रही है, लेकिन रज़ा द्वारा फिर से परेशान किया जाना अच्छा लगता है, एक परिचित सी खुजली।

वो मुझसे पूछता है क्या मैं बाहर चलना चाहूँगी।

'कहाँ?'

वो कहता है उसके दोस्तों से मिलने। मैं इक़रार में सिर हिलाती हूँ, और मुझे अहसास होता है कि मेरी माँ कभी उसके किसी दोस्त से नहीं मिलीं। वो काम करना अच्छा लगता है जो उन्होंने कभी नहीं किया था।

उसके दोस्त कुछ ख़ास नहीं हैं लेकिन मैं प्रभावित होना चाहती हूँ। उनमें नमिता है, जिसने एक रिंग पहनी है जो उसकी नाक के बीच में पड़ी है। वो अपनी जीभ से रिंग को छू सकती है, और उसे आगे-पीछे कर सकती है। वो मुझसे बड़ी है, लेकिन ज़्यादा नहीं। उसका बॉयफ्रेंड करण भी आता है। वो

संगीत और ड्रग्स के बिना कभी घर नहीं छोड़ता। वो बार-बार अपनी दाढ़ी को खुजाता है, और गहरी सोच में होने पर अपने होठों को भींच लेता है।

हम शहर से बाहर, बंबई के उपनगरों के परे जंगल में एक गुप्त पार्टी में जाते हैं। वहाँ पहुँचने में दो घंटे लगते हैं। जगह अंतिम क्षण तक अज्ञात रहती है, और हम उधार ली हुई कारों में रात को चलते हैं, और मार्गदर्शन के लिए हाथ से बने बोर्डों की तलाश में रहते हैं। बिजली की समस्या है लेकिन करण म्युज़िक सिस्टम को कार की बैटरी से जोड़ देता है। वो बोतलों में पाउडर और चीनी के क्यूब्स मिलाते हैं और फिर उन्हें बांटते हैं। रज़ा मुझे समझाता है कि मैं छोटी-छोटी चुस्कियाँ लूँ।

संगीत ज़मीन को हिला डालता है। मैं कान बंद करने की इच्छा को दबाती हूँ। मैं बोर जैसा, सनकी जैसा, उन सब कुछ जैसा महसूस करती हूँ जैसे मुझे बुलाया जाता रहा है।

नमिता कुछ दूर अकेली डांस कर रही है। उसके छेदने चमक रहे हैं और उसके बाल उसके पीछे झूल रहे हैं। वो चारों ओर लहरा रही है, एक लहराते सरकंडे की तरह, रोशनी में लिपटी हुई, शहद में लिपटी हुई, दुनिया की उत्पत्ति की तरह चिपचिपी। वो डांस करती है, हर स्टेप के साथ पेड़ों और ज़मीन पर लेप करती हुई।

उसके द्वारा बनाए गए घेरे में खड़े आदमी उसे देख रहे हैं। मार्च करते, पैर मारते, वो आदमी आदेशों की प्रतीक्षा कर रहे सैनिकों की तरह हैं। वो उन दोनों को क़रीब खींचती है, और उनके शरीरों के बीच ग़ायब हो जाती है। लाल रंग की एक खपची, गुलाबी रंग की एक खपची। मैं आँखें सिकोड़कर देखती हूँ। वो मुझे नहीं दिख रही है। नमिता एक ख़ाली स्थान से ज़्यादा कुछ नहीं है, एक ऐसा भूत है जिसे सपने ने वजूद अता किया है।

मैंने यह पहले भी देखा है। मैं यहाँ पहले भी आई हूँ।

गाना बदल जाता है या ऐसा लगता है कि गाना बदल गया है, और मुझे अपने कानों में एक सुरंग सी खुलती महसूस होती है। रात और ज़्यादा चमकदार हो जाती है, और उसकी चमक मेरे चारों ओर ज़मीन पर बिखर जाती है। घास लहराती है। ज़िंदगी के नन्हे-नन्हे कण हर तिनके पर थरथरा रहे हैं, ओस की बूँदें, पानी और गंधराल। भयभीत हरियाली के बीच, पत्थरों के बीच फूल खिल रहे हैं। हर कली एक घूमती चीज़ है। मैं उन्हें घूमते, प्रॉपेलर्स की

तरह चक्कर खाते देखती हूँ, जब तक कि वो मेरे बचपन के टॉप्स की तरह आसमान में नहीं उड़ जाते।

चाँद पूरा है, ज़िंदगी से भरपूर पारे का सरोवर जिसमें से नाचने वालों को देखने के लिए छोटे-छोटे से सिर उठ आते हैं, उन्हें अपनी भाषा में पुकारते हैं और फिर उसी ग्रे रंग में ग़ोता लगा देते हैं।

मेरे ऊपर बांहें सरसराती हैं, मकड़ी की टांगों जैसी काली, मेरी शर्ट में गांठें सी बांधती हुई, मेरे पेट पर रेंगती। रज़ा मेरे कान में कुछ फुसफुसाता है, लेकिन मुझे बस उसके हाथ दिखाई देते हैं। काले हाथ, आधे इंसानी, आधे कीड़ों जैसे।

'पानी पियो,' वो कहता है।

मैं मुड़कर उसके दांतों और लंबोतरी बांहों को देखती हूँ। जंगल हरा-भरा है, और जल्दी ही संगीत बदल जाता है, आसमान और काला हो जाता है। मैं पास में ही एक सांप को रेंगते देखती हूँ। हम एक दूसरे को देखते हैं। मैं बोलना चाहती हूँ लेकिन शब्द मुँह से निकलते ही नहीं। मैंने अपनी भाषा ही खो दी है। सांप मेरी ओर बढ़ता है, पूरे आकार का, अपना सिर लहराता, अपने दांत पीसता। वो ज़मीन के नीचे घुस जाता है, और ऊपर, और मेरी टांगों के बीच रास्ता बना लेता है, और एक क्षण को मुझे लगता है जैसे मैं उसे जन्म दे रही हूँ। मैं अपने पैरों पर ज़ोर लगाती हूँ, खड़ी होती हूँ, और उसके पीछे नाचने वालों के बीच आ जाती हूँ। सांप लंबा होते हुए, कभी अंदर घुसता है, कभी बाहर आता है। जल्दी ही, हम सब फँस जाते हैं, अंदर ही बंध जाते हैं। सांप गोल-गोल, गोल-गोल चक्कर लगाता रहता है। वो एक आख़री बार रुककर मुझे देखता है और फिर चमकीले द्रव से भरी एक खाई में घुसकर ग़ायब हो जाता है।

'अंतरा, थोड़ा पानी पी लो।'

मुझे याद नहीं हम कैसे गए या कहाँ गए, लेकिन जागने पर मैं उसके पास लेटी हूँ। आवाज़ें अभी भी मेरी त्वचा की सतह पर हैं। हम अकेले हैं, लेकिन कमरा भरा हुआ लगता है। वो मोमबत्तियाँ और मिट्टी के तेल के लैंप जलाता है, और हम रात के हज़ारों प्राणियों को आते देखते हैं।

कीड़े टूटी हुई खिड़कियों से तब तक टकराते रहते हैं जब तक उन्हें दरारें नहीं मिल जातीं। वो लैंपों के चक्कर लगाते हैं, उन्हें घेर लेते हैं, अपनी उड़ान से नियोन नक़्शे बना लेते हैं - पतंगे और झींगुर। उनके जालीदार कंकाल

खिड़की के शीशों को थपथपाते हैं। शीशा एक क्रूर आविष्कार है। यह एक निर्दयी जेल बनाता है।

सुबह को, हर ओर लाशें बिखरी हुई हैं। लाखों पतंगे अंदर घुस गए थे, और गर्म कमरे में मर गए। हवा घनी और भारी है, और मुझे अपने दिल की आवाज़ भारी लग रही है। मैं उन प्राणियों को अपने बालों और नम चादरों के बीच से निकालती हूँ। वो चारों ओर पड़े हुए हैं, अपनी पीठों के बल, टांगें ऊपर हवा में, दिन की रोशनी में मृत और भद्दे। कुछ मोमबत्तियों में दफ़्न हो गए हैं, जीवाश्मों की तरह संरक्षित। मैं मोम के धुँध की गहराइयों में उनके शरीरों की धुँधली रूपरेखाएं याद कर लेती हूँ। वो तब ज़िंदा थे जब मोम सख़्त हुआ था, जबकि उनकी दुनिया हमेशा के लिए सफ़ेद पड़ गई थी।

रज़ा कीड़ों को देखता है। 'यह दम घुटने-सा रहा होगा,' वो कहता है। मुझे अहसास होता है कि वो नग्न है।

मैं मुँह फेरने की कोशिश करती हूँ लेकिन वो मुझे किस करता है, और उसका मुँह, मछली के कांटे की तरह, मुझे वापस खींच लेता है, बमुश्किल सांस लेते हुए।

हम एक उद्‌घाटन में एक दूसरे के हाथ पकड़े पहुँचते हैं। इससे उन लोगों की नज़रें हमारी ओर उठ जाती हैं जो उसके पिछले कांडों और मेरे भविष्य के आडंबरों के बारे में जानते हैं।

मुझे इस शो में आमंत्रित किया गया था लेकिन मैंने प्रस्ताव को ठुकरा दिया था। यहाँ के क्यूरेटर को अपने आसपास के अज्ञात भूखों को जमा करना पसंद है—जब उनका नाम हो जाता है, तो वो मांग करता है कि उनकी खोज करने के बदले वो उसे अपनी एक कृति दें। वो शराब पीकर महिलाओं को गालियाँ देने के लिए भी जाना जाता है।

रज़ा एक बड़ी पेंटिंग के आगे रुक जाता है। कैनवस पर किताबों से फाड़े गए पन्ने चिपके हुए हैं। फ्रेम जिल्द का बना हुआ है। इबारत स्पष्ट नहीं है लेकिन वो रुका रहता है, घूरता रहता है, पढ़ने की कोशिश करता रहता है। वो मार्केज़ के पेज हैं, लघु कहानियों का एक संग्रह, फ्रांसीसी, पुर्तगाली और डच में अनूदित।

जगह शो के साथ न्याय नहीं कर रही है। कुल मिलाकर, सब कुछ बहुत फैला हुआ और अव्यवस्थित-सा लग रहा है। अंत में प्रोजेक्ट की हवा निकल गई, कलाकारों की दिलचस्पी ख़त्म हो गई—उन्होंने क्यूरेटर को दूसरे ऑर्डर्स की पुरानी कृतियाँ दे दीं और उन्हें उसकी क्यूरेटोरियल शर्त में फ़िट करने की कोशिश की।

क्यूरेटर अपनी तीसरी व्हिस्की पी रहा है। मैं उसे बधाई देती हूँ तो वो लड़खड़ाते हुए कुछ बोलता है। उसकी सांस मेरे अवचेतन मस्तिष्क में कुछ डर-सा पैदा कर देती है।

मुझे वो समय याद था जब उसने मुझे शो का भाग बनने के लिए आमंत्रित किया था। मुझे डाक में एक लिफ़ाफ़ा मिला था—क्यूरेटर की ओर से एक प्रोत्साहन, प्रविष्टि का बिंदु—जो उसने एक नोटबुक से फाड़े हुए काग़ज़ पर अपने हाथ से लिखा था। उसमें एक ऐसी किताब—*वन हंड्रेड इयर्स ऑफ़ सॉलिट्यूड* - से जिसे पढ़ना तो दूर उसके बारे में मैंने सुना तक नहीं था, एक अंश था: एक आदमी अपने शब्द खो रहा है, और वो उन्हें उस एक तरीक़े से याद करने की कोशिश करता है जो उसे आता है—वो ख़ुद को ख़ाली तख़्ती के ख़तरे से बचाने के लिए अपने पास मौजूद हर चीज़ को नाम देता है, अपनी दुनिया को लगातार भाषा के आवरण में लपेटता है। वो इस पर तब तक क़ायम रहता है जब तक कि अपनी परियोजना की निरर्थकता उसे समझ नहीं आ जाती, कि जब हर अक्षर को दिया गया मूल्य अंततः उसके दिमाग़ से उड़ जाएगा, तो उसका काम बेकार हो जाएगा।

जब मैं उस अपार्टमेंट में वापस पहुँचती हूँ जहाँ मैं पेइंग गैस्ट हूँ, तो मकान मालकिन मुझे एक काग़ज़ देती हैं जिस पर उन्होंने वो सारे फ़ोन कॉल लिखे हैं जो मैंने मिस कर दिए थे, और उसमें सारे नाम क्रम से लिखे हुए हैं। हर अक्षर पीछे की ओर तिरछा है, जैसे कि वो आसमान को देख रहा हो, और मैं सोचने लगती हूँ कि उन्हें अपने दाएं को वो करने का प्रशिक्षण देने में कितना समय लगा होगा जो बाएं को करना चाहिए था। उसमें इकलौता नाम काली माता का है। पिछले कुछ दिनों में उन्होंने मुझे चार बार कॉल किया है।

मैं काग़ज़ को अपने हाथ में मसल देती हूँ। वापस अपने कमरे में आने के बाद मैं उसे छोटे-छोटे टुकड़ों में फाड़ने लगती हूँ।

मुझे काली माता से नफ़रत है। मैं नहीं जानती कि क्यों, लेकिन मुझे उनसे नफ़रत है।

मुझे उन सवालों से नफ़रत है जो वो फ़ोन पर मुझसे पूछती हैं। क्या मैं ठीक से खा रही हूँ। क्या मेरे पास पर्याप्त पैसा है। मुझे इससे नफ़रत है कि मैं अपनी कला के बारे में बात करूँ, उनके लिए इस सबको शब्दों में समझाने की कोशिश करूँ, जब कि अंत में वो बस और सवाल ही पूछेंगी।

मुझे पुणे के बारे में बात करने से नफ़रत है। मैंने पुणे को इसलिए छोड़ा था कि मुझे फिर कभी उसके बारे में न सुनना पड़े।

मुझे इससे नफ़रत है कि उनका नाम मेरा पीछा करता रहे, काग़ज़ के पुर्ज़ों पर लिखा हुआ, हर दिन, बार बार, कभी काली माता, कभी आंटी ईव, जब कि मेरी माँ हमेशा ग़ायब रहती हैं। शायद यह आसान होता कि मैं उन्हें मार ही डालती, कम से कम कहानी में—और सबसे कह देती कि माँ मर चुकी हैं।

तो मैं ऐसा ही करती हूँ। मैं झूठ फैलाना शुरू कर देती हूँ, शुरू में धीरे-धीरे, जब तक कि बात जंगल की आग की तरह नहीं फैल जाती। मेरे साथ हमदर्दी और शोक किया जाता है। जब मैं अपने दोस्तों को यह ख़बर सुनाती हूँ, तो रज़ा देर तक मुझे घूरकर देखता रहता है। मेरे पेट के अंदर बुलबुले उठने लगते हैं। उसके लिए मैंने एक तफ़्सीली कहानी तैयार की हुई है। लेकिन वो कभी पूछता ही नहीं है। वो बस वापस उस किताब को देखने लगता है जो वो पढ़ रहा है। अगली ही सांस में, वो फिर से उस दुनिया में खो जाता है, और मुझे उसकी बेपरवाही से राहत मिलती है लेकिन मुझे इस बात से उलझन भी हो रही है कि इससे मुझे थोड़ी सी तकलीफ़ क्यों हो रही है।

रज़ा के पास कई जाली लाइब्रेरी कार्ड हैं। वो उनसे किताबें लेता है और पढ़ता नहीं हैं। इसके बजाय, वो कहीं से भी पन्ने खोलता है और शब्दों और वाक्यों को काला कर देता है। फिर वो किताबों को शहर में कहीं भी छोड़ देता है, गलियों के नुक्कड़ों पर या भिखारियों के हाथों में।

मैं जब भी उसके अपार्टमेंट से चलती हूँ तो कुछ न कुछ चुरा लेती हूँ। लाइब्रेरी कार्ड। कीड़े। एक फ़ोटो, तीन गुणा पांच का, थोड़ा मुड़ा हुआ, उसके चेहरे का। उसके संग्रह में उसकी शादी के फ़ोटोग्राफ़ों के अलावा उसकी इकलौती तस्वीर।

'क्या तुम किसी को प्यार करती हो?'

दोपहर में हम उसके बेड पर लेटे हैं। गर्मी तेज़ है, और मुझ पर बार-बार नींद हावी हो जाती है।

'नहीं,' मैं कहती हूँ। 'और तुम?'

'कई लोगों को।'

मुझे उसके शरीर के गड्ढे अच्छे लगने लगे हैं। मैं उसके प्यार में होने की कल्पना करती हूँ, लेकिन मैंने ख़ुद कभी इसका अनुभव नहीं किया है, इसलिए जो छवि मेरे दिमाग़ में आती है उसमें बारीकियाँ और रंग नहीं हैं।

सोते समय वो मुँह से सांस लेता है, और कभी-कभी बड़बड़ाता भी है। मैं अपनी बांहें उसकी छाती पर लपेट लेती हूँ और अपना चेहरा उसकी हँसली में धंसा देती हूँ। उसका थूक मेरे बालों को भिगो देता है और मैं सो जाती हूँ।

जब मैं जागती हूँ, तो भी मैं उसकी त्वचा के काले गड्ढे में हूँ। उसके गले पर दाढ़ी के छोटे-छोटे बाल हैं। मैं उसकी उथली सांसों से पहचान जाती हूँ कि वो जाग रहा है। सूरज अभी भी आसमान में ऊपर है और खिड़कियों से धधक रहा है, जिससे मेरी पलकों के पिछले हिस्से कलाइडोस्कोप से बन गए हैं।

सख़्त गर्मी है। मैं ठीक से सांस तक नहीं ले पा रही हूँ।

मैं उँगलियों से हमारे बीच की दूरी नापती हूँ। उसकी शर्ट के पार, मैं बालों के ढेर और उसकी वो तोंद देखती हूँ जो उसके दिन भर व्हिस्की पीते रहने से बन गई है। मैं दूरी को ख़त्म करने के लिए धीरे-धीरे आगे बढ़ती हूँ, और वो देखता रहता है। हमारे बीच कोई ज़बरदस्ती नहीं है। ख़ामोशियों को भरने के लिए कुछ नहीं किया जाता है। मैं जानती हूँ कि मैं इच्छा और संदेह के बीच कहीं हूँ।

मैं अपनी टांग उठाती हूँ और उसके कूल्हों को लपेट लेती हूँ।

वो मेरी आँख के अंदर से कुछ पोंछता है और मुझे किस करता है। उसकी लार हमेशा बदबूदार होती है। मैं उसकी कोहनियों पर काली लकीरों को खुजाती हूँ। उसकी त्वचा चमड़े की तरह सख़्त है।

रज़ा और मुझे साथ सोते कई महीने हो चुके हैं। हम इस पर कभी बात नहीं करते हैं, लेकिन यह नियमित रूप से होता है। रज़ा पूर्वक्रिया पर बहुत

ध्यान नहीं देता है। जब वो मेरे अंदर प्रवेश करता है तो हमेशा दर्द होता है। मेरे हलक़ की तीखी आवाज़ को दबाने के लिए हम किस करते हैं।

जब रज़ा हमें छोड़कर गया था, तब मुझे चकित होना याद है, इस बात से चकित होना कि हमने उसे कितना जज़्ब कर लिया था और वो कैसे पूरी तरह भाप बन गया था। वो कभी वहाँ था भी? क्या यह हमारी कल्पना थी? क्या किसी इंसान के लिए यह संभव था कि वो हर पल का हिस्सा हो लेकिन कोई निशान तक न छोड़कर जाए?

मैंने पदचिह्न तलाशे, लेकिन वो कहीं थे ही नहीं। क्या यह संभव था कि हमारे पास कोई फ़ोटो तक नहीं था? माँ और मैं ज़्यादा फ़ोटो खींचने वाले लोग नहीं थे लेकिन हमारी कुछ तस्वीरें थीं ज़रूर। तब मुझे अहसास हुआ कि वो हमेशा कैमरे के पीछे रहता था, और वही खींचता था जो वो अपनी आँखों में देखता था, लेकिन हमने उसकी फ़ोटो कभी नहीं खींची थी।

गैलरी में हमारे मिलने के चार साल बाद जब वो बॉम्बे में एक बार फिर से ग़ायब हो जाता है, तो मुझे हैरत नहीं होती।

किसी मूर्ख को ही हैरत होती।

कुछ समय तक मेरे अंदर रहने वाली हल्की सी उदासी मुझ तक सीमित रहती है।

मैं बिना उस डिग्री के पुणे वापस लौट जाती हूँ जिसके लिए मैं गई थी, और एक अजीब तरह की कला बनाती हूँ जो मेरे परिवार को चिंतित करती है। वापसी के बाद मैं अपना पहला साल संरक्षित आम के सूखे छिलकों की एक प्रतिमा बनाने में बिताती हूँ, जिसका इस्तेमाल मैं सौ रुपए के नोट छापने के लिए बेस के रूप में करती हूँ। एक ही बार में आमों को काटने और खाने का मेरा एक वीडियो मेरी कृति के साथ जाने के लिए रिकॉर्ड किया जाता है। रसायनिक घोल मिश्रित करने में ग़लतियों के कारण प्रोजेक्ट नाकाम हो जाता है। मेरी बांहों पर एक फोड़ा निकल आता है जिसे पूरी तरह ठीक होने में दो महीने लग जाते हैं।

झूठ मुझे क़ैद कर लेते हैं।

हर झूठ के साथ मैं अपने आसपास एक दीवार पर एक और ईंट रख देती हूँ, हर नया ब्लॉक पिछले ब्लॉक के आकार और माप से तय होता है।

यह मेरा अहाता है।

माँ का अपना अहाता है, जिसे उनकी बीमारी ने तय किया है।

अगर माँ ने दिलीप को बता दिया तो? ज़्यादा से ज़्यादा क्या होगा?

इसे छुपाने के लिए दिलीप मुझे बुरा समझेंगे। वो जान जाएंगे कि मैं हर रोज़ एक अन्य आदमी के चेहरे के बारे में सोचती हूँ, एक ऐसा आदमी जिसे मैं प्यार करती थी हालांकि कभी उसने मेरी माँ को प्यार किया था।

हमने कहा था कि हम अतीत के बारे में स्पष्ट रहेंगे।

'क्या और भी कुछ है?' दिलीप ने पूछा था। 'कोई और जिसके बारे में तुम मुझे बताना चाहो?'

'नहीं,' मैंने जवाब दिया था, 'बस। और कोई नहीं है।'

हम उस बेड पर बैठे थे जो हमारा होने वाला था। मैं उनके कंधे के सपाट भाग पर एक हाथ बना रही थी। वो एक टैटू चाहते थे, कुछ व्यंग्यात्मक-सा। उन्होंने मुझसे कोई इमेज बनाने को कहा, हालांकि फिर बाद में उन्होंने बनवाया नहीं।

उनसे दूसरा झूठ मैंने हमारे हनीमून पर बोला था, जब दिलीप ने एक बीच हॉलीडे पर पैसा उड़ाया था और हमें वहाँ पहुँचने के लिए तीन जहाज़ लेने पड़े थे। दिन के समय हम पानी के किनारे टहलते थे। इस पर निर्भर करते हुए कि हम किस दिशा से देख रहे हैं, बीच गुलाबी या गहरा पीला दिखता था। यह द्वीप दो भिन्न पहाड़ों के फटने से बना था। धूप तेज़ थी और चलने के लिए रेत बहुत गर्म थी। एक महिला अपना लोहे का बर्तन लिए बैठी थी और उसने नारियल के भूसे से आग जलाई थी। उसके पति की नाव से आई मछलियाँ

नमकीन पानी की उथली बालटियों में फड़फड़ा रही थीं। महिला ने मेरे झीने लिबास को देखते हुए अपना कान खुजाया। कुछ दूरी पर, बंदर पेड़ों की साइडों पर फिसल रहे थे। कोई नहीं जानता कि वो वहाँ कैसे पहुँचे थे, लेकिन शायद वो नाव से गए होंगे। चमगादड़ पकते फलों की गंध की ओर अंधेपन से सरक रहे थे। दिन में वो पंख वाले पिल्लों जैसे दिख रहे थे। एक अंधियारे मीनार की आकृति दिखाई दे रही थी। एक मस्जिद। अज़ान शुरू हुई, और मछली पकाने से पहले महिला ने नज़र उठाकर देखा। मैंने नाव को आने वाली लहर के साथ डोलते देखा, और पानी की सतह आसमान के रंग जैसी हो रही थी। अज़ान पूरी होने तक, मछलियों का हिलना बंद हो चुका था। उनके अंतिम क्षण गीत से भरपूर थे। महिला ने तेज़ी से काम किया था।

पहली रात तक, मैं अपनी त्वचा पर नम हवा और कानों में मक्खियों की भिनभिनाहट से थक चुकी थी। खाना आइसक्रीम जैसा दिख रहा था लेकिन उसका स्वाद मछली जैसा था। मेरे कूल्हों के नीचे मुलायम कुशन उस जगह से फट गया था जहाँ रूई सिकुड़ गई थी, और नीचे लकड़ी का स्टूल नज़र आने लगा था। दिलीप का चाक़ू और कांटा सेरेमिक की प्लेट पर घिस रहा था। उन्होंने बीयर की एक लंबी चुस्की ली। मेरी इच्छा हुई कि मैं भी बीयर पीती, लेकिन मैं जानती थी कि मेरा पेट सख़्त होकर पत्थर जैसा हो जाएगा।

'तस्वीर वाला आदमी कौन है?'

मैंने अपनी गोद में रखे खुरदुरे नैपकिन को छुआ और ठंडे पानी के गिलास पर जम गईं पानी की बूँदों को पोंछा। मैं कल्पना करने लगी कि नैपकिन द्वीप के किसी आकर्षक जुलाहे ने बनाया होगा जो बीच पर अपना सामान बेचकर अपना गुज़ारा चलाता होगा। मैंने कल्पना की कि उसका चेहरा काला और किशमिश की तरह झुर्रीदार होगा, और कि मेरे क़ीमत पूछने पर वो मुस्कुराएगा और मेरे मोल-भाव करने की कोशिश पर वो नाराज़ दिखेगा।

दिलीप ने अपना कांटा और चाक़ू मेज़ पर गिरा दिया। रात काली और बिना चाँद की थी। बादलों ने सितारों को ढक लिया था।

'मैं उसे जानती नहीं। यह फ़ोटो मुझे ऐसे ही मिल गई थी।'

मैं कमरे पर वापस जाना चाहती थी लेकिन रिज़ॉर्ट में कहीं भी जाने के लिए हमें गॉल्फ़ कार्ट लेनी होती थी। अभी कोई दिखाई नहीं दे रही थी। हम यहाँ फँस गए थे। भीगी रात में। नम कुशनों पर। मुझे अपनी त्वचा में शिकनें

पड़ती महसूस हो रही थीं। हल्के रंग की फ़िश आइसक्रीम पिघलकर एक फीके से कुँड में तब्दील हो गई थी।

'तुम ऐसे आदमी की तस्वीर बनाने में इतना समय क्यों लगाती हो जिसे तुम जानती तक नहीं हो?'

मैं कोई चॉकलेट बार खाना चाहती थी। शायद बाउंटी। मुझे नारियल, चॉकलेट और औद्योगिक रसायनों के मिश्रण की एक अतृप्य इच्छा हो रही थी। लेकिन उस द्वीप पर वो मौजूद नहीं थी। मुझे लगने लगा कि हम शायद कभी वहाँ से न निकल सकें, शायद हम हमेशा के लिए वहीं फँस जाएंगे, और हमेशा वो खाना खाते रहेंगे जिसका न तो स्वाद वैसा था जैसा होना चाहिए न महक।

'यही तो विशेषता है। तस्वीर की यादृच्छिक प्रकृति। वो संयोग जिसके माध्यम से मैंने इसे प्राप्त किया। और यह सच कि अब मूल मेरे लिए खो चुका है। और फिर भी, मैंने चेहरे को अपना बना लिया है।'

यादृच्छिक। संयोग। मूल खो चुका है। एक के बाद एक झूठ। वो कितने आसान और सांत्वना देने वाले थे। मैं इस पथ पर चलती रही, और अपने और रज़ा पाइन की तस्वीर के बीच दूरी पैदा करती रही।

दिलीप ने हाथ से बने नैपकिन को अपनी गोद से झटक दिया। वो बेआवाज़ रेत पर गिर गया। मैंने जिस स्थानीय जुलाहे की कल्पना की थी उसके लिए अपमानित महसूस करके अपना मुँह खोला, लेकिन फिर बंद कर लिया। हमारे नीचे केकड़े बिल खोद रहे होंगे, और हमारे शोरग़ुल से परेशान हो रहे होंगे। मैंने अपने पैरों की उँगलियाँ हिलाईं और उनके बीच रेत के नमकीन दानों को महसूस किया।

मेरी बात पूरी हुई, तो माँ ने अपने हाथ अपने शरीर पर इस तरह बांध लिए जैसे वो कोई ज़ख़्म छुपा रही हों। मुझे थोड़ा बेहतर महसूस होता है, थोड़ा हल्का। मेरा पेट उबासी लेता है और गड़गड़ाता है। 'बस इतना ही?' वो कहती हैं। 'मैं तुम्हें बताए दे रही हूँ, मुझे सब कुछ जानना है, वर्ना मैं दिलीप को बता दूँगी कि तुम किस तरह की इंसान हो और किस तरह की कला बनाती हो। मैं हमेशा से जानती थी कि तुम्हारा होना मेरी ज़िंदगी बर्बाद कर देगा।'

इस दृश्य में, मेरे बेड पर दी गई धमकियों और बातचीत में कुछ ऐसा है जो जाना-पहचाना-सा लगता है। जब मैं टीनएजर थी, तो कभी-कभी वो रात को मेरे कमरे में आतीं, मेरे बिस्तर में घुस जातीं, और अपने ठंडे पांवों से मेरे पांव छूतीं। फिर वो मेरे बालों से खेलतीं और मुझसे कहतीं कि मैं कितनी प्यारी औरत बनती जा रही हूँ।

कभी-कभी, वो मेरे शरीर के अंग देखने को कहतीं। वो उन्हें देखतीं और उनकी तुलना अपने अंगों से करतीं; उनकी छातियाँ मुझसे बड़ीं थीं, लेकिन मेरी कमर पतली थी। वो कहतीं कि मेरी सकारात्मक चीज़ें उम्र बढ़ने का संकेत हैं, और पूरे विश्वास के साथ घोषणा करतीं कि जब मैं अपने चालीस के दशक में पहुँचूँगी तो मेरी बदसूरती उनकी बदसूरती से आगे निकल जाएगी।

यह एक चेतावनी थी कि मैं ख़ुद को लेकर बहुत सहज न होऊँ।

चीज़ें बदलती रहती हैं, और मैं बस उतनी अच्छी हूँ जितना कि मेरा शारीरिक आकर्षण, जो उनके शारीरिक आकर्षण की तरह ग़ायब हो जाना है।

मुझे एक स्पष्ट अहसास होता था कि उन्हें मुझे ये बातें बताने में, यह जानने में ख़ुशी होती थी कि मैं भी उसी तरह झेलूँगी जैसे उन्होंने झेला था— और यह देखकर उन्हें सांत्वना मिलती थी कि यह पीड़ा जारी रहेगी और मैं भी बचूँगी नहीं।

मैं सोचती हूँ, क्या उन्होंने कभी मुझे ऐसी बच्ची के रूप में देखा था जिसकी वो रक्षा करना चाहें? और मैं कब उनकी स्पर्द्धी, बल्कि दुश्मन बन गई?

उन किशोरावस्था के वर्षों में मुझे उनसे सबसे ज़्यादा नफ़रत हुई थी। मैं अक्सर इच्छा करती थी कि काश वो पैदा ही नहीं हुई होतीं, जबकि मैं जानती थी कि इस तरह मेरा वजूद भी मिट जाता—मैं समझती थी कि हम कितनी नज़दीकी से जुड़े हुए थे, और कि उनका विनाश निश्चित रूप से मेरा भी विनाश होगा।

अब वो रो रही हैं। मैं तकियों पर लेटकर अपनी माँ को देखने लगती हूँ।

मैं नहीं जानती कि वो अंदर कैसे आईं। क्या मैं आमतौर पर दरवाज़ा बंद नहीं करती हूँ? मैं इच्छा करती हूँ कि काश मैंने ऐसा ही किया होता, या मैं इच्छा करती हूँ कि दिलीप ने मुझे अंदर बंद कर दिया होता। मैं इच्छा करती हूँ कि चीज़ों और लोगों के मामले में मैं ऐसी जमाख़ोर न होती।

मैंने उन्हें यहाँ क्यों बुलाया जबकि मैं तो उन्हें बस निकाल देना चाहती थी?

मैंने महीनों पहले ही दिलीप को सब कुछ क्यों नहीं बता दिया जब मेरे पास मौक़ा था? मैंने वो फ़ोटो नष्ट क्यों नहीं कर दिया? मुझे लगा था मैंने कर दिया है—अब मुझे याद नहीं। क्या मैंने उसे देखा और एक बार फिर से उसे बटर पेपर में लपेट दिया था? क्या उससे जुदा होने का ख़्याल बहुत ज़्यादा कठिन था?

तो अगर वो जान गया तो? क्या इससे कुछ फ़र्क़ पड़ता है? क्या इससे कुछ बदलेगा? हम दोनों एक बच्चा पैदा करने वाले हैं। मैं सुरक्षित हूँ। मुझे सुरक्षित होना चाहिए।

बाहर एक ड्रिल चलने लगती है और उसकी आवाज़ मधुमक्खियों के झुंड की तरह कमरे को भर देती है। मेरी इच्छा होती है कि खिड़की को बंद कर दूँ या उसके रास्ते भाग जाऊँ। मैं उस पल में ठहर जाती हूँ और सब कुछ, यहाँ तक कि आवाज़ भी, धीमी पड़ना शुरू हो जाती है। अगर मैं खिड़की से चली जाऊँ, तो मैं सब कुछ खो दूँगी। ख़ुद को, अपने बच्चे को। और माँ, वो अब भी रो रही हैं। अगर मैं उन्हें बाहर धकेल दूँ तो?

मैं मुँह खोलती हूँ और सांस खींचती हूँ। मैं सुरक्षित हूँ।

'तुम ऐसा कैसे कर सकती थीं?' वो हाँफते हुए फुसफुसाती हैं।

'ठीक है,' मैं कहती हूँ। मैं धीरे-धीरे खड़ी होती हूँ और ख़ुद को संभालती हूँ। मेरे शरीर में ख़ून की मात्रा बढ़ गई है, और अचानक की गई गतिविधियाँ मुझे तारे दिखा देती हैं। मुझे सुरक्षित होना चाहिए।

माँ चौंक जाती हैं और वो भी खड़ी हो जाती हैं। 'ठीक है?' वो सिसकी लेती हैं।

'ठीक है, मैं आपको वो सब बताऊँगी जो आप जानना चाहती हैं।' मैं मेज़ से अपना फ़ोन उठाती हूँ और हमारे ड्राइवर को फ़ोन लगाती हूँ। 'लेकिन पहले, हमें नाश्ता करना है। मैं प्रेग्नैंट हूँ, याद है ना?'

वो मेरे पेट की ओर देखती हैं और सिर हिलाती हैं, और मुझे लिविंग रूम में ले जाती हैं।

मैं मेज़ पर बिस्कुट, ब्रेड और जैम लगाती हूँ। मैं मेड को पड़ोसी से थोड़ी चीनी लाने भेजती हूँ। बीस मिनट के अंदर, ड्राइवर डोरबैल बजा देता है। वो ईला को एक जाना-पहचाना लाल डिब्बा देता है।

'वो मुझे दे दो,' मैं कहती हूँ। वो आज्ञाकारी ढंग से डिब्बा मुझे दे देती है।

मैं रिबन काटती हूँ और कवर हटाती हूँ। बटर पेपर के नीचे दो दर्जन मैज़ोरिन बिस्कुट हैं। मैज़ोरिन बिस्कुट। मैं डिब्बा माँ की ओर सरकाती हूँ। वो अंदर देखती हैं। फिर वो दो बिस्कुट उठाती हैं जो आपस में चिपके हुए हैं। उन्हें अपने मुँह में डालते हुए वो एक गहरी सांस लेती हैं।

उनका रसातल में उतरना तेज़ी से होता है। मैं उनकी शाम की चाय में चीनी डालती हूँ और चम्मच चलाती हूँ। दिलीप की यूएस ऑफ़िस के साथ एक कांफ्रेंस कॉल है और वो डिनर के बाद घर आते हैं। उनके दरवाज़े से अंदर आने पर माँ का ध्यान नहीं जाता है। वो मुस्कुरा रही हैं, वो अपने सामने शून्य में घूरते हुए मुस्कुरा रही हैं।

नीचे चौकीदार पौधों में पानी दे रहा है। सड़ते हुए पत्ते अपने टैनिन छोड़ रहे हैं; जमा पानी के गड्ढे चाय जैसे काले हैं।

मैं बालकनी के छज्जे को पकड़ लेती हूँ। मेरे शरीर के अंदर का भाग फट रहा है।

मैं अपना बैग तैयार कर चुकी हूँ। दिलीप दरवाज़े से चिल्ला रहे हैं। काश्ता मेरे पास झुकी हुई, मेरे चप्पलों को मेरे पैरों में चढ़ाने की कोशिश कर रही है, लेकिन मेरी उँगलियाँ सूजी हुई हैं और लैदर के छेदों में फ़िट नहीं हो रहीं।

माँ मुझे देखकर मुस्कुराती हैं, मेरी प्रसन्न गोल्डफ़िश। वो खिड़की के पास खड़ी थोड़ा-सा आगे-पीछे चल रही हैं। मुझे अचानक ख़्याल आता है कि अकेले वो सुरक्षित नहीं होंगी। मैं नानी को फ़ोन करती हूँ और उनसे आने को कहती हूँ।

हमारा ड्राइवर कहीं दिखाई नहीं दे रहा है। दिलीप एक रिक्शा को आवाज़ देते हैं। रिक्शा वाले की आँखों के नीचे काले गड्ढे हैं और उसकी बांहों पर टैटू बने हुए हैं। वो सलाम करने को हाथ उठाता है। चौकीदार पलटता है और उसके पाइप से पानी की बौछार मेरे कपड़ों के किनारे पर पड़ती है। ठंडा पानी मेरे टख़नों की गर्म, कसी त्वचा पर बहने लगता है।

मैं अपनी गोद में अपने पेट के टीले को हिलते देखती हूँ। यह प्राणी अभी से मेरा नहीं रहा है। अब इसका अपना एक दिमाग़ है। मैं इस टीले के बिना अपनी कल्पना करने की कोशिश करती हूँ। मुझे वो व्यक्ति याद नहीं। मैं सोच में पड़ जाती हूँ कि अब मेरा शरीर कैसा दिखेगा। क्या बीच में एक छेद हो जाएगा, क्या मैं थुलथुली डोनट बन जाऊँगी? इस विचार से मुझे उबकाई सी आने लगती है। या शायद यह दर्द की वापसी है। अचानक, मैं इसे जाने नहीं देना चाहती। यह हमेशा के लिए मेरे साथ, मेरे अंदर रहना चाहिए। मैं पल भर को इसे निहारती हूँ, और फिर रिक्शा से बाहर मुँह निकालकर उल्टी कर देती हूँ।

बाद में, वो मुझे बताते हैं कि लड़की हुई है। बल्कि, मैं उन्हें एक दूसरे से यह कहते सुनती हूँ। डॉक्टर नर्सों से, नर्सें दिलीप से।

'लड़की है,' वो फुसफुसाते हैं।

वो आपस में ऐसे बात करते हैं जैसे मैं वहाँ हूँ ही नहीं। हौले-हौले, ताकि मैं डिस्टर्ब न होऊँ। फिर मुझे अहसास होता है कि बच्ची कमरे में ही है। मुझे सूझता है कि अब वो उसके लिए फुसफुसा रहे हैं। मुझे दिलीप के चेहरे से अंदाज़ा नहीं होता कि वो ख़ुश हैं या चिंतित।

मैं बच्ची को पहली बार गोद में लेती हूँ, तो वो मेरा चेहरा देखते हैं। बच्ची के चेहरे पर लगे गर्भ के द्रव्यों की मीठी सी महक उठ रही है। वो शांत दिख रही है—वो किसी अंधियारी चीज़ से गुज़री है और रोशनी में आ गई है। रोशनी हैलोजेन की है, और बल्बों से कीड़े टकरा रहे हैं।

उसे गोद में लेने पर मुझे कुछ ख़ास महसूस नहीं होता, लेकिन जब वो उसे ले जाते हैं, तो मुझे पता लगता है कि कुछ कमी है।

वो सब इंतज़ार कर रहे हैं कि मैं कुछ कहूँ। मैं जानती हूँ कि मुझे ख़ुशी का इज़हार करना चाहिए, कि अगर मैंने ऐसा नहीं किया तो उन्हें लगेगा कि मैं बेटी पैदा होने पर निराश हूँ। हठधर्मी हूँ। धरती का बोझ हूँ।

मैं उन्हें विश्वास दिलाना चाहती हूँ कि मैं निराश नहीं हूँ, लेकिन मैं ख़ुशी भी नहीं दिखा सकती। शायद मैं बहुत ज़्यादा थकी हुई हूँ। शायद इसका कारण मेरा लगातार यह चाहना है कि मैं उस छोटी सी गठरी को फिर से अपने अंदर ठूँस लूँ, सॉसेज की परत के अंदर मांस की तरह।

मुझे भूख लगी है।

मैं बच्ची के नन्हे से चेहरे को देखती हूँ क्योंकि मुझे पता नहीं कि मैं कहाँ देखूँ। उसका सिर गोल है। वो किसी की तरह नहीं दिखती है, लेकिन जब उसकी आँखें बंद होती हैं तो वो सोती हुई बिल्ली जैसी लग सकती है। मुझे बिल्लियाँ कुछ ख़ास पसंद नहीं हैं। न ही ऐसे लोग जो जानवरों जैसे दिखते हैं।

मैं मुस्कुराने की कोशिश करती हूँ, लेकिन मैं बस राहत भरी ख़ाली आँखों का भाव ही दे पाती हूँ। इस बात की राहत कि दर्द थम गया है। अब जो कुछ भी हो रहा है वो बस बाद का झटका है।

बच्ची को मेरे निपल्स को ढूँढ़ने में समस्या हो रही है। किसी ने नहीं बताया था कि यह भी कोई समस्या हो सकती है। मुझे लगने लगता है जैसे कि मैं दुनिया की पहली औरत हूँ जिसके निपल घटिया क्वालिटी के हैं। एक नर्स मदद करने की कोशिश करती है। वो अपनी जेब में कुछ टिश्यू ठूँसती है और मेरे ऊपर काम पर लग जाती है। वो गोल-मटोल और सांवली त्वचा वाली है, और नीले बटन वाली सफ़ेद ड्रेस पहने है। उसके बालों की चोटी बंधी है लेकिन घुँघराले बाल विद्रोह कर रहे हैं। वो मेरे स्तनों के मुर्दा वज़न को संभालती है।

मैं फ़ैसला नहीं कर पा रही हूँ कि प्रसूति ज़्यादा कठिन है या दूध पिलाना। बेशक लेबर के दर्द की तुलना दुनिया में किसी चीज़ से नहीं की जा सकती—लेकिन यह आख़िरकार ख़त्म हो जाती हैं। अब, मेरे सामने घंटों दूध पिलाना पड़ा है।

यह तो बस पहला दिन है।

मेरे स्तन उसके दोगुने हो गए हैं जितने कभी हुआ करते थे।

मेरी योनि अपराध स्थल है।

क्या यह रातोंरात हुआ है या मैं हमेशा से थोड़ी सी बेडौल हूँ? चांदी के धागों जैसी रेखाएं उभर आई हैं। या ये हमेशा से मौजूद थीं? शायद मैं उन्हें कभी देख ही नहीं पाई थी। निपल्स काले पड़ गए हैं और तश्तरी जितने बड़े हो गए हैं। त्वचा फटने लगी है, उसमें से ख़ून रिसने लगा है। रात को, मैं उन पर स्ट्रेनर लगा देती हूँ ताकि रगड़ न लगे।

अगले दिन, बच्ची मेरे बेड के पास एक झूले में लेटी है। उसके बाल काले हैं, और उसकी त्वचा हल्के से पीलिया के कारण पीली हो रही है। मैं सोच में पड़ जाती हूँ कि क्या वो बीमार है, लेकिन पूछने की हिम्मत नहीं कर पाती। अगर जवाब हाँ हुआ तो? इल्ज़ाम मुझ पर आएगा। जब बच्ची उबासी लेती है, तो उसका मुँह बड़ा-सा खुलता है और मुझे उसके गुलाबी मसूढ़ों का किनारा दिखाई देता है।

पूर्वी उस दिन उपहार लेकर आती है। वो लड़कों और लड़कियों दोनों के गिफ़्ट लाती है। वो कहती है कि वो किसी भी नतीजे के लिए तैयार रहना

चाहती थी। कपड़े मैटेलिक रैपिंग में हैं, और लेबल छह महीने से एक साल के साइज़ दिखा रहे हैं।

'बच्ची इनमें बड़ी हो जाएगी,' पूर्वी कहती है।

दिलीप मज़ाक़ में कहते हैं कि पता नहीं बच्ची तब तक बचेगी भी या नहीं। कोई नहीं हँसता। वास्तव में, मुझे बुरा लगता है। मैं अभी तक अपने पति के बारे में भूली हुई थी। इस सबके दौरान वो अकेले ऐसे हैं जो अक्षत रहे हैं। बच्ची और मैं चोटिल और पस्त हैं। वो आत्मतुष्ट, ख़ुद पर या अपने परिवार पर गर्वित हैं। मेरी इच्छा होती है कि उनसे पूछूँ कि उन्होंने हममें से किसी के लिए क्या किया है।

बच्ची के माथे पर एक सिकुड़न आती है। यह मेरे माथे की सिकुड़न को प्रतिबिंबित करती है। कम से कम मुझे ऐसा लगता है कि मेरे माथे पर सिकुड़न पड़ गई है। मैं अपना माथा छूती हूँ। हाँ, वहाँ सिकुड़नें हैं। मैं सोच में पड़ जाती हूँ कि क्या यह मेरी चिढ़ को महसूस कर रही है। या पहले उसी के तेवर बिगड़े थे?

मैं हैरान होती हूँ कि क्या वो सपना देख रही है, और वो किस चीज़ का सपना देख रही है। सोते में, वो अपना मुँह किसी बूढ़ी औरत की तरह अंदर की ओर खींचती है। वो कुछ-कुछ माँ जैसी, नानी जैसी दिखती है। जीवन का आरंभ जीवन के अंत से कितना मिलता-जुलता होता है। मैं वहाँ, उस बुद्धिमान चेहरे में, पकी उम्र तक जीने की योजना देखती हूँ।

अगले दिन मेरी सास आ जाती हैं। वो पहले ही ज्योतिषी को फ़ोन करके बच्ची के जन्म की तारीख़ और रागय के बारे गें बता चुकी हैं। अक्षर निकाले जाते हैं, वो अक्षर जो नाम चुनने के लिए शुभ होंगे।

'अक्षर *अ* और *व* हैं,' वो कहती हैं। 'वही जो तुम्हारे थे, अंतरा।'

मैं इंकार में सिर हिलाती हूँ। मेरे अक्षर वो नहीं थे। मेरी माँ ने मेरा नाम अपने तोड़ पर रखा था। मेरी बेटी के अक्षर उसकी माँ से भिन्न होने चाहिए।

मेरी माँ हँसती हैं। मैं भूल ही गई थी कि वो ठीक मेरे पीछे खड़ी हैं। 'अंतरा,' वो कहती हैं। 'मैं अपनी बच्ची को अंतरा बुलाऊँगी।'

सब ख़ामोश हैं। मैं पलटकर उन्हें देखकर मुस्कुराती हूँ। 'मैं यहीं हूँ, माँ।' मैं उनके चेहरे को देखती हूँ। उनका चेहरा चमक रहा है। मैं हैरान होती हूँ कि पता नहीं अभी वो कहाँ होंगी, और वो कब हमारे पास वापस आने का,

उस शरीर को आबाद करने का फ़ैसला करेंगी जिसमें वो अस्थायी से ढंग से निवास करती हैं।

'बहुत से अच्छे नाम हैं,' मेरी माँ अपनी बात इस तरह जारी रखती हैं जैसे कुछ भी असामान्य नहीं हुआ है। 'अंजलि, अंबिका, अनीशा।'

'नहीं। इनमें से कोई नहीं।'

'इसे हमेशा बेबी तो नहीं कहा जा सकता।'

बेबी। बेबी भी तो ठीक ही था। यह सरल है, अर्थहीन है, दुनिया के हर बच्चे के लिए है। मेरी इच्छा होती है कि काश काली माता यहाँ होतीं। उन्हें पता होता कि बच्ची को क्या पुकारा जाए। उन्होंने इतने सालों में अनेक संन्यासियों के नाम रखे थे, संस्कृत से गढ़कर, ऐसे स्वरों को साथ जोड़कर जो उन्हें उनकी नियतियों की ओर ले जाने वाले थे।

काश काली माता यहाँ होतीं। वो इस बच्ची को प्यार करतीं। उन्हें पता होता कि क्या करना चाहिए। बच्ची के साथ। मेरे साथ। माँ के साथ।

नीले बटनों वाली नर्स मेरे कमरे में आती है।

'आपको थोड़ी देर आराम करना चाहिए। एक ओर से उसकी नाक छिली सी दिख रही है। शायद उसे नज़ला रहा होगा। मैं नहीं चाहती कि वो मुझे छुए। और मैं यह तो क़तई नहीं चाहती कि वो बच्ची को छुए।

मैं अपनी आँखें बंद करने की कोशिश करती हूँ लेकिन मैं खिड़की से मुँह नहीं फेर पाती हूँ। आसमान फीकी आग जैसा है। अभी बहुत देर नहीं हुई है, वहाँ अभी भी रंग देखे जा सकते हैं। रोशनी अंदर आ रही है। दूर, शोर मचाती सड़कें और धुँध के ग़ुबार दहकते हुए से दिख रहे हैं।

मैं इस बेबी से थक चुकी हूँ।

वो बहुत ज़्यादा मांग करती है, उसे हमेशा और खाने की भूख लगी रहती है।

मैं क्रमिक संयोजन बन चुकी हूँ। हर पुर्ज़ा प्रासंगिक है, और सिर्फ़ तभी महत्वपूर्ण बनता है जब वो अपना काम करता है। जब मेरी बेटी रोती है, तो दूध टपकता है और कपड़ों पर धब्बे डाल देता है। मैं आईने में अपना पेट देखती हूँ, जो खजूर की तरह काला और सिकुड़ा हुआ दिखता है। दिलीप कमरे में आते हैं तो मैं पेट को अपने हाथों से ढकने की कोशिश करती हूँ।

मैं सोच नहीं पाती हूँ कि मुझे देखकर वो क्या सोचते हैं, और मैं कोशिश करती हूँ कि मैं कहीं भी उनके साथ कभी अकेली नहीं होऊँ। वो बच्ची को लेकर बहुत ख़ुश हैं, और उसके रोने को बर्दाश्त नहीं कर पाते हैं।

सोने के लिए कभी पर्याप्त समय नहीं मिलता। काश कि मैंने अपनी ज़िंदगी के इतने सालों में आराम किया होता। काश कि मैंने बहुत सी चीज़ें की होतीं। इसके बजाय मैंने वो सारी चीज़ें कीं जो मैं अब कर रही हूँ। घर में बैठना। दीवारों को घूरना।

मैं शिष्टाचार की बहुत बड़ी पक्षधर कभी नहीं रही, लेकिन यह बच्ची तो विनम्रता नाम की चीज़ जानती ही नहीं है। मैं इतनी अशिष्ट कमीनी से कभी नहीं मिली। कभी कोई सभ्य विराम ही नहीं लेती।

मैं सोचती हूँ कि पता नहीं बच्चों को बड़ा होने में कितना समय लगता है, और मैं अपने मस्तिष्क में उन मील के पत्थरों के निशान लगाती हूँ, जो अभी बहुत दूर हैं। जब बच्ची चलेगी, जब बच्ची ख़ुद खाएगी, ख़ुद नहाएगी। जब बच्ची की अपनी ज़िंदगी होगी, जब वो दुनिया में जाएगी।

कुछ ऐसे भी दिन होते हैं जब मुझे लगता है कि मैं उसे कभी नहीं जाने दूँगी।

कभी-कभी बेबी बहुत छोटी सी दिखती है। दिलीप सही थे—हैरत की बात है कि हमने उसे अभी तक मारा नहीं है। वो एक दिन से अगले दिन तक जीती ही जाती है; उसका जीवन सशक्त लेकिन कमज़ोर है। मुझे हमेशा लगता था कि बच्चे अपने माँ-बाप की दुनिया में आते हैं, लेकिन सच शायद इसके उलट है। मैं ख़ुद को अपनी बेटी में देख सकती हूँ। ऐसा लगता है जैसे उसके जन्म के साथ मैं जुड़वां हो गई हूँ।

कभी-कभी, जब दूसरे लोग मेरी मदद करते हैं तो मुझे चिढ़ होती है—जब काश्ता या मेरी सास बच्ची को नहाती हैं, या अगर दिलीप उसके रोने पर उसे गोद में लेते हैं। मुझे यह बुरा लगता है कि कोई माँ को उसे गोद में नहीं लेने देता, कि मेरे ख़ून को उसकी देखभाल करने से रोका जा रहा है। मैं कहती हूँ कि वो मेरी माँ को उसकी देखभाल करने दें। इसके ख़िलाफ़ किसी भी तर्क पर मुझे ग़ुस्सा आ जाता है।

जब वो माँ की गोद से गिरते-गिरते बचती है, तो मैं हार मान लेती हूँ। मेरी सास परेशान होकर दिलीप को देखती हैं।

जब मैं अपने दिमाग़ को काफ़ी पीछे तक जाने देती हूँ, तो मुझे इस बात पर चिढ़ होती है कि गर्भनाल को मेरी इजाज़त के बग़ैर काट दिया गया था। कोई भी आपको पूरी कहानी नहीं सुनाता, कोई भी आपको माँ के रूप में आपके अधिकारों के बारे में नहीं बताता। मैं गर्भनाल को ज़्यादा समय तक रखती। मैंने पढ़ा है कि संपर्क को ज़्यादा से ज़्यादा लंबे समय तक बनाए रखने से बच्चे को स्वास्थ्य संबंधी फ़ायदे होते हैं।

बच्ची अपने चेहरे को खरोंच लेती है, और मैं उसके नाख़ून कतरने की हिम्मत जुटाती हूँ। पहली बार छोटी सी, घुमावदार क़ैंची को पकड़ने में मेरे हाथ कांपते हैं। मुझे पसीना छूट जाता है। बच्ची सो रही है। अंत में, मैं कतरनों को इकट्ठा करती हूँ। नन्ही-नन्ही सफ़ेद कतरनों का ढेर मेरी हथेली पर रखा है। मैं उन्हें अपने बेड के पास रख देती हूँ जब तक कि मेरी सास उन्हें फेंक नहीं देतीं।

'इस कचरे की जमाख़ोरी तुम्हें उससे भी ज़्यादा पागल बना देगी जितनी तुम हो,' वो कहती हैं।

उस रात, मैं दिलीप की माँ को काट डालने के तरीक़ों के बारे में सोचती हूँ। एक हफ़्ते बाद, मैं नाख़ूनों की अगली कतरनों को एक रूमाल में लपेटकर अपनी अलमारी में रख देती हूँ।

यह पागलपन है। मैं इसे महसूस करती हूँ—मैं रोज़ाना धीरे-धीरे पागलपन की ओर बढ़ रही हूँ। लेकिन यह एक ज़रूरी पागलपन है, जिसके बिना प्रजाति शायद कभी आगे न बढ़े।

हफ़्तों बीत जाते हैं।

दिन में कुछ भी छुपाया नहीं जा सकता। ख़तरा या डर तो बिल्कुल भी नहीं। न सड़ते दूध की गंध, न मेरी आँखों के नीचे की हरी नसें। मैं सुबह की रोशनी में अपने कम होते बाल देख सकती हूँ। मेरी मांग में रूसी के कण जमा हो गए हैं। मुझे अपना मुँह धोए पूरे-पूरे दिन बीत जाते हैं। मैं अपने दांतों पर जीभ फेरती हूँ और परत को महसूस कर सकती हूँ।

धूप तेज़ है। मिनट-मिनट का हिसाब है। फिर भी, स्पष्टता के अलावा किसी चीज़ का डर नहीं है।

एक सुबह को मैं एक ज़ोरदार आवाज़ से जाग जाती हूँ।

बच्ची क़रीब तीन फ़ुट ऊपर से फ़र्श पर गिर गई है।

वो बुरी तरह रो रही है।

दिलीप तेज़ी से अंदर आते हैं। वो मुझे और बच्ची दोनों को रोता हुआ पाते हैं।

'मैंने इसे गिरा दिया, यह गिर गई,' मैं कहती हूँ।

वो सिर हिलाते हैं। उनकी आँखें फ़र्श पर घूमती हुई क़ुसूरवार टाइल को ढूँढ़ती हैं।

'पता नहीं मैं यह कर पाऊँगी या नहीं,' मैं ख़ुद को कहते सुनती हूँ। मैं आगे-पीछे झूल रही हूँ। मैं अपनी बच्ची को सीने से लगाए उसकी आस्तीन से अपनी नाक पोंछती हूँ।

'पता नहीं मैं यह करना भी चाहती हूँ या नहीं,' मैं मन ही मन सोचती हूँ। दिलीप के चेहरे को देखकर मुझे अहसास होता है कि मैंने यह ज़ोर से बोल दिया है।

'ठीक है, ठीक है। श्-श्-श।' मेरी सास कमरे में ही हैं। मैंने उन्हें आते नहीं देखा था। वो बच्ची को अपनी ठोस बांहों में ले लेती हैं। बच्ची चर्बी के ढेर में आराम से समा जाती है।

'देखो,' मेरी सास कहती हैं, 'जब मैं तुम्हारी उम्र की थी, तो मेरे पास कोई नौकरानी नहीं थी और मुझे पूरे घर में सब कुछ अकेले करना पड़ता था। अकेले, अमेरिका में। सब्ज़ियाँ काटना, सारा खाना बनाना, कपड़े धोना—पता है, बच्चे बहुत कपड़े धुलवाते हैं। और यह भी मत भूलना कि मेरे पति बहुत मुश्किल आदमी हैं। दिन में तीन बार मेज़ पर गर्म खाना। लेकिन मैंने यह सब कर लिया, है ना? दिलीप को देखो, यह ज़िंदा है ना? मैंने कभी इधर-उधर जाकर इसे बेड से गिरने नहीं दिया। और मेरा हाल तो फिर भी आसान था। सिर्फ़ दो थे। उनका सोचो जिनके छह-छह बच्चे होते थे। कल्पना कर सकती हो तुम?'

वो बात करती रहती हैं कि हालात कितने मुश्किल थे। यह कहानियाँ मांओं द्वारा बेटियों को तब से सुनाई जाती रही हैं जब से औरतों के मुँह थे और कहानियाँ सुनाई जा सकती थीं। उनमें कुछ नैतिक संदेश होते हैं, कुछ संस्कार होते हैं। लेकिन वो उस भावना को भी दे देती हैं जो सभी मांएं अपना समय पूरा होने से पहले महसूस करती हैं। अपराधबोध।

मेरी सास मेरे खानपान पर नज़र रखने की कोशिश करती हैं। इसके कारण मुझे उनसे और ज़्यादा चिढ़ हो जाती है। वो मेरे चावल में घी डालने लगती हैं, और मुझे दूध से 'गैस निकालने' के घोल देती हैं। मुझे लगता है कि उनसे मुझे और ज़्यादा गैस होने लगी है। मैं रात भर हवा पास करती रहती हूँ। दिलीप ऐसे बने रहते हैं जैसे उन्हें पता ही न चला हो।

मुझे लगता है कि मेरे पति और बच्ची को मुझसे दूर ले जाने के लिए यह उनका गढ़ा हुआ बहाना है। मैं चाहती हूँ कि वो चली जाएं, और फिर एक सुबह मैं बच्ची की सफ़ेद नैपी पर ख़ूनी लाल धब्बा देखती हूँ। मैं चिल्ला पड़ती हूँ, जिससे सारा घर जाग जाता है।

'तुमने कल रात चुक़ंदर खाया था ना? मैंने मना किया था तुमसे,' मेरी सास कहती हैं। 'तो बेचारी बच्ची और क्या करेगी?'

इसके बाद, मैं बस वही खाती हूँ जो मेरी सास मेरी प्लेट में डालती हैं। मैं हर सुबह अपने नाश्ते के साथ मेथी के दानों का गाढ़ा लेप निगलती हूँ। मेरा

पसीना और तीखा हो जाता है, और मुझे दिन भर सिंक में अपनी बग़लें धोने के लिए मजबूर होना पड़ता है।

किसी-किसी दिन पूर्वी बिना बताए मिठाइयाँ और तोहफ़े लेकर आ जाती है। वो बच्ची को तब तक गोद में लेती है जब तक बोर नहीं हो जाती, और फिर बेड पर पसर जाती है। पूर्वी थकान की शिकायत करती है, एक क़िस्म की घर की याद की हालांकि वो जानती है कि वो घर पर ही है।

मेरी सास अपना सिर झटकती हैं। 'तुम्हारे पति का घर कभी भी वैसा नहीं होगा जैसा तुम्हारी माँ का था।'

बच्ची मेरे स्तन से सिर घुमाकर पूर्वी को देखती है। वो अपने दंतहीन मसूढ़े दिखाकर मुस्कुराती है।

'यह तुम्हें पसंद करती है,' मैं कहती हूँ। 'तुम्हें भी जल्दी ही बच्चा पैदा कर लेना चाहिए।'

'शायद। फ़िलहाल, हम दोनों के लिए यही काफ़ी है।'

पूर्वी एक ओर करवट लेती है और अपने शरीर के प्राकृतिक कटाव में ढल जाती है, अपनी पीठ को इतना मोड़ती है कि उसका सीना ग़ायब हो जाता है। कभी-कभी वो अपने दुबली-पतली टांगों को आपस में दो बार लपेट लेती है। दिलीप को यह पसंद नहीं है। उन्हें यह डरावना-सा लगता है। पता नहीं पूर्वी के पति को उसके दोहरे जोड़ों वाले अंगूठों के बारे में मालूम है या नहीं, या कि बहुत देर तक बैठे रहने के बाद वो किस तरह अपने घुटनों को चटका सकती है।

'यह तुम जैसी दिखती है,' पूर्वी कहती है।

मैं बच्ची को देखती हूँ। उसके मुँह के एक ओर से दूधिया सफ़ेद लार बह रही है। लार उसकी गर्दन में जमा हो जाती है, जिससे उसकी बनियान का कॉलर गीला हो जाता है। मैं अपनी दोस्त को देखती हूँ और समझ जाती हूँ कि वो क्या सोच रही है। कुछ भी पहले जैसा नहीं है। बच्ची फिर से मेरे स्तन की ओर बढ़ती है। पूर्वी देखती है। मैं नग्न महसूस करती हूँ। अचानक मुझे पूर्वी का यहाँ होना अच्छा नहीं लगता है, मैं नहीं चाहती वो घर आए। वो मुझे ऐसी बहुत सी चीज़ों की याद दिलाती है जो हमने साथ की हैं। मैं उसे अपनी बेटी के आसपास नहीं देखना चाहती।

रात को मेरे बेडरूम से रोने की आवाज़ें आने तक हम ख़ामोशी से खाते हैं।

बच्ची जाग गई है, और उन कपड़ों से निकलने की कोशिश कर रही है जिनमें मैंने उसे क़ैद कर दिया है। मेरा खाना आधा खाया हुआ है। मैं उसे अपने साफ़ हाथ से उठाती हूँ। दूसरा हाथ गंदा है, थूक से गीला है। इस तरह की बाज़ीगरी अब सामान्य सी लगती है।

'इसे कुछ देर को मैं ले लूँ?' मेरी सास कहती हैं। मैं इक़रार में सिर हिलाने ही वाली हूँ, लेकिन मेरी माँ खड़ी हो जाती हैं।

'बेबी अंतरा को मैं ले लेती हूँ,' वो कहती हैं।

'नहीं, माँ,' मैं कहती हूँ। 'आप अपना खाना खाइए। मुझे भूख नहीं है।'

कमरे में मेरा पेट गुड़गुड़ा रहा है, लेकिन मैं इसे नज़रअंदाज़ करती हूँ और अपना स्तन बाहर निकाल लेती हूँ। बच्ची चूसती है, और उसका हलक़ ऊपर-नीचे हिलने लगता है। खाना मेरी उँगलियों पर सूख चुका है। वो सूखी और पीली हो रही हैं।

जब मैं खिड़की के बाहर देखती हूँ, तो मुझे लगभग ऐसा महसूस होने लगता है कि मैं इसके बाहर जा रही हूँ, बहती हुई, इस ठहरे हुए कमरे के पार हवा को सूँघती हुई, दीवार के एकदम परे, नीचे कूदती हुई, थोड़ा लड़खड़ाती, शायद बाक़ी के रास्ते गिरती-पड़ती, गली के अंत तक अपनी हथेलियों और घुटनों से मिट्टी और कीड़ों को साफ़ करती जहाँ मुझे बीड़ी पीता एक रिक्शा वाला मिले जो मुझे आधे दाम पर पूर्वी के घर तक ले जाने को तैयार हो जाए।

या नहीं।

पूर्वी के यहाँ क्यों जाया जाए?

मैं कहीं भी जा सकती हूँ, मुझे कौन रोक सकता है। शायद मैं देर रात को रेलवे स्टेशन जा सकती हूँ, और किसी चाय वाले को मौजूदा रेट से आधे पर एक कप चाय देने को और शायद एक अकेली लड़की को कुछ मुफ़्त में देने को मना सकती हूँ, और वहाँ मैं इंतज़ार कर सकती हूँ। वहाँ, मैं इस सबसे आज़ाद हो सकती हूँ। गंदे हाथों से, रोज़-रोज़ वही खाना खाने से, अपनी माँ से जिन्हें लगता है कि मैं मेरी बेटी हूँ, अपनी सास से जो धीरे-धीरे इस घर पर क़ब्ज़ा कर रही हैं। दिलीप से भी। मुझे याद नहीं कि हमने आख़री बार कब ठीक से बात की थी।

कुछ हिल स्टेशन और ट्रेनें हैं जो मैं देखना चाहती थी, ऐसी जगहें जहाँ मैं सोना चाहती थी—पेड़ों के ऊपर, लकड़ी की टालें, भूले हुए खेतों में पड़ी चारपाइयाँ। कुछ आदमी हैं जिनके साथ मैं सोना चाहती थी। मेरे निपल्स के कुछ और इस्तेमाल भी थे। जब मेरे पेट पर निशान नहीं थे। मैं खिड़की के पार इन जगहों को देखने की कोशिश करती हूँ। मैं इस कमरे में सांस नहीं ले पा रही। इस घुटन भरे कमरे में।

मैं खिड़की खोलती हूँ, और गुनगुनी हवा अंदर आती है, और मेरे चेहरे को छू लेती है। हवा भीगी सी लगती है। मेरी इच्छा होती है कि यह रुक जाए। मेरी इच्छा होती है कि यह फिर से ठहर जाए।

बच्ची के सिर पर काले बाल हैं। एक फीका, काला रोयां उसके कंधों को ढक लेता है। वो सोते में अपने होंठों को चूस रही है।

खिड़की खुली हुई है, और एक छोटा शरीर झट से, बिना आवाज़ के गिर सकता है। सुबह तक, यह जा सकती है। क्या खिड़की इसीलिए अभी तक नहीं खुली है? और अगर अभी नहीं, अगर अंधेरी रात की ख़ामोशी में नहीं, तो फिर कब?

मुझे खिड़की को बंद कर देना चाहिए। बच्ची बीमार हो जाएगी। अंदर हवा घनी और ठहरी हुई है, लेकिन बाहर नमी इधर से उधर बह रही है। यह रात किसी बच्ची या किसी माँ के लिए नहीं है। यह रात बाक़ी सबके लिए है।

खिड़की अभी भी खुली है। वो फिर से रोने लगती है। मैं चाहती हूँ कि वो रोना बंद कर दे। मैंने बच्चों का रोना पहले भी सुना है, लेकिन इसका रोना उनसे बदतर है। वो ज़ोर से, लगातार रोती है। मैं उसे चुप ही नहीं करा पाती हूँ। मेरी सास संभाल लेती हैं। मुझे बच्ची उनको दे देनी चाहिए थी—मुझे बच्ची उनको दे देनी चाहिए। शायद वो बच्ची को अमेरिका ले जाएं, और उसे दिलीप की तरह ही पाल लें। दिलीप भी जा सकते हैं। मैं यहाँ अकेली रह सकती हूँ, माँ के साथ, नानी के साथ। मैं यहाँ अकेली रह सकती हूँ, और थोड़ी शांति पा सकती हूँ।

एक मरा बच्चा कैसा दिखता है? किसी गुड़िया से भिन्न नहीं। इसका जवाब काली माता को पता होगा। उन्होंने अपने बच्चे को ज़िंदा और फिर मरा देखा था।

बच्ची रो रही है। उसकी आवाज़ से मेरी बांहें कस जाती हैं। फिर मेरे हाथ भी। वो रोती है और मैं फिर से खिड़की के बाहर देखती हूँ। बच्ची की पीठ को भारी हाथों से थपथपाते हुए, मैं लंबे पाइपों को नीचे ज़मीन में जाते हुए देखती हूँ, बालकनियों के ऊपर, लटकते कपड़ों और ख़ामोश पक्षियों को देखती हूँ। चौकीदार नीचे है, छायाओं में छुपा हुआ, अपनी ड्यूटी के दौरान सोता हुआ।

नीचे ख़ामोशी होगी। वो बहुत दूर नहीं है, लेकिन वहाँ कितनी ख़ामोशी है।

सुबह को, मेरी सास बिना दस्तक दिए दरवाज़ा खोलती हैं और धक से रह जाती हैं।

बच्ची फ़र्श पर कंबलों के एक ढेर पर सो रही है। बेड पर से सब कुछ हटकर बस गद्दा रह गया है। मैं बेड के किनारे बैठी अभी भी खिड़की से बाहर देख रही हूँ।

मैं अपने चेहरे को रगड़ती हूँ। मैं सुर्ख़ी को अपनी आँखों के ढेलों पर फैलते महसूस कर सकती हूँ।

'क्या हुआ?' वो पूछती हैं। धब्बेदार चश्मा उनकी आँखों पर लगा है, और उनकी पुतलियाँ पानी में डोलती दो मछलियों की तरह ऊपर-नीचे हो रही हैं। उन्होंने अपने बेटे को सोफ़े पर सोते, उसके अपने ही बेडरूम से बेदख़ल किए जाते, उसके कैलिफ़ोर्निया किंग बेड से वंचित किए जाते देखा है। वो नाराज़ हैं, उन्हें यह पसंद नहीं आया है कि मैंने कल रात किस तरह से उनके दोनों बच्चों के सोने की व्यवस्था की है।

'यह बेड पर नहीं सो पा रही थी। यह फ़र्श पर ज़्यादा ख़ुश थी।'

'तुम ज़रा-सा भी सो पाईं?'

'नहीं, कुछ ख़ास नहीं। मुझे सोचना था।'

'किस बारे में?'

'नाम। मैं इसके लिए नाम सोच रही हूँ।'

वो बेड के नज़दीक आकर खड़ी हो जाती हैं। मैं इस समय उनके लिए थोड़ी कम घिनौनी हो गई हूँ। उनका मुँह कांप-सा रहा है।

'मैंने फ़ैसला किया है कि आप नाम चुनें। आप और दिलीप।'

उनका पूरा चेहरा खिल जाता है। वो ख़ुशी से फूली नहीं समा रही हैं। 'तुम सच कह रही हो?'

'मेरी ऐसी मंशा नहीं होती तो मैं क्यों कहती?'

'मेरा मतलब,' वो ख़ुद को संभालते हुए कहती हैं, 'क्या तुम वाक़ई ऐसा ही चाहती हो?'

'बिल्कुल।' अब खिड़की बंद है। मैं नहीं जानती कि मैंने ऐसा करने का फ़ैसला कब किया। रोशनी खरोंचदार शीशे में हल्की सी धारियाँ बना देती है। क्या कल रात के बाद मैं उसका नाम रखने की हक़दार हूँ?

मेरी माँ का नाम बहुत सुन्दर है। तारा। यह देवी दुर्गा का दूसरा नाम है। काली माता की तरह।

उन्होंने मेरा नाम अंतरा रखा, घनिष्ठता, इसलिए नहीं कि उन्हें इस नाम से प्यार था बल्कि इसलिए कि वो ख़ुद से नफ़रत करती थीं। वो चाहती थीं कि उनकी औलाद की ज़िंदगी उनकी ज़िंदगी से उतनी भिन्न हो जितनी हो सकती हो। अंतरा दरअसल अन-तारा था—अंतरा अपनी माँ से भिन्न होगी। लेकिन हमें अलग रखने की कोशिश में, हम एक दूसरे के ख़िलाफ़ हो गईं।

अगर मेरा नाम उनका उलट नहीं रखा गया होता, तो शायद हम बेहतर रहते। मैं ख़ुद को इसी तरह की ग़लती करने से कैसे रोकूँ? मैं इस छोटी सी लड़की को उसी बोझ से कैसे बचाऊँ? शायद यह नामुमकिन है। शायद ये सब बस ख़्याली पुलाव हैं।

बच्ची आख़िरकार सो जाती है। वो ज़ोर से, गहरी सांस छोड़ती है। हवा उसके फेफड़ों से अंदर-बाहर होती है जिससे उसका पेट फैलता है। मैं अपना हाथ उसकी नाक के क़रीब रखती हूँ। पल भर को, मेरी बेटी सांस में आग उगल रही है, और मैं फ़ैसला करती हूँ जब आसपास कोई नहीं होगा तो उसे काली बुलाऊँगी।

एक बार हम लंबा रास्ता लेकर गोवा गए थे। मैं बाइक पर पीछे बैठी थी। रज़ा को रास्ता पता था। मेरी माँ हमारे बीच बैठी थीं। एक झोला मेरे कंधे में धंस रहा था। मैं चौदह साल की थी और मैंने बहुत जगह घेरी हुई थी। हम यूकेलिप्टस के जंगलों से गुज़रे, और ऐसा लगता था जैसे पेड़ अपनी जड़ें उखाड़कर दूसरी दिशा में उड़ना चाहते हों। यह नज़ारा ख़त्म हुआ तो दूर तक सुनहरे और हरे खेत और दूर भूरी पहाड़ियाँ दिखाई देने लगीं।

ऊँचाई पर जाने के बाद तापमान गिर गया। जैसे पंचगनी में होता है। गांव गुज़रते जा रहे थे, और मैं किसी परिचित चीज़ की तलाश में थी, लेकिन पेड़ घने थे, और उनकी जड़ें उभरी हुई थीं।

हम तब तक नहीं रुके जब तक हमें कैंडोलिम हाउस का बोर्ड नहीं दिखाई दिया, और फिर कुछ दूर पैदल चलने के बाद हमें होटल का गेट मिल गया। मालकिन नर्म सी लचक के साथ बोल रही थी। उसके कूल्हे तब भी हिलते से लगते थे जब वो स्थिर होती थी।

एक छोटा-सा लड़का एक सिंगल बेड पर करवट से लेटा हुआ था, उसकी टांगें हवा में थीं, और खिड़की पर फूलदार डिज़ाइन में बनी लोहे की घुमावदार छड़ों पर टिकी हुई थीं। मैंने उसे सामने के पोर्च से देखा था। उसने हमें नज़रअंदाज़ कर दिया। मुझे कभी समझ नहीं आया कि लोग बच्चों को क्यों पसंद करते हैं।

खिड़की के परदों का प्रिंट होटल मालकिन की अपनी ड्रेस से मैच कर रहा था। महिला धातु के बैग में हाथ डाले कुछ ढूँढ़ रही थी। आँखें सिकोड़े, अपना होंठ काटती, माफ़ी मांगती।

उसने बैग से एक चाबी निकाली और रज़ा को दे दी। फिर उसने मुझे गले लगाया।

'मेरा नाम पैपर है,' उसने कहा, 'और वो मेरा बेटा है। कमरा यहाँ है।' उसने एक दरवाज़े की ओर इशारा किया। 'और टॉयलेट वहाँ है।'

एक हल्की सी ग़ुर्राहट पर मैं मुड़ी, लेकिन वहाँ सिर्फ़ अंधेरा था।

कमरे में, बेड के ऊपर एक नंगे बल्ब से मद्धम सी पीली रोशनी आ रही थी।

हवा नम थी, और हर चीज़ पर नमक और रेत थी। यह एक छोटा-सा डिब्बा था, जहाँ दीवार में एक पाइप से जुड़ा एक छोटा-सा सिंक था। बिल्कुल नानी के घर की तरह। सीलिंग छत के आकार में तिरछी थी, और उस जगह एक रॉड लटक रही थी जहाँ कभी पंखा हुआ करता था।

हम तीनों एक विशाल बेड पर सारी रात जागते रहे। मेरी माँ बीच में थीं, और सुबह को हमने नारियल के पेड़ और प्लास्टिक की बोतलों के ढेर देखे। दर्जन भर आदमी तनों पर कपड़ा लपेटकर धीरे-धीरे ऊपर चढ़ गए। फल बमों की तरह गिर रहे थे।

दूर, अंगों के काले झुँड के बीच, मैंने समुद्र देखा।

नाश्ते में पैपर ने अंडे और गोअन सॉसेज बनाए थे, और स्टोव पर मक्खन में पोइ तली थी। मछली का खट्टा अचार था जिसमें हड्डियाँ नर्म और भुरभुरी हो गई थीं। खिड़की की सलाख़ों के पार, छोटा लड़का एक छोटे से टीवी पर टॉम एंड जैरी देखते हुए एक प्लास्टिक की बंदूक़ के ट्रिगर पर उँगलियाँ चला रहा था। जब भी टॉम चूहे को पकड़ता तो वो ख़ुश होता था, और जब जैरी भाग निकलता था तो वो उस पर बंदूक़ तानता था। गोली चलाने के बाद वो बंदूक़ की नाल को अपने चेहरे के क़रीब लाता और काल्पनिक धुएं को फूँकता था।

पैपर बार-बार किचन से अंदर-बाहर हो रही थी। उसके भूरे निपल उसकी ड्रेस के कपड़े से दिख रहे थे। उसकी बांह पर टीके के गोल निशान के अलावा उसकी त्वचा चिकनी थी। मैंने अपने मुँह को रेड पोर्क से भर लिया था।

हमने उत्तर में जाने के लिए एक बस ली और फिर लहराती गलियों से होते हुए बीच पर पहुँचे। जब भी स्कूटर तेज़ी से पास से गुज़रते, तो मेरी माँ मुझे रानी और बैंगनी रंग के झोंपड़ों की दीवारों में धंसा देतीं। धूप में गर्मी थी, लेकिन हम हवा, मार्केट से आ रही मछलियों की गंध और मर्दों-औरतों की आवाज़ों के साथ-साथ चलते रहे।

बीच लंबा और ख़ाली था, अलावा एक झोंपड़े के जहाँ हिप्पी और स्थानीय लोग प्लास्टिक के छातों के नीचे बैठे हुए थे। रेत सुनहरी और लुभावनी थी, और हम उसमें तेज़ी से घुसते चले गए।

मेरे पैरों के बीच रेत के कण अजनबी और लगभग तकलीफ़देह महसूस हो रहे थे।

झोंपड़े से एक आदमी ने हमसे पूछा कि क्या हम पानी ख़रीदना चाहते हैं। माँ और रज़ा ने कहा कि शायद थोड़ी देर में ख़रीदें और उसे शुक्रिया कहा। वो एक टी-शर्ट पहने हुए था जिस पर कभी शब्द छपे हुए थे।

वो बैठ गया और उसने अपना पाइप जला लिया। उसने कहा कि उसका नाम हरमन है। हरमन के फ़ेडेड डेनिम ओवरऑल के धातुई बटन ग़ायब थे, और मैंड्रेम बीच पर वो इकलौते झोंपड़े का मालिक था।

रज़ा ने अपने कपड़े उतार दिए। उसने उन्हें एक ढेर की शक्ल में छोड़ दिया जहाँ कुछ घंटे बाद धूप में उनका रंग उतर जाना था। माँ ने भी ऐसा ही किया और मुझसे कहा कि मैं भी ऐसा ही करूँ। मैंने उनके पेट पर खिंचाव के निशान देखे, जैसे उनके कूल्हों की ढीली पड़ चुकी त्वचा की एक तह थी।

'ओह, चलो भी,' उन्होंने कहा। 'ऐसी भी क्या बड़ी बात है?'

मैंने उन दोनों को पानी में जाते देखा। माँ ने एक बड़ी सी सांस ली और सतह के नीचे ग़ायब हो गईं। मैं समुद्र को, आती-जाती लहरों को, पानी के उतार-चढ़ाव को देख रही थी। यक़ीन करना मुश्किल था कि मेरी माँ उसके अंदर थीं। मैंने कल्पना की कि वो डूब रही हैं, उनकी सांस टूट रही है। जब वो आख़िरकार ऊपर आईं, तो समुद्र से निकलने की आवाज़ और बल से मेरा दिल झटका-सा खा गया।

'आ जाओ, अंतरा।' इस बार यह रज़ा ने कहा था। वो अपनी पीठ के बल तैर रहा था।

मैं हिचकिचाती हुई खड़ी हुई और मैंने अपने शॉर्ट्स उतार दिए। इसके बाद मेरी टी-शर्ट की बारी थी। मैंने अपने अंडरवियर पर सोचा और फ़ैसला किया कि अभी इससे कुछ फ़र्क़ नहीं पड़ता। अपने हाथों से ख़ुद को ढांपते हुए मैं समुद्र तट की ओर बढ़ी। माँ और रज़ा मुझे देख रहे थे। वो बहुत दूर लगते थे।

मैंने पलटकर बीच पर रखे हमारे सामान को देखा। हरमन की नज़रें मेरे शरीर से मेरे चेहरे की ओर चली गईं।

'मैं सब चीज़ों का ध्यान रखूँगा,' उसने कहा। 'चिंता मत करो।'

हरमन हमें गोवा ले गया, मेहराबों और पत्थरों के बीच, जो किसी और ही समय और स्थान के अवशेष थे। मैं अपने पैर ज़मीन पर रगड़ती, धूप से बचकर छायाओं में छुपती, और इतनी जल्दी-जल्दी पानी पीती कि मेरा पेट फैलकर एक ढेर-सा बन जाता।

बासिलिका ऑफ़ बोम जीज़स में हमने सेंट फ्रांसिस ज़ेवियर के पवित्र अवशेष देखे।

शरीर कांच के ताबूत में था, सुनहरी और सफ़ेद लबादे के नीचे निर्जलीकृत। गाल का एक भाग ग़ायब था, लेकिन उसके अलावा पूरा शरीर सुरक्षित था। माँ ने चेहरे को ध्यान से देखा; वो एक मर्द का चेहरा था। यह अस्पष्ट ब्योरे वाला चेहरा था, जैसा अंधेरे में आँखों के पूरी तरह आदी होने से पहले दिखाई देता है।

'इनकी बांह ग़ायब है,' हरमन ने कहा। 'कैथोलिक चर्च इन्हें रोम भेजना चाहता था। लेकिन इनका संबंध यहाँ हमसे है। इनके लोग यहाँ थे।'

'इनके लोग कैथोलिक थे,' मैंने कहा।

हरमन ने इंकार में सिर हिलाया। 'नहीं, इन्हें उनके बपतिस्मा और उनके मिशनों की परवाह नहीं थी। लोग कहते थे कि इन्होंने यहाँ आने के बाद कैथोलिक धर्म को छोड़ दिया था, कि इन्होंने स्थानीय धर्म का पालन शुरू कर दिया था।'

'लेकिन ये एक प्रसिद्ध संत हैं, भारत के सबसे प्रसिद्ध संत।'

उसने मुझे देखा। 'जब ये मरे, तो चर्च इन्हें ले जाना चाहता था, लेकिन लोग उन्हें इन्हें ले जाने देने को तैयार नहीं थे। वो इन्हें नहीं जाने देना चाहते थे। उनके मसीहा *ये* थे, जीज़स नहीं। कुछ लोग कहते हैं कि स्थानीय लोगों ने इनके शरीर को खाने की कोशिश की।'

मैंने मुरझाए हुए चेहरे को ध्यान से देखा, नाक ऐसी लगती थी जैसे उसे चबाया गया हो।

'इतना प्यार किया जाता था इनसे। वर्षों बाद कैथोलिक पादरी रात में आए और उन्होंने रोम भेजने के लिए इनकी बांह काट ली। और इतना लंबा समय बीत जाने के बावजूद इनके घाव से ख़ून बहने लगा,' हरमन ने कहा। मैं त्वचा के भूरे चमड़े के नीचे ज़िंदगी के स्पंदन की कल्पना करने लगी।

'ऐ, लड़की, तुम्हें मछली पसंद है?'

हरमन मुझसे बात कर रहा था। मैंने कंधे उचका दिए।

'डिनर के लिए आना। मैं तुम्हारे लिए बढ़िया मछली बनाऊँगा।'

उस रात, हम पैपर के साथ हरमन के झोंपड़े पर गए। उसने मुझे दिखाया कि पॉम्फ्रेट से पूरे ढांचे को किस तरह निकाला जाता है। फिर उसने उसकी अजीब सी रीढ़ किसी प्रेमी जैसे अंदाज़ में मुझे पेश की। मैं अपनी उँगलियाँ हड्डियों के किनारों पर फेरने लगी, उस ढांचे पर जो डबल-साइड के कंघे जैसा लगता था।

'मुझे हैरत है कि आज तुम तैरी थीं,' रज़ा ने कहा।

मुझे अपना चेहरा सुर्ख़ होता महसूस हुआ और मैंने शुक्र मनाया कि आसमान में अंधेरा हो गया है।

वो मुस्कुराया। 'शर्माओ मत। तुम ख़ूबसूरत हो, अपनी माँ की तरह।'

रज़ा ने बीयर, और ताड़ की फ़ेनी पी, और हरमन हमें दक्षिण में एक पुराना पुर्तगाली घर ख़रीदने और उसे स्पा बनाने के अपने प्लान के बारे में बताने लगा। वो पैपर को यह कहकर छेड़ने लगा कि उस स्पा को उसके लिए वो चलाए। वो इस तरह हँसी जैसे वो शर्मीली हो और हरमन ने उससे डांस करने को कहा।

मेरी माँ ने हरमन का पाइप पिया, और हमने अंधेरे में बीच पर केकड़ों को इधर से उधर दौड़ते देखा। मैं उनमें से हरेक की ओर इशारा करती थी, और वो तिरछे होकर दौड़ते और फिर रेत में छेदों में जाकर ग़ायब हो जाते थे।

मैं अपनी माँ की बांहों में धंस गई, और उनके कुर्ते के पार उनके पेट की त्वचा को महसूस करने लगी।

'मेरे पेट में,' माँ ने कहा, 'तुम उन रेत के कणों से भी छोटी सी थीं।'

मैंने सिर हिलाया। यह ऐसा दिन था जब मैं विश्वास कर सकती थी कि यह सच होगा।

जूट की चारपाई पर लेटे रज़ा ने मेरी माँ की शॉल ओढ़ ली थी। शॉल से उसकी नाक ढक गई, और उसने उसकी महक को सूँघा।

मैं जानती थी कि वो क्या सूँघ सकता है।

मैं खड़ी होकर हरमन के साथ डांस करने लगी और रज़ा मुझे देखने लगा। मैंने झोंपड़ा-मालिक की बांहों में अपने वज़न को छोड़ दिया था। धीरे,

धीरे, धीरे, हरमन ने मुझे मोड़ा और मेरा सिर पीछे को ढलक गया। जब मैंने सिर उठाकर देखा, तो रज़ा वहाँ मौजूद था, उलटा और एकदम, हमें देखते हुए। ऊपर, आसमान तारों से दूधिया हो रहा था।

अगर खिलाना प्रेम का एक रूप है, तो खाना एक तरह की अधीनता है। भोजन एक तरह की बातचीत हैं, और हम जो नहीं बोलते हैं, वो खाने में बचा-खुचा रह जाता है। वैज्ञानिक अध्ययनों में जो चूहे कम कैलोरी के भोजन पर रखे जाते हैं, वो एक दूसरे को खाना शुरू कर देते हैं।

प्रयोगशाला के माहौल में एक वर्ग फ़ुट अग्नि-रोधक कपड़े के साथ बंद किए गए चूहे एक सप्ताह में मर जाते हैं।

कुछ अन्य विचार करने लायक़ कारक भी हैं, लेकिन संदेश स्पष्ट है। मैं खिड़कियाँ खोल देती हूँ और टेबल को खाने से भर देती हूँ।

दिलीप और मैं कभी अकेले नहीं होते। हम ज़्यादा बोलते नहीं हैं, और दांपत्य अधिकार तो बीती बात बन चुके हैं। हम बस यथास्थिति को बनाए रखना चाहते हैं।

जिन रातों को मैं सोती हूँ, तब मैं इतने स्पष्ट सपने देखती हूँ कि सुबहें रुई के गोलों जैसी शुष्क होती हैं, और वो जागने का एक धुँधला-सा पल होता है जिसमें सड़क के अंत पर स्थित मस्जिद रो एक झनझनाहट भरा ड्रोन-सा आता महसूस होता है।

मेरी सास तारीफ़ों के पुल बांधने में लगी हैं, मुझे ख़ूबसूरत और अपनी प्यारी परी कह रही हैं। शायद उन्होंने पढ़ा होगा कि किसी लड़की का दिल जीतने का गुर, उस लड़की का दिल जीतने का गुर जिसने आपके बेटे को चुरा लिया हो, उसे यह विश्वास दिलाना है कि उसने बेटे के दिल में आपसे ज़्यादा बड़ी जगह बना ली है। उसे दयालुता से मारो।

मैं कभी-कभी उन सबको मार डालने का सपना देखती हूँ। मैं नहीं, बल्कि मेरा कोई और स्वरूप, मर्दाना मैं, बलिष्ठ मैं। उनके शरीर सड़ने को छोड़ दिए जाते हैं। उनके ख़ून भिन्न रंगों के हैं, और अनिक्का ख़ुश है कि वो मर चुके

हैं और वो जानती है कि वो इसी रूप में ज़्यादा सुन्दर हैं। हम दोनों मिलकर उन्हें जलाते हैं और कालिख और चिंगारियों से अछूते रहते हैं।

अनिक्का। उन्होंने मेरी बेटी का नाम अनिक्का रखा है। यह एक ऐसी आवाज़ है जो संभोग करते पक्षी पैदा करते हैं। उसका नाम अधूरा है, नए ज़माने का है, निरर्थक है। जब मैंने उनसे पूछा कि इस नाम के क्या मायने हैं, तो वो बता नहीं सके, लेकिन मेरी सास ने कहा कि जब वो पढ़ने के लिए विदेश जाएगी तो लोग उसे संक्षेप में एनी बुला सकेंगे। मेरी नानी कहती हैं कि यह देवी दुर्गा का एक नाम है जिससे मैं शांत हो जाती हूँ, लेकिन तब मुझे फिर से ग़ुस्सा आ जाता है जब मैं नाम को सर्च करती हूँ तो पहली ही प्रविष्टि एक अमेरिकी पोर्न स्टार की जीवनी है।

मेरे सवालों से परेशान होकर दिलीप पूछते हैं, 'अगर तुम नहीं चाहती थीं कि मैं नाम चुनूँ, तो तुमने अपना अधिकार मुझे दिया ही क्यों था?'

मैं बस इतना जानती हूँ कि जब आप एक चारदीवारी में इतनी सारी औरतों के साथ बंद हों, तो आपके ऊपर एक क़िस्म का पागलपन-सा सवार हो जाता है। एक क़िस्म का पागलपन-सा उभर आता है जब आप समय भी फूलदानों में पानी के स्तर को देखकर बताने लगते हैं।

मेरी सास डिनर में दिलीप के लिए अमेरिकन ट्रीट्स बनाती हैं। ये सामान्यत: एक साइड डिश होती है जो बॉक्स में आती है। वो अपने सूटकेस में बहुत सारे बॉक्स लाई हैं। मैं उन्हें बताती हूँ कि ये पुणे में बहुत मिलता है, लेकिन उन्हें विश्वास नहीं है कि उसका स्वाद ऐसा ही होगा।

वो ईला और काश्ता से टकराती हुई किचन में घूमती हैं। वो मुझसे पूछती हैं कि हम डिशवॉशर क्यों नहीं ख़रीदते।

जब मेरी सास एक पैन में सामग्री को मिलाती हैं और एक कांटे से पाउडर के ढेलों को तोड़ती हैं, तो मेरी माँ पास ही खड़ी रहती हैं। माँ अपना सिर हिलाती हैं। 'दूध में नमक कभी नहीं मिलाना चाहिए,' वो कहती हैं जब मेरी सास मैकरोनी और चीज़ में मक्खन मिलाती हैं। पहले तो मैं माँ को किचन से बाहर खींच लेती थी, लेकिन अब मैं उन्हें टकराने देती हूँ, उनके विशाल शरीरों को जगह घेरने देती हूँ।

कभी मेरी इच्छा होती थी कि मैं परिवार से घिरी रहूँ, लेकिन अब मैं अकेली ही रहना पसंद करूँगी।

मैं हर रोज़ अनिक्का को कसकर गले लगाती हूँ और इस गतिविधि को टाइमर के साथ सिंक्रोनाइज़ करती हूँ ताकि वो बचपन में मिले ढेर सारे प्यार और शारीरिक स्नेह को याद रखे। उस संवेदना की, कसकर दबाए जाने की, ख़ून के रुकने की, एक और शरीर की गर्मी की कुछ छाप तो उसके साथ रहेगी। बच्चों को जकड़ा जाना, बांधा जाना—कुछ भी ऐसा किया जाना जो उन्हें गर्भ की याद दिलाए—अच्छा लगता है।

चूँकि मुझे बंद जगहों से घबराहट होती है, इसलिए मुझे यह बात अजीब लगती है। मुझे यह अनुशासित आलिंगन तक असहज कर देता है। मुझे शक होने लगता है कि बंद जगहों के मेरे डर का कारण भी खुल जाने के डर, धीरे-धीरे उसके और मेरे शरीर के बीच अंतर के ख़त्म हो जाने के डर, या एक बार फिर से अपनी माँ के गर्भ में खींच लिए जाने के आतंक से निकलता है।

एक दिन ऐसा करने के बाद, बच्ची को ऐसे ध्यान दिया जाना पसंद नहीं आता। वो यह स्पष्ट कर देती है। वो नहीं समझती कि वो कितनी भाग्यशाली है, और वो विरोध जताती है।

मैं इस पर सवाल उठाती हूँ कि क्या वो भाग्यशाली है—और क्या यह मेरी ग़लतफ़हमी है। क्या वो नहीं चाहती कि मेरा शरीर उसे जकड़ ले? क्या चुम्बन पाने की उत्तेजना उतनी ही आनन्ददायक नहीं होती जितनी चुँबन करने की? मैंने सुना है कि बच्चों को बड़ों के शरीर डरावने और भद्दे लगते हैं, कि हमारी खुरदुरी त्वचा और बड़े-बड़े शरीर उन्हें घिनौने लगते हैं। मुझे बचपन का यह अहसास लगभग याद है—कि सबसे सुन्दर वयस्क भी गंदा और भद्दा लगता था। शायद, ज़िंदगी में आगे चलकर, वो इस घर से भाग जाएगी। शायद वो मुझसे दूर भाग जाएगी। शायद हमारी मांएं हमेशा हमारे अंदर कोई कमी पैदा कर देती हैं, और हमारे बच्चे भविष्यवाणी को पूरा करते रहते हैं। मैं माँ से उसी तरह चिपकती थी जैसे इस बच्ची से चिपकती हूँ।

मेरी माँ मुझे देखती हैं और मैं उनकी आँखों के भाव को समझ नहीं पाती। कभी-कभी मुझे लगता है कि उन्हें अहसास है कि क्या चल रहा है, कि वो मुझसे कुछ कहने की कोशिश कर रही हैं। उन्होंने दिलीप से कुछ नहीं कहा है, रज़ा के साथ मेरे संबंध के बारे में कुछ नहीं कहा है।

दिलीप को अब भी लगता है कि वो फ़ोटो मुझे मिला था लेकिन मैं सही मायनों में उसकी मालिक नहीं थी, कि वो बेकार है और उसका मुझसे कोई संबंध नहीं है।

उन्होंने इतनी सारी फ़ालतू कला देखी है, वो इसमें कोई मायने क्यों तलाश करेंगे? वो कभी सोच भी नहीं सकते कि यह आदमी जो मेरी माँ का प्रेमी था, बाद में मेरा प्रेमी बन गया।

वो कभी सोच भी नहीं सकते कि मैंने इस राज़ को सबसे छिपाकर रखा था। दिलीप के लिए रज़ा एक ऐसा नाम है जो कभी सिर्फ़ माँ ने बोला था—एक विक्षिप्त औरत का मतिभ्रम, जिसके अतीत का मनमौजीपन जगज़ाहिर था।

मैंने कभी उम्मीद नहीं की थी कि प्रदर्शनी के आधार पर मेरी माँ मेरे राज़ का अंदाज़ा लगा लेंगी। मुझे यक़ीन था कि वो इसे एक आसानी से प्रभावित हो जाने वाली लड़की का मोह भर समझेंगी। मुझे लगा था कि वो सोचेंगी कि रज़ा—पहला कलाकार जिससे मैं कभी मिली थी—ने मुझे मेरी कमउम्री के वर्षों में प्रेरित किया होगा।

उन्हें शायद थोड़ा क्षमाशील होना चाहिए था, उस बेटी के लिए क्षमाशील जिसने उनके हाथों काफ़ी कुछ सहा था लेकिन फिर भी उनके साथ खड़ी रही थी।

लेकिन यह मेरी माँ के लिए नामुमकिन होता। वो कभी किसी चीज़ को जाने नहीं देती थीं।

वो याद रखती थीं।

उन्हें वो फ़ोटोग्राफ़ याद था, वो फ़ोटो जिसके बारे में मुझे पता तक नहीं था कि वो उन्होंने खींचा था। मैं रज़ा के पीछे पुणे की उस धुँधली पृष्ठभूमि को कैसे पहचानती?

और जब मैंने उन्हें बताया, जब मैंने सच बोला और उनके साथ वो साझा किया जो मैंने कभी किसी के साथ साझा नहीं किया था—तो उन्होंने मुझे धमकाया। उन्होंने मेरे ही घर में मेरी शादी को ख़तरे में डालने की धमकी दी। जबकि मैं उस समय अपने बिस्तर पर ही थी। मेरे अजन्मे बच्चे की मौजूदगी में।

मैं माँ को रोज़ाना चीनी खिलाती हूँ, और वो उसे किसी नशेड़ी की तरह खाती हैं। वो हर रोज़ ज़्यादा से ज़्यादा एक और सोफ़े जैसी बनती जा रही हैं। कोई इस बात पर ध्यान नहीं देता है कि कारण यह है—किसी को ये कनेक्शन याद ही नहीं है। लोग विज्ञान पर तब तक विश्वास नहीं करते हैं जब तक वो किसी

डॉक्टर के मुँह से या किसी गोली के रूप में न आए। वो अध्ययनों पर, स्रोत पर नहीं जाते। चूहे। चूहे और मूषक ये समझने की कुँजी हैं कि इंसानों के रूप में हम कौन हैं। चूहों के साथ जो दस दिन में होता है वो हमारे साथ शायद दस महीने या दस साल में हो, लेकिन होगा ज़रूर।

मैं जिन लोगों के साथ रहती हूँ वो आहार, इंसुलिन, आंतों के बैक्टीरिया, और उस पूरे सौर मंडल के बारे में नहीं सोचते हैं जो हमारे शरीर के एक अणु में निहित है। दिलीप और उनकी माँ को लगता है कि मैं अपनी माँ की देखभाल कर रही हूँ, उनके साथ लाड़ कर रही हूँ, क्योंकि वो बीमार हैं, और मिठाइयाँ और गरिष्ठ केक खाकर उन्हें अच्छा महसूस होगा।

हत्या और नरसंहार के बीच का अंतर इरादे का है। या पूर्व योजना का? मैं इस फ़र्क़ के बारे में नहीं जानती। लेकिन इरादे तभी साबित किए जा सकते हैं जब आप किसी दूसरे के दिमाग़ में रहें। मक़सद को पहचानना भी मुश्किल होगा। इस बात से कौन इंकार करेगा कि मेरी माँ ही मेरी एकमात्र सच्ची पालक हैं, और एक प्यारी बेटी के रूप में जब तक मेरे लिए संभव होगा मैं उन्हें ख़ुशी देना चाहूँगी?

मुझे यह साफ़ पता है कि मेरी माँ एक बच्ची हैं—भावनात्मक रूप से, वो कभी किशोरावस्था से आगे नहीं बढ़ सकी हैं। वो अभी भी हॉर्मोन्स के रहमो-करम पर हैं। वो अभी भी आज़ादी और जुनून के बारे में सोचती हैं।

और प्यार के बारे में।

उन्हें प्यार का जुनून है, और प्यार की उस धारणा से जो उन्हें रज़ा से था। क्या वो उन्हें प्यार करता भी था? क्या उसने कभी उनसे ऐसा कहा भी था?

वो एक दिन बिना एक बार भी यह सोचे चला गया कि उन्हें कैसा लगेगा। क्या उन्हें पचास की उम्र से अच्छा-ख़ासा पार निकलने के बाद ऐसे आदमी की इच्छा करनी चाहिए? क्या उन्हें अपनी इकलौती संतान को धमकाने से बेहतर कुछ नहीं सूझा, और वो भी उस आदमी की ख़ातिर जिसे दोनों में से किसी से कोई स्थायी लगाव नहीं था?

कभी-कभी, जब घर में हम बहुत सारे लोग होते हैं, तो मेरी इच्छा होती है कि वो मर जाएं, कम से कम कुछ समय को, और फिर ऐसे किसी भी रूप में वापस आएं जो मुझे ठीक लगे। शायद एक कुत्ते के रूप में जो मुझे बिना शर्त प्यार करेगा और मेरे पीछे-पीछे घूमेगा।

जब ये विचार मेरे दिमाग़ में आते हैं, तो मुझे भी यक़ीन नहीं होता है कि मैं इन्हें सोच रही हूँ। मैं उन्हें, अपनी माँ को, प्यार करती हूँ। मैं उन्हें टूटकर प्यार करती हूँ। मैं नहीं जानती कि उनके बिना मेरा क्या होगा। मैं नहीं जानती कि मैं क्या हो जाऊँगी। अगर वो इतने कमीनेपन से बाज़ आ जाएं, तो मैं उन्हें पटरी पर वापस ले आऊँगी।

मैं उन्हें जल्दबाज़ी में कुछ करने से, उस विनाश का कारण बनने से रोक रही हूँ जो वो हमेशा बनती रही हैं। मैं यह दिलीप और अनिक्का के लिए कर रही हूँ, उन्हें किसी भी दर्द से बचाने के लिए जो मेरे अतीत के कारण उन्हें मिल सकता है। मैं यह नानी के लिए भी कर रही हूँ। और अपनी सास के लिए—अगर माँ अभी उनके पकाने पर हर समय कमेंट करती रहती हैं, तो अगर वो होशोहवास में होतीं तो न जाने कितनी बड़ी सिरदर्द होतीं।

और इससे वो मरेंगी नहीं, यह बस उन्हें शांत कर रहा है। बिना चीनी के ज़िंदगी उन्हें तेज़ और अनिश्चित, और वास्तव में, दुखी बना देती है—जैसे वो तब थीं जब उन्होंने मेरे कमरे में आकर मेरे सामान की तलाशी ली थी।

कम से कम मुझे नहीं लगता कि इससे वो मर सकती हैं।

अगर वो इससे मर भी जाएं, तो भी मैं निर्दोष हूँ क्योंकि मेरा लक्ष्य कभी भी उन्हें मारना नहीं बल्कि इसे नियंत्रित करना रहा है कि वो क्या कहती हैं और करती हैं।

मैं यह नहीं चाहती कि वो मर जाएं। कभी-कभी मुझे लगता है कि जब वो जाएंगी, तो मैं हवा में घुल जाऊँगी। कभी-कभी इस सारी उथल-पुथल में मैं भूल ही जाती हूँ कि वो मौजूद हैं। हम सब भूल जाते हैं। हम उनसे बात करना या उनकी उपस्थिति को स्वीकार करना ही भूल जाते हैं।

बाक़ी लोग मुझे सही समय पर उन्हें एक नीली गोली देते देखते हैं, बिना यह समझे कि वो कितनी बेकार है। मैं अपनी अच्छी देखभाल के प्रमाण के रूप में नुस्ख़े को बाहर छोड़ देती हूँ। क्या यह इतना ही सरल हो सकता है—कि उन्हें हर रोज़ बिस्कुटों और ब्रेड से भरा जाए और सबके सामने ज़हर दिया जाता रहे? कभी-कभी मुझे लगता है कि मैं ऐसा सिर्फ़ यह देखने के लिए कर रही हूँ कि क्या मैं ऐसा करके बच सकती हूँ।

मैं एक नींद की गोली देना शुरू करती हूँ जो उनके डॉक्टर ने उनकी अनिद्रा के लिए बताई है। इससे कुछ दिन तक फ़ायदा लगता है, लेकिन फिर

वो बीच रात में टॉयलेट जाने के लिए निढाल और लड़खड़ाती सी उठना शुरू कर देती हैं। मैं डॉक्टर से कहती हूँ कि इससे मुझे चिंता हो रही है। अगर वो गिर गईं तो? अगर बीच रात में जब हम बाक़ी लोग सो रहे हों तब उन्होंने कुछ तोड़ दिया तो? वो राय देते हैं कि मैं ख़ुराक बढ़ाकर देखूँ कि उन पर उसका क्या प्रभाव होता है। मैं माँ को सोते समय दो गोलियाँ देती हूँ, और वो रात भर और कभी-कभी तो दिन चढ़े तक सोती रहती हैं।

किसी को मारना कितना आसान है। धीरे-धीरे। दोस्तों और दवा द्वारा स्वीकृत।

जब किसी ने काली माता को देखा तो उन्हें अपने अपार्टमेंट में मरे हुए चार दिन हो चुके थे। वो लगभग सत्तर की थीं। जिस नौकर का काम उनके घर में रोज़ाना झाड़ू लगाना था, वो जा ही नहीं रहा था। हमने उसे आख़री महीने की पगार देने से इंकार कर दिया। बाबा के मरने के बाद, काली माता के पास आश्रम में करने को कुछ ख़ास नहीं बचा था, लेकिन मैंने सुना कि उन्होंने उनके काले कपड़ों को ध्यान कक्ष के पास बरगद के पुराने पेड़ के नीचे दफ़्ना दिया था।

एक साल पहले, दिलीप और मैं आख़िरकार काली माता की अस्थियों को विसर्जित करने के लिए पुष्कर गए। जब मैंने बॉक्स में देखा, तो मैं चकित रह गई कि इतनी विशाल महिला इतनी छोटी सी जगह में समा सकती है। राख साफ़ दिखाई देती थी और मेरी इच्छा हुई कि थोड़ी सी राख मैं अपनी त्वचा पर मल लूँ।

दिलीप ने अपना सिर हिलाया। मैं ऐसा सोच भी कैसे सकती हूँ? मुझे नहीं पता। मैं उन्हें समझा नहीं सकती थी कि मेरी कितनी इच्छा थी कि मैं उन्हें अपना हिस्सा बना सकूँ।

पुष्कर शहर उन जाड़ों में ठंडा था, और मैंने ब्रह्मा मंदिर के पास की गलियों में भटक रहे एक बूढ़े साधू के साथ उसकी चिलम पी।

दिलीप को यह पसंद नहीं आया। 'यह घिनौनी हरकत है। तुमने उसके दांत देखे थे?'

मंदिर डूबते सूरज जैसा नारंगी था, और शाम ढलने के साथ उसका रंग सुर्ख़ हो गया। मैं मदहोश थी और एक अकेली सफ़ेद गाय के पीछे चलती रही

जो बड़ी नज़ाकत से लहराती हुई चल रही थी। उसने कभी दासता के वज़न को नहीं सहा था और वो सड़कों पर आज़ादी से ख़ाक छानती फिरती थी। पुराने शहर के संकरे गलियारों में, जहाँ दरवाज़ों को बाधाएं लगाकर बंद कर दिया गया था और हवेलियों में बंदरों और इंसानों का वास था, मुझे और गाय को जाने देने के लिए भीड़ छंट जाती थी। क्या यह सच था या सिर्फ़ हमारे लिए ही इसका मंचन किया गया था?

चिलम तगड़ी थी। काली माता एक युवा विधवा, एक संतानहीना माँ के रूप में इन्हीं गलियों में घूमती होंगी। शहर की दीवारें दोपहर के समय नीली दिखती थीं, और उनका रंग गाय पर प्रतिबिंबित होता था, जिससे वो आसमान और पानी के रंग के बीच कहीं इंद्रधनुषी हो जाती थी। मैंने उसकी तस्वीरें खींचने की कोशिश की, लेकिन तस्वीरें रंग को नहीं पकड़ पाईं। गाय घाट के किनारे पर बैठ गई और हम उसके पीछे-पीछे वहाँ पहुँच गए और उससे कुछ क़दम दूर बैठ गए। मैं और चिलम पीना चाहती थी लेकिन फिर मैंने धुएं भरी हवा से संतोष कर लिया।

एक संगीतकार ने अपने संतूर को छेड़ दिया। उसकी पत्नी किनारे से मैला हो रहा घाघरा, चोली और बटन वाली वास्कट पहने हुए थी। उसने सिर को दुपट्टे के किनारे से ढका हुआ था और संगीत के साथ मद्धम से सुर में गा रही थी। अपने पिता के एकपहिया ठेले में सो रहा उनका बच्चा जाग गया। बच्चे ने मेरी बेपरवाह गाय पर नज़र डाली और फिर अपनी माँ की ओर मुड़ गया। उसकी माँ गाना गाते-गाते उकड़ूँ बैठ गई, और उसकी पिछौटी ज़मीन के ऊपर मंडराने लगी। लड़के ने उसका ब्लाउज़ खींच दिया जिससे उसकी काली छातियाँ दिखाई देने लगीं। मैं उसके निपल देख सकती थी। वो खरोंचों जैसे दिख रहे थे। वो उसके सामने खड़ा हुआ और पीने लगा, उसने लड़के को पास खींच लिया और ऐसा करते हुए उसकी आवाज़ लड़खड़ा गई।

लड़के ने पलटकर हमारी ओर देखा; वो मुस्कुराया तो उसके तीखे दांत दिखाई देने लगे। फिर वो वापस अपनी माँ की छाती की ओर मुड़ा और उसने उसे काट लिया। वो दर्द से चिल्लाई लेकिन लड़के को अलग करके उसके गाल पर थप्पड़ मारते हुए भी उसने गाना जारी रखा। मैंने अपने चेहरे को छुआ। लड़का वापस जाकर छिप गया।

मेरे पिता फ़ोन करते हैं। मेरी सास फ़ोन उठाती हैं और पहचान नहीं पातीं कि फ़ोन किसने किया है। वो पहली बार में फ़ोन रख देती हैं। वो फिर से फ़ोन करते हैं और मेरे साथ अपना रिश्ता बताते हैं। मुझे यह बताते हुए कि फ़ोन पर कौन है मेरी सास झेंप सी रही हैं। मैं हैलो कहती हूँ तो मेरे पिता अपना गला साफ़ करते हैं। मैं ख़ुश हूँ कि वो दोनों शर्मिंदा हैं, लेकिन मैं अपनी ख़ुशी नहीं दिखाने की कोशिश करती हूँ।

मेरे पिता कहते हैं कि उन्होंने एक बच्ची के बारे में सुना है और कि वो उससे मिलना चाहेंगे।

मैं उनके शब्दों के चयन पर ठिठकती हूँ और फिर कहती हूँ कि मैं उसे घर से बाहर बहुत ज़्यादा नहीं लेकर जाती हूँ, सिर्फ़ टीकों के लिए और तब जब मुझे माँ को डॉक्टर के पास ले जाना होता है। वो कहते हैं कि कोई बात नहीं, उन्हें हमारे यहाँ आकर हमसे मिलने में ख़ुशी होगी।

'तुम्हारी माँ की तबीयत कैसी है?' वो कहते हैं।

'ठीक नहीं है।'

वो ख़ामोश हो जाते हैं, और मैं कल्पना करती हूँ कि वो सिर हिला रहे हैं। 'तो मुझे उन्हें देखने भी आना चाहिए।'

मैं माँ को बताती हूँ कि वीकएंड पर मेरे पिता हमसे मिलने आ रहे हैं।

दिलीप इस ख़बर पर मुस्कुराते हैं। 'मुझे उनसे मिलने का इंतज़ार है।'

मेरी माँ सिर हिलाती हैं, और मेरी सास की ओर देखती हैं। 'मेरे पति,' वो कहती हैं। 'मेरे पति और उनकी माँ बहुत विकट लोग हैं। सासें हमेशा मुसीबत होती हैं। अगर आप बच सकें तो शादी करने से हमेशा बची रहना।'

'वो अब आपके पति नहीं हैं। और उनकी माँ मर चुकी हैं।'

वो सिर हिलाती हैं, ऐसा लगता है जैसे वो इस जानकारी पर सोच रही हैं, और फिर अपना ध्यान वापस अपनी प्लेट पर केंद्रित कर देती हैं।

'लगता है कि तुम्हें इनकी मदद करने में कोई दिलचस्पी नहीं है,' दिलीप कहते हैं। हम अपने बेडरूम में हैं। मैं अपनी नई ब्रा के रिमूवेबल कपड़े को हटा रही हूँ। मेरा स्तन ऐसा दिख रहा है जैसे ज़ीन में कसा रहा हो। अनिक्का उस पर नाक रगड़ती है, दूध के लिए सूँघती है, और फिर उसे निपल मिल जाता है।

अब मैं अपने विचार दिलीप पर केंद्रित करती हूँ। मैं कैसे समझाऊँ कि इस घर में हम सभी शरणार्थी हैं और लगातार सीमाओं को फिर से खींचने में लगे हुए हैं? कुछ भी निश्चित नहीं है। कल जब मैंने एक नर्स रखने के बारे में बात करने के लिए नानी को फ़ोन किया, तो वो बुक्का फाड़कर रोने लगीं। 'मैं नहीं जानना चाहती,' उनका एकमात्र जवाब था। वो बार-बार यही बोले जा रही थीं। प्राकृतिक क्रम उलट गया है। नानी अब एक बूढ़ी औरत हैं, उन्हें अपनी बेटी से पहले बूढ़ा होना चाहिए। लेकिन बुढ़ापा माँ पर आ गया है। हम रोज़ाना उन्हें थोड़ा-थोड़ा खोते जा रहे हैं।

मैं इस बारे में सोचती हूँ तो मुझे हल्का-सा अपराधबोध महसूस होता है, लेकिन फ़िलहाल मैं इसे दबा देती हूँ। तनाव से मेरे दूध का प्रवाह रुक जाता है।

अगली सुबह दिलीप मेरी माँ के लिए एक बॉलपॉइंट पेन और एक नोटबुक लाते हैं। मैं उन्हें माँ को डाइनिंग टेबल पर बिठाते देखती हूँ।

'लिख लीजिए,' वो कहते हैं।

'क्या?' वो सिर उठाकर उनकी ओर देखती हैं।

'जो भी चाहें।' उनकी आवाज़ में दयालुता और धैर्य है। 'अगर लिखा हुआ होगा, तो हमेशा आपके पास रहेगा।'

वो पेन लेकर उसे देखती हैं और फिर उन पीले पेजों को घूरने लगती हैं जिन पर गहरी नीली लाइनें बनी हुई हैं। पहले पेज पर अपनी उँगलियाँ फिराते हुए, वो पैड के पन्ने पलटती हैं और धीरे से हँस देती हैं, इस बात से चकित कि वो कितने सारे पेज हैं।

'स्कूल में अपने पहले दिन के बारे में लिखिए। आपको याद है वो दिन?'

माँ अपने सिर को आगे-पीछे झुलाती हैं, और एक खिली हुई मुस्कान के साथ उन्हें देखती हैं। वो उनकी बांह को थपकते हैं।

'आप क्या कर रहे हैं?' जब वो सोफ़े पर मेरे पास बैठने आते हैं तो मैं उनसे पूछती हूँ।

'हमें उन्हें याद दिलवाना चाहिए। उन्हें रिहर्सल की ज़रूरत है।'

'मैं यह कोशिश करती रही हूँ। उनके पूरे अपार्टमेंट में पुरानी कहानियाँ भरी पड़ी हैं लेकिन उससे कोई फ़ायदा नहीं हुआ।'

'हमें तुम्हारी याद को वरज़िश नहीं करानी है, अंतरा। उनकी याद को करानी है।' उनकी आवाज़ इतनी ऊँची उठ गई है जितनी मैंने कभी नहीं सुनी। मेरी बांहें सिकुड़ जाती हैं। बच्ची रोने लगती है।

'तुम मुझे बहुत बुरा महसूस कराती थीं,' माँ कहती हैं।

'मैं?'

'हाँ। आश्रम में। तुम हर समय अपने पिता के बारे में बातें करती रहती थीं। तुम दिन-रात उनके लिए रोती थीं, न खाती थीं न पीती थीं। पापा, पापा, पापा। बस वही चाहिए थे तुम्हें। जब तुम पैदा हुई थीं तब भी। तुमने *माँ* से बहुत पहले *पापा* कहा था। तुम किसी पिल्ले की तरह उनके ऑफ़िस से आने का इंतज़ार करती थीं।'

मुझे लगता है जैसे मेरा माथा सिकुड़ रहा है। उनकी आँखों में चमक है और वो निश्चित लगती हैं। 'मुझे तो ऐसा करना याद नहीं।'

'हाँ,' वो कहती हैं। वो ज़ोर से सिर हिलाती हैं और हँसती हैं। 'तुम मुझे बहुत गिरा हुआ महसूस कराती थीं।'

मेरे पिता अपनी बांह को मेरे कंधे पर रखकर और अपने शरीर की साइड को मेरे शरीर की साइड से टकराकर मेरा आलिंगन करते हैं। वो बिना मुझसे पूछे, अपने हाथों से बाहरी दुनिया को धोए बिना बच्ची को मेरी गोद से ले लेते हैं। उसके पीले से चेहरे पर उनकी उँगलियों के जोड़ काले और बालदार दिख रहे हैं। हमारे लिविंग रूम के आईने मुझे मेरे पिता के सिर का पिछला भाग दिखाते हैं। उन्होंने बालों की कमी को छिपाने के लिए उनमें नीचे की ओर कंघी की हुई है। नई पत्नी पीछे खड़ी, एक हाथ से अपने बेटे का आलिंगन करते हुए, देख रही हैं। उनके चेहरे पर ज़बरदस्ती की मुस्कुराहट है।

मेरी सास नई पत्नी को चाय का कप देती हैं। वो दोनों बातचीत करने लगती हैं, और मैं सोचने लगती हूँ कि क्या वो दोनों दूसरे, संभवत: कम पसंद किए जाने वाले, बाहरी व्यक्ति की मौजूदगी के लिए आभारी हैं। मैं अपनी ऊँघ से निकलने और काम वालियों को कुछ खाना लाने का आदेश देने के लिए अपने सिर को हिलाती हूँ। बच्ची के जन्म के बाद से अभी तक मेरा दिमाग सुन्न सा ही रहता है।

मेरी सास बड़ी मुस्तैदी से इधर से उधर दौड़ रही हैं। वो घर की मालकिन बन गई हैं।

उन्होंने कई बार राय दी है कि दिलीप अमेरिका में नौकरियों के लिए आवेदन देना शुरू कर दें। 'घर के नज़दीक कहीं,' वो कहती हैं। वो इस विषय को तभी उठाते हैं जब उन्हें लगता है कि मैं सो रही हूँ या सुनने की रेंज से बाहर हूँ। उन्हें यह नहीं पता है कि अब मेरे कान उल्लू जैसे हो गए हैं, कि मेरे कान शहर के पार से भी मेरी बेटी की सांस के चलने को सुन सकते हैं। माँ होना यही होता है। मेरे पंजे तैयार हैं। मैं हर समय शिकार पर हूँ।

मैं आराम से सोफ़े पर बैठ जाती हूँ जबकि बाक़ी सब अभी खड़े ही हैं। मेरे नितंब लैदर के कुशन पर फैल जाते हैं। मैं ख़ुद को आईने में देखती हूँ और फिर नज़र फेर लेती हूँ। मेरे गालों पर सूजन अब भी दिखाई दे रही है।

मेरी गर्दन के इर्द-गिर्द की त्वचा काली हो रही है। मेरे झड़ते बालों के बीच से खोपड़ी की पट्टियाँ दिखाई दे रही हैं।

मेरे पिता का बेटा मेरे सामने बैठ जाता है। हम बिना दांत निकाले एक दूसरे को देखकर मुस्कुराते हैं। मैं आईने में देखती हूँ कि उसके बाल लंबे और घुँघराले हैं और उसने उनकी पोनीटेल बांध रखी है। उन्हें देखकर मुझे याद आ जाता है कि मेरे बाल कैसे हुआ करते थे।

'तुम अब भी पेंटिंग कर रही हो?' वो पूछता है।

मैं उसे ठीक नहीं करती। 'फ़िलहाल मैंने बंद किया हुआ है।'

नई बीवी हँसती है और अपने बेटे के पास बैठ जाती है। वो दोनों एक साथ एक कुर्सी में फ़िट हो जाते हैं। 'बच्चों के साथ शौक़ों के लिए समय कम मिलता है।' वो मुस्कुराती हैं तो उनके मसूढ़े और पीछे चले जाते हैं।

मैं उन्हें भी ठीक नहीं करती। वो अपने बेटे के बालों को छूती हैं, जैसे उन्हें पता हो कि मैं उसके बालों को देख रही थी। 'आजकल के बच्चों के अपने ही स्टाइल होते हैं,' वो बोलीं।

दिलीप मेरे पिता के लिए काम से संबंधित एक दौरे से लाई अठारह साल पुरानी स्कॉच का पैग बनाते हैं। मेरे पिता अनिक्का को मुझे वापस देते हैं और अपना ध्यान पैग पर लगा देते हैं। दिलीप ख़ुश हैं। पिताजी सुकून से हैं।

मेरी सास रसोई से चाय की ट्रे लेकर आती हैं और हवा में गर्म तेल की गंध फैल जाती है। अंदर समोसे और पकौड़े छनछना रहे हैं।

डोरबैल बजती है और हम सब उछल पड़ते हैं। बच्ची गोरे शरीर पर कसमसा जाती है और अपना चेहरा मेरी सूती टी-शर्ट पर रगड़ती है। वो वहाँ सूख गए दूध की, और अपनी उल्टी की महक को भी सूँघ सकती है, वो महक जिसे लॉन्ड्री का डिटर्जेंट तक नहीं धो सकता। अब मैं हमेशा दूध जैसी महकती रहती हूँ। दूध, गू और उल्टी जैसी। मैं इसे कभी साफ़ नहीं कर पाती हूँ।

नानी अंदर आती हैं लेकिन दरवाज़े के पास ही रुक जाती हैं। वो सबके पैरों को देखती हैं और झुककर अपने जूते उतार देती हैं। उनमें पीछे की ओर बकसुए हैं और वो उन्हें खोलने के लिए नीचे झुकती हैं तो उनका वज़न कभी एक ओर और कभी दूसरी ओर झुकने लगता है, और संतुलन ठीक से नहीं बन पाता है। आख़री पट्टी के साथ संघर्ष करते हुए वो अपना हाथ पकड़ने के लिए दिलीप की ओर बढ़ाती हैं।

'ओह, नानी,' दिलीप ज़रा देर से कहते हैं, 'कोई बात नहीं, आपको जूते उतारने की ज़रूरत नहीं है।'

वो उनके चेहरे को थपथपाती हैं, फिर वो मेरे पिता की ओर देखती हैं और उनके टख़नों के नीचे निगाह डालती हैं और फिर पलट जाती हैं। मेरे पिता के पैरों के प्रति, जो कि अभी भी जूतों में ही हैं, उनकी घृणा में कुछ गरिमापूर्ण-सा है। वो मेरे सौतेले भाई और नई पत्नी की ओर देखकर सिर हिलाती हैं, और मेरी सास को देखकर नमस्ते करती हैं। मेरे और अनिक्का के लिए वो अपने स्नेह और मुस्कुराहटों के सारे बांध खोल देती हैं। जब वो मेरी तरफ़ आती हैं, तो मुझे लगता है कि मैं माँ से ज़्यादा उन जैसी दिखाई देती हूँ। मेरे टख़ने और कलाइयाँ फैल गई हैं और वो वापस पहले जैसी नहीं हुई हैं। मैं समय से पहले बूढ़ी हो गई हूँ।

मेज़ पर तला हुआ खाना रखा जाता है। प्लेटें और नैपकिन बांटे जाते हैं। हरी, लहसुन की, नारियल की, इमली की चटनियों के लोंदों ने सभी की प्लेटों के किनारों को रंगा हुआ है।

नानी मिठाई का एक डिब्बा खोलती हैं जो वो स्टोर से लाई हैं। पहले वो ख़ुद चखती हैं और फिर दूसरों में बांटने लगती हैं। उनकी आँखें घी से भरे उल्लास में घूमने लगती हैं। वो डिब्बा मेरी सास को दे देती हैं।

कमरे में बहुत ज़्यादा लोग हैं।

मैं ईला से खिड़कियाँ खोलने को कहती हूँ।

'आपसे मिलकर अच्छा लगा,' मेरी सास मेरे पिता से कहती हैं। वो डिब्बा उनके आगे करती हैं और वो एक चौकोर मिठाई को एक हाथ से तोड़ते हैं। 'शुरू में हमें पता नहीं था कि अंतरा के पिता भी हैं, इसलिए आपको जानकर हमें अच्छा लगा।'

कमरे में ख़ामोशी है। दिलीप मेरी और अपनी माँ की नज़रों से बच रहे हैं। नई पत्नी एक क्षण को उलझी सी दिखती हैं लेकिन जब उन्हें डिब्बा पेश किया जाता है तो वो ख़ुद को संभाल लेती हैं। वो अपने पति द्वारा तोड़ी मिठाई के बचे हुए त्रिभुज को लेती हैं और उसे अपने बेटे को दे देती हैं। उसके मुँह में पकौड़ा है, इसलिए वो मुँह घुमा लेता है। वो अपना हाथ इस इंतज़ार में वहीं रोके रखती हैं कि वो मिठाई के स्वाद को स्वीकार करेगा।

सब लोग मुस्कुरा रहे हैं और ख़ामोश हैं। बच्ची आवाज़ करती है और सभी बड़े सांस लेते हैं, हँसते हैं और मेरी ओर देखते हैं, सबको राहत मिलती है कि वो जाग गई है। वो धीमी आवाज़ में बात करने लगते हैं, दिलीप और मेरे पिता मेरी सास से। नई पत्नी अपने बेटे से।

मुलाक़ात कुल मिलाकर कामयाब रही है। सभी आनन्द ले रहे हैं। या ऐसा दिखावा कर रहे हैं। सबके पास दिखावा करने का कारण है। नई पत्नी और बेटा मेरे पिता के लिए दिखावा कर रहे हैं। मेरे पिता अपने लिए दिखावा कर रहे हैं, और शायद मेरे और अनिक्का के लिए भी। दिलीप की दिलचस्पी भी यही है, और उनकी माँ दिलीप के लिए दिखावा कर रही हैं। नानी दिखावा नहीं करेंगी। वो कमरे से जा चुकी हैं, शायद अपनी बेटी को देखने के लिए। उन्हें किसी के साथ शिष्टाचार निभान में दिलचस्पी नहीं है।

मुझे दिखावा करने की ज़रूरत नहीं पड़ी है, कम से कम अभी तक तो नहीं। मैं अब भी कमरे में लगभग अदृश्य हूँ। वो सिर्फ़ बच्ची को देखने के लिए मुझे देखते हैं।

मुझे ऐसा अहसास हो रहा है जैसे मैं यहाँ हूँ ही नहीं।

दिलीप कुछ कहते हैं और मेरे पिता हँसते हैं, उनके कंधे ऊपर-नीचे झूलते हैं। मैं सोच नहीं पाती हूँ कि वो लोग कब तक ऐसा कर सकते हैं। उन्हें कितना समय लगेगा थकने में, नक़ाबों के गिरने में जिससे उनकी भावनाओं का असली सार दिख सके?

हालांकि अगर वो इसे काफ़ी लंबे समय तक दोहराते रहें, अगर दिखावे को आत्मसात कर लिया जाए, तो क्या यह दिखावा रह जाएगा? अगर कोई आनन्द के, यहाँ तक कि प्रेम के भी, प्रदर्शन में पर्याप्त रूप से पारंगत हो जाए, तो क्या वो एक सच्चे अनुभव में बदल सकता है? प्रदर्शन वास्तविकता कब बन जाता है?

डोरबैल फिर से बजती है। हमें किसी और के आने का इंतज़ार तो नहीं था। जब पूर्वी और उसका पति अंदर आते हैं तो मेरा मुँह थोड़ा-सा खुलकर लटक जाता है। उसके पति के पास खिलौनों का एक बैग है। बैग से जो भी खिलौने झांक रहे हैं, उन्हें देखकर लगता है कि वो बहुत बड़े और अनिक्का के लिए बहुत ख़तरनाक हैं।

पूर्वी का पति मेरे पिता को देखकर रुक जाता है और वो गले मिलते हैं। वो क्लब से एक दूसरे को जानते हैं, मेरे पिता बताते हैं। पूर्वी मेरे पिता की नई बीवी के पास बैठ जाती है। वो एक ही ब्रिज टीम में हैं, पूर्वी बताती है।

दिलीप सोफ़े पर मेरे पास आ जाते हैं। वो अनिक्का को मेरी गोद से ले लेते हैं।

'पूर्वी के पति बच्ची को देखने आना चाहते थे,' दिलीप मेरे चेहरे के भावों को पढ़ते हुए कहते हैं।

नानी की आवाज़ पर हमारा ध्यान जाता है। वो माँ को अपनी बांह पर संभाले उन्हें कमरे में ला रही हैं। नानी माँ को देखकर खुलकर मुसकुरा रही हैं, जो वहाँ मौजूद लोगों को देख रही हैं। यह दृश्य बेमेल है। बूढ़ी माँ कौन है और अधेड़ बेटी कौन है?

मेरी आँखों में आँसू चुभने लगते हैं और मैं उन्हें छींक की तरह रोकने के लिए दूसरी ओर मुड़ जाती हूँ। हम इस स्थान पर कैसे पहुँच गए?

मैज़ोरिन बिस्कुटों की ट्रे के ज़रिए।

पूर्वी माँ को गले लगाने को दौड़ती है। माँ अपने हाथ उठाती हैं और उन्हें पूर्वी की पीठ पर सहलाते हुए उसकी जीन्स की कमर के ऊपर उभार पर रोक देती हैं।

पूर्वी का पति दिलीप की ओर झुकता है। 'क्या आप जानते हैं कि बच्चे पूरे दिन अपनी पिछौटी और अंडकोश को सिर्फ़ परजीवियों के कारण छूना चाहते हैं? वास्तव में परजीवी ही मस्तिष्क को नियंत्रित करते हैं।'

दिलीप बच्ची को उछालते हैं और मेरी ओर देखते हैं और फिर मेरी माँ की ओर मुड़ जाते हैं।

'आज आपकी तबीयत कैसी है, मॉम?' वो उनसे पूछते हैं। 'आपने अपनी डायरी लिखी?'

माँ फीकी सी मुस्कुराहट देती हैं और उन्हें नई बीवी और उनके बेटे के पास एक कुर्सी पर बिठा दिया जाता है। वो उन्हें देखकर सिर हिलाती हैं और फिर मिठाई के डिब्बे में हाथ डाल देती हैं।

पूर्वी और उसके पति, और शायद मेरी माँ के आ जाने से औपचारिकता किसी तरह टूट गई है। एक उभयलिंगी, एक सत्ता-व्यापारी और एक विक्षिप्त

महिला ने बार में प्रवेश कर लिया है। कमरे में हम ग्यारह लोग हैं, लेकिन प्रतिबिंबों ने हमें लगभग सत्तर बना दिया है—समूह के कुछ लोग फ़र्नीचर के पीछे छिपे हुए हैं, जैसे मेरे पिता का बेटा, जो बस अपनी माँ के शरीर पर एक और सिर है। मेरी नन्ही अनिक्का को गिना नहीं जाना चाहिए, अपने पिता की बांहों में वो सफ़ेद रूई के बंडल से ज़्यादा कुछ नहीं है। लेकिन मैं उसे गिनती हूँ। उसे कमरे में चारों ओर घुमाया जाता है और मेरी आँखें उसका पीछा करती रहती हैं। वहाँ बहुत सारे शरीर हैं। जगह संकुचित सी लगती है। मैं मुड़कर खिड़कियों को देखती हूँ। वो खुली हैं लेकिन हवा गर्म महसूस होती है। मुझे सांस लेने में दिक़्क़त हो रही है। मेरा माथा भारी-सा महसूस हो रहा है। शायद कार्बन डाइऑक्साइड का स्तर बढ़ रहा है। मेरे पिता मेरी सास की किसी बात पर हँसते और खाँसते हैं। वो लालच से सांस ले रहे हैं और हवा को चूस रहे हैं। मैं चाहती हूँ कि काश उन्होंने अनिक्का को छूने से पहले अपने हाथ धो लिए होते। नानी का अभिवादन करने के लिए आगे झुकते हुए पूर्वी के नथुने फूले हुए हैं। मैं उसे उन विशाल गुहाओं में बची हुई ऑक्सीजन को खींचते देखती हूँ।

दिलीप मर्दों के लिए और व्हिस्की बनाते हैं और महिलाओं से पूछते हैं कि क्या उन्हें वाइन चाहिए। शुरू में वो शर्माती हैं, इस सवाल पर सकुचा जाती हैं, और कमरे में दूसरों को देखने लगती हैं।

'मुझे एतराज़ नहीं है,' नानी ख़ामोशी को तोड़ते हुए कहती हैं। दूसरी महिलाएं मुस्कुराती हैं और उन्हें देखकर सिर हिलाती हैं।

'मुझे आंटी का साथ देने में एतराज़ नहीं है,' मेरी सास कहती हैं।

किचन से लंबे स्टैम वाले कई गिलास लाए जाते हैं। दिलीप रेड वाइन की एक बोतल खोलने लगते हैं तो मेरी नानी शिकायत करती हैं कि उन्हें सिर्फ़ व्हाइट पसंद है। वो दोनों की एक-एक बोतल खोलने की पेशकश करते हैं और उनकी माँ और नई पत्नी उन्हें देखकर शर्माते हुए मुस्कुराने लगती हैं।

मेरी माँ और मेरे अलावा सबके हाथ में ड्रिंक्स हैं। यहाँ तक कि बेटा भी अपने पिता के गिलास से एक घूँट लेता है। अपने पिता के आने के बाद से मैंने उनसे शायद एक शब्द भी नहीं बोला है। उन्होंने अपना स्कॉच का गिलास मेरी बच्ची के पास किया हुआ है और वो पूर्वी के पति की किसी बात को लेकर बड़े उत्साहित हैं।

'तुम अगली बार चीन जाओ तो मुझे बताना,' मेरे पिता अपनी खोपड़ी को खुजाते हुए कहते हैं। 'मेरा बहुत अच्छा दोस्त कौशल वहाँ अपने परिवार के साथ सैटल्ड है।'

'आपके अच्छे दोस्त कौशल छिछोरे आदमी हैं,' मैं कहती हूँ।

कमरा इतनी तेज़ी से ख़ामोश हो जाता है कि मुझे अपने कानों में सनसनाहट महसूस होने लगती है। नई पत्नी अपने बेटे के हाथ को थपथपाती हैं तो उनका हाथ कांप रहा है।

मेरे पिता मेरी ओर देखते हैं और पलकें झपकाते हैं। उनके मुँह का घुमाव एक रेखा के रूप में सीधा हो जाता है। उनके होंठ ग़ायब हो जाते हैं। 'क्या कहा?' वो कहते हैं।

मैं सोफ़े से टिककर बैठ जाती हूँ। मुझे समझ नहीं आता कि अब क्या कहूँ। मैंने पहले से कुछ नहीं सोचा था।

ख़ामोशी कुछ देर और जारी रहती है। मैं सैकंड गिनना शुरू कर देती हूँ। अभी मैं सात तक पहुँची हूँ कि मेरी सास ईला को आवाज़ देकर हॉल में और नारियल चटनी लाने को कहती हैं।

हम सब पलटकर उन्हें देखते हैं और सब एक साथ बोलना शुरू कर देते हैं। सिर्फ़ दिलीप स्थिर और ख़ामोश रहते हैं। अनिक्का को अपनी दूसरी बांह में लेते हुए उनकी त्योरियाँ चढ़ी हुई हैं। मेरी माँ भी ख़ामोश हैं। वो मेरी ओर देखती हैं। मुझे उनकी आँखों के ढेलों पर एक बीमार सी चमक दिखाई देती है।

ये सब यहाँ खाते-पीते कैसे बैठे रह सकते हैं जबकि मैंने अभी यह ऐलान किया है? मैं अपने पैरों पर खड़ी होती हूँ, अपने घुटनों में दर्द महसूस करती हूँ और फिर पीछे खिड़की की ओर बढ़ जाती हूँ।

शायद उन्हें लगता है कि मैं भी अपनी माँ की तरह अस्थिर हूँ। कि मुझ पर भरोसा नहीं किया जा सकता।

मैंने यह क्यों कहा? मैं क्या उम्मीद कर रही थी? थोड़ी राहत? इस कमरे में कौन मुझे राहत दे सकता है? मैं नीचे ग्राउंड की ओर देखती हूँ और मुझे इस दूरी पर हैरत होती है। मैंने अनिक्का को वहाँ फेंकने का सोचा था। अब यह विचार ही मुझे घिनौना लग रहा है। शायद मुझे ऐसा अपने साथ करना चाहिए था।

मैं पलटती हूँ और अपने मेहमानों के अक्स देखती हूँ। मैं उनकी आकृतियों पर ध्यान देती हूँ। मैंने उन आकृतियों का पहले कभी अध्ययन नहीं किया है। नानी की नाक में एक छोटा-सा घुमाव है जो माँ और मेरी नाक में नहीं है। मेरे पिता और पूर्वी के पति के चेहरे इस कोण से उल्लेखनीय रूप से एक जैसे दिखाई दे रहे हैं।

माँ की नज़रें बार-बार कमरे में चारों ओर घूमती हैं लेकिन फिर तेज़ी से फ़र्श पर पहुँच जाती हैं। मैं सोच रही हूँ कि वो जो अभी अपने सामने देख रही हैं, क्या उस सबको समझ पा रही हैं। बातचीत शायद बहुत तेज़ी से चल रही है। क्या उन्हें लोगों के लहजे समझ में आ रहे हैं? क्या वो सारे शब्दों को समझ पा रही हैं?

पता नहीं वो मेरे पिता को पहचान रही हैं या नहीं। वो उनसे एक शब्द भी नहीं बोली हैं। क्या वो जानती हैं कि वो झबरी औरत उनकी पत्नी हैं, और कि वो मोटू लड़का उनका बेटा है? मैं उन्हें बताना चाहती हूँ, लेकिन इसका कोई फ़ायदा नहीं है।

मैं अपनी माँ की कुर्सी के पीछे खड़ी होकर अपना हाथ उनके कंधे पर रख देती हूँ। वो थोड़ा-सा चौंकती हैं लेकिन पलटकर मुझे नहीं देखतीं। शायद उन्हें उसका अहसास ही नहीं हुआ क्योंकि उन्हें पता ही नहीं है कि वो हैं कहाँ। या शायद वो हाथ के वज़न से पहचान गई हैं कि हाथ मेरा है।

'अंतरा,' माँ कहती हैं।

'हाँ, माँ,' मैं जवाब देती हूँ। मैं अपने हाथ को उनके कंधे पर फेरती हूँ।

'अंतरा।'

'हाँ, मैं यहीं हूँ।' मैं उनकी कुर्सी के पास झुक जाती हूँ।

'अंतरा।' वो अपना हाथ उठाकर दिलीप की ओर इशारा करती हैं। 'मुझे अंतरा चाहिए।'

दिलीप उन्हें देखकर मुस्कुराते हैं। 'मॉम, यह अनिक्का है। अंतरा तो आपके पास खड़ी है।'

'अंतरा।' वो उठती हैं और कमरे के दूसरी ओर जाती हैं। पूर्वी का पति और मेरे पिता पीछे हट जाते हैं। माँ ताली बजाती हैं और मुस्कुराती हैं। वो एक क्षण को दिलीप को देखती हैं, और फिर बच्ची को देखने लगती हैं।

पूर्वी मेरी ओर देखती है और अपने सीने को छूती है। *सो स्वीट,* वो मुँह हिलाकर बोलती है।

'अंतरा को मुझे दो,' माँ कहती हैं। दिलीप बच्ची को उन्हें देते हैं और उनके पास ही मंडराते रहते हैं। माँ पोटली को अपने चेहरे के पास लाती हैं और उसे चूमती हैं। वो मेरे पिता को देखती हैं और मुस्कुराती हैं। 'अंतरा,' वो दोहराती हैं। 'यह मेरी बच्ची है।'

मेरे पिता मुस्कुराते हैं और उन्हें देखकर सिर हिलाते हैं। 'हाँ, बहुत बढ़िया,' वो कहते हैं। 'तुम्हारी बच्ची बहुत सुन्दर है।'

मेरी सास रसोई से बाहर आती हैं। उनके हाथ में एक बोतल है। वो उस द्रव्य को अपनी कलाई के संवेदनशील हिस्से पर लगाकर देखती हैं। 'अब मैं अंतरा को दूध पिला दूँ?' वो पूछती हैं। फिर वो पलटकर मुझे देखकर आँख मारती हैं।

वो अनिक्का को माँ से लेने के लिए आगे बढ़ती हैं, और माँ बच्ची को अपने सीने से चिपकाते हुए चिल्लाती हैं। 'नहीं, यह मेरी बच्ची है। अंतरा मेरी बच्ची है।'

मेरी सास हाथ खड़े कर देती हैं। वो अभी भी बोतल को पकड़े हुए हैं। नानी जल्दी से माँ के एक साइड पर जाती हैं और उनके माथे को चूमती हैं। माँ सहज होती हैं। वो दिलीप से टिक जाती हैं।

'अंतरा हमारी बच्ची है,' माँ कहती हैं। वो दिलीप को देखकर मुस्कुराती हैं। 'मेरे पति और मेरी बच्ची।'

नई पत्नी अपने मुँह पर हाथ रख लेती हैं। वो अपने बेटे का हाथ पकड़े अपने पति के पीछे खड़ी हैं। उनकी आँखों में मोह और घृणा का मिश्रण है।

अनिक्का संघर्ष करना शुरू कर देती है। वो थोड़ा रोती है और माँ उसे झुलाना शुरू कर देती हैं।

'ठीक है, तारा,' मेरी सास कहती हैं। 'क्यों न अंतरा को आप दूध पिला दें?'

माँ बोतल लेती हैं और उसे अनिक्का के होंठों से लगा देती हैं। बच्ची चूसना शुरू करती है और तुरंत शांत हो जाती है। माँ दिलीप पर टिकी रहती हैं और पास में बैठी नानी को देखकर मुस्कुराती हैं। मैं कल्पना करने की कोशिश

करती हूँ कि वो अपने दिमाग़ में कहाँ हैं, वो इस जगह के कहाँ होने की कल्पना कर रही हैं। क्या यह उनकी कल्पना की उपज है? या यह उनके अतीत की कोई ख़ुशनुमा याद है जिसे वो फिर से जीना चाहती हैं?

वो अपना चेहरा दिलीप के कंधे से रगड़ती हैं। दिलीप मुस्कुराते हैं; लगता है कि उन्हें बुरा नहीं लगा है। 'तुम अंतरा को प्यार करते हो?' वो पूछती हैं।

दिलीप हँसते हैं। 'हाँ। मैं अंतरा को प्यार करता हूँ।'

माँ मुस्कुराती हैं और बच्ची को देखती हैं। 'और मुझे?' वो पूछती हैं। 'तुम मुझे प्यार करते हो?'

दिलीप फिर से इक़रार में सिर हिलाते हैं। 'हाँ,' वो कहते हैं। 'हाँ, मैं आपको प्यार करता हूँ।'

मेरी सास खिलखिलाती हैं। 'हम सब आपको प्यार करते हैं।'

सब कमरे के एक ओर उनके इर्द-गिर्द जमा हो रहे हैं, माँ और अनिक्का को देखकर मुस्कुरा रहे हैं। मैं अपनी माँ को दिलीप से सटकर झूलते हुए देखती हूँ।

'ठीक है,' मैं हस्तक्षेप करती हूँ। 'ठीक है, माँ। अंतरा मैं हूँ, और वो अनिक्का है—'

पूर्वी अपने हाथ से मुझे रोकती है। 'बस भी करो। उन बेचारी को याद ही नहीं है।' वो झट से मेरी माँ के पास जाती है। 'तारा, हम सब अंतरा के लिए गाना गाएं?'

पूर्वी ताली बजाना और एक गाने के बोल गाना शुरू कर देती है। मैं मुस्कुराती हूँ, और फिर मुझे अहसास होता है कि मुझे वो बोल याद नहीं हैं। धुन पहचानी सी लगती है लेकिन मुझे समझ नहीं आ रहा है कि मैंने इसे पहले कहाँ सुना है। वो दूसरे अंतरे तक पहुँच जाते हैं, और मुझे अहसास होता है कि मैं इस भाषा को नहीं पहचानती। इतना तो पक्का है कि यह मराठी नहीं है। शायद गुजराती हो। लेकिन नानी को यह इतनी अच्छी तरह कैसे आता है? यह कोई बंगाली धुन है? टैगोर का लिखा कुछ है? सब मिलकर गा रहे हैं। माँ को शब्द याद हैं। मेरी आँखें दिलीप पर ठहरती हैं और मैं ज़मीन पर बैठ जाती हूँ। वो गा रहे हैं और ताली बजा रहे हैं।

मेरे पति, जो हिन्दी बहुत कम बोल पाते हैं, उस लोरी को गा रहे हैं।

अंतरे आगे बढ़ते रहते हैं; लगता है जैसे वो अंतहीन हैं। गाने अनजाने हों, तो लगता है कि वो ग़ैरज़रूरी तौर पर लंबे हैं। गाना अचानक ख़त्म हो जाता है और सब तालियाँ बजाते हैं। वो माँ और अनिक्का को देखते हैं। उनकी पीठ मेरी ओर है, और मुझे अब उनके बीच अपनी बेटी बमुश्किल ही दिखाई दे रही है। मैं उठकर खड़ी होती हूँ और देखती हूँ कि माँ ने दिलीप को आलिंगन में लिया हुआ है। अनिक्का उनकी दूसरी बांह में है। पूर्वी और नई पत्नी ने हाथ मिला लिए हैं।

एक बार फिर मैं अदृश्य महसूस करती हूँ, जब तक मेरा ध्यान इस बात पर नहीं जाता कि माँ मुझे देख रही हैं। उनकी आँखें खुली हुई हैं और वो पलक नहीं झपक रही हैं।

कमरा गर्म है, और मैं अपने खुले कॉलर की ओर हाथ बढ़ाती हूँ। माँ ने मेरे पति या मेरी बच्ची पर से बांहें नहीं हटाई हैं। वो मुझे देखती हैं, लगातार मुझे देखती जाती हैं। उनकी आँखें साफ़ और तीखी हैं।

हम दोनों एक दूसरे को देखते हैं।

माँ ख़ामोश हैं। मैं ख़ामोश हूँ।

सब हँस रहे हैं और मुस्कुरा रहे हैं। वो अभी भी उस गाने की धुन गुनगुना रहे हैं जो मुझे नहीं आता है।

मैं और माँ एक दूसरे के उलट हैं। मैं देखभाल करने वाली हूँ, तार्किक हूँ, लेकिन मुझे अपने बर्ताव का ख़्याल रखना है—मैं बिना अपनी बारी के बात नहीं कर सकती। वो ग़ैरभरोसेमंद हैं, अविश्वसनीय हैं, लेकिन उनकी बीमारी के कारण उन्हें कोई कुछ कह नहीं सकता।

सब लोग इस तमाशे को बनाए रखते हैं। ऐसा इसलिए है कि वो बीमार हैं। सब उन्हें उनकी मर्ज़ी चलाने देते हैं।

बशर्ते कि वो बिल्कुल भी बीमार न हों।

क्या वो मेरे बिना कोई कहानी लिखने की कोशिश कर रही हैं? क्या वो मुझे मिटाने की कोशिश कर रही हैं? ऐसा सोचते हुए, मैं ख़ुद को भाप बनता महसूस करती हूँ।

डॉक्टर को कभी कुछ नहीं मिला। न कोई परत, न कोई जमावड़ा। फिर भी मेरी माँ भूल रही हैं।

वो लोग, जो अभी भी मेरी माँ और दिलीप के इर्द-गिर्द जमा हैं, फिर से गाना शुरू कर देते हैं। अनिक्का उनकी बांहों में धुले कपड़ों के ढेर से ज़्यादा कुछ नहीं लग रही है। गाना पागल कर देने वाला है, भाषा अजीब है। वो इसे दो बार दोहराते हैं और फिर तीसरा दौर शुरू कर देते हैं। कोई मेरी ओर नहीं मुड़ता, यह दिखाने तक को नहीं कि मैं वहाँ मौजूद हूँ। क्या वो मुझसे आँख मिलाने से बच रहे हैं कि कहीं माँ बुरा न मान जाएं? वो इस जादू को तोड़ना नहीं चाहते।

सब लोग तारा और नन्ही अंतरा के लिए चीयर कर रहे हैं। वो एक बार फिर से गाने को दोहराते हैं। किसी परफ़ॉर्मैंस को कितनी बार दोहराने से वो वास्तविकता बन जाती है? अगर एक झूठ का काफ़ी बार मंचन किया जाए, तो क्या वो हक़ीक़त लगने लगता है? क्या एक रास्ता इसलिए बनाया जाता है कि दिमाग़ में झूठ को सच बना दिया जाए? क्या अतार्किक आख़िरकार तर्कसंगत के साथ एकीकृत हो जाता है?

मैं खड़ी होती हूँ और चिल्लाकर उन्हें चुप हो जाने को कहती हूँ।

मुझे कोई नहीं सुन पा रहा है, उन सबकी मिली-जुली आवाज़ें बहुत तेज़ हैं। मेरी आवाज़ उनमें दब जाती है। या मेरी आवाज़ मेरे गले के अंदर ही चिपक गई है? बोलते समय मुझे अपने हलक़ का अंदरूनी भाग वेल्क्रो जितना खुरदरा महसूस होता है।

अब कोई मेरी ओर नहीं देख रहा है। माँ भी नहीं।

सिर्फ़ मैं ही ख़ुद को आईने में देख पा रही हूँ।

आभार

धन्यवाद टिबोर जोन्स और यूनिवर्सिटी ऑफ़ ईस्ट एंग्लिया में उन सभी लोगों को जिन्होंने इस पुस्तक के शुरुआती प्रारूपों में सहयोग दिया, विशेष रूप से नील मुखर्जी, मार्टिन पिक और एंड्रयू कोवान को।

मेडलिन केंट को, क्योंकि कभी-कभी यह स्पष्ट होता है, और कभी-कभी यह दुष्प्राप्य होता है।

कनिष्का गुप्ता को, मेरा साथ देने के लिए।

राहुल सोनी को, जिन्होंने हर संपादन के साथ इस पुस्तक को बेहतर बनाया। उदयन मित्रा, बोनिता वाज़-शिमरे, सोहिनी बसक और हार्परकॉलिन्स इंडिया में सभी को।

एना सोलर-पोंट, मारिया कार्डोना सेरा और पोंटाज़ की पूरी टीम को उनके सहयोग के लिए।

मेरे मित्रों और परिवार को उनके प्रोत्साहन के लिए। नेहा समतानी, मेरी पहली पाठक। शर्लिन टियो को, हर तरह की मदद के लिए। केट ग्वाइन को, उनकी उदारता के लिए। मनाली दोशी को, समय के अंतरालों को कभी हमारे बीच न आने देने के लिए। समांता बत्रा मेहता को, सुन्दर कवर के लिए।

नानी को, जिनका अनुग्रह मेरी आँखों में कभी फीका नहीं पड़ेगा।

बोधी को, सब कुछ बदलने के लिए।

मेरे पति को, हर पेज पर मेरी आवाज़ पहचानने के लिए।

मेरे माता-पिता को, उस सबके लिए जो मैं हूँ।

लेखक-परिचय

अवनी दोशी का जन्म न्यू जर्सी में हुआ था। आपने न्यूयॉर्क के बरनार्ड कॉलेज से कला इतिहास में बीए और यूनिवर्सिटी कॉलेज लंदन से स्नातकोत्तर किया है। आपको 2013 में टिबोर जोन्स साउथ एशिया पुरस्कार और 2014 में चार्ल्स पिक फ़ेलोशिप से सम्मानित किया गया था। *सफ़ेद लिबास वाली लड़की* आपका पहला उपन्यास है। इसे *बर्न्ट शुगर* शीर्षक से अंतरराष्ट्रीय स्तर पर प्रकाशित किया गया है। अवनी दुबई में रहती हैं।

अनुवादक-परिचय

शुचिता मीतल एक लम्बे समय से भारतीय अनुवाद परिषद एवं यात्रा बुक्स से जुड़ी हुई हैं। आपने नमिता गोखले की *शकुंतला*, संजीव सान्याल की *मंथन का सागर*, अमीश की *वायुपुत्रों की शपथ*, *रावण*, नीलिमा डालमिया आधार की *कस्तूरबा की रहस्यमय डायरी* समेत पच्चीस से अधिक पुस्तकों का अनुवाद किया है।